KRÜGER

Maja Bluhm

Meine Mutter, meine Tochter, ihr Freund, sein Vater und ich

Roman

KRÜGER

MIX
Papier aus verantwortungsvollen Quellen
FSC® C083411

Erschienen bei FISCHER Krüger

Satz: Pinkuin Satz und Datentechnik, Berlin
Druck und Bindung: CPI – Clausen & Bosse, Leck
Printed in Germany
ISBN 978-3-8105-1328-1

Für Mama

Elternsprechtag

Ich mochte Elternsprechtage nicht besonders. Sie zogen sich oft bis in den Abend, und es gab kaum etwas Unangenehmeres, als mit Eltern über die Noten ihrer Kinder reden zu müssen. Es sei denn, man musste mit ihnen über den Sex ihrer Kinder reden.

Aus diesem Grund redete ich schon zwanzig Minuten auf Herrn Möller ein, der zugegebenermaßen zu der entspannten Sorte Eltern gehörte. Er hatte längst akzeptiert, dass sein Sohn niemals Klassenbester, nicht mal Durchschnitt sein würde.

»Und, muss er noch 'ne Runde drehen?«, hatte er nur gefragt, als er sich mir mit einem abgeklärten Lächeln gegenübersetzte, und ich versicherte ihm, dass Nicolas dieses Mal die mittlere Reife schaffen würde, wenn er sich für den Rest des Schuljahres zusammenriss. Herr Möller nickte und wollte eigentlich schon wieder aufstehen, aber ich hielt ihn mit meinen Ausführungen über Nicolas' Noten, seine guten Leistungen in Englisch und Französisch, die die schlechte in Mathe einigermaßen ausglichen, im Stuhl fest, bis er leicht ungeduldig auf die Uhr schaute.

»Nichts für ungut, Frau äh …«

»Winter. Meike Winter.« Immerhin war ich seit vier Monaten die Klassenlehrerin seines Sohnes, da hätte er sich meinen Namen ruhig merken können.

»Tut mir leid, Frau Winter, aber ich muss in einer halben Stunde bei der Arbeit sein. Gibt es noch dringende Sachen zu besprechen?«

Mein Blick fiel auf seinen tadellosen schwarzen Anzug, das frisch gebügelte weiße Hemd und die etwas altmodische rote Fliege, und ich fragte mich, welche Arbeit er zu dieser Uhrzeit und in diesem Aufzug wohl ausübte. Womöglich war er Kellner in einem teuren Restaurant. Oder Rausschmeißer in einem Edeletablissement? Er hatte auf jeden Fall etwas Verruchtes. Ich fand das nicht weiter schlimm, bis mir eine Kleinigkeit auffiel, die mir ganz und gar nicht behagte: »Sie arbeiten also nachts?«

»Nein, nur abends.«

»Heißt das, Sie sind gar nicht zu Hause, wenn …«

»Ihre Tochter meinem Sohn Nachhilfe gibt? Nein. Aber, was ich so gehört habe, ist mein Sohn ganz begeistert von seiner Nachhilfelehrerin! Sagten Sie nicht, dass seine Noten besser geworden sind?«

Er grinste vielsagend, und mir wurde klar, dass ich nicht länger um den heißen Brei herumreden konnte.

»Nein, ich meine, schon. Ähm, da fällt mir ein, dass ich noch etwas anderes mit Ihnen besprechen wollte.«

»So?« Er sah mich unschuldig an, aber ich konnte an der einseitigen Lachfalte neben seinem linken Mundwinkel erkennen, dass er genau wusste, worauf ich hinauswollte. Trotzdem machte er es mir kein bisschen leichter.

»Also, ich nehme an, Sie haben mitbekommen, dass die beiden, also meine Tochter und Ihr Sohn, seit einiger Zeit ähm … zusammen sind.« Ich versuchte mich in einem mütterlichen Lächeln, das der Angelegenheit nicht zu viel Ernsthaftigkeit beimessen sollte, mir aber komplett misslang. Herrn Möllers einseitige Lachfalte wurde tiefer. Er hatte ein asymmetrisches Gesicht.

»Ja, es scheint was richtig Ernstes zu sein«, erwiderte er.

»Ach, wirklich?«, fragte ich jetzt ganz ohne mütterliches Lächeln.

»So ernst es eben in dem Alter sein kann, oder?«

Ich erinnerte mich daran, dass ich meinen Exehemann, na ja, Noch-Ehemann, in Nicolas' Alter kennengelernt hatte, und beeilte mich, das leidige Thema endlich anzusprechen.

»Na ja, manchmal ist es ernster als gewünscht, nicht wahr?« Er sah mich verständnislos an, und ich musste deutlicher werden. »Ich meine, meine Tochter ist gerade erst vierzehn geworden und Ihr Sohn ist siebzehn. Schon fast achtzehn … Also, ähm, was ich damit sagen will, er ist in einigen Dingen vermutlich erfahrener als Kim …«

In diesem Moment zappelte meine Handtasche, die ich an den Rand des Schreibtisches gestellt hatte, und ich konnte sie gerade noch schnappen, bevor der Vibrationsalarm meines Handys die Tasche in den Abgrund beförderte. Es dauerte eine Weile, bis ich das Handy gefunden hatte, und ich konnte förmlich spüren, wie Herrn Möllers Lachfalte eine canyonartige Tiefe annahm. Obwohl er es eilig hatte, legte er eine beeindruckende Geduld an den Tag. Ich schaute auf das Display. Meine Mutter. Auch das noch. Wenn ich sie jetzt wegdrückte, würde sie wieder elend lange beleidigt sein. Wenn ich abnahm, würde Herr Möller mich für unhöflich halten.

»Entschuldigen Sie«, sagte ich. »Ich muss leider ganz kurz …« Ich machte eine unbestimmte Geste und versuchte, es offiziell aussehen zu lassen.

»Natürlich, gehen Sie ruhig dran.«

Ich nickte dankbar und nahm ab. »Ja, bitte?«

»Hallo, Kindchen, wo steckst du denn schon wieder? Und warum sprichst du so leise? Störe ich dich etwa bei einem heißen Date?«

Ich hasste es, wenn meine Mutter so redete.

»Nein. Ich bin noch in einem Gespräch, ich rufe gleich zurück, ja?«

»Sicher, ich wollte dir auch nur schnell sagen, dass ich ein Haus in Köln gekauft habe. Morgen können wir es uns anschauen. Bis später, mein Kind.«

»Du hast was?«, fragte ich perplex.

»Ein Haus gekauft«, wiederholte sie übertrieben laut und deutlich. »In Köln. Kindchen, ich sag doch immer, diese Handys funktionieren einfach nicht ordentlich.«

»Nein, nein, das Handy ist völlig in Ordnung.« Was man von meiner Mutter gerade nicht unbedingt behaupten konnte. »Mama, bist du verrückt?«, platzte ich entsetzt heraus und bemerkte zu spät, dass das nicht sonderlich offiziell klang. Ich warf Herrn Möller einen kurzen Blick zu und sah, dass er sich ein Grinsen verkniff. Trotzdem musste meine Mutter jetzt augenblicklich zur Vernunft gebracht werden. »Entschuldigen Sie mich kurz«, sagte ich in seine Richtung und versuchte dann, während ich zur Tür eilte, wesentlich leiser und gefasster ins Handy zu flüstern: »Du kannst doch nicht einfach so ein Haus kaufen, Mutter!«

»Natürlich nicht, Kindchen.« Ich schloss erleichtert die Klassentür hinter mir. »Das hat alles mein, wie nennt man das noch … ach ja, Finanzberater erledigt. Guter Junge, und unverheiratet, übrigens, habe ich dir das schon gesagt?«

»Lenk nicht ab, Mutter, was willst du denn mit einem Haus hier in Köln?«

»Darin wohnen, mein Kind. Und zwar mit euch. Ihr wollt doch nicht ewig in dieser winzigen Dachgeschosswohnung hausen, oder? Außerdem muss sich doch jemand um euch kümmern, bei all dem, was ihr durchmacht.«

»Scheidungen sind heutzutage kein tragisches Unglück mehr, Mama, wir kommen zurecht.«

Und schon fühlte ich mich schlecht. Denn natürlich ging es nicht darum, dass wir jemanden brauchten, der sich um uns kümmerte, sondern darum, dass sie jemanden brauchte, um den sie sich nach Vaters Tod kümmern konnte. Deswegen versuchte ich es mit logischeren Argumenten. »Ich meine, unsere Wohnung ist vollkommen ausreichend, wir haben eine Dachterrasse, und sie liegt nur zehn Minuten von Kims Schule entfernt. Ich brauche mit dem Fahrrad auch nur eine Viertelstunde zur Arbeit. Wenn wir aus der Stadt rausziehen, müssten wir jeden Tag mit dem Auto reinfahren, und der Verkehr in Köln ist die Hölle!«

»Papperlapapp, wer redet denn hier von rausziehen, Kindchen. Das Haus liegt mitten in Sülz.«

»Sülz! Bist du dir sicher? Die Preise da sind unbezahlbar.«

»O ja, das kannst du wohl sagen!«

»Aber du solltest dich wirklich nicht so hoch verschulden«, appellierte ich an ihre ostwestfälische Sparsamkeit und verkniff mir gerade noch ein »in deinem Alter«.

»I wo, wer redet denn hier von verschulden. Wusstest du, dass unser Haus in Jöllenbeck ein kleines Vermögen wert war?«

»Du hast es verkauft?«

»Natürlich, das brauche ich jetzt doch nicht mehr. Und wovon hätte ich sonst das Haus in Sülz bezahlen sollen?«

»Mutter«, stöhnte ich, als mir klarwurde, dass sie schon alles geregelt hatte und ich mich wohl oder übel damit abfinden musste, nach zwanzig Jahren selbständigen Erwachsenendaseins wieder mit ihr zusammenzuziehen.

»Also, vergiss nicht, morgen früh, Punkt neun, Kim hat die Adresse …«

»Was denn, sie weiß auch schon Bescheid?«, krächzte ich, aber da hatte meine Mutter bereits aufgelegt.

Minutenlang starrte ich fassungslos auf mein Handy. Dann erinnerte ich mich daran, dass mich im Klassenraum noch Herr Möller und ein nicht weniger unangenehmes Gespräch erwarteten. Ich atmete tief durch, öffnete die Tür und setzte ein künstliches Lächeln auf.

»Tut mir leid, Herr Möller, ich wollte Sie nicht so lange warten lassen.«

Aber er schaute mich immer noch freundlich an, die Lachfalte in seinem Gesicht hatte sich wieder geglättet.

»Gut, also, wo war ich stehengeblieben?«, fragte ich leicht verwirrt.

»Beim Sex«, antwortete er, und das falsche Lächeln auf meinen Lippen erstarb. »Zwischen unseren Kindern, oder war es nicht das, worauf Sie hinauswollten?«

Er sah mich offen an. Ich wurde rot und senkte meinen Blick. »Ja, schon, im Grunde, wobei ich natürlich hoffe, dass ich mir unnötig Sorgen mache … obwohl es vermutlich früher oder später sicherlich dazu … also eher später, hoffe ich natürlich …« Ich sah auf und schaute in ein verständnisloses Gesicht. Offensichtlich hielt er mich jetzt auch noch für eine verklemmte Glucke. Wahrscheinlich war ich das sogar, aber bei meiner Tochter hörte der Spaß nun mal auf. Deshalb riss ich mich endlich zusammen und rückte mit der Sprache raus.

»Also, was ich eigentlich sagen will, Sie haben Ihren Sohn doch aufgeklärt? … Über die möglichen Folgen von … Sex?«

Während ich übersprunghaft die Akte seines Sohnes zu- und dann wieder aufklappte, schien er mehr und mehr Gefallen an unserem Gespräch zu finden und grinste mich breit an. Und als er schließlich merkte, dass ich es ernst meinte, besaß er sogar noch die Frechheit, zu sagen: »Sind dafür nicht eigentlich Sie zuständig?«

Ich ließ die Akte sinken und sah ihn fassungslos an. Wie bitte? Was für ein altmodischer Typ! War er etwa einer von denen, die meinten, Verhütung sei grundsätzlich Frauensache?! Mir fehlten die Worte. Ich suchte noch nach einem passenden Konter, da fügte er erklärend hinzu: »Als seine Biologielehrerin, meinte ich.«

Natürlich, wie hätte ich auch nur eine Sekunde etwas anderes denken können. Ich atmete scharf ein und blaffte ihn wütend an: »Für Sexualkunde waren meine Kollegen in der Grundschule zuständig.« Dann stand ich abrupt auf, um klarzumachen, dass das Gespräch für mich beendet war. Herr

Möller stand ebenfalls auf und streckte mir freundlich seine Hand entgegen, als wäre nichts geschehen.

Während er meine Hand schüttelte und mir auffiel, dass er für einen Rausschmeißer einen viel zu sanften Griff und auch zu schmale Hände hatte, versicherte er mir, dass sein Nicolas ein wirklich anständiger Kerl sei. Ich nickte stumm und fand, dass ein mehrfach sitzengebliebener Junge mit abgewetzter Lederjacke und ungewaschenen Zottelhaaren (»Total coole Dreadlocks, Mama!«), der Sänger in einer Heavy-Metal-Band war und als Berufswunsch Sänger in einer Heavy-Metal-Band angab, bei mir nicht unter die Rubrik anständiger Junge fiel. Herr Möller verließ zufrieden mein Klassenzimmer, und ich sackte erschöpft zurück auf den Stuhl. Na wunderbar. Nicht nur, dass ich mit fast vierzig bald wieder bei meiner Mutter wohnen würde. Vielleicht konnte ich mich demnächst auch noch mit dem Rekord brüsten, innerhalb eines Jahres alleinerziehende Mutter und Oma geworden zu sein.

Drei-Generationen-Haus

Natürlich ging der Umzug nicht ohne Streit über die Bühne. Meine Mutter war in einem Punkt entscheidend im Vorteil: Ihr gehörte das Haus. Deswegen konnte sie die komplette obere Etage, ein liebevoll ausgebautes Dachgeschoss, auch ohne Gewissensbisse für sich beanspruchen. Meine Tochter versuchte es ihr auf diplomatische Weise abzuschwatzen: »Och, Mensch, Omi, in ein paar Jahren kommst du die Treppen doch sowieso nicht mehr hoch.«

»Kim!«, warf ich pflichtbewusst ein, obwohl ich zugeben musste, dass mir der Gedanke auch durch den Kopf gehuscht war.

»Keine Angst, meine Kleine, die Treppen sehen ganz stabil aus, für einen Treppenlift müsste es reichen.«

»Die sind doch viel zu steil. Das passt vom Winkel her gar nicht. Wenn du willst, kann ich das mal eben ausrechnen.«

»Kim!«

»Das war ein Scherz, Liebes, deine Oma hat nicht vor, in ein paar Jahren schon am Rollator zu gehen.«

»Och, Mann, ich will aber nicht neben Mama wohnen.«

»Kim!«

Mutter hatte nicht übertrieben. Das Haus lag tatsächlich mitten in Sülz und besaß neben dem umkämpften Dachboden auch noch zwei etwa gleichgroße Zimmer im mittleren Geschoss, eins zur Straße und eins nach hinten raus, um das ich mich nun offenbar mit meiner Tochter zanken musste, und ein Wohnzimmer mit Kamin im Erdgeschoss, von dem aus man durch einen gemauerten Rundbogen direkt in die gemütliche Wohnküche gelangte. Dazu kam noch der Luxus eines Gartens inklusive süßer Nachbarskatze. Bei unserem Besichtigungstermin war schnell klar gewesen, dass unsere Zweizimmerwohnung es hiermit nicht aufnehmen konnte. Da ahnten wir noch nicht, dass meine Mutter, oder vielmehr ihre monströsen Möbel, den größten Teil des Hauses selbst einnehmen würde. Innerhalb einer Woche war ihr Umzug abgeschlossen. Sie hatte den kompletten Inhalt ihres großen Vorstadthauses in Jöllenbeck in das nette, aber schmale Reihenhaus nach Köln-Sülz verfrachtet. Als Kim und ich mit unseren Habseligkeiten vor der Tür standen, war für diese dort praktisch kein Platz mehr. Im Prinzip war nicht mal für Mutters Möbel ausreichend Platz im Haus. Während Kim ihre eigene Zimmereinrichtung mit dem Hinweis auf ihre Pubertät durchboxte, musste ich mit Mutters Antiquitätensammlung vorliebnehmen. Einzig mein überdimensionaler Schreibtisch fand ihre Gnade und den Weg in mein Arbeits- / Schlafzimmer.

»Was ist das denn für ein Ungetüm? Da kann ja eine ganze Flüchtlingsfamilie drin wohnen.«

»Mutter, erstens ist das politisch nicht korrekt, was du sagst, und zweitens verbringe ich wie alle Lehrer einen Großteil meiner Arbeitszeit zu Hause, etwas, was ich dir schon seit Jahren zu erklären versuche. Genaugenommen könnte ich mein Arbeitszimmer sogar von der Steuer absetzen, wenn ich nicht auch noch darin schlafen müsste!«

»Bitte, wenn du dafür noch Platz in deinem Zimmer hast«, überhörte meine Mutter meinen kleinen Hinweis und rückte stattdessen ihren breiten Ledersessel zurecht, der wiederum im Wohnzimmer keinen Platz mehr gefunden hatte und nun Mittelpunkt meines Arbeitsschlafzimmers wurde.

Doch auch wenn der Rest meiner gerade neu gekauften Möbel im Keller landete und Kim nach viel Gemaule das deutlich ruhigere Zimmer nach hinten raus bekam, verlief unser Zusammenleben im Großen und Ganzen harmonisch. Überraschend harmonisch sogar, ich hatte nicht erwartet, dass mein Tag durch Mutter um einiges entspannter, ja sogar stressfreier wurde. Es hatte tatsächlich Vorteile, wenn man eine Mutter hatte, die ihre Hauptaufgabe im Leben darin sah, sich zu kümmern. Um das Frühstück zum Beispiel. Während Kim und ich bisher morgens in die Küche gehetzt kamen, um schnell noch einen Schluck Kaffee und ein paar Cornflakes hinunterzuwürgen, war der Tisch jetzt liebevoll gedeckt, der Kaffee bereits in den Tassen und der Brötchenkorb voll.

Oder um die Hausarbeit. Wann auch immer ich nach Hause kam, traf ich meine Mutter entweder mit einem Lappen, einem Besen oder einem Wischmopp an. Das Haus glänzte von oben bis unten, und wenn es zufällig mal nichts zu putzen gab, dann musste mit Sicherheit Unkraut gejätet, Marmelade gekocht oder Unterwäsche gebügelt werden. Das Wort »Ruhestand« kannte Mutter nicht, was nicht zuletzt daran lag, dass sie nie gearbeitet hatte. Im klassischen Sinne. Ihr Arbeitsplatz war der Haushalt, und dort gab es keine Rente mit fünfundsechzig.

Sie liebte es, sich zu kümmern. Um das Essen, den Einkauf, die Wäsche, das Unkraut und natürlich die Erziehung meiner Tochter.

»Es ist ihre erste große Liebe, du musst ihr mehr Freiheiten lassen«, war ihr Kommentar, als ich Kim dazu verdonnerte, ihre Nachhilfestunden mit Nicolas in Zukunft früher und bei uns zu Hause abzuhalten.

»Was?«, stieß ich perplex aus. »So wie ihr mir, als ich Arne nur in der Öffentlichkeit sehen durfte?«

»Hat er dich nun betrogen oder nicht?«

»Ja, aber erst zweiundzwanzig Jahre später, Mutter.«

»Das waren nun mal andere Zeiten.«

»Vielleicht, aber auch wenn ich das damals anders gesehen habe, manche Dinge sollten sich nicht unbedingt ändern. Kim ist noch viel zu jung für … das alles.« Sicher, in der Schule sah ich schon Zwölfjährige, die in den Pausen erste Küsse austauschten. Andere Zwölfjährige verbrachten ihre Pausen dagegen noch mit dem Austauschen von Pferdebildern. Aber bei Kim war der Sprung vom kleinen Mädchen zum Teenager viel zu plötzlich gekommen. Oder ich hatte ihn durch den Stress der letzten Monate verpasst. Äußerlich hatte sie sich kaum verändert, außer dass sie in die Höhe geschossen war. Bei ihren Genen kein Wunder. Andererseits verbarg sie ihre körperlichen Veränderungen, und wenn sie nach mir kam, war an weiblichen Rundungen ohnehin nicht viel zu erwarten, auch unter Kapuzenpullis und weiten Jeans, die um ihre dünnen Beine schlackerten. Ihre langen braunen Haare band sie sich am liebsten zum Pferdeschwanz zusammen, weil ihr die Haare sonst beim Lesen ins Gesicht fielen. Mode interessierte sie genauso wenig wie Jungs. Vor Nicolas hatten nicht mal die aus der *Bravo* in ihrem Leben eine Rolle gespielt. Ich hatte sie nie das Adjektiv süß in Zusammenhang mit einem männlichen Wesen aussprechen hören, und wenn doch, dann war es nicht aus der Gattung Mensch. Und dann, als hätte jemand den Schalter umgelegt, gab es nur noch Nicolas.

»Sei doch froh, dass Kim hier endlich Anschluss gefunden hat«, überging Mutter alle meine Einwände und traf damit genau meinen wunden Punkt. Schließlich war ich es, die Kim aus ihrem gewohnten Umfeld herausgerissen und sie gezwungen hatte, ihre Freunde zurückzulassen. Dabei war Kim für ihr Alter unglaublich verständnisvoll gewesen: »Erstens habe ich hier keine echten Freunde, Mami, und zweitens sollten wir so weit weg von diesem Arschloch wohnen wie möglich.«

Das Arschloch war Arne, und zu diesem Zeitpunkt war ich noch zu verletzt, um pädagogisch wertvoll auf sie einzuwirken und meine Wut auf meinen Mann nicht auf sie abfärben zu lassen. Dass sie nicht gut auf ihren Vater zu sprechen war, änderte sich zum Glück bald wieder. Dass sie keine Freunde hatte, lange Zeit leider nicht. In der Schule war sie ein Überflieger. Kim hatte mit acht bereits eine Klasse übersprungen, mit dreizehn noch eine und war ihren Mitschülern in fast allen Fächern immer noch um Längen voraus. In einigen war sie sogar den Lehrern voraus. Mathe war eines davon, und Arne hatte es mir oft genug vorgeworfen. Dabei war der Antrieb immer von Kim ausgegangen. Schon als Kleinkind war sie neugierig auf Zahlen gewesen. Was konnte ich dafür, dass ich Mathe unterrichtete und ihre Neugier unterstützte? Heute konnte sie das Haus nicht mehr ohne Bücher in der Tasche verlassen, und davon musste mindestens eins komplizierte Formeln beinhalten. Kim hatte sich immer mehr für Gleichungen als für Gleichaltrige interessiert, und daher fand ich es zunächst auch gut, als sie anfing, Mathe-Nachhilfe zu geben. So hätte sie wenigstens etwas Kontakt zu ihren Mitschülern, dachte ich da noch und hoffte, dass sie auf diese Art auch Freunde finden würde. Dass der Erfolg am Ende so durchschlagend sein würde, hatte ich natürlich nicht erwartet. Zwar war sie an ihrem Gymnasium immer noch eine Außenseiterin, aber wenigstens hatte sie jetzt einen Freund, um den nicht wenige Sechzehnjährige sie beneideten. Das bekam ich Tag für Tag im Unterricht mit, denn Nicolas wurde von sämtlichen Schülerinnen in seiner Klasse angehimmelt. Dabei war er noch nicht einmal besonders »süß« oder sportlich. Im Gegenteil, er war eher ein schmächtiger Typ, dessen dürre Beine in der ewig gleichen speckigen Jeans steckten und dessen schmales, blasses Gesicht ständig von seinen verfilzten schwarzen Haaren verdeckt war. Aber es genügte offenbar, Sänger einer Band zu sein, und schon war man bei den Mädchen gefragt. Er war freundlich, ein zurückhaltender, ruhiger Schüler, der im Unterricht die meiste Zeit mit anderen Dingen beschäftigt war. Dass meine Tochter nicht auf den Klassenclown abfahren würde, sondern Sonderlinge wie ihn bevorzugte, konnte ich sogar verstehen, aber vier Jahre Unterschied machten in ihrem Alter viel aus.

Deswegen fand ich es im Gegensatz zu Kim nicht so schlimm, dass unsere neuen Räume nur durch eine dünne Wand voneinander getrennt waren. Ich lief regelmäßig in mein Zimmer, um irgendetwas zu erledigen, wenn Nicolas da war. Sobald es nebenan still wurde und nur noch die Heavy-Metal-Musik aus den Boxen schallte, die Nicolas gerne mitbrachte, wusste ich, dass sie rumknutschten, und war bereit, beim ersten auffälligen Geräusch Kims Zimmer zu stürmen. Das ging einige Abende so, bis Mutter meinte, es sei an der Zeit, sich selbst um Kims Erziehung zu kümmern. Als ich wieder einmal nach oben huschen wollte, hielt sie mich zurück und drückte mir ein Glas Wein in die Hand und mich in das überdimensionierte Sofa gegenüber vom Kamin.

»Jetzt lass sie doch mal zehn Minuten in Ruhe, Meike.«

»In zehn Minuten kann viel passieren.« Ziemlich viel, wenn ich daran dachte, wie schnell Arne und ich in der ersten Zeit gewesen waren, als wir es noch heimlich tun mussten. Und genaugenommen in den letzten Jahren unserer Ehe dann auch wieder …

»Ich dachte, du hättest sie mit dem Jungen zusammengebracht«, wandte Mutter ein.

»Als seine Nachhilfelehrerin. Ich wollte, dass Kim ihm Nachhilfe gibt, mehr nicht.«

»Ich dachte, du magst diesen Nicolas.«

Ich hatte das Gefühl, dass Kim bei ihr schon eine erfolgreiche Gehirnwäsche durchgeführt hatte, das waren eindeutig ihre Argumente, die ich da kaum versteckt heraushörte.

»Ich mag ihn ja auch, als Schüler. Nicht als potentiellen Vater meiner viel zu früh geborenen Enkelkinder.«

»Du übertreibst!«

»Mama, der Junge ist siebzehn, und von denen habe ich eine ganze Horde voll in meinem Klassenzimmer sitzen. Das ist wie ein Meer voller Hormone, gegen das man jeden Tag ankämpft!«

»Ich finde, er sieht ganz nett aus.«

Seit wann war meine Mutter so tolerant? Und warum war sie es nicht schon viel früher gewesen, dann hätte ich wenigstens auch davon profitieren können!

»Ist er ja auch«, lenkte ich schwach ein. »Aber ganz offensichtlich hat er zu Hause niemanden, der ihm Grenzen aufzeigt. Er ist nicht umsonst zweimal sitzengeblieben. Der Kerl spielt in einer Band, er geht abends feiern, wenn andere für ihre Klausuren lernen, sein Abschluss interessiert ihn nicht die Bohne, und ganz ehrlich, nachdem ich seinen Vater kennengelernt habe, wundert mich nichts mehr.«

»Was denn, lebt er von der Stütze?«

»Hartz IV nennt man das heute, Mutter, und das macht einen nicht zum schlechten Vater. Aber nein, er trägt einen schwarzen Anzug und arbeitet nachts. Was sagt dir das?«

»Ich weiß nicht. Ist er attraktiv?«

Ich sah sie verwirrt an. Was hatte das denn mit seinem Job zu tun?

»Nein! … Ja. Vielleicht. Etwas untersetzt, fand ich. Aber er hat noch volle schwarze Haare. Ein asymmetrisches Gesicht allerdings. Wieso?«

»Ist er verheiratet?«

»Weiß ich nicht. Geschieden womöglich. Ich habe Nicolas' Mutter auf jeden Fall noch nicht getroffen.«

»Und wie alt ist er?«

»Was weiß ich. Zweiundvierzig, dreiundvierzig vielleicht. Wieso fragst du mich das alles?«

Meine Mutter zuckte nur unschuldig mit den Schultern.

Ich sah sie entgeistert an. Meine Mutter liebte es wirklich, sich zu kümmern. Nun also auch noch um mein Liebesleben.

»Mutter, ich will nicht mit ihm ausgehen. Ich will mich über ihn aufregen.«

Liebesleben

Zum Glück gab es eine Sache, um die sich Mutter noch dringender kümmern musste als um uns: ihr eigenes Liebesleben.

Als ich ein paar Tage nach diesem Gespräch von der Schule nach Hause kam, traf ich sie dabei an, wie sie sich mit meiner Tochter über einen Tisch voller Männerfotos beugte, und durfte mir ihre kenntnisreiche Diskussion über die Vorzüge und Nachteile dieses oder jenes Kerls mitanhören. Offenbar war ein verwitweter sechsundsechzigjähriger Ex-Arzt mit mehr Vorsicht zu genießen als ein vorzeitig in Rente geschickter, mehrfach geschiedener Fließbandarbeiter bei Ford. Denn Ersterer trauerte womöglich seiner verstorbenen Gattin nach, neigte stressbedingt zum Herzinfarkt – als Arzt achtete man schließlich nicht gut genug auf seine eigene Gesundheit – und beurteilte die Frauen womöglich nach rein anatomischen Gesichtspunkten, die, wie meine Mutter eingestand, mit sechsundsechzig nicht mehr ihre absolute Stärke waren. Ein Ex-Fordarbeiter mit mehreren Exfrauen dagegen hatte offensichtlich Spaß am Leben und wollte der Liste nicht noch eine weitere Ex hinzufügen.

»Was ist das? Woher habt ihr die?«, fragte ich verwundert, als ich den Stapel der ausgemusterten Männer durchging.

»Oma hat eine Kontaktanzeige aufgegeben«, erklärte Kim freimütig.

»Wie bitte? In der Zeitung?«

»Ich hab ihr auch gesagt, dass das heute jeder im Internet macht.«

»Ach was, die Männer, die ich suche, kennen sich mit dem Internet doch gar nicht aus, Kleines.«

»Wieso nicht? Da gibt es 'ne Partnervermittlung extra für Alte.«

»Senioren, Kleines. Man nennt uns Senioren.«

»Meinetwegen. *www.Partnership60plus.de* Ich kann sie dir zeigen.«

»Danke, aber erst mal versuche ich es auf die klassische Art.«

Ich starrte entgeistert von Enkelin zu Oma und wieder zur Enkelin.

»Wieso kennst du dich mit solchen Internetseiten so gut aus, Kim? Und, Mutter, wieso suchst du … einen Mann?«

»Aus den üblichen Gründen, Kind«, sagte sie und deutete unauffällig auf Kim, so als würde sie diese üblichen Gründe nicht kennen. Allerdings wollte ich auch nicht genauer mit ihr über diese üblichen Gründe sprechen. Eigentlich wollte ich noch nicht mal, dass meine Mutter so wild darauf war, einen neuen Mann für diese üblichen Gründe kennenzulernen. Vater war gerade mal ein halbes Jahr tot. Mir saß der Schock über Mutters hilflosen Anruf mit der Nachricht, dass er von einem auf den anderen Moment beim Rasenmähen umgekippt war, immer noch tief in den Knochen. Wie sollte es ihr dann erst gehen?

Ihre eifrige Partnersuche erschien mir reichlich überstürzt. Außerdem war meine Mutter vierundvierzig Jahre glücklich mit meinem Vater verheiratet gewesen. Mit einem liebevollen, treusorgenden Ehemann. Man sollte doch meinen, dass sie damit genug Mann für ein Leben abbekommen hatte. Wollte sie sich in ihrem Alter ernsthaft noch mal auf Männerjagd begeben? Und wollte sie mir tatsächlich einen neuen Vater und Kim einen neuen Opa zumuten?

Zwischen Trotz und Mitgefühl schwankend, legte ich den Stapel der Verschmähten wieder hin und griff mir die »engere

Wahl«, in die es bisher nur drei Exemplare, unter anderem der dreifach geschiedene Fordarbeiter, geschafft hatten. Die Fotos waren nichtssagend und die Beschreibungen ebenfalls. Kim riss gespannt den nächsten Umschlag auf. Ich setzte mich zu Mutter und sah sie nachdenklich an.

»Findest du nicht, das ist ein bisschen früh?«, fragte ich vorsichtig, weil ich den Grund für diesen Männerwust auf unserem Küchentisch zu kennen glaubte. Sie versuchte, ihre Trauer durch Aktionismus zu überwinden.

»Dein Vater würde nicht wollen, dass ich alleine bleibe«, sagte sie, ohne aufzuschauen.

»Du hast doch uns, Omi.« Kim kuschelte sich in ihren Arm.

»Ich weiß«, lächelte sie und drückte Kim an sich.

Ich legte von der anderen Seite meinen Arm um Mutter und gab ihr ein Küsschen auf die Wange. »Lass dir doch ein bisschen Zeit.«

»Von wegen, in meinem Alter darf man keine Zeit verlieren. In deinem übrigens auch nicht. So groß ist die Auswahl mit vierzig nämlich auch nicht mehr.«

Einen Moment lang hatte ich tatsächlich das Gefühl gehabt, einen Hauch von Familienidylle zu verspüren.

»Noch bin ich neununddreißig«, sagte ich und stand auf. Sollten sich die beiden doch weiter durch die Männer wühlen, ich hatte zumindest erst einmal die Nase voll von denen.

Mein Kollege aus dem Naturwissenschaftstrakt merkte davon scheinbar nichts, auch wenn unser erstes Zusammentreffen alles andere als vielversprechend verlaufen war. Er hatte einen Vornamen als Nachnamen, was mich immer durcheinanderbrachte, weil ich sie wahlweise für Doppelnamen hielt, den Vornamen als Nachnamen nahm, wenn ich die Person siezte, oder den Nachnamen als Vornamen, wenn ich sie duzte. Dementsprechend verwirrend lief unsere Vorstellungsrunde ab, als er mich an meinem ersten Tag in der Astrid-Lindgren-Realschule begrüßte.

»Hallo, mein Name ist Klaus, Klaus Walter.«

»Winter. Meike Winter. Klaus Walter und weiter?«

»Nein, nur Klaus Walter. Das ist mein Nachname.«

»Ah so, sehr erfreut, Herr äh …«

»Walter. Aber nennen Sie mich ruhig Klaus. Physik und Chemie übrigens. Wir teilen uns mit Biologie die gleichen Räume. Wenn Sie also Fragen haben …«

»Schön, danke, Walter … Klaus.«

»Klaus Walter, aber Klaus reicht.«

»Tut mir leid, Klaus.«

»Also, man sieht sich, Meike.«

»Ja, bestimmt.« Und schon hatte ich wieder vergessen, welcher der beiden Namen sein Vorname war.

Ich war kurz nach den großen Ferien an diese Schule versetzt worden, auf eigenen Wunsch. Denn nachdem ich hinter Arnes Betrug gekommen war und Hals über Kopf unsere gemeinsame Wohnung verlassen hatte, war es mir von Tag zu Tag schwerer gefallen, nicht nur ihn jeden Morgen an meiner alten Schule zu sehen, sondern auch seine Freundin. Also hatte ich mich erst beurlauben lassen und dann eine Versetzung aus privaten Gründen beantragt. Als man mir nach den großen Ferien die Stelle in Köln anbot, hatte ich sofort zugesagt, auch wenn es für mich und Kim eine größere Umstellung bedeutete als gewollt. Aber wenigstens kannte uns hier keiner. Ich erntete morgens keine mitleidigen Blicke meiner Kollegen mehr und musste auch nicht so tun, als würde es mich nichts angehen, wenn mein Ex im Lehrerzimmer mit seiner Neuen flirtete.

Es war ein vollständiger Neuanfang, und deswegen war ich leicht besorgt, als meine Kollegin Silvia meinte, Klaus Walter habe ein Auge auf mich geworfen. Ich war erst seit einem Dreivierteljahr Single, und anders als meine Mutter plante ich nicht, diesen Zustand so bald wieder zu ändern. Zunächst tat ich Silvias Grinsen und Gerede, wann immer Doppelname meinen Weg kreuzte, als übertrieben und albern ab und fand ihn einfach nur höflich. Als er mich allerdings in einer großen Pause am Kopierer abfing, um zu fragen, ob ich mich denn schon gut in Köln eingelebt hätte, und auf mein Schulterzucken, gepaart mit einem lahmen »Zu viel zu tun«, hinterherschob, dass er mir ja mal die ein oder andere Ecke der Stadt zeigen könnte, glaubte ich Silvia allmählich. Ich zuckte erneut mit den Schultern und erklärte höflich, dass das sehr nett sei, ich aber immer noch sehr viel mit den Umzugs- und sonstigen daraus resultierenden diffusen Angelegenheiten zu tun hätte.

»Natürlich, das kann ich verstehen, so ein Umzug in eine neue Stadt bringt viel Ärger mit sich«, erklärte Doppelname immer noch freundlich, und ich hoffte vergebens, dass er die versteckte Abfuhr in meiner Antwort verstand. Stattdessen gab er mir einen Zettel mit seiner Handynummer. »Falls du doch mal einen Stadtführer brauchst«, sagte er und ging mit einem charmanten Lächeln auf den Lippen ins Lehrerzimmer zurück. Ich starrte irritiert auf die Nummer und war fest entschlossen, nie wieder etwas mit einem Kollegen anzufangen.

Männer

»Walter?«

»Klaus.«

»Klaus, natürlich. Äh, hättest du heute Abend vielleicht Zeit, mir ein bisschen die Stadt zu zeigen?«

Das war immerhin eine ganze Woche später. Heute war der 12.12., mein Geburtstag und seit genau vierundfünfzig Minuten auch mein erster Tag als offiziell geschiedene Frau.

»Das hat dieser Mistkerl doch extra gemacht«, fluchte meine Mutter stellvertretend für mich am Frühstückstisch, und ich war ihr dankbar dafür, weil ich dann nicht im Beisein meiner Tochter über ihren Vater herziehen musste. Natürlich konnte Arne genauso wenig wie ich etwas für den ungünstigen Gerichtstermin, aber es tat gut, es zu glauben. So konnte ich mich während der Zugfahrt von Köln nach Bielefeld in die entsprechende kämpferische Stimmung bringen, die sofort verflog, als ich Arne im Flur des Gerichts gegenüberstand. Er hatte nichts von seiner Anziehungskraft verloren, und das lag nicht nur an seinen ein Meter neunzig, den vollen strohblonden Haaren und dem gewinnenden jungenhaften Lächeln, mit dem er mich begrüßte. Wir passten gut zusammen, das hatten immer alle gesagt. Sowohl äußerlich als auch was die sonstigen Dinge anging, die bei Mann und Frau eben gut zusammenpassen konnten. Mit meinen eins zweiundachtzig war ich froh gewesen, einen Mann zu haben, bei dem ich mich zum Küssen nicht hinunterbeugen musste. Wir waren gleich alt und auf dasselbe Gymnasium gegangen, studierten beide nach dem Abi in Bielefeld, wählten extra unterschiedliche Fächer, damit wir die Chancen erhöhten, an dieselbe Schule zu kommen. Wir hatten dieselben Interessen, mochten dieselben Filme und bevorzugten das gleiche Essen. Wir waren schlank – wenn böse Zungen wie meine Mutter mich auch gelegentlich als mager bezeichneten – und liebten Ausdauersport. Beim Lauftraining trieben wir uns gegenseitig zu neuen Bestzeiten an, hatten schließlich sogar gemeinsam das Abenteuer Marathon wagen wollen.

Und das war dann der Anfang vom Ende. Mit unserer eisernen Disziplin, einer weiteren Charaktereigenschaft, die wir teilten, schafften wir es schnell bis zum Halbmarathon und steigerten uns stetig. Bis bei Kilometer dreißig eine alte Baumwurzel das Ende meiner Ehe bedeutete. Ich holte mir einen Bänderriss und Arne sich eine neue Laufpartnerin. Sie schafften den Marathon in weniger als vier Stunden.

Meine Scheidung dauerte nur ganze zehn Minuten. Zehn Minuten, in denen das geregelt wurde, was auch ohne Richter schon geregelt war. Wir teilten uns die Eigentumswohnung, für die Arne mich nach und nach auszahlen würde, den Gegenwert unserer fast neuen Familienkutsche und Kim, die Arne wegen der Entfernung allerdings nur jedes zweite Wochenende und für die Hälfte der Ferienzeit sehen würde. Alles andere hatten wir ohnehin schon aufgeteilt. Eine Unterschrift, dann war meine Ehe endgültig geschieden. In zehn Minuten hatten wir zweiundzwanzig Jahre Freundschaft, sechzehn Jahre Ehe und vierzehn Jahre gemeinsamer Erziehung unserer Tochter abgehakt. Zehn Minuten vor dem Scheidungsrichter, für die ich mir einen Tag frei und zweieinhalb Stunden Hin- und Rückfahrt mit der Bahn in Kauf nehmen musste. Ganz zu schweigen davon, dass mein vierzigster Geburtstag durch diesen Termin noch deprimierender wurde, als die Vier vor der Null ohnehin schon war. Zwischen Bielefeld und Rheda-Wiedenbrück verdrückte ich ein paar Tränen. Zwischen

Hamm in Westfalen und Dortmund-Scharnhorst zückte ich mein Handy und rief Klaus Walter an.

Die Kneipe, in die er mich nach einem zu reichhaltigen Essen bei einem schlechten Italiener in der Südstadt führte, sah auf den ersten Blick etwas heruntergekommen aus. Auf den zweiten vermischte sich die Patina mit Stil. Auf der einen Seite ein paar kleine Nischen mit abgewetzten roten Lederbänken, auf der anderen eine altmodische Bar ohne viel Leuchtreklame oder Brimborium, dafür mit einem echten Barkeeper, der sogar wie in alten Western ein weißes Hemd, eine schwarze Weste und ein Band um seinen Oberarm trug. Überhaupt hätte diese Kneipe gut in einen amerikanischen Film aus den Fünfzigern gepasst.

Auf den dritten Blick hatte ich ein Déjà-vu. Irgendwo glaubte ich den dunkelhaarigen Mann, der allein an der Bar stand, schon mal gesehen zu haben. Was allerdings unwahrscheinlich war, denn bis auf meine Kollegen, die gestresste Dame vom Einwohnermeldeamt und die nette, aber hilflose Stimme der Hotline von Netcologne kannte ich in Köln noch niemanden. Ich schaute also wieder weg und wandte mich Doppelname zu. Ich hatte mir vorgenommen, diesen Abend mit ihm zu genießen, obwohl mir schon nach fünf Minuten klar gewesen war, dass wir privat noch nicht mal so etwas wie Freunde werden würden. Gut, er war nett und sogar fünf Zentimeter größer als ich, aber er redete zu viel. Ich mochte Leute nicht, die mir in den ersten fünf Minuten ihre komplette Lebensgeschichte erzählten. Da, wo ich herkam – aus Ostwestfalen-Lippe –, tauschte man in den ersten fünf Minuten nur skeptische Blicke aus. Stattdessen wusste ich nun bereits, dass er aus Düsseldorf stammte, eine uneheliche vierjährige Tochter hatte, die offenbar einem One-Night-Stand entsprungen war, und einen Schuhfimmel, weil er sich gerne und ausschließlich Schuhe von Nike kaufte. Da ich bei meinen

Sportschuhen auf Adidas schwor, verlief auch dieser Gesprächsansatz im Sande. Zum Glück kam die fettige Pizza bei dem schmierigen Italiener recht schnell, so dass Klaus oder Walter mich mit weiteren wichtigen Details aus seinem Leben verschonte, die Pizza in Tortenstücke schnitt und sie mit den Fingern aß. Nichts von alldem hatte auch nur irgendwie mein Interesse für ihn geweckt. Trotzdem war ich ihm bereitwillig in diese Kneipe gefolgt, sein nächster Geheimtipp.

In einer Nische wurde ein Tisch mit leeren Kölschgläsern und einem Rotweinfleck in der Mitte frei, und wir setzten uns. Ich betrachtete die Bilder an der Wand, geschmackvolle Schwarzweißfotos von Jazzmusikern, die ich, bis auf Louis Armstrong und Dizzy Gillespie, nicht erkannte. Aber ich schaute sie mir sowieso in erster Linie an, um mir einen weiteren Redeschwall von Doppelname zu ersparen. Kurz darauf stand er auf und ging zur Toilette. Als ich ihm mit dem Blick quer durch den Raum folgte, bemerkte mich der Anzugmensch an der Bar und kam auf mich zu. Er hatte mich noch nicht ganz erreicht, da fiel mir zum Glück wieder ein, woher ich ihn kannte. Es war Nicolas' Vater, und er trug denselben Anzug wie am Elternsprechtag. Mit Kellner hatte ich also fast richtig gelegen, auch wenn ich die Aufmachung selbst für diese auf alt getrimmte Bar etwas übertrieben fand. Ich bestellte ein Kölsch und einen Rotwein bei ihm und bekam ein freches Grinsen serviert.

»Ich bin hier nicht die Bedienung«, antwortete er.

»Ach so, ich dachte, Sie arbeiten hier«, versuchte ich meinen Fauxpas herunterzuspielen.

»Das schon, aber nicht als Kellner«, grinste er immer noch. Ich fragte lieber nicht weiter nach, er hatte etwas leicht Italo-Mafioses an sich. »Herzlichen Glückwunsch!«, sagte er völlig unverhofft. Ich sah ihn etwas verwirrt an.

»Zum Geburtstag«, erklärte er wie selbstverständlich. »Sie haben doch heute Geburtstag, oder nicht?«

Woher wusste er das? Über Klaus Walters Geschwätz hatte ich meinen Geburtstag ja selbst inzwischen vergessen. Herr Möller erklärte freimütig: »Die Kinder. Sie reden ziemlich viel und laut, und meistens kann ich mir nicht schnell genug die Ohren zuhalten.«

Ich musste gegen meinen Willen lachen. Allerdings konnten Kim und Nicolas unglaublich viel miteinander reden, meistens am Telefon und meistens, wenn Schlafenszeit war. Dann kam mir allerdings in den Sinn, was wohl der Anlass für ihr Gespräch über meinen Geburtstag gewesen war. Vermutlich wollte Kim ihrem Freund nicht einfach nur mitteilen, dass ihre Mutter am heutigen Tag vierzig wurde. Sondern dass heute, ausgerechnet an »Mamas Geburtstag«, der Scheidungstermin ihrer Eltern war. Mein Lachen verebbte ziemlich abrupt, und ich schaute Nicolas' Vater plötzlich nicht mehr ganz so ungezwungen an. Er verstand meine stumme Frage und nickte.

»Ja, darüber haben sie auch geredet.« Dann sah er mich prüfend an und scherzte: »Ich hoffe, Sie sind nicht hier, um sich deswegen zu betrinken.«

»Nein, ich bin hier, um zu feiern. Aber trotzdem danke für Ihr Mitgefühl!« Ich hatte schon wieder vergessen, wie unverschämt er war. Er folgte meinem automatischen Blick zu Doppelname, der von der Toilette zurück war und jetzt an der Bar stand und vergeblich versuchte, den Barkeeper auf sich aufmerksam zu machen.

»Ach, mit ihm?«, fragte Herr Möller und sein »Ach« war mir einen Hauch zu schnippisch, deswegen hakte ich nach: »Ja, wieso, haben Sie was dagegen?«

»Nein, ich hoffe nur, man hat Sie gewarnt.«

»Gewarnt? Wieso, ist er gefährlich?« Ich versuchte, ein überlegenes Lächeln aufzusetzen, wie Lauren Bacall in einem Film noir, weil es irgendwie in dieses Ambiente passte. Leider fehlten mir dazu das Talent und die Zigarette.

»Kommt drauf an, was Ihre Pläne mit ihm sind«, redete Herr Möller ungeniert weiter. »Er genießt an Ihrer Schule einen gewissen Ruf.«

»Ach ja?«, sagte ich und überspielte meine Unsicherheit nicht gerade sehr überzeugend.

»Er kommt öfter hierher. Jedes Mal mit einer anderen Frau.«

»Ja, schön, warum auch nicht? Er ist eben ein geselliger Mensch!«

»Ich dachte nur, es interessiert Sie vielleicht, dass man Sie an Ihrer Schule schon für sein nächstes Opfer hält!«

»Was heißt denn hier Opfer?«

»Deswegen fragte ich ja, ob man Sie gewarnt hat.«

Als er meinen konsternierten Blick sah, zuckte er entschuldigend mit den Schultern.

»Tut mir leid, die Kinder reden eben sehr viel.«

»Ja, und wissen Sie, was? Langsam glaube ich, Sie sollten tatsächlich nicht mehr zuhören! Vielen Dank, bis eben hatte ich gehofft, diesem ziemlich miesen Tag einen einigermaßen versöhnlichen Abschluss geben zu können, damit ich wenigstens einen Hauch von dem Gefühl bekomme, das man eigentlich an seinem Geburtstag haben sollte. Aber dank Ihnen ist er nun endgültig ruiniert, da ich ja nun weiß, dass ich mich mit diesem harmlosen Date zum Tagesgespräch in der Schule gemacht habe. Sie können also getrost wieder zur Theke gehen und das tun, was auch immer Sie hier als Arbeit bezeichnen, aber belästigen Sie mich bitte nicht mehr mit Ihrem Insiderwissen.«

Offensichtlich hatte ich ihn mit diesem Ausbruch nun doch etwas überrumpelt. Er nickte jedenfalls nur irritiert und zog sich zurück. Ich folgte ihm mit meinem Blick, mit dem ich ihn am liebsten durchlöchert, gevierteilt und aus der Kneipe befördert hätte. Aber er blieb ganz und auch in der Kneipe. Und dann erkannte ich, was es war, das er hier als Arbeit bezeichnete. In einer dunklen Ecke stand ein Klavier. Das hatte ich beim Reinkommen völlig übersehen, und auch jetzt erkannte ich es nur, weil Herr Möller sich davor auf einen Drehhocker setzte und eine kleine Lampe einschaltete, die nun ein schummriges Licht auf die Tasten, seinen Kopf und das Notenbrett warf, auf dem aber keine Noten standen. Der Rest des Klaviers versank im Dunkeln, als sollte es nicht gesehen werden. Auch von Nicolas' Vater konnte ich nur noch den Rücken sehen, als er anfing, eine unaufdringliche Melodie zu spielen. Ich wusste nicht, ob sie improvisiert war oder zu einem Lied gehörte, ich kannte sie auf jeden Fall nicht. Aber sie bahnte sich einen direkten Weg in meinen Kopf und verbannte schlagartig alle negativen Gedanken. Es war eine leise, süße Melodie, die offenbar nur der Untermalung dienen sollte. Kaum einer in der Kneipe schien bemerkt zu haben, dass jemand angefangen hatte, Klavier zu spielen. Aber ich war so überrascht, dass dieser unverschämte, großkotzige Vater des Freundes meiner Tochter eine so schöne Musik aus seinen Fingern zaubern konnte, dass ich ihr unentwegt zuhören musste. Auch als Doppelname endlich mit den Getränken zurückkam, folgte ich seinem Gerede kaum noch. Die Musik hatte mich vollkommen in ihren Bann gezogen, was Doppelname aber nicht zu stören schien. Seitdem ich von seinem Ruf wusste, hatte ich noch weniger Lust, mich mit ihm zu unterhalten. Stattdessen schaute ich über seine Schulter hinweg auf den Rücken von Herrn Möller und lauschte seiner Musik. Er wechselte übergangslos von der Melodie zu ein paar bekannteren Stücken, spielte Klassiker von den Beatles, Simon and Garfunkel und Cat Stevens. Es fehlte eigentlich nur noch, dass er nun *As Time Goes By* anschlug, und ich hätte mich vollends wie Ingrid Bergman in einem deutschen Remake von Casablanca gefühlt. Aber plötzlich spielte er ein anderes Lied nur für mich. Mitten zwischen diesen verschnörkelten, sehnsuchtsvollen Erinnerungen an unsere Jugend, oder vielmehr die unserer Eltern, ertönte plötzlich ein lautes, klares »Happy Birthday to You«. Als es beendet war, klatschten einige Zuhörer, wünschten alles Gute an unbekannt und prosteten in den Raum hinein.

»Scheinbar hat hier jemand Geburtstag«, schloss Doppelname messerscharf.

Ich lehnte mich zurück und nickte lächelnd. »Ja.«

Eingerostet

»Mann, Mama, musstest du denn unbedingt mit diesem Lehrerinnentröster ausgehen?«, begrüßte Kim mich am nächsten Morgen, noch bevor ich meine Augen richtig öffnen konnte. Ich hatte zwar nicht so viel getrunken, aber es war trotzdem spät geworden gestern Abend.

Jetzt riss ich meine Augen auf. Meine Schläfrigkeit war im Nu verflogen. »Mit dem Lehrerinnen… Wie bitte, was?«

»Hättest du dir nicht einen anderen Mann für dein Date aussuchen können als diesen blöden Walter?«

»Woher kennst du denn Walter … und diesen schrecklichen Spitznamen?«

»Von Nicolas. Alle haben doch schon darauf gewartet, dass er dich rumkriegt. Und ich hab auch noch behauptet, dass du dich nie auf so ein Ekelpaket einlassen würdest.«

Meine Augen wurden noch weiter, während meine Mutter unser Gespräch langsam interessant fand. Sie hatte sich ohnehin beschwert, dass Kim und ich am Frühstückstisch so schweigsam wären.

»Also, wirklich, Kim, erstens finde ich es ein Unding, dass du mir nichts davon erzählst. Und zweitens hat er mich nicht rumgekriegt.«

Im Gegenteil, mir war es sogar gelungen, Doppelname ohne das obligatorische Abschiedsküsschen nach Hause zu schicken und mich mit einem freundlichen, aber abweisenden Handschlag für den Abend zu bedanken.

»Es war total harmlos! Er ist nur ein Freund. Noch nicht

mal das, ehrlich gesagt«, versicherte ich meiner Tochter. Trotzdem schmollte Kim mich beleidigt an, als wäre sie die Leidtragende meines ersten Ausgehversuches seit Arne. Ich ahnte, dass mehr dahintersteckte als die Wahl des Mannes. Vermutlich eher die Tatsache, dass ich überhaupt mit einem Mann ausgegangen war.

»Wieso hat er dich denn nicht rumgekriegt?«, mischte meine Mutter sich neugierig ein, und ich sah sie nun ebenfalls entgeistert an. Nicht nur wegen der Wortwahl, die überhaupt nicht zu ihr passte, sondern vor allem, weil ich mit meiner Mutter noch nie über Sex gesprochen hatte. Aber seit sie selbst wieder auf der Jagd war, schien sie dieses Thema irgendwie zu interessieren.

»Mutter, bitte!«

»Ich sag ja nur, du hättest die Gelegenheit doch ruhig nutzen können. Man rostet schneller ein, als man denkt, das kannst du deiner alten Mutter ruhig mal glauben.«

»Ich bin nicht eingero… Mutter, können wir vielleicht über etwas anderes reden?«

Ich konnte nicht glauben, dass ich mit meiner Mutter gerade dieses Gespräch führte, und dann auch noch vor meiner Tochter, die deswegen allerdings überraschend schnell wieder aus ihrer Schmollecke herauskam. Sie kicherte, und ich konnte sie noch nicht mal zurechtweisen, da sie schließlich nichts für die Taktlosigkeit ihrer Großmutter konnte.

»Sei doch nicht so prüde«, fuhr diese denn auch fort.

»Ich kann nicht anders, Mutter, ich wurde so erzogen, falls du dich vielleicht erinnerst. Also können wir endlich aufhören, über etwas zu reden, das nicht stattgefunden hat?!«

»Ich finde ja nur, ein bisschen Übung schadet nicht, wenn man so lange nicht im Rennen war.«

Ich versuchte, meine Mutter mit mehr oder weniger deutlicher Mimik darauf aufmerksam zu machen, dass ich nicht gewillt war, vor Kim über mein nicht vorhandenes Sexleben zu reden.

»Ich war nicht aus dem Rennen, ich war nur verheiratet. Ich weiß ziemlich genau, wie das geht, der Beweis dafür sitzt schließlich gerade mit uns am Tisch, MUTTER!«

Vergeblich, sie bekam meine subtilen Hinweise nicht im Geringsten mit. »In vierzehn Jahren kann viel passieren … oder auch nicht mehr passieren.«

»Mama«, mischte Kim sich nun auch noch in unsere Konversation ein. »Versprichst du mir wenigstens, dass du dir zum Üben nicht wieder jemanden von deiner Schule aussuchst? Ich würde gerne länger hier wohnen bleiben.«

»Schatz, ich habe nicht vor zu üben«, beruhigte ich sie.

»Das solltest du aber«, drängelte sich Mutter wieder dazwischen und kam endlich zum eigentlichen Punkt dieses Gesprächs: »Also ich gehe heute Abend mit Anton aus …«

»Och nee, Omi, mit dem dreimal geschiedenen Fordarbeiter? Der war doch nur die Reserve.«

Ich war mir nicht sicher, ob ich den Weg, den dieses Gespräch einschlug, so gut fand. Und noch unsicherer war ich mir darüber, ob ich es so gut fand, wie meine Mutter Kim in ihre Männersuche mit einspannte. Meiner Ansicht nach sollte sie Liebe als etwas Romantisches kennenlernen, nicht als eine mehr oder weniger erfolgreiche Bestellung auf dem Kontaktanzeigenmarkt.

»Für mein erstes Date ist er mehr als ausreichend, Kleines«, erklärte meine Mutter ihr vollkommen sachlich. »ICH hätte auf jeden Fall nichts dagegen, wenn er mich ›rumkriegen‹ will.«

»O Gott, Mutter!«

»Bääääh, in deinem Alter.«

»Was heißt hier in meinem Alter? Dein Opa und ich …«

»Es reicht«, ging ich eilig dazwischen und hielt mir vorsorglich die Ohren zu. Jetzt war ich mir sicher, dass ich den Weg nicht gut fand, den dieses Gespräch eingeschlagen hatte. Die eigene Tochter und die eigene Mutter gehörten definitiv nicht zu der Gruppe von Leuten, mit denen man ein ungezwungenes Gespräch über Sex führen sollte. Meine Mutter sah mich etwas enttäuscht an, also fügte ich beschwichtigend hinzu: »Es freut mich, dass du jemanden gefunden hast, der mit dir ausgeht, Mutter. Lass es doch einfach auf dich zukommen, okay?«

»Das werde ich, mein Kind. Das werde ich.« Sie wirkte immer noch ein wenig beleidigt, dass wir ihre Bettgeschichten nicht hören wollten, und ich fühlte mich gezwungen, weiter mit ihr über ihr Date zu reden. Es schien sie irgendwie stolz zu machen, vielleicht auch nur, weil sie sich wieder jung fühlte und mitreden konnte.

»Wo wollt ihr denn hingehen?«, fragte ich etwas ruhiger.

»In ein Brauhaus. Am Dom, hat er gesagt. Urkölnisch soll es da zugehen.«

»Kölsch, Oma.«

»Was?«

»Kölsch sagt man hier. Urkölsch!«

»Na, wenn du meinst, meine Kleine. Du bist hier schließlich das Genie.«

Sie tätschelte Kim plötzlich wieder ganz großmütterlich die Wange, und damit schienen sich die Wogen geglättet zu haben. Von einer Sekunde auf die andere waren wir wieder eine ganz normale Halbfamilie am Frühstückstisch, die sich auf einen ganz normalen Arbeits- und Schultag vorbereitete. Meine Mutter schmierte Kim ein Schulbrot, goss mir und sich Kaffee nach und ließ zwei Süßstofftabletten in ihre Tasse plumpsen.

»Anton hat übrigens einen Sohn in deinem Alter, Meike, habe ich das schon erzählt? Gerade zum zweiten Mal geschieden.«

»Das klingt ja vielversprechend«, stöhnte ich und beschloss, diesen Morgen irgendwie auszusitzen.

»Du kannst doch nicht mit dem Sohn von Omas Freund ausgehen, Mama«, fuhr mich meine Tochter entgeistert an. »Das wäre doch … Inzest!«

»Nicht ganz, mein Schatz, rein biologisch gesehen, aber objektiv gesehen wäre es vermutlich genauso schlimm. Nein, Mutter, wir gehen nicht auf ein Doppeldate, das kannst du dir gleich mal aus dem Kopf schlagen.«

»Na ja, es ist sicherlich besser als mit einem deiner Kollegen, da muss ich Kim übrigens zustimmen.«

Allmählich schwirrte mir schon so sehr der Kopf, dass ich kurzzeitig überlegte, mich krank zu melden und wieder ins Bett zu gehen. Aber dann hätte sich meine Mutter den ganzen Tag über um mich gekümmert, und am Ende wäre ich tatsächlich mit ihr und Antons Sohn in ein Kölsches Brauhaus gegangen. Genau bei diesem schaurigen Gedanken fiel mir der eigentliche Knackpunkt dieses Morgens auf: »Woher weißt du überhaupt, dass ich mit Doppel … also diesem Klaus oder Walter aus war?«, fragte ich Kim nachdenklich. Denn da ich davon ausging, dass Doppelname sich mit diesem misslungenen Abend nicht brüsten würde, hatte ich gestern noch berechtigte Hoffnung gehabt, die Nachricht von meinem einmaligen Date mit ihm würde niemals in den Dunstkreis meiner Schule gelangen.

»Nicolas hat es mir erzählt.«

Natürlich, die beiden hatten ja schon vor dem Aufstehen wieder ihre Liebesbeteuerungen per E-Mail, Festnetz und SMS ausgetauscht.

»Und der weiß es …?«

»Von seinem Vater, der hat dich gesehen.«

Und es direkt seinem Sohn weitergetratscht. Wie nett. Augenblicklich verblasste der schöne Teil meiner Erinnerungen an gestern Abend, und die Wut über meinen kurzen Schwächeanfall während der Zugfahrt siegte. Männer konnten mir wirklich gestohlen bleiben.

Schöne Bescherung

Ich kämpfte immer noch mit den Tränen, als ich die Haustür aufschloss. Ohne meinen Mantel und die vom Schneematsch dreckigen Schuhe auszuziehen, ließ ich mich im Wohnzimmer aufs Sofa fallen und starrte auf das in Fetzen zerrissene Weihnachtspapier, das von unserer Bescherung übriggeblieben war. Heiligabend bei Tageslicht um Viertel nach drei zu feiern war einfach nicht dasselbe. Kim hatte auch geweint, als sie in die Regionalbahn nach Bielefeld eingestiegen war. Aber so war nun mal die Regelung. In einem Jahr blieb sie Weihnachten bei mir, im nächsten Jahr feierte sie bei Arne. Und das erste Jahr war leider das Papa-Jahr. Mich erwarteten dagegen ein langweiliger Nachmittag ohne Suche nach Last-Minute-Geschenken und Diskussionen, zu welchen Verwandten wir an welchem Feiertag fahren würden, dann ein Abendessen mit Bockwürstchen, Kartoffelsalat und dem dreimal geschiedenen Anton, der sich bei meiner Mutter mit nur einer Verabredung von der Reservebank auf Platz eins katapultiert hatte. Und als Krönung eine einsame Nacht vor dem Fernseher mit ein, zwei Gläsern Wein und dem Herz-Schmerz-Weihnachtsprogramm.

Ich nahm die Satteltaschen auf, die Kim mir geschenkt hatte. Sie hatte ein Auge für praktische Dinge. Statt Striemen auf meiner Schulter und Muskelzerrungen im Nacken von den schweren Büchern und Klassenarbeiten in meiner Umhängetasche hatte ich jetzt zwei wasserdichte, abschließbare, reflektierende Gepäckträgertaschen, in Rot, meiner Lieblingsfarbe.

Sie waren perfekt. In ein paar Stunden würde Kim mit ihrem Vater – und vermutlich Petra – unterm Weihnachtsbaum sitzen, bei ihrer anderen Oma und ihrem anderen Opa am ersten Weihnachtstag Ente essen, ihre (einzige) Freundin aus der Mathe-AG treffen und mit Arne – und vermutlich Petra – am zweiten Weihnachtstag zu unserem Lieblingsgriechen gehen.

Ich dagegen hatte keine Ahnung, wie ich die Feiertage rumkriegen sollte. Plötzlich konnte ich all diejenigen verstehen, die Weihnachten eher fürchteten. Das Fest der Familie ohne Familie. Unwillkürlich musste ich an Weihnachten vor einem Jahr denken. Man ging nie davon aus, dass es das letzte »Familienfest« sein könnte, mit all unserer gelebten Tradition, dem gemeinsamen Aussuchen des Weihnachtsbaumes, dem Schmücken am Nachmittag, dem Verteilen der Geschenke auf dem bereits angenadelten Teppichboden darunter, dem Besuch von Oma und Opa, die Kartoffelsalat und Würstchen mitbrachten. Merkwürdig, wie sehr man Rituale erst zu schätzen wusste, wenn sie nicht mehr stattfanden. Auf den Weihnachtsbaum hatten wir dieses Jahr verzichtet.

Nachdem ich zehn Minuten lang bewegungslos auf dem Sofa gesessen und vor mich hin gestarrt hatte, beschloss ich, dass es genug war mit dem Selbstmitleid, und räumte die Überreste unserer Bescherung weg. Mit dem Roman, den meine Mutter mir geschenkt hatte, überbrückte ich den restlichen Nachmittag, bis es an der Zeit war, den Tisch zu decken. Anton würde bald kommen, und meine Mutter war im Bad, um sich für ihn »aufzubrezeln«, wie sie mir stolz in ihrem neuen verjüngten Deutsch erzählte.

Pünktlich auf die Minute klingelte ihr Verehrer an unserer Haustür, und genauso pünktlich kam meine Mutter fertig aufgebrezelt aus dem Badezimmer. Es hatte auch seine Vorteile, mit einer Generation zusammenzuwohnen, bei der Pünktlichkeit noch die höchste Tugend war. Anton hatte Blumen und ein Fünfliterfass Kölsch dabei. Er und meine Mutter schüttelten sich förmlich die Hände, und ich dachte, dass es doch ganz angenehm sein musste, wenn das Kennenlernen noch nach gewissen Regeln ablief und man keine zwanghafte Lockerheit an den Tag legen musste. Anton erwies sich als ein äußerst witziger und unkomplizierter Zeitgenosse. Unsere westfälische Kartoffelsalat-und-Würstchen-Tradition nahm er, ohne zu murren, hin und versorgte sich und uns dabei unauffällig und ununterbrochen mit frischem Kölsch. Für einen fast Siebzigjährigen sah er überraschend jung aus, trotz unkaschierbarer Bierplauze und Dreiviertelglatze. Er lachte gerne und viel, und ich mochte seinen rheinischen Dialekt, auch wenn ich ihn nicht immer verstand. Unter den dreizehn Männern, die zur Auswahl standen, hatte Mutter offenbar auf Anhieb eine gute Wahl getroffen.

Nach dem Essen verabschiedete ich die beiden leicht beschwippst und bewunderte ihre Energie. Während sie jetzt zu einer Seniorentanzveranstaltung gingen, reichte es bei mir gerade noch für den Gang zum Sofa, auf dem ich es mir gemütlich machte. Die erste halbe Stunde des RTL-Weihnachtsfilms hatte ich schon versäumt, und auch bei der letzten musste ich passen, da ich vor lauter Romantik eingeschlafen war. Ich wachte erst auf, als der Film zu Ende war und die fünf Dezibel lautere Werbung eingesetzt hatte. Das Happy End hatte ohne mich stattgefunden. Müde schaltete ich den Fernseher aus und beschloss, ins Bett zu gehen, auch wenn es gerade erst elf Uhr war und ich morgen seit langem mal wieder ausschlafen konnte.

Doch auf dem Weg ins Badezimmer hörte ich ein beunruhigendes Ächzen aus dem Dachgeschoss. Ich lauschte eine Weile, bis ich mir sicher war, dass ich mich nicht verhört hatte und es tatsächlich aus dem Zimmer meiner Mutter kam. Sofort wurde die Erinnerung an meinen Vater und Mutters Schock wach, als sie ihn hilflos keuchend im Garten fand und der Notarzt kurze Zeit später seinen Tod nicht mehr verhindern konnte. Vielleicht hatte sich meine Mutter beim Tanzen übernommen. Panisch sprintete ich die Treppe hoch.

»Mama! Geht's dir gut?« Ich riss die Tür zu ihrem Zimmer auf und bekam ebenfalls einen Schock. O ja, meiner Mutter ging es gut, sehr gut sogar. Und Anton auch. Die beiden hielten abrupt inne und starrten mich entsetzt an, während ich mir genauso entsetzt die Augen zuhielt. »O Gott! Tut mir leid. Ich … ich … O Gott!« Schnell zog ich die Tür wieder zu und stolperte die Treppe runter. Eine Weile blieb ich im Flur stehen, unfähig, einen klaren Gedanken zu fassen. Ich schloss die Augen und versuchte, das eben Gesehene zu verdrängen. Das Adrenalin brachte das Blut in meinen Schläfen zum Pochen, mein Herz raste, und ich ging übersprungartig den Flur auf und ab, bis ich instinktiv die Flucht ergriff. Hektisch zog ich mir einen Mantel an, schlüpfte in die erstbesten Schuhe, die ich finden konnte, und stürmte zur Tür hinaus.

Die eiskalte Luft, die mir draußen entgegenschlug, kühlte mein brodelndes Blut schnell wieder herunter, und nachdem ich ein paar Straßen im Laufschritt zurückgelegt hatte, wurde ich ruhiger. Dafür merkte ich jetzt, dass ich mit flachen Mokassins und Mantel nicht annähernd warm genug angezogen war für diese eisige Weihnachtsnacht. Der Wind blies mir in den Nacken. Ich hatte weder Schal noch Mütze oder Handschuhe dabei, und meine Schuhe waren schon jetzt vom übriggebliebenen Matsch des ersten Schnees durchnässt. Dazu kam, dass ich gar nicht wusste, wo ich hingehen sollte. Die einzige Kollegin, mit der ich mich schon ein wenig angefreundet hatte, war Silvia, und die feierte Weihnachten natürlich mit ihrem »Knutschbär«, den sie erst vor wenigen Monaten geheiratet hatte. Und für Weihnachtspartys in irgendeiner Disco war ich nicht in der richtigen Stimmung, geschweige denn im richtigen Alter. Schließlich entschied ich mich dafür, in die einzige Kneipe zu gehen, die ich hier kannte, und nahm mir ein Taxi.

Das *Lucky* war selbst an Heiligabend gut besucht, und sogar Herr Möller saß wieder am Klavier. Ich steuerte auf die Bar zu, weil ich keine Lust hatte, irgendwelche Männer dazu zu ermutigen, sich mit an meinen Tisch zu setzen, nur weil ich eine Frau und allein war. Es dauerte fast eine Viertelstunde, bis ich einen Rotwein bekam. Ich ergatterte einen Hocker und warf unauffällig einen Blick zum Pianisten, der ganz in sein Spiel versunken zu sein schien und den Lärm hier drinnen gar nicht wahrnahm. Es herrschte ein unglaubliches Stimmengewirr, jeder redete immer noch einen Tick lauter als sein Nachbar, und man musste sich schon konzentrieren, um die unaufdringliche Musik zu hören. Doch mit der Zeit filterte mein Ohr die Klaviertöne aus dem Lärmpegel heraus. Ich lauschte den melancholischen Melodien, während ich an meinem Rotwein nippte. Für Kneipenverhältnisse fand ich ihn gar nicht so schlecht. Vielleicht hatte ich auch einfach schon zu viel getrunken heute Abend. Auf jeden Fall hoben der Wein, die Musik und die Wärme meine Stimmung beträchtlich, und ich zwang mich dazu, nicht mehr an Anton, meine Mutter und diesen Anblick zu denken. Eigentlich hatte ich auch gar nicht viel gesehen, aber genau das schien meiner Phantasie keine Grenzen zu setzen, und so wanderten meine Gedanken immer wieder zu dem hin, was sich in Mutters Schlafzimmer abgespielt hatte. Ich atmete noch einmal tief durch und schloss die Augen, als eine Stimme neben mir »Frohe Weihnachten« wünschte. Überrascht sah ich auf. Herr Möller hatte aufgehört zu spielen und sich neben mir an die Theke gedrängt.

»Gleichfalls«, antwortete ich wenig charmant und schob noch ungewollt schnippisch hinterher: »Ich hatte nicht erwartet, dass Sie auch an Weihnachten arbeiten müssen.«

Er sah mich mit seinem leicht schiefen Lächeln an und nahm es wie ein Gentleman. »Und ich hatte gehofft, Sie wären extra meinetwegen hier.«

»Nein, ich kenne nur noch keine anderen Kneipen in dieser

Stadt«, antwortete ich wahrheitsgetreu und erkannte im selben Moment, dass es wieder ziemlich unfreundlich war. Dann wiederum überlegte ich, dass ich auch keinen Grund hatte, freundlich zu ihm zu sein. Aber Herr Möller ließ sich von meiner bissigen Art nicht abschrecken. Er deutete auf mein fast leeres Weinglas.

»Möchten Sie noch einen davon?«, fragte er, und ich bejahte etwas perplex.

»Dietmar«, sagte er leise, aber bestimmt, zum wortkargen und schlechtgelaunt dreinblickenden Barkeeper, und ich musste kichern. Wie bitte, der Barkeeper hieß Dietmar? Das zerstörte aber total die Humphrey-Bogart-Casablanca-Play-it-again-Sam-Illusion. »Machst du ihr noch einen Roten und mir ein Wasser, bitte!«

Wenigstens nickte der Barmann wortlos und grimmig, was die Illusion wiederbelebte, und schob innerhalb von Sekunden die gewünschten Getränke über den Tresen. Das nannte man wohl Heimvorteil. Ich hätte mit Sicherheit wieder eine Viertelstunde warten müssen. Herr Möller reichte mir das Rotweinglas und deutete mit seinem Wasser ein Prost an, bevor er es halb leer trank.

»Danke.« Ich nahm ebenfalls einen Schluck. »Trinken Sie keinen Alkohol, oder …?«

»Nicht, wenn ich arbeite.«

»Wie lange müssen Sie denn noch?«

»Ich muss nur so lange, wie ich will. Aber an den Feiertagen lohnt es sich. Gibt mehr Trinkgeld.«

»Sie spielen für Trinkgeld?«, fragte ich irritiert und schaute automatisch zu seinem Klavier hinüber, auf der Suche nach einem Hut, in den man seine Münzen schmeißen sollte.

Herr Möller lachte. »Nein, aber ich werde am Trinkgeld der anderen beteiligt. Zusätzlich zur Gage, versteht sich.«

»Natürlich«, nickte ich. Es war mir etwas unangenehm, ihn zu einem Straßenmusiker degradiert zu haben.

»Und was sagt Ihr Sohn dazu, dass Sie den ganzen Abend arbeiten?«

»Nicolas?« Er schüttelte den Kopf. »Der steht nicht mehr auf Weihnachtsbäume. Und seine Bescherung habe ich ihm schon auf sein Konto überwiesen.« Er lächelte mich wieder an, und jetzt fand ich sein Gesicht sogar allmählich interessant.

Ich nickte und schaute dann in meinen Rotwein, den ich viel zu schnell trank. »Schade, dass Weihnachten irgendwann seinen Zauber verliert, wenn die Kinder größer werden.«

Einen Moment lang schwieg er und fragte dann zögerlich: »Und Ihre Tochter?«, weil er die Antwort zu erahnen schien.

»Ist bei ihrem Vater. Mein erstes Weihnachten ohne sie.«

Er schwieg verständnisvoll.

»Nicolas ist vermutlich auch öfter bei seiner Mutter, oder?«

Ich wusste inzwischen von Kim, dass sie nicht bei ihnen wohnte, und wollte eigentlich nur höflich sein. Aber ich konnte mir nicht helfen, irgendwie hörte es sich wie eine peinliche Frage nach seinem Beziehungsstatus an. Er sah auch kurz irritiert auf, und ich versuchte, nicht allzu interessiert zu erscheinen.

»Leider geht es mit der Schule nur ein-, höchstens zweimal im Jahr. Die Flüge sind zu teuer. Für ein paar Tage lohnt es sich nicht.« Gut, jetzt hatte er tatsächlich mein Interesse geweckt, und ich sah ihn fragend an.

»Sie lebt in Kanada«, fügte er erklärend hinzu.

»Oh. Ist sie ausgewandert?«, entfuhr es mir, und es klang wie ein schlecht verstecktes »Hat sie Sie verlassen?«

Herr Möller lachte auf. »Nein, sie ist Kanadierin.«

Ich nickte, obwohl ich seine Antworten nicht sehr aufschlussreich fand. Aber ich wollte auch nicht weiter nachbohren. Schließlich konnte ich immer noch Kim ausquetschen. Wir schwiegen und nahmen gleichzeitig einen Schluck aus unseren Gläsern.

»Also ist Ihnen zu Hause die Decke auf den Kopf gefallen?«,

erkundigte er sich nach einer Weile. Ich blickte ihn verständnislos an. »Na ja, wenn ich nicht der Grund dafür bin, dass Sie hier sind, und der Wein es vermutlich auch nicht ist …« Er zuckte mit den Schultern. Komischerweise fand ich ihn heute sogar nett. Zurückhaltend, aber interessiert. Es war mir zum ersten Mal nicht unangenehm, mich mit ihm zu unterhalten.

»Na ja … ja, kann man so nennen.« Automatisch dachte ich wieder an den Anblick, den ich dank Herrn Möller kurz vergessen hatte, und ich merkte, wie sich ein Glucksen aus meiner Kehle den Weg nach draußen bahnen wollte. Ohne Vorwarnung prustete ich los und machte bei dem Versuch, es zu unterdrücken, ein ziemlich albernes Schnaubgeräusch. Das fand ich selbst wiederum so lustig, dass ich weiter kichern musste und schließlich sogar lautstark lachte. Herr Möller sah mich die ganze Zeit über irritiert an. Lachend schnappte ich nach Luft.

»Entschuldigung.« Ich versuchte, wieder ernst zu werden, aber vergeblich. Es platzte erneut aus mir heraus, und ich lachte weiter, so dass sich schon die ersten Gäste an der Theke zu mir umdrehten.

»Tut mir leid«, kicherte ich und wischte mir die Lachtränen aus den Augenwinkeln. »Es ist nur … ich … ich habe meine Mutter und ihren neuen Freund beim Sex erwischt!«

O Gott, hatte ich das jetzt wirklich gesagt? Und dann auch noch laut?! Offensichtlich, denn Herr Möller sah mich jetzt erst recht befremdet an. »Ich meine, nicht erwischt«, versuchte ich, die Angelegenheit zu retten, konnte aber einfach nicht aufhören zu lachen. »Ich … ich dachte … sie hätte vielleicht einen Herzinfarkt gehabt. Oder einen Schlaganfall. Ich hab auch nicht wirklich etwas gesehen, ich meine, ich hab mir die Augen zugehalten … und die Bettdecke war …« Ich lachte und schüttelte den Kopf und sah, wie auch Herr Möller sich jetzt kaum noch ein Lachen verkneifen konnte. Es dauerte eine Weile, bis ich mich wieder unter Kontrolle hatte. »Es tut mir leid … ’tschuldigung«, gluckste ich. »O Gott, ich glaub, ich hab zu viel getrunken. Ich sollte jetzt besser nach Hause gehen.«

»Nein, wieso? Jetzt wird es doch gerade interessant.« Er grinste mich an, und mir wurde klar, dass ich schon viel zu viel geredet hatte.

»Nein, ich sollte wirklich … Danke für den Wein. Gibt es hier in der Nähe einen Taxistand?«

»Ja, ein paar Straßen weiter. Ich bringe Sie hin.« Ich rutschte vom Hocker und merkte beim Aufstehen, dass ich tatsächlich ordentlich angeschickert war. Als wir aus der Tür kamen, atmete ich ein paarmal tief durch. Die frische Luft tat gut. Ich bemühte mich, wieder nüchterner zu werden, bevor ich dem Vater eines Schülers noch mehr peinliche Details aus meinem Familienleben verriet. Als Lehrerin musste ich eigentlich immer damit rechnen, dass es irgendwann einmal die Runde im Klassenraum machte. Ich zog den Mantel enger. Mit einer kurzen Berührung am Arm deutete Herr Möller mir den Weg, und wir gingen schweigend los.

»Das scheint Ihnen ja gutzutun«, sagte er völlig ohne Zusammenhang.

»Die frische Luft? Ja, allerdings.« Ich starrte auf den Boden, um in meinen Mokassins im Schneematsch nicht auszurutschen.

»Nein«, sagte er. »Das Lachen!«

Überrascht sah ich auf. Er zuckte mit den Schultern. »Bisher habe ich Sie immer nur ernst gesehen.«

»Es gab bei mir in letzter Zeit eben nicht viel zu lachen«, verteidigte ich mich.

Er nickte. Ich warf ihm noch einen Blick zu, bevor wir weitergingen. Er hatte nur sein Jackett an und vergrub seine Hände tief in den Taschen. Er sah ein bisschen aus wie James Dean, nur zwanzig Jahre älter. Obwohl, das war vermutlich gerade meine wohlwollende alkoholgeschwängerte Sichtweise auf ihn, eigentlich sah er überhaupt nicht aus wie James Dean, nur die krause, immer in Falten gelegte Stirn und die gebeugte Haltung wegen der Kälte erinnerten gerade an James Dean. Er sah aus wie … nein, mir fiel kein Fünfziger-Jahre-Schauspieler ein, dem er hätte ähneln können. Er sah einfach nur aus wie ein frierender, mittelgroßer, kräftig gebauter Mann mit schwarzen, lockigen, leicht angegrauten Haaren in einem viel zu dünnen Anzug. Wir gingen weiter und sagten gar nichts mehr, aber nicht mal das Schweigen war jetzt unangenehm. Es war schön. Ich wanderte mitten in der Nacht frierend und schweigend mit dem eigentlich zu unverschämten Vater meines hoffentlich nicht zukünftigen Schwiegersohnes durch den Kölner Schneematsch auf der Suche nach einem Taxi und fand es schön. Dann rutschte ich aus. Seit meinem Bänderriss war mein linker Knöchel immer noch etwas instabil, und so konnte ich den Rutscher nicht ausgleichen. Ich ruderte mit den Armen in der Luft und bereitete mich schon auf eine unsanfte Landung vor, als Herr Möller nach meinem Arm griff und mich mehr oder weniger wieder hochzog. Er hielt mich an beiden Oberarmen fest, und ich bedankte mich kichernd. Er sah mir freundlich in die Augen.

»Sie machen es wieder!«

»Was?«, fragte ich irritiert.

»Lachen.«

Ich sah ihn verwirrt an, und er lächelte zurück. Ohne jede Vorwarnung küsste er mich auf den Mund. Ebenso wenig wie den Kuss sah ich meine Reaktion voraus, denn nur Sekunden später gab ich Herrn Möller eine saftige Ohrfeige. Ich war genauso geschockt wie er, und wir starrten uns entsetzt an.

Nach einer Weile erwachte ich aus meiner Schockstarre und zischte: »Ich finde auch alleine zum Taxistand!«

Er antwortet gefasst: »Ja, das Gefühl habe ich auch.«

Dann stiefelte ich los, ohne mich noch einmal nach ihm umzudrehen.

Katerstimmung

Zum Glück hatte der Alkohol meine Gedanken träge gemacht, sonst wäre ich vermutlich nie eingeschlafen. Dafür kamen sie am nächsten Morgen mit aller Macht zurück. Ein lautes Scheppern von unten weckte mich viel zu früh, und ich schlug gerädert die Augen auf. Meine Mutter wütete bereits in der Küche und gab sich dabei nicht die geringste Mühe, leise zu sein. Das war kein gutes Zeichen. Leichte Kopfschmerzen signalisierten mir, dass ich haarscharf an einem ausgewachsenen Kater vorbeigeschrammt war. Ich blieb noch eine Weile im Bett liegen und dachte an gestern, an den völlig verkorksten Heiligabend. Die Ohrfeige spukte gleich als Erstes gnadenlos in meinem Kopf herum, und ich fragte mich, ob das so war, weil sie als größere Peinlichkeit den Rest des peinlichen Abends überdeckte, oder mir nur einfach besser im Gedächtnis geblieben war. Als unten zum wiederholten Male irgendein Topf zu Boden fiel, sah ich ein, dass liegen bleiben keine Option war. Ich musste mich dem Sturm stellen.

Aber der blieb aus. Mutter strafte mich mit Nichtachtung, hantierte mit einer dampfenden Backform herum, in der sich ein Käsekuchen befand, und drehte mir den Rücken zu.

Leise räusperte ich mich. »Es tut mir leid, Mutter, ich … wollte dich gestern nicht stören.«

Keine Reaktion. Stattdessen verbrannte sie sich beim Öffnen der Springform die Finger und ließ sie fluchend zurück auf die Arbeitsfläche fallen. Ich goss mir einen Kaffee ein und stellte mich zu ihr.

»Ich wusste nicht, dass Anton noch da war.«

Nicht mal einen Blick bekam ich von ihr. Sie ignorierte mich wie ein trotziges kleines Kind.

»Ich weiß, ich hätte anklopfen sollen, aber ich dachte, dir wäre etwas passiert. Wenn es dich beruhigt, ich hab eigentlich so gut wie gar nichts gesehen.«

Mutter säbelte mit einem langen Messer den Boden des Kuchens von der Backform und verbrannte sich dabei erneut die Finger.

»Ich kann doch nicht mehr tun, als mich zu entschuldigen, Mutter. Es tut mir wirklich, wirklich leid.«

Immer noch keine Reaktion. Da platzte mir mit der gefährlichen Mischung aus zu viel Restalkohol und zu wenig Koffein im Blut der Kragen. »Mein Gott, wenn du wirklich einen Herzinfarkt gehabt hättest, dann wärst du froh gewesen, dass ich nach dir geguckt habe.«

»Ich bin aber kerngesund!«, fauchte sie zurück.

»Ja, das weiß ich … jetzt.« Sie schwieg wieder, deshalb sah ich mich genötigt, zu erklären: »Vater fühlte sich auch kerngesund, bevor er …« Sie warf mir einen so bösen Blick zu, dass ich augenblicklich verstummte. Eingeschüchtert, schaute ich in meine Tasse und nahm einen großen Schluck daraus. Dann sah ich Mutter zu, wie sie den viel zu heißen Kuchen auf einen Kuchenteller von ihrem teuren Hochzeitsgeschirr stellte und mit Alufolie abdeckte, und wunderte mich allmählich, was sie damit vorhatte. Nachzufragen traute ich mich jedoch nicht. Mutter drängte mich wortlos zur Seite, weil sie die Backform in die Spülmaschine stellen wollte. Müde setzte ich mich an den – zum ersten Mal, seit wir hier wohnten – nicht gedeckten Küchentisch und unternahm einen weiteren, weniger aufgeregten Erklärungsversuch.

»Ich konnte ja nicht ahnen, dass du mit ihm … Ich meine, ihr kennt euch doch erst seit ein paar Wochen.«

»In meinem Alter verschwendet man nicht mehr so viel

Zeit«, motzte sie. »Da muss man eben jede Gelegenheit nutzen!«

Ich dachte an Herrn Möller und ob ich die Gelegenheit auch hätte nutzen sollen. Viel peinlicher als die Ohrfeige hätte es wohl kaum werden können.

Mit ein paar Handgriffen hatte Mutter wieder Ordnung in der Küche hergestellt, etwas, um das ich sie seit jeher beneidete. Dann nahm sie den dampfenden Kuchen und wollte gehen. Ich schaute ihr verdutzt nach. »Wo gehst du hin?«

»Zu Erika.«

»Wer ist Erika?«

»Eine Freundin!«, erklärte sie kurz angebunden. Es war wohl überflüssig zu fragen, was aus unseren Weihnachtsplänen wurde. Dass ihr nicht nach gemütlicher Zweisamkeit mit ihrer Tochter war, hatte ich aus dem bisherigen Gesprächsverlauf auch herausgehört.

»Und was ist mit der Ente im Tiefkühlfach?«, erkundigte ich mich dennoch.

»Die hält sich bis Ostern!«

Dann fiel die Tür hinter Mutter ins Schloss.

Ich nickte nachdenklich. So in etwa hatte ich mir den Start in diesen Tag vorgestellt. Mit ein paar Schlucken leerte ich die Kaffeetasse und stellte sie kraftlos auf den Tisch. Dann blieb ich noch lange dort sitzen und überlegte, was ich mit diesem Weihnachtstag anfangen sollte, dem ersten von vermutlich einer Reihe sehr, sehr einsamer Tage. Doch bevor ich wieder in Selbstmitleid versinken konnte, kam ich zu einem überraschenden Ergebnis. Laufen. Ich sollte endlich wieder laufen gehen. Das hatte ich seit meinem Bänderriss nicht mehr getan. Und das lag nicht nur an der Verletzung. Mit der Stützsocke, die mir mein Arzt verschrieben hatte, hätte ich problemlos schon wenige Wochen nach dem Sturz wieder Sport treiben können. Das Gelenk wurde damit ausreichend stabilisiert. Aber leider gab es derlei Strümpfe nicht für meine angeknackste Seele. Wann immer ich ans Laufen dachte, dachte ich auch automatisch an Arnes Affäre. Sein Fremdgehen war für mich seit meinem Bänderriss untrennbar mit diesem Sport verbunden, und sobald ich meine Laufschuhe in die Hand nahm, fragte ich mich, ob Arne und ich wohl noch verheiratet wären, wenn ich damals nicht über diese dämliche Wurzel gestolpert wäre.

Aber heute war mir nach Bewegung, nach frischer Luft, nach Laufen. Aus dem hintersten Winkel des Kleiderschranks holte ich meine kaum benutzten Adidas hervor, die ich mir extra für das Unternehmen Marathon zugelegt hatte. Dann stülpte ich mir die Stützsocke über den linken Fuß und zog mir meinen wärmsten Jogginganzug an, denn draußen war es nur knapp über null Grad.

Bevor ich loslief, warf ich noch einen Blick in meine zusammenfaltbare Kölnkarte und entdeckte in der Nähe einen kleinen Park. Den Beethovenpark, wie mir der Plan verriet, und prompt ploppte die Erinnerung an meine Ohrfeige wieder auf. Obwohl Herr Möller alles andere als Beethoven spielte. Schnell verbannte ich den Gedanken, trat aus dem Haus und lief langsam los. Mein Atem hinterließ eine weiße Spur. Ich war froh, dass ich mir Kims alte Mütze aufgesetzt hatte, auch wenn es etwas albern aussah. Ich lief unsere Straße entlang, bog nach rechts ab und kam so automatisch zum Beethovenpark. Hier beschleunigte ich ein wenig, obwohl mir die kalte Luft in den Lungen weh tat. Wahllos lief ich einen der vielen Wege entlang und versuchte dabei, mir die Strecke für den Rückweg zu merken.

Trotz meines Ablenkungsprogramms kreisten meine Gedanken um den Kuss. Ich überlegte, ob ich irgendwelche Signale gesendet hatte, dass ich geküsst werden wollte. Im Grunde hatten wir uns nur unterhalten. Noch nicht einmal sonderlich geistreich, dazu war ich nach all dem Bier zu Hause und zwei Gläsern Wein wohl nicht mehr in der Lage gewesen.

Aber seine Gesellschaft war ganz angenehm. Je länger ich darüber nachdachte, desto klarer kam ich zu dem Ergebnis, dass der Kuss völlig unangebracht gewesen war. Gut, meine Ohrfeige als Reaktion auch, aber die war schließlich nur aus der Schrecksekunde heraus entstanden. Schließlich tröstete ich mich damit, dass meine Ohrfeige nicht viel peinlicher war als sein Kussversuch, und bemühte mich, meine Gedanken ganz der körperlichen Bewegung zu widmen, die meinen Kopf eigentlich leerfegen sollte.

Aber schon nach zwanzig Minuten machte ich schlapp, dabei hätte ich vor nicht mal einem Jahr noch problemlos zwei Stunden in diesem Tempo durchhalten können. Enttäuscht musste ich mir eingestehen, dass ich vollkommen außer Form war. Mein Puls lag im anaeroben Bereich, meine Muskeln waren schon jetzt übersäuert, und ich merkte, wie ich immer kurzatmiger wurde. Es hatte keinen Zweck. Ich musste umkehren. In einem wesentlich langsameren Tempo lief ich wieder zurück. Doch als ich den Ausgang des Parks nach einer Dreiviertelstunde immer noch nicht erreicht hatte, merkte ich, dass ich offenbar in die falsche Richtung gelaufen war. Ich fragte ein Rentnerehepaar nach dem Weg und folgte den Anweisungen, die mich über Straßen führten, die ich vorher mit ziemlicher Sicherheit nicht überquert hatte. Eine halbe Stunde später befand ich mich immer noch im Park. Und nachdem ich zwei weitere Leute nach dem Weg zurück nach Sülz gefragt hatte, stand ich mit einem Mal vor dem Kölner Fußballstadion. Dass das nicht in Sülz lag, wusste selbst ich. Fassungslos und völlig erschöpft starrte ich auf das moderne Ungetüm von einem Bauwerk. Zum Glück entdeckte ich an den Ein- und Ausgängen Schilder, die den Weg zur Bahnhaltestelle wiesen. Mit letzter Kraft überquerte ich die Wiese vor dem Stadion und gelangte an eine breite Hauptstraße. Nachdem ich den Fahrplan studiert hatte, ließ ich mich mit einem Ächzen, dafür aber ohne Geld und gültige Fahrkarte, auf einem Platz in einer fast leeren Bahn der Linie eins sinken. Wenigstens blieb mir die Blamage, beim Schwarzfahren erwischt zu werden, erspart.

Als ich schließlich unsere Haustür wieder aufschloss, war ich fast drei Stunden unterwegs gewesen, und das mit nur einer Tasse Kaffee im Magen. Eine total bescheuerte Idee, ohne Frühstück laufen zu gehen, das hätte mir als Biologielehrerin doch erst recht klar sein müssen. Um das elende Bild, das ich heute abgab, zu toppen, stürzte ich mich noch in kompletter Joggingmontur auf die Kartoffelsalatreste im Kühlschrank und aß dazu kalte Bockwürstchen direkt aus dem Glas. Frohe Weihnachten, wünschte ich mir selbst und stopfte gleich eine weitere kalte Bockwurst hinterher.

Im selben Moment klingelte das Telefon. Gott sei Dank, endlich erlöste mich jemand von diesem miserablen Weihnachtstag. Mit vollem Mund nahm ich ab.

»Meike Winter«, nuschelte ich undeutlich in den Hörer.

»Mama?«, fragte Kim nach, weil sie mich offenbar nicht verstanden hatte. »Ich bin's, Kim.«

»Hallo, mein Schatz«, presste ich zwischen den Würstchenstücken hervor, die ich eilig hinunterschlang.

»Störe ich gerade?«, fragte sie artig.

»Nein, nein, überhaupt nicht.« Nichts auf der Welt hätte mich davon abgehalten, jetzt mit meiner Tochter zu telefonieren. Beim ersten Klang ihrer Stimme war meine dreistündige Tortur direkt vergessen, und ich legte mich mit dem Hörer in der Hand aufs Sofa. »Ich hab nur gerade die Reste vom Kartoffelsalat vertilgt.«

»Wolltet ihr heute nicht Ente essen?«, erkundigte Kim sich überrascht.

»Die gibt es Ostern.«

»Hä?«

»Deiner Oma war heute nicht nach Ente mit Kartoffelklößen.« Mein Ton musste etwas säuerlich geklungen haben, denn Kim hörte die leichte Missstimmung, die zwischen Mutter und mir herrschte, sofort heraus.

»O Mann, ich hätte euch echt nicht alleine lassen dürfen!«

»Ach was, mach dir keine Gedanken, sie ist nur sauer auf mich.«

»Aber wieso denn?«

»Äh ... nichts Besonderes, das Übliche.« Ich wollte die Blamage für mich und eigentlich auch für meine Mutter nicht noch größer machen, indem ich Kim davon erzählte. Es war ohnehin schon deprimierend genug. Meine Mutter hatte einen neuen Typen und Sex mit sechsundsechzig und neue Freundinnen, die sie zum Weihnachtsessen einluden. Und das alles, nachdem sie vor nicht mal anderthalb Monaten nach Köln gekommen war. Ich war schon viel länger hier und hatte nichts von alledem.

»Hat ihr das Parfum nicht gefallen?«, riss mich meine Tochter aus meinen egoistischen Gedanken.

»Was? Nein, im Gegenteil, es scheint schon seine Wirkung getan zu haben.«

»Hä?«

»Ach, nichts. Aber wie geht es dir denn so, mein Schatz? Wie war Heiligabend?«

»Gut«, kam es einsilbig zurück. Leider hatte Kim sich viel zu schnell an die Scheidungskinderdiplomatie gewöhnt. Bloß nicht zu viel vom anderen Elternteil erzählen, erst recht nichts, das zu positiv und zufrieden klingen könnte.

»Ich vermisse dich«, fügte sie denn auch noch rücksichtsvoll hinzu. »Und Köln.«

»Und Nicolas, schon klar«, stichelte ich, um nicht wie eine verbitterte, alleingebliebene Mutter zu klingen. Gleichzeitig wurde mir bewusst, dass es eigentlich nur einen Grund geben konnte, warum sie schon heute anrief. Schließlich hatten wir uns gestern erst tränenreich verabschiedet. Nicolas hatte ihr von meiner Attacke auf seinen Vater erzählt, und jetzt wollte

Kim mich zur Rede stellen. Aber was genau wusste sie von gestern Abend? Ich versuchte, sie unauffällig auszuhorchen, und erkundigte mich nach Nicolas.

»Wieso fragst du? Er interessiert dich doch sonst auch nicht.« Ganz so unauffällig war es offenbar doch nicht.

»Ich meine ja nur, ihr telefoniert wahrscheinlich wieder den ganzen Tag lang, oder?« Ich horchte angespannt in den Hörer. Wenn sie mir wegen gestern Abend Vorwürfe machen wollte, dann jetzt. Aber sie wirkte bei ihrer Antwort nicht im Geringsten verärgert. Offenbar hatte Herr Möller dieses Mal nichts ausgeplaudert.

»Nö, nur morgens ein bisschen. Und vorm Schlafengehen, manchmal. Er probt gerade total viel, weil er mit seiner Band bald einen Gig hat.«

Ich verkniff mir ein lautes Lachen und grinste nur stumm in den Hörer. Solche Wörter benutzte sie sonst nie. »O schön«, versuchte ich interessiert zu klingen. »Besucht er seine Mutter eigentlich gar nicht über Weihnachten?«

Ich gratulierte mir zu der vollkommen ungezwungenen Frage, weil sie, wie ich fand, deutlich machte, dass ich keine Ahnung von seinen Familienverhältnissen hatte, als hätte mein Gespräch mit Herrn Möller gestern Abend gar nicht stattgefunden.

»Nee, die ist doch Sängerin«, erklärte Kim, als müsste ich das wissen.

»Ja und? Auch Sängerinnen wollen vielleicht von ihren Kindern besucht werden.« Aha, also war die Ex eine kanadische Sängerin. Interessant!

Kim kicherte über meinen kleinen Witz. »Ja, aber die ist total berühmt.«

»Ach, wirklich?«, fragte ich und malte mir in Gedanken aus, dass Nicolas vielleicht ein heimlicher Sohn von Céline Dion sein könnte. Die einzige berühmte kanadische Sängerin, die mir ad hoc einfiel. »Wie heißt sie denn?«

»Hmm, hab ich schon wieder vergessen. Aber seitdem sie den Titelsong von dieser berühmten Serie gesungen hat, ist die total bekannt.«

»Aha, und wie heißt die Serie?«

»Hmmm, Mist, habe ich auch wieder vergessen.«

Meine Tochter! Kaum ging es um Teeniekram, schaltete sich bei ihr automatisch das Gedächtnis ab. »Auf jeden Fall ist seine Mutter total berühmt und immer auf Tour, deswegen hat sie für Nicolas sowieso keine Zeit.«

»Oh, das ist aber schade für ihn.«

»Mama, du musst nicht plötzlich so tun, als würdest du ihn mögen.«

»Das tue ich ja gar nicht. Es hat mich doch nur interessiert.«

»Warum das denn jetzt auf einmal?«

»Mensch Kim, weil ... Weihnachten ist«, erklärte ich und versuchte schnell, das Thema zu wechseln, bevor sie doch noch Verdacht schöpfte. »Ich war übrigens wieder laufen.«

Einen Moment lang blieb es am anderen Ende still. Kim wusste, was es für mich bedeutete, schließlich hatte sie gemerkt, wie nah ich am Wasser gebaut war, wenn in den letzten Monaten das Thema Laufen oder Marathon aufkam.

»Und?«, fragte sie vorsichtig.

»Ging ganz gut«, log ich und strich mir gleichzeitig über die schmerzenden Oberschenkel. »Ich war ziemlich lange unterwegs.« Das entsprach wenigstens der Wahrheit.

»Das ist doch super!« Kim freute sich ehrlich für mich. Und ich ließ mich von ihrer Freude anstecken. »Vielleicht laufe ich nächstes Jahr den Marathon in Köln mit.«

Schon war es wieder still in der Leitung.

»Was ist, traust du mir das etwa nicht zu?«

»Doch schon«, druckste Kim herum und fügte dann vorsichtig hinzu: »Papa und Petra haben sich auch schon dafür angemeldet.«

Na klasse. Kaum ließ man sich ein bisschen von der Euphorie mitreißen, gab es auch schon den nächsten Dämpfer. Augenblicklich bekam der einfach nur dahergesagte Satz eine ganz andere Dimension. Er wurde quasi zum Schicksal, denn jetzt hatte ich eine Chance auf Revanche. Und keinen Weg mehr zurück. Vor Kim hätte ich mich vielleicht noch irgendwie wieder rausreden können, aber nicht vor mir selbst. Nicht, wenn Arne mit seiner Petra mitlief.

Wir verabschiedeten uns, und Kim versprach, bald wieder anzurufen. Es kostete mich einige Mühe, vom Sofa aufzustehen. Die Schwere in meinen Beinen ließ den Muskelkater von morgen bereits erahnen. Jede Stufe entlockte mir ein leises Ächzen, als ich zum Badezimmer hochging, um mir ein Bad einzulassen. Während das Wasser vielversprechend in die Wanne plätscherte, putzte ich mir die Zähne. Mein Blick fiel auf mein Spiegelbild, das ich zum ersten Mal seit langem ohne die morgendliche Hektik betrachtete, und ich erschrak. Ich sah alt aus. Und das kam nicht nur von der Odyssee von vorhin. Mein Gesicht wirkte fahl, und meine Lachfalten waren allmählich keine Lachfalten mehr. Zu den braunen Haaren hatten sich nicht wenige graue hinzugesellt, und auch die Stufen, die ihnen irgendwann mal eine Form gegeben hatten, waren rausgewachsen. Die Mattheit meiner grünen Augen wurde durch deutliche Augenringe unterstrichen. So gesehen hätte ich den Kuss von Herrn Möller gestern vielleicht doch erwidern sollen, denn diese hässliche Frau dort im Spiegel würde so schnell wohl keiner mehr küssen.

Das letzte Jahr hatte eindeutig seinen Tribut gefordert. Erst die quälende Ahnung, dass zwischen Arne und mir etwas nicht mehr stimmte, dann die Gewissheit, dass er mich betrog. Die Trennung, der Schulwechsel, der Umzug. Und der Tod meines Vaters, der nicht nur mein und Kims Leben innerhalb kürzester Zeit zum zweiten Mal wie ein Erdbeben erschütterte, sondern auch das meiner Mutter. Das marode Gerüst eines normalen Familienalltags, das bei uns zu Hause bis dahin noch aufrechterhalten wurde, stürzte endgültig in sich zusammen. Seitdem hatte ich das Gefühl, vollkommen neben der Spur zu laufen. Und trotzdem konnte ich mich nicht um mich und mein zerrissenes Seelenleben kümmern, weil ich meine Mutter unterstützen und Kim Stärke vorgaukeln musste. Kein Wunder, dass mein Akku inzwischen leer war. Meine Entscheidung, wieder laufen zu gehen, war keine Sekunde zu früh gekommen. Ich musste dringend was für meinen Körper tun, mir endlich mal wieder etwas Erholung gönnen. Und damit fing ich auch gleich an. Mit einem wohligen Seufzer ließ ich mich in die randvolle Wanne sinken und kümmerte mich nicht darum, dass dabei ein ordentlicher Schwall Wasser auf die blauen Fliesen schwappte.

Nach einem langen, heißen Bad, das meine Muskeln wieder einigermaßen entspannte, verbrachte ich den Rest des Tages im Internet. Ich suchte nach Laufgruppen, mit denen man sich auf den Marathon vorbereiten konnte. Und googelte die Ex von Herrn Möller. Sie hieß Bettany J, wobei das J für Johnson stand, war mit dem Titelsong zur Vampirserie *Young Blood* monatelang auf Platz eins der amerikanischen Charts gewesen und noch dazu bildhübsch.

Angelogen

Praktischerweise hatte ich meine guten Vorsätze für das nächste Jahr schon vor dem Ende des alten umgesetzt. Ich war jeden Tag laufen gewesen, mit Ausnahme des zweiten Weihnachtstages, an dem ich mich vor Schmerzen in den Beinen kaum vom Sofa bewegen konnte. Ich hatte Kontakt zu einer Laufgruppe aufgenommen, die sich samstags und mittwochs zur gemeinsamen Vorbereitung auf den Köln-Marathon traf, und mit dem Leiter vereinbart, dass ich im neuen Jahr dazustoßen würde. Ich war beim Friseur gewesen, hatte mir die grauen Haare wieder natürlich braun färben und mich zu einem locker fallenden, halblangen Stufenschnitt überreden lassen. Und schließlich hatte ich sogar die Mathearbeiten der 9A und der 10C korrigiert und mir ein paar neue Unterrichtsideen für die doch recht trockene Genetik angelesen, die nach den Ferien in Bio auf dem Plan stand. Das alles war nur möglich gewesen, weil Mutter mich immer noch komplett ignorierte. Sie zog sich entweder schmollend in ihr Zimmer zurück, wenn ich mich mal in der Küche oder im Wohnzimmer blicken ließ, oder war gar nicht erst zu Hause, weil sie mit einer ihrer neuen Freundinnen, die offenbar sehr zahlreich waren, verabredet war oder mit Anton um die Häuser zog. Es verstand sich von selbst, dass er sich nicht mehr zu uns traute. Meine mir aufgezwungene Isolation in den Weihnachtsferien führte immerhin dazu, dass ich mich endlich bei meinen Freundinnen aus Bielefeld meldete, mit denen ich seit meinem Umzug nicht mehr gesprochen hatte, und dabei merkte, wie schnell man den Anschluss verlor, wenn man nicht mehr vor Ort war. Was wiederum dazu führte, dass ich mir einen Ruck gab und meine Kollegin Silvia anrief, um neue Freundschaften zu knüpfen. Mit mehr Erfolg, ich wurde postwendend zum Silvesterfeiern eingeladen.

Auf dieser Party trieb ich mich nun artig bis zum neuen Jahr herum und führte sogar einige nette Gespräche, auch wenn die meisten von Silvias Gästen, wie sie selbst ja auch, deutlich jünger waren als ich. Trotzdem tat es gut, mal wieder unter Leute zu kommen, die nicht unter sechzehn und meine Schüler waren oder mich mit bösen Blicken bedachten, und so verging die Zeit recht schnell. Dann wurde gemeinsam auf Mitternacht heruntergezählt, hektisch eine Sektflasche geköpft und mit viel Wangengeküsse angestoßen, bevor die Gäste hinausliefen, um beim Feuerwerk mitzumischen. Ich ging ebenfalls hinunter und war von den Menschenmassen auf den Straßen schier erschlagen. An jeder Ecke wurden Raketen in die Luft gejagt, es knallte und blitzte, wohin man nur blickte. Nachdem ich mir das Feuerwerk eine Weile angeschaut hatte, ging ich zurück in Silvias verlassene Wohnung und holte mein Handy hervor. Obwohl mir klar war, dass es jetzt so gut wie unmöglich war, zu der gewünschten Nummer durchzukommen, wollte ich Kim unbedingt ein frohes neues Jahr wünschen. Nach dem verkorksten letzten Jahr war vielleicht auch etwas Aberglaube dabei, denn da hatte sie zum ersten Mal bei einer Freundin gefeiert und ich ihr keinen guten Rutsch gewünscht. Ihr Handy war entweder abgestellt oder das Netz überlastet, also wählte ich widerwillig Arnes Nummer, die bis vor einigen Monaten auch noch meine gewesen war. Tatsächlich nahm jemand ab. Im Hintergrund war ein unglaublicher Lärm aus Musik und Stimmen zu hören.

»Arne?«, rief ich ins Handy, um gegen den Krach auf der anderen Seite anzukommen.

»Meike?«, kam es ziemlich überrascht zurück. »Bist du das?«

»Ja, natürlich.« Einen Moment lang war ich versucht nachzufragen, ob er meine Nummer schon vergessen hatte. Aber ich verkniff es mir.

»Frohes neues Jahr!«, schrie Arne mir durch den Hörer zu.

»Danke, dir auch«, rief ich zurück. »Was ist denn bei euch los?«

»Was?«

»Bei euch scheint ja ganz schön was los zu sein«, wiederholte ich überflüssigerweise.

»Ach so, Petra und ich haben nur ein paar Leute eingeladen.«

Darauf sagte ich nichts mehr und erinnerte mich vielmehr daran, dass wir unsere letzten Silvester im kleinen Kreis und bei einem gemütlichen Fondue oder Raclette gefeiert hatten. Petra war also eher der Partytyp.

»Tut mir leid«, rief Arne in den Hörer. »Hier ist es so laut. Lass uns ein anderes Mal telefonieren, ja?«

»Äh, warte, ich wollte eigentlich nur Kim sprechen und ihr ein frohes neues Jahr wünschen.«

»Kim?«

»Ja, unsere Tochter, du erinnerst dich vielleicht?« Schon ärgerte ich mich über diese zickige Bemerkung, aber zu spät.

»Aber die feiert doch mit dir zusammen!«

»Wie bitte?«

»Na, sie ist heute schon zurückgefahren, weil sie mit dir feiern wollte.«

Augenblicklich schlug mein Herz schneller, und mein Kopf wurde von einer heißen Welle erfasst.

»Ist alles in Ordnung?«, fragte Arne, nachdem ich immer noch ins Handy schwieg.

»Das hat sie dir gesagt?«, fragte ich fassungslos über die Kaltblütigkeit unserer Tochter.

»Ja, sie hat den Zug um vierzehn Uhr genommen. Vielleicht habt ihr euch verpasst. Soll ich versuchen, sie zu erreichen?«

Ich überlegte, ob ich Arne in meine Vermutung einweihen sollte, aber erstens war er ohnehin keine Hilfe, da er zweihundert Kilometer von mir entfernt feierte, und zweitens musste ich mich wohl langsam daran gewöhnen, diese Art von Problemen alleine zu lösen.

»Nein, nein, ich regle das schon«, sagte ich leise und legte auf. Dann warf ich mir meinen Mantel über und lief los, ohne mich von Silvia zu verabschieden. Als ich den ersten betrunkenen, torkelnden Gruppen von Jugendlichen und mehreren unkontrolliert gezündeten Raketen ausgewichen war, beschloss ich, statt der Bahn ein Taxi zu nehmen. Keine zehn Minuten später stand ich vor Herrn Möllers Klavier. Ich wartete gar nicht erst ab, bis er Pause machte, sondern deutete mit einer Geste an, dass ich ihn sprechen müsse. Er sah mich überrascht an, und mein musikalisch nicht sehr geschultes Ohr glaubte, ein paar falsche Töne wahrzunehmen. Dann brachte er das mir unbekannte Stück, das er gerade angestimmt hatte, zu einem vorzeitigen Ende und drehte sich mit seinem Hocker zu mir.

»Ist was passiert?«, fragte er und schien sich ernsthaft Sorgen zu machen.

»Ja, allerdings. Meine Tochter hat mir und meinem Mann, Exmann, vorgegaukelt, mit dem jeweils anderen Silvester zu feiern, und treibt sich stattdessen offenbar irgendwo in der Stadt herum. Wissen Sie, wo Ihr Sohn im Moment ist? Ich hoffe nämlich, auch wenn ich es selbst nicht glauben kann, dass ich das jetzt sage, aber ich hoffe, dass Kim bei ihm ist!«

Herr Möller hatte mir mit undurchdringlicher Miene gelauscht und stand nun auf. »Kommen Sie!« Dann ging er zur Bar, und ich bereitete mich darauf vor, ihm an die Gurgel zu gehen, wenn er mich jetzt mit einem Drink und einem seiner dämlichen Sprüche abspeisen wollte. Tatsächlich wandte er sich an den Barkeeper, und das Adrenalin pochte bereits in meinen Schläfen.

»Dietmar? Kannst du mir deinen Autoschlüssel leihen? Ich muss mal kurz weg.«

Dietmar musterte mich und schob wortlos einen Schlüssel über den Tresen. Wenig später saß ich neben Herrn Möller in einem heruntergekommenen VW-Golf und fuhr durch die von Feiernden bevölkerten Straßen der Südstadt.

»Er wollte zu einer Party auf der anderen Rheinseite. Keine Angst, sie sind bestimmt zusammen dahin gegangen.« Herr Möller schien meine Gedanken zu erraten. »Die beiden haben heute Morgen noch telefoniert.«

Ich nickte ihm dankbar zu. Dann starrte ich durch die Frontscheibe auf die nasse, reflektierende Straße.

Wir fuhren schweigend weiter, und ich überlegte, wie ich mich für meine Ohrfeige von letzter Woche entschuldigen könnte, ohne dass es erneut peinlich wurde.

»Es tut mir leid, dass ich letztes Mal so … unhöflich Ihnen gegenüber war«, überwand ich mich schließlich. »Ich habe wohl etwas überreagiert.«

»Unhöflich?« Herr Möller lachte auf. »Das ist aber eine nette Umschreibung für den linken Haken, den Sie mir verpasst haben.«

Ich wurde rot. »Na ja, ähm, wie gesagt, ich habe etwas überreagiert. Es tut mir leid.«

Herr Möller nickte. »Mir auch.« Er zuckte mit den Schultern und erklärte, ohne den Blick von der Straße abzuwenden: »Ich dachte, es war einer dieser Momente.«

Erstaunt sah ich ihn an. »Was für Momente?«

»Na ja, Momente, die manchmal eben so entstehen … zwischen zwei Menschen«, antwortete er kryptisch. Ich hatte keine Ahnung, wovon er sprach.

»Nein, es war kein Moment«, erklärte ich verwirrt.

»Nein, anscheinend nicht.« Er starrte immer noch auf die Straße und rieb sich automatisch über die linke Wange. Ich schüttelte den Kopf.

»Ich war betrunken … und sentimental, und Sie wollten das ausnutzen. Das ist kein … Moment.«

Jetzt sah er mich kurz an. »Gut, das werde ich mir merken.« Dann deutete er mit einem seitlichen Kopfnicken aus dem Fahrerfenster.

»Vielleicht nutzen Sie diesen Moment, um das Rheinpanorama zu genießen. Das ist nachts von der Severinsbrücke aus besonders schön.«

Wir waren gerade auf der Mitte der Brücke mit ihren geschwungenen Stahlbögen angekommen, und ich drehte mich um, um einen Blick auf den Dom zu erhaschen. Mit der Beleuchtung glich die Altstadt fast einer Filmkulisse. Darüber explodierten immer noch unzählige Silvesterraketen, und ohne die unerträgliche Knallerei wirkte es richtig erhaben. Fast unwirklich. »Wirklich schön«, murmelte ich leise.

Ich genoss den Ausblick, bis wir die Brücke verlassen hatten, und vergaß darüber fast den unangenehmen Grund unserer nächtlichen Autofahrt.

»Die neue Frisur steht Ihnen gut, macht Sie viel jünger«, bemerkte er und schaffte es, das Kompliment wie eine Beleidigung klingen zu lassen.

»Danke«, sagte ich ebenfalls unfreundlich und fuhr mir dabei durch die Stufen am Hinterkopf, an die ich mich erst gewöhnen musste. Ich fand auch, dass mein Aussehen sich durch den neuen Haarschnitt und die täglichen Laufeinheiten allmählich wieder meinem biologischen Alter anpasste.

Den Rest der Fahrt sagten wir nichts mehr. Herr Möller fuhr quer durch die rechtsrheinischen Stadtteile, in die ich mich noch nicht vorgewagt hatte, und bog dann in ein altes, düsteres Industriegelände ein.

»Na, das sieht ja vielversprechend aus«, stöhnte ich. Ich konnte immer noch nicht fassen, dass meine Tochter, meine kleine, liebe Strebertochter, die abends lieber zu Hause ein Mathebuch wälzte, statt zu Geburtstagsfeiern zu gehen, zu denen man sie ihrer Meinung nach nur der Höflichkeit halber eingeladen hatte, mir und Arne so eine Lüge auftischte und sich hier herumtrieb. Gleichzeitig hoffte ein anderer Teil in mir, dass sie sich hier herumtrieb und es nicht noch schlimmer war.

Herr Möller parkte den Wagen, und wir stiegen aus. Von der alten Industriehalle, auf die er zuging, bröckelte der Putz ab, die Wände waren mit Graffiti beschmiert, und davor standen trotz der Kälte jede Menge Partygäste herum. Die meisten davon waren um die zwanzig und älter, und ihren Klamotten nach zu urteilen, war der Club wohl ein Anziehungspunkt für Leute, die sich ihre Outfits am liebsten aus der Altkleidersammlung zusammensuchten.

Ich blieb stehen. Herr Möller bemerkte mein Zögern und lächelte mir aufmunternd zu.

»So schlimm ist der Laden gar nicht. Ich hab hier auch schon gespielt.«

»Klavier?«, fragte ich ungläubig.

»Nein, mit Nicolas' Mutter«, sagte er und steuerte zielstrebig den Eingang an. Nachdem er ein paar Worte mit dem Mann an der Kasse gewechselt hatte, durften wir gratis rein. Wie erwartet, platzte die Halle aus allen Nähten.

»Gott, hier finden wir sie ja nie!«, schrie ich Herrn Möller ins Ohr, um gegen die trommelfellzerfetzende Musik anzukommen.

Er schüttelte den Kopf und rief mir ebenfalls etwas zu, von dem ich aber nur das Wort »Bar« verstand. Als ich ratlos stehen blieb, schnappte er sich meine Hand und zog mich mit sich durch die Menge. Die tanzende Meute beachtete uns nicht weiter, auch wenn Herr Möller in seinem Anzug und ich mit meiner Bluse unter dem langen schwarzen Wintermantel völlig durch das Raster fielen und den Altersdurchschnitt schlagartig um einige Jährchen anhoben. Ich bekam mehrere Ellenbogen, Fußtritte und verschüttetes Bier ab und teilte gleichzeitig auch aus, um überhaupt voranzukommen.

Schließlich hatten wir eine provisorisch wirkende Bar erreicht, über der ein roter Stern prangte.

»Und jetzt?«, fragte ich, als Herr Möller sich zur Wand neben der Theke durchdrängte.

»Warten«, verstand ich nur, der Rest seines Satzes ging in dem Gegröle eines betrunkenen Typen neben mir unter. Ich sah Herrn Möller fragend an, und er kam mit seinem Mund so nah an mein Ohr, dass ich sein Aftershave riechen konnte. Es hob sich wohltuend von dem Zigaretten-Bier-Schweiß-Gemisch ab, das den kompletten Raum erfüllte.

»Irgendwann wird schon jemand von Nicolas' Band vorbeikommen, um Getränke zu holen!«, erklärte er mir seine Taktik, die zwar vielversprechender klang, als sich weiter durch die Menge zu wühlen, aber auch sehr optimistisch.

»Wollen Sie was trinken?«, fügte er hinzu, als wären wir hier zu unserem Vergnügen, und ich bedachte ihn mit einem deutlichen Blick.

Ein paar Minuten starrten wir in das Gewühl, auf der Suche nach einem vertrauten Gesicht, wobei ich ohnehin nur Nicolas oder meine Tochter erkannt hätte.

»Was ist, wenn sie gar nicht mehr hier sind?«, überlegte ich schließlich laut, aber Herr Möller schüttelte den Kopf und deutete mit einer Geste an, dass er nichts verstanden hatte. Diesmal beugte ich mich zu ihm hinüber. Wir waren fast gleich groß, fiel mir dabei auf, komischerweise hatte ich ihn größer in Erinnerung. Vielleicht, weil er am Klavier so wirkte. Ein Sitzriese, dachte ich, während mein Blick seine raue Haut am Hals und Kinn streifte, wo schon wieder die ersten Bartstoppeln zu sehen waren. Sein Aftershave roch wirklich gut. Ich setzte gerade an, ihm meine Frage ins Ohr zu schreien, als er einen Schritt nach vorn machte und über die Köpfe zweier anderer Leute hinweg einen langen, dürren Typen mit schulterlanger Mähne am Oberarm packte. Der drehte sich um. Herr Möller winkte ihn zu uns und rief ihm etwas zu. Ich sah nur, wie der Typ nickte und sich zurück in die Menge stürzte. Herr Möller zog mich wieder mit sich, während er dem Kerl folgte, der die meisten anderen Besucher zum Glück um einen Kopf überragte, so dass man ihn gut im Blick behalten konnte.

Wieder musste ich Stöße und Tritte über mich ergehen lassen, bis der lange Lulatsch stehen blieb und irgendwohin deutete. Ich folgte mit den Augen seiner Armbewegung. Tatsächlich, da war Kim. Meine Erleichterung darüber, dass ich sie gefunden hatte, wich im selben Moment Entsetzen, als ich sah, wie sie sich an Nicolas' Arm klammerte, um nicht umzufallen. Kim war stockbesoffen. Auch sie sah mich entsetzt an. Allerdings dauerte es bei ihr um einiges länger, bis sie realisierte, dass ich eigentlich gar nicht hier sein dürfte.

»Mama?«, rief sie entgeistert. »Was machst du denn hier?«

»Dich abholen!«, keifte ich und griff nach ihrer Hand. Aber es war schwieriger, Kim mit mir zu ziehen, als ich dachte, da sie sich kaum noch auf den Beinen halten konnte. Nicolas stützte sie und folgte mir widerwillig Richtung Ausgang. Herr Möller bildete die Nachhut.

Vor der Tür holte ich tief Luft und schimpfte auf meine Tochter ein. »Sag mal, Kim, bist du noch ganz bei Trost? Deinen Vater und mich so zu belügen und einfach auf eine Party zu gehen, zu der du noch keinen Zutritt hast? Was meinst du, was ich mir für Sorgen gemacht habe?!«

»Tut mir leid«, stammelte sie mühsam, und erst jetzt bemerkte ich ihre aufgetakelte Aufmachung. Sie hatte sich zum ersten Mal in ihrem Leben geschminkt, vermutlich, um den Türsteher zu überlisten, und war mit Kajal, Lippenstift und Lidschatten nicht gerade sparsam umgegangen. Die Klamotten musste sie sich geliehen haben, denn der schwarze Minirock, die Netzstrumpfhose und das enganliegende schwarze Top passten ganz und gar nicht zu ihrem üblichen Kleidungsstil, der immer noch aus zu weiten Jeans und Kapuzenpullovern bestand.

»Wie siehst du überhaupt aus?«, fuhr ich sie an.

»Wiessso, isss doch voll schick.«

Kim hob ihr puterrotes Gesicht und versuchte vergeblich, mich mit ihrem betrunkenen Blick zu fixieren. Der Lippenstift hatte sich vom vielen Knutschen um ihren Mund verteilt, und die Wimperntusche war in Schweißtropfen heruntergelaufen. Marilyn Manson wäre stolz auf diesen Look.

Mir wurde klar, dass es zwecklos war, jetzt mit ihr ein Gespräch zu führen. Außerdem war es mir unangenehm, dass einige Besucher mich und meine volltrunkene Tochter anstarrten. Aber ich konnte sie auch nicht mit mir zum Auto zerren, ohne zu riskieren, dass sie hinfiel. Ich schaute mich suchend nach Herrn Möller um, der ein paar Meter weiter ebenfalls ein paar ernste Worte mit seinem Sohn wechselte, der allerdings wesentlich nüchterner wirkte. Dann verzog Nicolas sich beleidigt zurück in den Club. Sein Vater kam zu mir.

»Alles klar?«, fragte er. Ich deutete auf das erbärmliche Erscheinungsbild meiner Tochter und schüttelte den Kopf. Mir war zum Heulen zumute, aber diese Blöße wollte ich mir vor ihm und den gaffenden Partygästen nicht auch noch geben.

»Soll ich Sie beide nach Hause fahren?«, fragte er, ohne eine Bemerkung über den Zustand meiner Tochter zu verlieren, wofür ich ihm sehr dankbar war.

»Das wäre sehr nett. Können Sie mir vielleicht helfen, sie ins Auto zu bringen?«

Gemeinsam verfrachteten wir Kim auf die Rückbank des Wagens und stiegen ein. Ich nannte Herrn Möller die Adresse. Schweigend fuhren wir los und bahnten uns einen Weg durch die bevölkerten und von Raketenresten und Flaschen verschmutzten Straßen. Als wir den Rhein überquerten, drehte ich mich noch einmal zu Kim um, aber sie hatte bereits ihre Augen geschlossen.

Warum tat sie so etwas? Hatte ich ihr tatsächlich zu wenig Freiheit gelassen? Mich zu sehr in ihr Leben eingemischt?

Warum belog sie mich, und dann gleich so abgebrüht? Und ließ sich so dermaßen volllaufen? Die Gedanken sprangen in meinem Kopf hin und her. Ich war traurig und wütend und machte mir gleichzeitig Sorgen, als alleinerziehende Mutter schon jetzt versagt zu haben. Dabei waren Kim und ich uns bisher so nah gewesen. Sie hatte mir immer alles erzählt, war pflegeleicht und sogar bei Arnes und meiner Trennung verständnisvoll und unkompliziert. Und jetzt? Kam nun vielleicht doch noch das dicke Ende?

Ich spürte, wie mir Tränen in die Augen stiegen, und schaute schnell aus dem Seitenfenster.

»Machen Sie sich nichts draus, jedes Kind betrinkt sich irgendwann das erste Mal«, versuchte Herr Möller mir beizustehen. Ich fuhr mir schnell über das Gesicht und wischte meine Tränen aus den Augenwinkeln, damit er sie nicht sah. Dann riss ich mich zusammen. »Mag ja sein, aber nicht mit vierzehn. Und nicht meine Kim.«

»Sie ist ein ganz normaler Teenager. Die machen so was nun mal.«

»Normalerweise hätte sie mich gefragt, ob sie zu einer Party gehen darf.« Normalerweise wäre sie zu überhaupt keiner Party gegangen. Wenn ich daran dachte, wie ich sie sonst zu jeder noch so kleinen Unternehmung drängen musste. Wie oft hatte ich ihr im Scherz sogar gedroht, sie nicht an der Matheolympiade teilnehmen zu lassen, wenn sie nicht ab und zu mal das Haus verließ.

»Und hätten Sie es dann erlaubt?«, fragte Herr Möller ketzerisch nach.

»Natürlich nicht! Zu einer vernünftigen Silvesterfeier gerne, aber nicht zu dieser, bei der sich alle nur die Köppe zuhauen. Man hätte sie da gar nicht reinlassen dürfen.«

Er sah mich besserwisserisch an. »Und deswegen machen Teenager so was.«

Ich warf ihm einen verärgerten Blick zu. »Kim nicht. Sie ist im Moment nur anfällig für so einen Unfug. Sie ist gerade in einer schwierigen Phase!«

»Sind Kinder das nicht immer?« Was für ein blöder Schwätzer. Allmählich schlug meine Sorge um Kim in Wut über sein dämliches Gerede um.

»Vielleicht!«, fuhr ich ihn an. »Aber die meisten müssen nicht in so kurzer Zeit die Trennung ihrer Eltern, den Tod des Opas und einen Umzug in eine völlig fremde Stadt verkraften!«

Herr Möller sah mich überrascht an, erwiderte dann aber gelassen: »Kinder kriegen das oft besser hin als Erwachsene.«

Es war offensichtlich, dass mit den Erwachsenen nur ich gemeint sein konnte.

»Hören Sie auf, sich in mein Leben einzumischen, okay?«, sagte ich und merkte, dass meine Stimme dabei zu zittern anfing. »Schlimm genug, dass Nicolas Kim zu solchen Dummheiten verführt!«

»Jetzt geben Sie nicht ihm die Schuld.« Plötzlich klang auch er gereizt.

»Wem denn sonst? Von selbst wäre sie niemals auf die Idee gekommen, heimlich zurück nach Köln zu fahren. Und Alkohol zu trinken!« Ich funkelte ihn wütend an. Wenn schon, dann wollte ich hier wenigstens nicht der einzige Elternteil sein, der versagt hatte.

»Gut, Nicolas ist an der Sache bestimmt nicht ganz unbeteiligt, aber Ihre Tochter wird doch sicher in der Lage sein, nein zu sagen, nach ihrer Mutter zu urteilen.«

Ich schnappte nach Luft. Er konnte doch jetzt nicht ernsthaft meine Ohrfeige wieder ins Spiel bringen!

»Das grüne oder das gelbe«, fragte er übergangslos. Wir waren in unserer Straße angekommen, und Herr Möller verdrehte seinen Kopf umständlich über dem Lenkrad, um die Hausnummern zu entziffern.

»Wie bitte?!«

»Das grüne oder …«

»Das GELBE!«, platzte ich vor Wut. »VIELEN DANK AUCH!«

Ich sprang aus dem Auto, sobald er den Wagen angehalten hatte, und öffnete die Hintertür. Ich zog Kim am Arm, um sie zum Aufstehen zu bewegen, aber die schlief mittlerweile tief und fest.

»Verdammt, wach auf, Kim.«

In ihrem Rausch bemerkte sie mein Rütteln überhaupt nicht. Schließlich stieg Herr Möller ebenfalls aus, öffnete von der anderen Seite die Tür zur Rückbank und zog Kim zu sich. Dann schob er einen Arm unter ihren Rücken, den anderen unter ihre Kniekehlen, und hievte sie aus dem Wagen. So viel Kraft hätte ich ihm gar nicht zugetraut. Bei ihrer Größe wog Kim inzwischen bestimmt über fünfzig Kilo. Ich eilte zur Haustür, um aufzuschließen. Dabei zischte ich ihm zu: »Auch wenn Sie das anders sehen, bin ich der Meinung, dass unsere Kinder beide einen Fehler gemacht haben und auch beide die Konsequenzen spüren sollten.«

Herr Möller folgte mir mit Kim, die ihren Kopf an seine Schulter gelehnt hatte, in den Flur. Ich machte gerade das Licht an und wollte zum Wohnzimmer vorgehen, als ich hinter mir einen unsäglich lauten Rülpser hörte, gefolgt von einem Platschen. Mit einer unangenehmen Vorahnung drehte ich mich um und starrte auf eine riesige Lache aus erbrochenem Bier und anderen Zutaten, die sich neben und unter Herrn Möller langsam ausbreitete. Dann wanderte mein Blick über seine besprenkelte Hose, das tropfende Jackett und das durchnässte, ehemals weiße Hemd weiter nach oben. Er zog eine angewiderte Grimasse. »Ich schätze, Ihre Tochter hat die Konsequenzen schon gespürt.«

»O nein«, brachte ich nur zustande und fuhr mir mit der Hand über die Stirn. Sofort schlug uns ein ekelhafter Gestank von Alkohol und Magensäure entgegen.

Wie nicht anders zu erwarten, polterte in diesem Augenblick meine Mutter die Treppe herunter, weil sie eine Männerstimme gehört hatte. »Meike? Hast du Besuch mitgebracht?«

»Nein!«, rief ich nach oben, in der Hoffnung, sie davon abhalten zu können, Herrn Möller ihre Aufwartung zu machen. »Ich habe nur Kim abgeholt. Außerdem ist das gerade sehr ungünstig.«

»Man wird sich doch wohl noch mal vorstellen dürfen. Wer ist denn der junge Mann?« Dann war sie auch schon unten am Treppenabsatz angekommen und lächelte Herrn Möller, der tapfer immer noch Kim auf dem Arm trug, freundlich an. »Hallo, ich bin Gisela, Meikes Mutter!«

»Der ›junge Mann‹ ist Nicolas' Vater und im Moment gerade voller Erbrochenem von Kim, falls du es noch nicht bemerkt hast, Mutter.«

Warum musste sie ausgerechnet jetzt wieder anfangen, mit mir zu reden? Dafür hatte es wirklich günstigere Gelegenheiten gegeben. Kim gab schon wieder einen verdächtigen Laut von sich, und Herr Möller ließ ihre Beine vorsichtig auf den Boden gleiten, hielt sie jedoch weiterhin fest. Wenigstens schlug Kim jetzt endlich die Augen auf und fing an zu jammern.

»Mir ist so schlecht.«

Ich schob sie hektisch die Treppe hoch, bevor sie Nicolas' Vater noch weiter vollkotzen konnte. »Mutter, hilfst du mir mal? Schnell ins Bad mit ihr.«

Gemeinsam verfrachteten wir Kim die Stufen hoch.

»Kann ich helfen?«, fragte Herr Möller.

»Nein, geht schon, danke.« Ich warf einen Blick nach unten. Er stand etwas unbeholfen im Flur und betrachtete die ekelhaften Flecken auf seiner Kleidung. »Ziehen Sie die Sachen aus. Ich bringe Ihnen sofort etwas zum Wechseln.« Er sah mich irritiert an, während ich an Kim zerrte, die mehrmals rülpste. »Äh ... nur das Jackett meine ich, und das Hemd, nicht die ... nicht die Hose.«

Er grinste. »Hätte mich auch gewundert, wenn wir dieselbe Größe tragen würden.«

»Was ist denn passiert, um Himmels willen?«, fragte meine Mutter, nachdem sie Kim nun genauer inspiziert hatte.

»Nicht jetzt, Mama, kannst du dafür sorgen, dass Kim dieses Mal das Klo trifft?«

»Natürlich. Komm, mein Schatz.« Sie strich Kim, die erbärmlich jammerte, über die Stirn. Ich holte einen Lappen und ein Handtuch aus dem Bad und durchsuchte meinen Kleiderschrank nach dem großen Kapuzenpulli, der eigentlich Arne gehört hatte, in dem ich mich aber immer noch gerne auf die Couch lümmelte. Als ich alles zusammen hatte, eilte ich die Treppe hinunter, wo Herr Möller schon halbnackt auf mich wartete. Ich versuchte, ihn nicht allzu direkt anzugucken, und reichte ihm stattdessen Lappen und Handtuch. Trotzdem konnte ich nicht verhindern, dass ich seinen kräftigen, ein wenig zu Übergewicht neigenden Oberkörper mit der behaarten Brust wahrnahm. Diskret wendete ich meinen Blick ab und nahm seine dreckigen Sachen entgegen, die er etwas hilflos mit ausgestrecktem Arm von sich weg hielt.

»Die wasche ich natürlich. Das ist mir wirklich unangenehm.«

»Halb so wild.« Er wischte sich mit dem Lappen über die linke Schulter und Brust, wo ihn Kims Mageninhalt am stärksten getroffen hatte. Dann trocknete er sich ab und reichte mir Lappen und Handtuch.

»Ähm, Ihre Hose, da … da … sind noch ein paar Spritzer. Vielleicht wollen Sie die …«, stammelte ich vor mich hin und konnte nicht verhindern, dass ich rot wurde. Und das nur, weil ein mehr oder weniger fremder Mann halbnackt vor mir stand. Gott, ich war wirklich verklemmt. Er nahm sich den Lappen noch einmal und beugte sich hinunter, um die Hose, so gut es ging, zu reinigen. Ich starrte auf seinen nackten Rücken, der recht muskulös wirkte, obwohl er nicht gerade der

Sportlichste zu sein schien. Als Herr Möller sich wieder aufrichtete, lächelte ich ihn verkrampft an. Er zeigte auf meinen Arm. »Ist das für mich?«

»Bitte?« Verständnislos sah ich erst ihn und dann den Pullover in meiner Hand an und schüttelte schließlich über mich selbst den Kopf. »Ach so, ja natürlich. Äh, nur ein … ein alter Pullover, etwas anderes habe ich leider nicht. In Ihrer Größe.«

Er schlüpfte in den Pulli. »Das geht schon. Ich wollte sowieso nicht mehr zurück zur Arbeit. Danke.«

Ich nickte. Wir sahen uns schweigend an. Zwischen uns die stinkende Kotze meiner Tochter. In dem Pullover wirkte er gleich um einiges jünger und freundlicher. Vielleicht auch, weil er mir ein leicht schüchternes Lächeln zuwarf, während er nach etwas suchte, das er sagen konnte, aber scheinbar nicht fand. Schließlich ging er, ohne etwas zu sagen, zur Tür, bedacht darauf, nicht noch in irgendwelche Pfützen zu treten, und öffnete sie. Als er schon draußen stand, drehte er sich noch mal zu mir um. »Trotz allem wünsche ich Ihnen ein frohes neues Jahr. Hoffentlich wird es besser als Ihr letztes.«

»Ja, das hoffe ich auch. Es hat ja schon sehr vielversprechend begonnen.«

Er schaute mich irritiert an, hatte meinen ironischen Unterton nicht wahrgenommen und dachte wohl, dass ich seinen ungewollten Strip meinte. Deswegen deutete ich schnell auf die Sauerei hinter mir im Flur. Er nickte schmunzelnd und ging zum Auto zurück, das die ganze Zeit über mitten auf der Straße geparkt hatte, ohne dass sich jemand beschwerte.

»Ihnen auch ein frohes neues Jahr«, rief ich hinterher, aber da war er schon eingestiegen. Ich schaute ihm nach, bis der Wagen um die Ecke gebogen war. Dann drehte ich mich um und machte mich daran, den Flur zu säubern. Trotz des ekelhaften Gestanks konnte ich ein dämliches Grinsen nicht unterdrücken, denn ich hatte das Gefühl, dass das gerade einer dieser Momente gewesen war, von denen er gesprochen hatte.

Hausarrest

Als Kim um zwölf Uhr mittags immer noch nicht aufgestanden war, stürmte ich in ihr Zimmer, zog die Rollläden hoch, damit die Sonne ungehindert in ihre Augen dringen konnte, und ihre Bettdecke weg.

»Aufstehen!«

»Oooo nein, ich sterbe.«

»Das kannst du später noch. Ich will mit dir reden!«

»Ohneemannmamaichsterbeehrlich«, kam ein undefinierbares Gejammer aus ihrem Bett.

»Ich erwarte dich in zehn Minuten unten in der Küche, hast du verstanden?!«

Damit stürmte ich wieder raus.

Eine Viertelstunde später schleppte sich meine völlig verkaterte Tochter die Treppe herunter und sank stöhnend auf ihren Stuhl am Küchentisch, an dem ich sie mit einer Tasse Kaffee erwartete. Sie schob die Tasse weg, verschränkte ihre schlaffen Arme auf der Tischplatte und versteckte mit einem weiteren Stöhnen ihren Kopf in der linken Armbeuge.

»Du musst etwas trinken.«

»Kann nicht!«

»Dann geht's dir aber besser, glaub mir. Ich habe auch schon den ein oder anderen Kater überlebt. Wenn auch nicht in deinem Alter! Womit wir übrigens beim Thema wären.«

Kim vergrub ihren Kopf noch tiefer zwischen ihren Armen und stöhnte wieder, ob genervt oder wegen ihrer Kopfschmerzen, konnte ich nicht sagen. »Hör zu, Kim, ich weiß, dass wir diese Art von Diskussion noch nicht geführt haben und hoffentlich auch nicht mehr führen werden, aber kannst du mir vielleicht mal erklären, was das Ganze sollte?«

In diesem Moment kam Mutter in die Küche, sah das Häufchen Elend am Tisch und ergriff natürlich Partei für ihre Enkelin.

»Das arme Kind! Lass sie doch erst mal ihren Rausch ausschlafen!« Ich schaute meine Mutter entgeistert an. Komischerweise konnte ich mich an ganz andere Sätze von ihr erinnern. Aber natürlich machte sie bei Kim mal wieder eine Ausnahme, schließlich war sie das arme Scheidungskind und ich seit Weihnachten immer noch die peinliche Tochter. Dabei erwartete ich ja noch nicht mal, dass Kim jetzt den Rasen mähte oder sonstige Strafarbeiten erledigte, die Mutter mir früher auferlegt hatte. Alles was ich von Kim wollte, war eine Antwort, dann konnte sie meinetwegen den Rest des Tages im Bett verbringen und ihren Körper ausdünsten.

»Gisela«, sagte ich noch relativ gefasst, aber meine Mutter wusste, dass ich sie nur in äußerst ernsten Angelegenheiten mit ihrem Vornamen ansprach. »Lass mich das bitte alleine mit Kim regeln, ja?«

Ich sah sie auffordernd an. Mutter hob entschuldigend ihre Hände und bereitete das Mittagessen vor. Natürlich wäre es zu viel von ihr verlangt, mich mit Kim allein zu lassen, also versuchte ich sie zu ignorieren.

»Also, Kim, ich höre«, richtete ich meine Worte an das Häufchen Elend.

»Ich wollte doch nur mit Nicolas Silvester feiern«, jammerte sie leise und kaum hörbar in ihre Armbeuge.

»Und warum hast du mich dann nicht gefragt?«

»Hättest du es denn erlaubt?«

Irgendwie kam mir die Frage bekannt vor, und es ärgerte mich, dass Herr Möller meine Tochter besser zu kennen schien als ich.

»Ja!«, hörte ich mich überraschenderweise sagen. Kim hob ihren Kopf und schaute mich aus geschwollenen roten Augen verblüfft an. Hinter uns hielt meine Mutter mit dem Fleischklopfer inne, mit dem sie vorher regelmäßig auf die Koteletts eingeschlagen hatte. »Natürlich nicht in diesem … diesem abgeranzten Schuppen …«, ergänzte ich.

»… der ist nicht abgeranzt …«

»… in den man dich gar nicht erst hätte reinlassen dürfen …«

»… die Leute da waren alle total nett …«

»… und außerdem ziemlich betrunken, bekifft und mindestens vier Jahre älter als du!«

»Oooh, Mama.«

»Nein, ich meine es ernst, Kim. Ihr hättet meinetwegen gerne zusammen feiern können. Aber nicht da, und vor allem ohne Alkohol. Wer hat dir den überhaupt besorgt? Etwa Nicolas?«

Sie verzog beleidigt das Gesicht, als wäre es selbstverständlich, mit vierzehn zur Theke zu gehen und sich den ersten Vollrausch zu bestellen. »Nein. Na ja, auch, aber jeder hat mal einen ausgegeben.«

»Sicher, und da musstest du natürlich eifrig mittrinken.«

Kim ließ ihren Kopf wieder sinken. Meine Mutter drehte sich zur Arbeitsplatte um und klopfte weiter. Ich musste weiterhin die Erziehungsberechtigte sein, dabei hätte ich dieses Recht im Moment gerne abgegeben.

»Und was war das für eine Aufmachung? Wer hat dir denn diese grässlichen Klamotten geliehen?«

»Keiner. Die habe ich mir in Bielefeld gekauft!«

Ich sah sie mit offenem Mund an. Langsam wurde mir klar, dass sie diese ganze Aktion sehr gut durchgeplant haben musste.

»So was kaufst du dir? Mein Gott, in bestimmten Ecken wären Männer bei deinem Anblick rechts ran gefahren und hätten dir Geld geboten.«

Kim blickte mich verständnislos an.

»Sie meint, du hast wie eine Nutte ausgesehen«, erklärte Mutter hilfsbereit, ohne mit dem Klopfen innezuhalten.

»Danke, Mutter!«, sagte ich genervt und fuhr kopfschüttelnd fort.

»Bist du dir eigentlich im Klaren, was alles hätte passieren können, wenn ich dich nicht abgeholt hätte?«

»Wieso? Nicolas war doch da!« Allerdings, und Nicolas im Bett mit meiner willenlosen Tochter war eine von den vielen grauenhaften Visionen, die mir seit gestern im Kopf herumspukten.

»Wolltest du etwa bei ihm übernachten?«

Als meine Tochter darauf nichts sagte, atmete ich tief durch. So weit waren wir also gekommen. Sie belog mich und Arne, um mit ihrem Freund die Nacht verbringen zu können.

»Und du dachtest ernsthaft, dass deinem Vater und mir das nicht auffällt?«

»Wieso, ihr redet doch sonst auch nicht mehr miteinander!«, nuschelte sie in sich hinein. Ihre Worte trafen mich völlig unvorbereitet. Mir blieb die Luft weg. Ich wusste nicht, was mir mehr weh tat: ihre Dreistigkeit, uns anzulügen, oder die traurige Tatsache, dass sie recht hatte und damit durchgekommen wäre, wenn ich nicht den plötzlichen Drang verspürt hätte, ihr ein frohes neues Jahr zu wünschen. Ich stand auf und machte ein paar ziellose Schritte durch die Küche, um wieder klarer denken zu können. An der Kochzeile hatte Mutter das Kotelettklopfen inzwischen eingestellt und hörte uns unverhohlen zu. Ich presste die Lippen zusammen. Kims Lüge machte mir nach dieser Antwort mehr zu schaffen, als ich vor meiner Mutter eingestehen wollte. Meine Stimme war brüchig, als ich weiterredete.

»Ich bin unglaublich enttäuscht, dass du mich so angelogen hast, Kim, wir haben uns doch sonst auch immer alles erzählt.« Als daraufhin immer noch keine Reaktion von ihr kam, platzte mir endgültig der Kragen. »Schaust du mich bitte an, wenn ich mit dir rede?!«

Mit einem Stöhnen hob Kim den Kopf. Das reichte! Ganz offensichtlich verstand sie nicht im Geringsten, dass sie mir mit ihrer Lüge mehr angetan hatte, als mir einfach nur eine unruhige Silvesternacht zu bereiten. Mein Vertrauen in sie war deutlich angeknackst. »Findest du nicht, dass eine Entschuldigung angebracht wäre?«

Kim atmete hörbar ein, dann nuschelte sie: »'tschuldigung.«

Ich schüttelte den Kopf. »Das klingt ja echt überzeugend. Weißt du, was, vielleicht bleibst du die nächsten Wochen einfach mal zu Hause und denkst über dein Benehmen nach, und dann probierst du es noch mal!«

Aufgebracht stürmte ich aus der Küche. Ich konnte Kims wehleidigen Anblick keine Sekunde länger ertragen, ohne sie anzuschreien. Wenigstens war es mir damit endlich gelungen, Kim aus ihrer Lethargie zu rütteln, denn sie rief mir hinterher: »Heißt das etwa, du gibst mir Hausarrest?«

»Ja, genau das heißt es«, keifte ich zurück und zog im Flur hektisch meine Joggingschuhe an. Als ich die Haustür öffnete, rauschte Kim beleidigt an mir vorbei die Treppe hoch und knallte ihre Zimmertür hinter sich zu. Sprachlos schaute ich ihr nach, da kam Mutter in den Flur und rief ihr hinterher: »Kim, deine Mutter meint es bestimmt nicht so.«

»Doch, ich meine es so«, sagte ich lauter als nötig, damit Kim es auch hören konnte. Jetzt wendete sich Mutter mir zu: »Meike, das ist doch nun wirklich ein bisschen altmodisch, findest du nicht?«

Fassungslos starrte ich sie an. »Altmodisch? Bei mir hat es doch auch gewirkt, oder nicht?«

»Das ist dreißig Jahre her. Heutzutage greift man doch zu ganz anderen Maßnahmen!«

»Ach, wirklich? Gut, da du ja neuerdings so auf moderne

Erziehungsmethoden stehst, kannst du mir gerne ein paar Vorschläge machen.«

»Mein Gott, jetzt sei doch nicht so gereizt.«

In wenigen Minuten würde ich platzen, und dieses Mal dürfte Mutter dann den Dreck im Flur wegwischen. Ich spürte meinen Kopf förmlich anschwellen.

»Gisela«, sagte ich mit dem letzten bisschen Fassung, zu dem ich gerade noch in der Lage war. »Kim ist meine Tochter, es ist meine Erziehung, also halt dich bitte da raus!«

Dann zog ich genauso geräuschvoll wie Kim eben die Haustür zu und lief los.

Nach den ersten zwei Kilometern, die ich in viel zu hohem Tempo angegangen war, beruhigte ich mich wieder ein wenig. Ich verlangsamte meine Schritte und meinen Atemrhythmus und schlug den Weg für die große Runde ein, den ich inzwischen gut kannte. So schnell wollte ich nicht wieder nach Hause kommen, wo meine eingeschnappte Tochter und ihre beleidigte Großmutter vermutlich gerade bei einem leckeren Kotelett einen Pakt fürs Leben und auf jeden Fall gegen mich schlossen. Schiefer als jetzt konnte der Haussegen wohl nicht mehr hängen.

Ein paar Tränen liefen mir übers Gesicht und hinterließen warme Spuren auf meinen vom Wind abgekühlten Wangen. Ich sehnte mich nach jemandem, mit dem ich meine Sanktionen durchsprechen konnte und der mir nicht in den Rücken fiel. Der mir sagte, es sei alles halb so schlimm. In Erziehungsfragen waren Arne und ich immer der gleichen Meinung gewesen, aber Kim hatte es uns auch leichtgemacht. Bis jetzt. Als ich sie heute Mittag in die Küche zitierte, hatte ich nicht damit gerechnet, dass eine Strafmaßnahme nötig sein würde. Ich hatte auf ihre Einsicht gehofft, eine Entschuldigung erwartet, die von ihr selbst kam und überzeugender war als ihr dahingerotztes »'tschuldigung«. Spontan war mir nichts Besseres eingefallen als Hausarrest. Jetzt musste sie eben damit leben.

Leider hatte ich nicht berücksichtigt, dass ich auch damit leben musste. Als ich die Strafe so leichtfertig ausgesprochen hatte, war mir nicht klar gewesen, dass Hausarrest für Kim auch Hausarrest für mich bedeutete. Da Mutter auf Kims Seite stand, konnte ich mit ihrer Unterstützung bei der Umsetzung der Sanktion nicht rechnen. Wenn ich die beiden allein zu Hause ließe, würde Mutter Kim vermutlich noch persönlich zu ihrem Freund oder in die nächste Kneipe kutschieren. Sie machte kein Geheimnis daraus, dass sie die Strafe für übertrieben hielt, und verwöhnte Kim hinter meinem Rücken nach Strich und Faden. So blieb es an mir hängen, meine Tochter zu überwachen. Die nächsten zwei Wochen kam ich jeden Tag direkt nach der Schule nach Hause und blieb dort auch den Rest des Nachmittags. Und während Kim sich auf ihr Zimmer verzog und nur herauskam, um gelegentlich Nahrung aufzunehmen, verschwendete ich meine Abende notgedrungen vor dem Fernseher oder dem Computer und verpasste wegen Kims Hausarrest auch noch meinen ersten Termin mit der Laufgruppe. Auch einen Kinoabend mit Silvia musste ich absagen, und meine Marathonambitionen gerieten durch den unfreiwilligen Trainingsausfall deutlich ins Hintertreffen. Ich wurde zunehmend übellauniger, auch weil Kim sich ihres Fehlers scheinbar immer noch nicht bewusst war. Am Frühstücks- und Abendbrottisch schmollte sie schweigend vor sich hin, wichtige Nachrichten ließ sie mir von meiner Mutter ausrichten, und zur Schule fuhr sie inzwischen ohne mich und auch deutlich früher als sonst, vermutlich, um sich auf dem Weg dorthin für ein paar Minuten mit Nicolas zu treffen. Meine Maßnahme zeigte überhaupt keine Wirkung. Bei ihr! Ich dagegen konnte schon nach einer Woche nicht mehr. Ich wollte raus. Ich musste etwas anderes sehen als das einfallslose Fernsehprogramm oder die schlechtgestrichene Decke meines Schlafzimmers. Ich war kurz davor, Kims Hausarrest aufzuheben und meine

Erziehung für gescheitert zu erklären, da kam mir Mutter mit einer Anfrage ihrer Enkelin zu Hilfe.

»Kim lässt fragen, ob sie denn am Wochenende zu Nicolas' Auftritt mit seiner Band darf? Es wäre sehr wichtig.«

Sie klang wie eine Angestellte des Königs. Und natürlich hätte ich sofort nein sagen müssen, allein die Worte Nicolas und Band hätten dafür ausgereicht. Aber stattdessen sah ich darin die Chance, selbst bald endlich wieder vor die Tür zu kommen.

»Teile meiner Tochter doch bitte schön mit, dass sie sich ruhig selbst zu mir bequemen darf, wenn es ihr so wichtig ist!«, imitierte ich Mutters Tonfall und hoffte, damit Zeit zu gewinnen, um einen Ausweg zu finden, der das Ende dieses unsäglichen Hausarrestes einläutete, ohne dass ich damit meine Glaubwürdigkeit verlor. Eine halbe Stunde später stand Kim persönlich in meinem Zimmer und druckste herum. Plötzlich konnte sie sogar wieder freundlich sein. »Mamaaaa?« Pause. »Da ist dieser Wettbewerb.« Zögerlicher, erster Blickkontakt. »Total seriös. Vom Stadtmagazin!« Längerer Blickkontakt und Abwägen meiner ausbleibenden Reaktion. »Und Nicolas' Band ist in die Endrunde gekommen!« Lange Pause mit Aufsetzen eines betroffenen, zerknirschten Gesichtsausdrucks, den sie vermutlich vor dem Spiegel geübt hatte. »Er hat total viel dafür geprobt, und er will, dass ich unbedingt dabei bin, sonst singt er nicht so gut, meint er!« Beendet mit einem perfekten Dackelblick, na wenn sich da nicht mal jemand Mühe gegeben hatte.

Ich tat so, als müsste ich nachdenken, dabei stand meine Entscheidung schon fest.

»Darf ich bitte, bitte dahin? Es ist wirklich wichtig. Danach kannst du mich meinetwegen wieder zu Hause einsperren, es ist ja nur dieses eine Mal.«

Ich verdrehte die Augen, weil sie wirklich alle Register zog, die ich selbst noch zu gut aus meiner Jugend kannte. Dann holte ich tief Luft, schaute sie eindringlich an und sagte: »Na gut!«

Kim riss die Arme in die Luft: »Yes!« Dann wurde sie schnell wieder demütig und schwieg, um mir keinen Grund zu geben, meine Erlaubnis zurückzuziehen.

»Aber unter einer Bedingung! Ich komme mit …« Sie sah mich mit großen, schreckgeweiteten Augen an und war kurz davor, von sich aus auf Nicolas' Auftritt zu verzichten. »… zu dem Club, damit ich weiß, wo du dich rumtreibst, und hole dich nachher wieder ab, alles klar? Und wehe, du riechst nachher nach Schnaps oder kotzt mir die Bude voll, oder …« Meine weiteren Ermahnungen gingen in ihrem lautstarken »Danke, Danke, Danke« unter. Sie hüpfte aus dem Raum, und ich atmete auf. Der Hausarrest war endlich beendet.

Blues Brother

Schon von weitem sah der Schuppen, in dem Nicolas' Auftritt stattfinden sollte, nicht sehr vertrauenerweckend aus. Die Mauer, die das Gelände umgab, war mit Graffiti, alten Plakatfetzen vergangener Konzerte und neuen Plakaten noch anstehender Bands übersät, in deren Namen mindestens ein englisches Schimpfwort vorkam. Der Einlasser am Gittertor wirkte eher wie ein Rausschmeißer, und als ich einen kurzen Blick über seine Schulter wagte, sah ich in dem ansonsten fast leeren Biergarten einige ältere Jugendliche, die eine in meinen Augen etwas zu dicke Zigarette kreisen ließen. Vor dem Eingang zum Club herrschte reger Andrang von Leuten, die deutlich älter und auch exzentrischer gekleidet waren als meine Tochter, die dieses Mal auf ihr »Nuttenoutfit« verzichtet hatte. Offenbar war Kim der Laden auch nicht geheuer, denn sie überschlug sich mit Erklärungen, dass das Ganze eine total offizielle Veranstaltung wäre, bei dem die wichtigsten Größen der Kölner Musikszene in der Jury säßen, und ich mir überhaupt keine Sorgen machen müsste. Ich nickte schicksalergeben. Zurückfahren konnte ich jetzt ohnehin nicht mehr mit ihr, schließlich wartete Silvia bereits am Kino auf mich, das nur einen halben Kilometer von hier entfernt lag. Weil ihr Knutschbär schon seit einer Woche mit einer Grippe das Bett hütete und ihr die Ohren volljammerte, hatte sie spontan zugesagt und war genauso froh wie ich, mal wieder rauszukommen. Also verabschiedete ich Kim am Tor mit einem letzten mahnenden Blick: »Ich hole dich nachher genau hier wieder ab, okay?«

Kim nickte nur und verzog das Gesicht, dann wandte sie sich dem bulligen Typen am Eingang zu, der sie wortlos passieren ließ und mir einen musternden Blick zuwarf. Ich atmete einmal tief durch. Es war ein merkwürdiges Gefühl, sie in diesen graffitibesprühten Laden gehen zu sehen. Wahrscheinlich musste ich mich daran gewöhnen.

Die Strecke zum Kino legte ich im Laufschritt zurück. Ich war spät dran, und Silvia hatte bereits Karten besorgt. Mit einer großen Portion gesalzenem Popcorn und zwei Apfelschorlen betraten wir den Kinosaal, und ein Gefühl von Zufriedenheit überkam mich. Nicht nur, weil ich die letzten Wochen zu Hause und auch mehr oder weniger allein zugebracht hatte, sondern auch, weil ich seit meiner Trennung von Arne nicht mehr im Kino gewesen war. Gemeinsam waren wir fast einmal die Woche gegangen, aber allein mochte ich nicht. Heute Abend fühlte ich mich ein Stück mehr angekommen in Köln, in meiner neuen, Arne-losen Welt. Mit Silvia hatte ich eine erste echte Freundin hier gefunden. Wir verstanden uns gut, auch wenn sie fast acht Jahre jünger war als ich und eine rheinische Frohnatur. Aber im Gegensatz zu Doppelname redete sie nicht in einer Tour langweiliges Zeug, sondern riss mich mit ihrer herzlichen Art mit. Auch jetzt lachte sie während des Films mehrmals auf, und ich musste einfach mitlachen. Im Anschluss tranken wir nebenan noch einen Wein. Mir tat es fast leid, den Abend schon beenden zu müssen, aber es war Viertel nach elf, und Kim und ich waren um halb zwölf vor der Disco verabredet. Ich gestand Silvia zähneknirschend, dass ich meine vierzehnjährige Tochter abholen musste, weil sie mir letztens betrunken den Flur vollgekotzt hatte und sich das nicht wiederholen sollte. Daraufhin platzte wieder ihr helles, mädchenhaftes Glucksen aus ihr heraus, und plötzlich fand ich die Angelegenheit auch nur noch halb so schlimm. Silvia bot an, mich zur Disco zu begleiten, vor der Kim schon aufgeregt auf mich wartete.

»Mama, die sind noch gar nicht fertig«, stürzte sie auf mich zu. »Das hat sich alles nach hinten verschoben, die Jury gibt gleich erst bekannt, wer gewonnen hat.«

»Och, nee«, stöhnte ich. »Und wie lange dauert das dann noch?«

»Ich weiß nicht. 'ne halbe Stunde, vielleicht. Bitte ... bitte ... bitte, ich muss unbedingt wissen, ob Nicolas gewonnen hat.«

»Warum gehen wir nicht mit rein?«, fragte Silvia vollkommen ernst.

»Weil wir zu alt sind«, erklärte ich überflüssigerweise.

»Quatsch, früher war ich ständig hier. Ich bin nur nicht mehr hingegangen, seitdem ich dort meine eigenen Schüler getroffen habe.«

»Das meinte ich mit zu alt.«

Sie zwinkerte mir zu. »Na gut, dann reißen wir uns etwas junges Gemüse für heute Nacht auf.«

»Du bist verheiratet, Silvia.«

»Stimmt ja, das vergesse ich immer noch«, grinste sie, und ich schüttelte lachend den Kopf. Kim schaute ungeduldig von meiner Kollegin zu mir. Sie verstand unsere Frotzeleien nicht, ihr Sinn für Humor war immer noch etwas unterentwickelt.

»Na gut, dann kommen wir eben mit«, willigte ich ein, doch während Kim erleichtert aufatmete, bereute ich meine Entscheidung schon wieder, als der bullige Kerl am Eingang meine Handtasche durchsuchte.

»Nur Tampons und Kondome«, ließ Silvia ihren kölschen Charme spielen und durfte tatsächlich ohne Taschenkontrolle rein. Wenigstens mussten wir keinen Eintritt mehr bezahlen. Süßlicher Rauch begleitete uns in den niedrigen, aufgeheizten Raum, aus dem schon von weitem ohrenbetäubende Heavy Metal oder Hard Rock oder was auch immer für Musik schallte, von der ich nur wusste, dass sie mir nicht gefiel. Bevor Kim an mir vorbeistürmen und sich in die Menge stürzen konnte, bekam ich sie noch mal am Ärmel zu fassen und rief ihr zu, dass wir aber direkt nach der Bekanntgabe des Gewinners, ob Nicolas oder nicht, nach Hause fahren würden. Sie nickte und verschwand in einer Wand aus Dunst, dunklen Gestalten und lauter Musik. Ich blieb zögerlich neben der Tür stehen und schaute mich um, aber Silvia schob mich wie selbstverständlich weiter zur Theke. Wir rempelten jede Menge Leute an, von denen die meisten tatsächlich unsere Schüler sein konnten und einige es vermutlich auch waren. Silvia störte das kein bisschen. Sie bestellte sich und mir ungefragt ein Bier und hielt mir kurz darauf ein Kölsch hin. Hier trank man aus Flaschen und wischte die Theke auch nicht ab, wenn etwas umgestoßen wurde. Mein Ärmel klebte an irgendeiner angetrockneten Substanz fest. Aber ich nahm mir vor, diesen Abend als Gelegenheit zu nutzen, einen Einblick in das zukünftige Leben meiner Tochter zu bekommen, und mich nicht zu sehr von Leuten, Lärm und Gestank nerven zu lassen. Nachdem wir angestoßen hatten, musterte Silvia die jugendliche Klientel ganz unverhohlen und gab alberne Kommentare zu dem ein oder anderen potentiellen Kandidaten ab. Wir kicherten wie Teenager.

»Du weißt aber, dass es strafbar ist, die eigenen Schüler abzuschleppen.«

»Keine Angst, um die mache ich einen großen Bogen. Mann, dass Holger aber auch ausgerechnet dieses Wochenende krank ist!«

»Wieso? Hattet ihr was vor?«

»O ja, allerdings. Ein Kind zu produzieren. Wir versuchen es schon eine ganze Weile, und heute Nacht würde es bestimmt klappen. Ich kann meinen Eisprung förmlich spüren. Mir ist so nach Sex!«

Ich sah sie mit großen Augen an. Der Rheinländer an sich war doch recht offen. »Na, klasse, das ist genau das, was ich hören will.«

»Sorry, schon länger keinen Kerl mehr gehabt, was?«

Und mir als Ostwestfälin fiel es immer noch schwer, mich an diese Offenheit zu gewöhnen.

»Sogar meine Mutter hatte in letzter Zeit mehr Sex als ich!«, sagte ich ausweichend und wollte das Thema damit gerne beenden.

Doch Silvia lachte los. Scheinbar hielt sie es für einen Witz. Vorsichtshalber lachte ich mit.

Da stieß sie plötzlich einen schrillen Schrei aus. »Das gibt's ja nicht. Mein Lied! Dass die das hier immer noch spielen. Ich muss tanzen.«

Sie drückte mir ihr Bier in die Hand und verschwand irgendwo in der Menschenmenge, wo sich offenbar die Tanzfläche verbarg. Ich nahm einen weiteren Schluck aus meiner Flasche. Dabei überlegte ich, ob es wirklich nur das Alter machte, dass einem Bier aus Gläsern inzwischen besser schmeckte, oder ob es da einen nachweisbaren Geschmacksunterschied gab.

»Das ist also Ihre Konsequenz?«, unterbrach eine bekannte Stimme hinter mir meine geschmacklichen Überlegungen.

Ich drehte mich überrascht um. Tatsächlich, Nicolas' Vater lehnte direkt neben mir an der Bar.

»Was?«, fragte ich ziemlich perplex und hoffte inständig, dass er unser pubertäres Gequatsche von eben nicht mitbekommen hatte.

»Na ja, die Strafe für Kims Benehmen. Sie begleiten Ihre Tochter ab jetzt einfach überall hin?«, fragte er grinsend, und ich musste lachen. »Fragen Sie lieber nicht. Ich habe mit meiner Erziehung auf ganzer Linie versagt. Aber ich konnte das lange Gesicht meiner Tochter einfach nicht mehr ertragen!«

Er nickte verständnisvoll.

»Sind Sie schon lange da?«, fragte ich vorsichtig.

»Ja, ich muss mir schließlich die Konkurrenz angucken.« Er schaute mich freundlich an. Sein Gesicht verriet nicht im Geringsten, ob er Silvias und mein Gespräch mitgehört hatte oder nicht.

»Und? Wie stehen Nicolas' Chancen?«, fragte ich ehrlich interessiert, aber auch, um etwas abzulenken. Ich hatte ihn und seine Band noch nie spielen gehört, bekam immer nur Kims subjektiv gefärbte Begeisterung mit.

Herr Möller bewegte den Kopf abwägend hin und her und sagte dann:

»Sehr gut. Er gewinnt.«

Ich lächelte das Lächeln, das ich für stolze Eltern bereithielt, die von der Genialität ihrer Kinder überzeugt waren, auch wenn ich es besser wusste. »Wirklich?«

»Ja«, bekräftigte er, ohne dabei überheblich zu wirken. »Er hat das beste Set, die besten Arrangements, man merkt, dass bei ihm mehr dahintersteckt als ein Soundcomputer und ein paar abgekupferte Melodien. Sie waren die Besten.«

Sein Ton wirkte sehr nüchtern, sehr sachlich, und deshalb glaubte ich es ihm jetzt sogar, obwohl ich mich von stolzen Eltern kaum noch beeindrucken ließ.

»Begleiten Sie Ihren Sohn oft zu Auftritten?«

»Immer. Wenn ich es einrichten kann.«

Damit hatte ich nicht gerechnet, ich sah ihn perplex an.

»Na ja, Musik ist das Einzige, wo er nach meiner Meinung fragt, und vor allem, wo er meinen Rat noch annimmt. Ich dachte, das sollte ich ausnutzen.«

Ich nickte stumm. Seine Ehrlichkeit hatte etwas Entwaffnendes. Er prostete mir mit seinem Bier zu, ich erwiderte seinen Blick und nahm ebenfalls einen Schluck aus meiner Flasche.

Seine Gegenwart war angenehm aufregend. Wir lächelten uns an. Ich merkte, wie ein Prickeln in mir aufstieg, und schaute schnell Richtung Tanzfläche. Von Silvia war nichts zu sehen, offenbar hängte sie noch ein paar Lieder dran. Ich wandte mich also wieder Nicolas' Vater zu.

»Übrigens muss ich mich bei Ihnen entschuldigen. Sie hatten recht, es war nicht die Idee Ihres Sohnes. Kim ist natürlich selbst für ihr Verhalten verantwortlich. Und ich habe mich noch nicht mal für Ihre Hilfe bedankt.«

»Nein, Sie hatten schon recht«, war seine überraschende Reaktion. »Ich wusste nicht, was Sie und Ihre Tochter in letzter Zeit durchgemacht haben. Mein Beileid zum Tod Ihres Vaters.« Ich nickte nur, weil ich nicht wusste, was ich darauf sagen sollte. »Man weiß, dass die Eltern nicht mehr die Jüngsten sind, denkt, man ist erwachsen und kommt schon klar, aber wenn sie sterben, ist man wieder Kind, und es trifft einen trotzdem vollkommen unvorbereitet, nicht wahr?«

Wieder sah ich ihn überrascht an. So einfach und trotzdem so genau hatte noch nie jemand mein Gefühl nach Vaters Tod zusammengefasst. »Ja«, sagte ich heiser. »Es war … für uns alle ein Schock. Am meisten natürlich für meine Mutter.«

»Kümmern Sie sich deshalb um sie?«

»Nein, im Gegenteil.« Ich schüttelte schmunzelnd den Kopf. »Sie kümmert sich um uns. Sie braucht das einfach.«

Er lachte. Ich zuckte mit den Schultern.

»Ich hoffe, meine Tochter hat sich bei Ihnen dafür entschuldigt, dass sie …« Um es nicht aussprechen zu müssen, deutete ich mit meiner Hand auf sein tadellos weißes Hemd. Allmählich fragte ich mich, ob er überhaupt mal etwas anderes trug als Anzug und Hemd. Dass er mindestens zwei davon besaß, wusste ich jetzt, denn ein Set lag immer noch bei mir zu Hause, frisch gebügelt und gestärkt, dank Mutter.

Er schüttelte den Kopf. »Vermutlich kann sie sich gar nicht daran erinnern.«

»Vermutlich. Dann entschuldige ich mich dafür, dass sie sich nicht entschuldigt hat.«

»Kann es sein, dass Sie sich ziemlich oft entschuldigen?« Er grinste mich jetzt frech an, und in meinem Bauch breitete sich eine plötzliche Wärme aus.

»Nur, wenn ich etwas falsch gemacht habe. Aber das passiert mir bei Ihnen scheinbar öfter.«

»Das nehme ich dann mal als Kompliment!«

Er sah mir in die Augen. Er flirtete mit mir, und dieses Mal war ich nicht zu betrunken, um es zu merken. Im Gegenteil, ich ging darauf ein. Es war schwer, sich seiner Wirkung zu entziehen. Und schön, sich in diesen aufgeladenen, aber folgenlosen Zwischenraum zu begeben. Auch wenn mein letzter ernsthafter Flirt lange her, ich völlig unerfahren und Arne vermutlich mein Gegenüber gewesen war, kamen die Mechanismen ganz von selbst in Gang. Ich fuhr mir durch die Haare, warf ihm hin und wieder ein zurückhaltendes Lächeln zu und senkte den Blick, wenn er mich zu lange anschaute. Unser Gespräch entwickelte sich nun wie von selbst. Wir redeten über die Kinder, da fühlten wir uns auf sicherem Terrain, dabei waren wir mehr an uns interessiert.

»Und wie finden Sie es, dass Ihr Sohn Musiker werden will, so wie Sie?«, fragte ich und hoffte, dabei mehr über seine Vergangenheit zu erfahren.

»Na ja, mir hat es nicht geschadet«, lachte er. »Und was sollte er sonst werden, bei den Eltern … und den Noten!«

»Es wird schon reichen«, beruhigte ich ihn und wagte mich weiter vor: »Wieso, waren Sie denn auch schlecht in der Schule?«

»Nein, im Gegenteil. Ich habe sogar studiert.«

Das wollte so gar nicht in mein Bild von ihm passen. In meinen Augen war er schon immer im schwarzen Anzug und weißen Hemd als Pianist durch irgendwelche Bars getingelt.

»An der Musikhochschule?«, fragte ich, und er nickte und genoss es sichtlich, mich beeindruckt zu haben.

»Aber Ihre Tochter scheint ja auch in Ihre Fußstapfen zu treten, oder?«

»Nein, ganz und gar nicht. Sie wird mal Professorin oder Astrophysikerin oder so«, lachte ich. »Für mich ist es nur ein Beruf, keine Berufung. Aber meine Tochter ist hochbegabt.«

Diesmal war er beeindruckt, und ich fügte noch schnell

ein »leider« hinzu, um nicht selbst wie eine stolze Mutter zu klingen.

»Wieso?«

»Na ja, in Mathe könnte sie jetzt schon zur Uni, aber was ihre Sozialkompetenzen angeht, hinkt sie ihren Mitschülern ganz schön hinterher.«

Er schüttelte den Kopf. »Davon merkt man gar nichts, wenn sie mit Nicolas zusammen ist.«

Ich verzog das Gesicht. Dann mussten wir beide lachen. Im selben Moment wurde die Musik vom ohrenbetäubenden Quietschen einer Rückkopplung abgelöst. Der Strahl eines Scheinwerfers wanderte über die Bühne, auf der ein älterer Mann in Jeans und T-Shirt erschien.

»Sie geben das Ergebnis bekannt«, sagte Herr Möller, und seine Miene spannte sich an. Er wandte sich der Bühne zu. Schade, ich hätte mich jetzt gerne noch länger mit ihm unterhalten, aber er schien den Wettbewerb wirklich ernst zu nehmen. Da kam auch Silvia aus der Menge zurück. Durchgeschwitzt und mit gerötetem Gesicht verlangte sie nach ihrem Bier, das mittlerweile warm geworden war.

»Mann ist das geil, ich hab schon lange nicht mehr so abgezappelt.« Allmählich erreichte sie auch sprachlich das Niveau ihrer Schüler. Sie bemerkte Herrn Möller neben mir und grinste mich vielsagend an.

»Und du hast jemanden aufgerissen?«, fragte sie laut genug, dass er es hören konnte. Ich wurde rot und stellte die beiden einander vor. Als Herr Möller sich wieder der Bühne zudrehte, knuffte Silvia mich in die Seite. »n' Schülervater?! Und dann auch noch vom Freund deiner Tochter? Also, da hättest du dir genauso gut einen deiner Schüler angeln können.«

»Flirten darf man ja wohl noch«, frotzelte ich leise zurück, aber trotzdem traf mich ihre Feststellung stärker, als ich wollte. Das warme Gefühl in meinem Bauch verflog.

Der Mann auf der Bühne richtete einige Worte an die

Bands, die unter ihm im Zuschauerraum zusammen mit ihren Fans warteten. Dann verlas er die Gewinner der Plätze drei und zwei. Nicolas' Band war nicht darunter. Ich beobachtete Herrn Möller. Er wirkte nervös, und irgendwie fand ich das sympathisch. Dann wurde Platz eins aufgerufen. Nick of Time. Tatsächlich! Nicolas hatte gewonnen. Sein Vater hatte recht behalten. Zufrieden drehte er sich wieder zu uns um. Nicolas' Anhänger jubelten, und ich meinte, ein paar Schreie von Kim zu hören, die natürlich ganz vorne mitmischte.

»Herzlichen Glückwunsch«, sagte ich.

»Wer hätte gedacht, dass in dem Jungen doch solche Talente schlummern«, sagte Silvia nicht ganz so enthusiastisch, aber Herr Möller nahm es gelassen. Nicolas und seine Band betraten die Bühne, und ich konnte gerade noch sehen, wie er sich runterbeugte und jemandem einen Kuss gab. Kim, nahm ich an, und war plötzlich auch ein klitzekleines bisschen stolz, dass sie die Freundin des Gewinners war.

Nicolas bedankte sich bei der Jury und dem Publikum und klang dabei ziemlich professionell. Dann nahm er den Preis entgegen, einen überdimensionalen Einkaufsscheck für den größten Kölner Musikladen.

»Ist das alles, was er bekommt?«, fragte ich.

Herr Möller schüttelte den Kopf. »Die Sieger dürfen noch eine EP aufnehmen«, sagte er und ging offenbar davon aus, dass ich wusste, was das ist.

»Klingt doch gut.«

»Ist aber nicht so wichtig. Er muss sich mit Live-Auftritten einen Namen machen«, sagte er und strahlte trotzdem über das ganze Gesicht. Da ertönten die ersten verzerrten Gitarrenklänge von der Bühne. Wir schauten rüber. Nicolas machte einen gekonnten Luftsprung und schlug dann in die Saiten. Es war unerträglich laut, aber als er die ersten Textzeilen ins Mikro sang, horchte ich auf. Er hatte eine tiefe, leicht kratzige Stimme, die wirklich besonders klang. Ganz anders als sein sonstiges vernuscheltes Auftreten bei mir im Unterricht. Interessiert hörte ich zu und verstand nun, was sein Vater meinte. Seine Musik klang echt, nicht aufgesetzt, nachgemacht oder amateurhaft. Sein Song drückte etwas aus, hatte Gefühl, und obwohl die Stilrichtung nicht meinem Geschmack entsprach, machte es Spaß, ihm zuzuhören. Nach dem ersten Song klatschte ich ebenfalls Beifall.

»Und?«, fragte Herr Möller stolz.

»Nicht schlecht. Auch wenn ich kein Heavy-Metal-Fan bin.«

»Das macht nichts, er spielt nämlich Grunge Rock«, lächelte er, und ich zuckte ergeben mit den Schultern. Plötzlich griff Nicolas zum Mikro und schaute sich im Publikum suchend um.

»Steffen?«, rief er. »Ich kann dich zwar gerade nicht sehen, aber kommst du mal rauf?«

Erst als Herr Möller sich bei uns entschuldigte, begriff ich, wer Steffen war. Er drängte sich durch die Leute, verschwand aus meinem Blickfeld und tauchte einen Moment später auf der Bühne wieder auf. Vater und Sohn umarmten sich kurz. Herr Möller schlug seinem Sohn auf die Schulter. Dann reichte Nicolas ihm eine elektrische Gitarre. Sein Vater wirkte kein bisschen überrascht, er schien den Auftritt auf der Bühne sogar zu genießen. Herr Möller nickte Nicolas zu, der ein Lied einzählte. Es kam mir bekannt vor, aber ich wusste trotzdem nicht, was für ein Song es war. Nicolas hetzte so durch den Text, dass ich ihn kaum verstand. Erst als Herr Möller mit einem Gitarrensolo einsetzte, erkannte ich das Lied wieder. Es war *Stairway to Heaven*, aber in einer viel schnelleren Version. Ich starrte fasziniert zur Bühne. Nicolas' Vater war auf einmal ganz verändert, richtig …

»Sexy«, rief Silvia aufgedreht.

»Was?«

»Na findest du nicht, total scharf der Kerl, mit den Locken und dem Anzug und so, wie einer von den Blues Brothers.«

Ich betrachtete Steffen Möller, der in sein Gitarrenspiel vertieft war und mit seinem Sohn wunderbar harmonierte. Seine Haare waren ständig in Bewegung, sein Gesicht konzentriert angespannt, seine Finger glitten federleicht über die Saiten. Er hatte eine gute Bühnenpräsenz. Der Anzug tat sein Übriges.

»O Mann, ich steh auf ältere Männer!«, schrie Silvia begeistert. Ich verdrehte die Augen, und das nicht nur, weil sie Nicolas' Vater in die Kategorie ältere Männer einstufte und mich damit ungewollt mitkategorisierte. Lachend rief ich: »Eben wolltest du doch noch junges Gemüse!«

»Egal, der ist scharf!«

»Kann sein, aber ein No Go, das hast du gerade selbst gesagt!«

»Ja, so ist das mit den scharfen Männern, sie sind schwul, verheiratet oder Väter von deinen Schülern, zum Verrücktwerden.«

Ich erinnerte sie nicht noch mal an ihren grippekranken Ehemann, sondern bewunderte Herrn Möller, der sein Solo beendete und dafür Sonderapplaus bekam. Nicolas lachte ihn an und übernahm nun wieder. Er sang den mir jetzt wieder bekannten Text unglaublich schnell und trotzdem sehr melodiös. Dann beendeten Nicolas und sein Vater den Song zusammen mit ein paar letzten verzerrten Gitarrenklängen. Sie hakten sich unter und verbeugten sich gemeinsam bei tosendem Applaus.

»Meine Damen und Herren, mein Vater!« Nicolas deutete mit dem ausgestreckten Arm auf Herrn Möller, der die Gitarre zur Seite stellte, noch einmal kurz dem Publikum zunickte und von der Bühne sprang. Ja, er war scharf!

»Ich wusste ja gar nicht, dass Sie auch Gitarre spielen!«, begrüßte ich ihn euphorisch.

Er zuckte mit den Schultern und lächelte fast ein wenig schüchtern, maß seinem Auftritt nicht sonderlich viel Bedeutung bei. »Na ja, nicht mehr so oft wie früher.«

Ich merkte, dass ich ihn immer noch anhimmelte, und bemühte mich, ihn das nicht allzu sehr spüren zu lassen.

»Großartig«, belagerte Silvia ihn stattdessen. »Sie waren wirklich toll!«

Herr Möller sah mich etwas skeptisch an, wusste offenbar nicht, wie er mit meiner aufgedrehten Kollegin umgehen sollte. Ich kam ihm zu Hilfe.

»Sie findet Sie sexy«, sagte ich, mit so viel Ironie wie möglich in meiner Stimme.

Jetzt musste er grinsen. »Verstehe. Tja, diese Wirkung habe ich leider immer auf die falschen Frauen.«

»Ja ähm, also … Ihr Sohn hat eine tolle Stimme.« Prima, Meike, fang einfach wieder an, von seinem Sohn zu reden! Total erotisch. Ich war wohl doch aus der Übung.

»Die hat er definitiv von seiner Mutter.« Gut, das war auch nicht gerade das ideale Flirtthema.

»Ich hab schon gehört, Ihre Exfrau ist drüben eine Berühmtheit.«

Aber noch dämlicher war es, das Gespräch über seine Ex zu vertiefen!

»Oh, sie ist nicht meine Exfrau, aber ja, sie hat eine ganz schöne Karriere gemacht.«

Und das war eine gekonnte Rechts-Links-Kombination. Wie bitte? Er war noch verheiratet?! Und trotzdem machte er mich schon den ganzen Abend an? Was hatte er denn vorgehabt, mich für eine Nacht abzuschleppen? Oder suchte er sich ab und zu eine Frau für Zwischendurch, um die Zeit bis zum nächsten Kanada-Urlaub zu überbrücken? Hatte er mein Gespräch mit Silvia vielleicht doch mitbekommen und sich so seine Gedanken dazu gemacht? Und ich war ihm vollkommen auf den Leim gegangen. Am Ende hatte er den Blues-Brothers-Auftritt auch noch mit seinem Sohn abgesprochen, um mich rumzukriegen. Unfassbar. Ich starrte ihn verdattert an und wusste nicht, was ich dazu sagen sollte.

»Ja, ähm, also eine durch und durch musikalische Familie, wie schön«, sagte ich schließlich lahm.

Zum Glück kam Kim gerade auf dem Weg nach draußen an der Theke vorbei, und ich nutzte die Gelegenheit, um mich überstürzt von Herrn Möller und Silvia zu verabschieden. Wenn er eine Frau für die Nacht suchte, dann war sie heute auf jeden Fall die richtige Kandidatin für ihn.

»Oh, da ist Kim. Ich muss los. Schönen Abend noch!« Und weg war ich. In meinem Rücken spürte ich förmlich die verdutzten Blicke der beiden. Aber mit fremdgehenden verheirateten Männern war ich durch.

In der Bahn merkte Kim, dass mich etwas beschäftigte. Ich konnte meine Enttäuschung darüber, dass so ein netter Abend noch so einen unangenehmen Nachgeschmack bekommen hatte, nicht wirklich überspielen, auch wenn ich Nicolas' Auftritt gebührend lobte. Wir saßen schweigend nebeneinander. Ich starrte aus dem Fenster und ärgerte mich über meine Naivität. Aber es hatte einfach zu gutgetan, mal wieder von einem Mann wahrgenommen zu werden, und zwar nicht nur als Lehrerin, Mutter oder Kollegin, die getröstet werden wollte. Auch wenn mir klar war, dass es nie über diesen Flirt hinausgegangen wäre, hätte es wenigstens in einem schönen Gefühl enden können. In meinem Kopf wurde unser Gespräch immer mehr zu einer plumpen Anmache von ihm. Ich seufzte und versuchte, die Gedanken abzuschütteln. Als wir schon fast an unserer Haltestelle angekommen waren, wandte sich Kim zaghaft an mich. »Mama?«

»Mmh?«, erwiderte ich müde.

»Es tut mir leid, dass ich dich angelogen habe.«

Überrascht schaute ich sie an. Mit ihrer Entschuldigung hatte ich jetzt nach über zwei Wochen nun wirklich nicht mehr gerechnet. Aber dieses Mal kam sie von Herzen. Ich legte meinen Arm um Kim und zog sie wortlos an mich.

»Ich wollte dir nicht so einen Schrecken einjagen. Und ich

wollte mich auch gar nicht betrinken. Das ist einfach so passiert.«

»Okay.« Ich drückte ihr erleichtert einen Kuss auf die Stirn.

»Ich belüge dich auch nicht noch mal, versprochen.«

Ich nickte. »Egal, was passiert, Kim, wir müssen immer ehrlich zueinander sein, ja? Das ist das Wichtigste.«

Sie lächelte mich erleichtert an.

»Ich hab dich lieb«, sagte ich und drückte ihr ein Küsschen auf die Wange.

Schweinehund

Dass mir die Laufgruppe bei der Revanche an Arne behilflich sein würde, wusste ich schon, als mir jeder Einzelne bei der Vorstellungsrunde nicht nur seinen Namen, sondern auch die persönliche Bestzeit nannte. Es war ein leistungsorientierter Lauftreff, jeder wollte im Herbst mindestens den Halbmarathon mitlaufen, die meisten hatten aber die Königsstrecke anvisiert. Ich hatte am wenigsten vorzuweisen, einige Zehnkilometerläufe, bei denen ich immerhin zweimal unter fünfzig Minuten geblieben war, einmal, vor Jahren, hatte ich den Hermannslauf mit Ach und Krach bewältigt. Als ich erzählte, dass ich meinen ersten Marathon wegen eines Bänderrisses bei Trainingskilometer dreißig absagen musste, erntete ich allgemeines Mitgefühl. Von meinem Ex und seiner neuen Trainingspartnerin erzählte ich nichts.

Bei minus drei Grad und mit brummendem Schädel, der von dem Qualm, der lauten Musik und nicht zuletzt auch meinem Kopfzerbrechen über Herrn Möller herrührte, hatte ich heute Morgen einen gut halbstündigen Kampf mit mir ausgetragen, bevor ich meinen inneren Schweinehund überwand und meine Laufsachen anzog. Nun fühlte ich mich gut aufgehoben. Die fünf Frauen und acht Männer, die sich heute Morgen mit mir trotz der Kälte im Stadtwald eingefunden hatten, schienen sympathisch zu sein. Natürlich, da machte ich mir nichts vor, war ich auch ein bisschen deswegen hier, um neue Männer kennenzulernen. Wenigstens dafür war Herr Möller gut gewesen. Die gestrige Flirterei hatte mir gezeigt, dass ich endlich wieder Lust hatte, neue Bekanntschaften zu machen. Fast ein Jahr hatte ich das Ende meiner Ehe betrauert. Das war genug. Wenn das nächste Mal jemand vorhatte, mich zu küssen, würde ich ihn nicht mehr unbedingt mit einer Ohrfeige davon abhalten.

Zwei Paare waren unter den Läufern und drei Männer viel zu jung. Zwar schaute ich mir meine Mitläufer nicht explizit auf Ausgeh- oder gar Beziehungstauglichkeit an, aber ein Typ fiel mir gleich von Anfang an ins Auge. Es war der Leiter der Gruppe, mit dem ich schon telefoniert hatte. Er war groß, bestimmt eins neunzig, und nicht so mager, wie man es von Langstreckenläufern sonst oft kannte, sondern recht muskulös. Er hatte trotz des Winters einen gesunden Teint, aber eher von Wind und Wetter als von einer Sonnenbank, und dazu blonde Haare, bei denen man nicht erkennen konnte, ob sie von der Sonne oder vom Alter gebleicht waren. Im Großen und Ganzen hätte er besser an einen kalifornischen Strand gepasst als in den Kölner Stadtwald. Er koordinierte die Aufwärmübungen, die bei ihm entspannt und sportlich wirkten, und gab ein ordentliches Tempo vor, das ihn jedoch nicht anzustrengen schien. Nach ein paar Kilometern ließ er sich zu mir zurückfallen und nickte mir zu.

»Und, alles okay, Meike?«

»Ja, ich komme gut mit«, sagte ich und ärgerte mich erneut über mein für eine Lehrerin katastrophal schlechtes Namensgedächtnis. War California Boy derjenige, der unpassend altmodisch Fritz hieß? Oder war es Hans? Oder war das der Typ da vorne, Marke quadratisch-praktisch-gut, gewesen?

»Wir befolgen einen Trainingsplan, den ich aufgestellt habe, damit wir rechtzeitig zum Marathon fit sind. Ist jetzt nichts Weltbewegendes, aber sinnvoll für Läufer, die unter vier Stunden bleiben wollen.«

»Gut«, sagte ich und bemühte mich, nicht außer Atem zu klingen. »Genau das ist mein Ziel.«

Er grinste mich an, und ich bemerkte seine perfekten weißen Zähne.

»Wenn du noch Fragen hast, meld dich nachher einfach bei mir, ja?«

»Mach ich, danke.«

Er setzte sich wieder an die Spitze der Truppe und ermöglichte mir dadurch noch einen Blick auf seinen durchtrainierten Hintern. Ich hatte keinen Ehering an seiner Hand entdeckt.

Als wir das Ziel unserer Runde erreicht hatten, den Parkplatz gegenüber dem Fußballstadion, kam er noch einmal auf mich zu.

»Wenn du willst, kannst du demnächst mal bei uns an der Spoho vorbeikommen, dann mache ich mit dir einen Fitnesstest, und wir erstellen deinen persönlichen Trainingsplan.«

»Klingt super«, erwiderte ich geschafft. Das Tempo, das er und die anderen vorgelegt hatten, war doch recht ordentlich gewesen. »Wenn du mir verrätst, wo und was dic Spoho ist.«

Er lachte ein glitzerweißes Lächeln. »Die Sporthochschule, gleich da drüben.« Mit ausgestrecktem Arm deutete er auf ein paar Gebäude neben dem Stadion. Selbst diese einfache Geste sah bei ihm sportlich aus. »Ich bin da Dozent.«

»Oh, ach so, deswegen …«, holperte ich los.

»Deswegen was?«, fragte er freundlich.

Bist du so durchtrainiert und der Traum aller vierzigjährigen geschiedenen Frauen, verkniff ich mir und sagte stattdessen: »Deswegen der Fitnesstest und ähm, der Trainingsplan.«

»Genau, hier, ich geb dir mal meine Karte.«

Er reichte mir seine Visitenkarte mit der Nummer von der Uni.

»Danke, äh …« Ich blickte auf die Karte. Weder Fritz noch Hans, sondern … »Matthias.«

»Meld dich einfach. Und pass auf, dass du beim Radfahren nicht zu sehr auskühlst«, sagte er, als er sah, wie ich mein Fahrrad aufschloss.

Er stieg in seinen Wagen, und ich strampelte beschwingt nach Hause. So einfach war es also, neue Männer kennenzulernen. Man musste nur wollen.

»Und, sind die Leute nett?«, fragte Mutter bei unserem ersten harmonischen Mittagessen zu dritt seit Heiligabend.

»Ja, sehr nett«, sagte ich und hätte ihr beinahe Matthias' Visitenkarte gezeigt, nur um ihr zu beweisen, dass auch ich noch Chancen auf dem Markt besaß.

»Hast du meinen zukünftigen Stiefvater kennengelernt?«, zog meine Tochter mich mit vollem Mund auf. Während des Hausarrests hatte ich ihr gegenüber dummerweise mal ziemlich sauer erwähnt, dass ich die Laufgruppe nicht nur als Gelegenheit zum Laufen betrachtete, die ich wegen ihr verpassen musste.

»Wer weiß«, sagte ich gedankenlos, nur um mich mal wieder etwas mehr wie eine Frau und weniger wie eine Mutter zu fühlen, und sofort wurde Kim hellhörig.

»Also, sind jetzt echt Kandidaten dabei?«, fragte sie. Ich merkte an ihrer Stimme, dass der Gedanke für sie doch nicht so unproblematisch war, wie sie vorgab. Schnell machte ich einen Rückzieher. »Deswegen gehe ich doch nicht dahin, Kim«, beruhigte ich sie.

»Woanders wirst du aber wohl kaum sportliche, schlanke Männer in deinem Alter finden!« Mutter verstand meinen Blick nicht und ließ uns weiter an ihrem wachsenden Wissen über die Männer von heute teilhaben. »Ab vierzig werden sie nun mal faul und fett und verlieren …«

»Mmm, der Auflauf ist echt lecker. Hast du ein neues Rezept ausprobiert, GISELA?«, unterbrach ich sie schließlich.

»Den hat deine Tochter gemacht«, sagte Mutter stolz. Ich starrte Kim verblüfft an. Hatte ich mit dem Hausarrest am

Ende doch mehr Gutes erreicht, als ich dachte? »Du hast gekocht?«

»Habe ich von Oma gelernt. Ich will ja nicht so enden wie du.«

»Bei deiner Mutter sind Hopfen und Malz verloren.« Eine Feststellung, die sie bei jeder Gelegenheit machte, genauso, wie sie gerne ihre Standarderklärung anbrachte: »Meike ist doch nur so dünn, weil sie nicht kochen kann.«

Oma und Enkelin grinsten sich an, und es tat trotz allem gut, Ziel ihrer Sticheleien zu sein. Das bedeutete nur, dass zwischen uns wieder alles im Lot war.

»Was haltet ihr davon, wenn wir heute Abend zusammen ins Kino gehen?«, schlug ich in einem Anfall von Übermut vor.

Mutter schaute uns etwas zerknirscht an. »Ich habe heute eine Verabredung.«

»Mit Anton?«, fragte Kim, die es offenbar ganz normal fand, dass ihre Oma sich mit Männern traf, solange nur ihre Mutter brav zu Hause blieb.

»Nein, mit Heinz«, erklärte Mutter.

»Jetzt echt? War das nicht der arrogante Arzt?« Und sich noch dazu überraschend gut in Mutters Männerriege auskannte. »Ich dachte, Anton war total in Ordnung?«

»Ja, na ja, ich fand unsere ›Dates‹ ein bisschen … einseitig.« Sie wich meinem Blick aus, und ich sagte lieber nichts dazu. »Außerdem muss man sich doch erst mal ein bisschen umgucken, bevor man sich festlegt, oder nicht?«

Jetzt sah sie mich hilfesuchend an, und ich nickte schnell zustimmend, weil ich froh war, dass sich das Thema Anton erledigt hatte.

»Sollen wir dann alleine gehen?«, fragte ich Kim, aber sie druckste ebenfalls herum. »Ich wollte dich fragen, ob ich heute zu Nicolas darf. Er feiert ein bisschen, wegen gestern.« Sie sah mich mit Dackelaugen an und fügte hinzu. »Ich trink auch nur Wasser!«

»Geh nur.«

Erst als ich abends alleine vor dem Fernseher saß, fiel mir auf, dass ich die Einzige in unserer Familie ohne Verabredung war, und das nicht nur an diesem Samstagabend, sondern an jedem Samstagabend, seit ich in Köln wohnte. Und genaugenommen auch an jedem anderen Abend der Woche. Kein Wunder, dass mich sogar schon die Nachbarskatze, die von Mutter gelegentlich ein Leckerli bekam, mitleidig durch die Scheibe anstierte, bevor sie sich auf unserer Fensterbank einrollte. Kims Reaktion auf einen potentiellen Stiefvater – wobei ich so weit noch gar nicht denken wollte – beschäftigte mich. Musste ich mich damit abfinden, ihr zuliebe erst mal auf Männerbekanntschaften zu verzichten? Nein, ganz bestimmt nicht. Aber genauso wenig konnte ich sie, wenn es so weit war, mit einem neuen Mann an meiner Seite überfallen. Ich musste sie – und im Grunde auch mich – langsam an den Gedanken gewöhnen, dass irgendwann mal jemand anderes Arnes Platz in meinem Leben einnehmen würde … hoffentlich. Und vielleicht eignete sich ein attraktiver Laufgruppenleiter ganz gut zur Eingewöhnung …

Das Gemeinschaftsgefühl, das sich unter Läufern immer recht schnell entwickelte, war sehr angenehm. Und informativ noch dazu. Schon bei unserem nächsten Lauftreff am Mittwoch Abend erfuhr ich von Amelie, einer fünfundzwanzigjährigen Versicherungsangestellten, dass Matthias vor zwei Jahren von Frau und Kindern verlassen worden war und eine ziemlich harte Zeit durchgemacht hatte. Seitdem hätte er sein Laufpensum verdoppelt und sogar mit Triathlon angefangen. Dabei sei er so ein netter Kerl, schwärmte Amelie und gab zu, dass sie ihn sich schon geangelt hätte, wenn er nicht zwanzig Jahre älter wäre als sie. Er war wie ich, dachte ich zufrieden, auch wenn ich vom Triathlon noch weit entfernt war.

Vielleicht war auch er an etwas Lockerem zum Eingewöhnen interessiert, ohne dass daraus gleich etwas Ernstes werden musste.

Nach unseren Runden, die abwechselnd zwischen zehn und fünfzehn Kilometern lang waren, unterhielten Matthias und ich uns jetzt immer noch eine Weile. Ausschließlich über Sport. Er wusste, dass ich geschieden war, das hatte ich wohlweislich am Anfang fallengelassen, aber trotzdem blieben wir beim Thema Laufen. Ich fand, das war eine solide Grundlage, und beschloss daher, ihn schon bald wegen des Fitnesstests anzurufen.

Zu Hause ließ ich Kim gegenüber vorsichtig verlauten, dass in der Laufgruppe tatsächlich ein Mann war, den ich interessant fand, versicherte ihr aber im gleichen Atemzug, dass es nichts Ernstes sei. Damit konnte meine Tochter offenbar leben und hielt den Fitnesstest für unbedenklich. Also verabredete ich mich mit Matthias für den nächsten Dienstag. Gegen neunzehn Uhr sollte ich in der Spoho vorbeikommen.

Als ich mich am Dienstagabend auf den Test vorbereitete, grinste Kim mich frech an. »Bist du nervös?«

»Nein«, sagte ich verwirrt. »Wieso sollte ich?«

»Na, wegen deines Dates.«

»Das ist doch kein Date. Es ist nur ein Fitnesstest.«

»Ja klar, deswegen wechselst du auch schon zum dritten Mal dein Outfit.«

»Ich weiß nur nicht, was man bei so einem Test alles macht!«, log ich. Tatsächlich wollte ich weder zu zugeknöpft noch zu aufreizend angezogen sein. Meine Sommerlaufsachen waren eindeutig zu dünn und zu knapp für diese Jahreszeit, aber im dicken Jogginganzug konnte ich auch nicht bei ihm aufkreuzen.

»Vielleicht kommt man da ja richtig ins Schwitzen«, rechtfertigte ich meine enganliegende Dreiviertelhose und das bauchfreie Top, das ich gerade ausprobierte.

»Da kannst du ja gleich in Unterwäsche gehen!«, schimpfte Kim. Genervt zog ich das Oberteil wieder aus und schlüpfte in ein tailliertes Laufshirt.

»Besser?«

»Viel besser!«

»Gott sei Dank«, seufzte ich.

»Du bist ja doch nervös!«

»Nein, ich habe nur Angst, dass ich nicht fit genug bin.«

»Weil er dann das Interesse verlieren könnte?«

»Nein, weil es peinlich wäre.«

»Das nennt man nervös«, stellte meine Tochter fest, sie konnte in diesen Dingen sehr kleinlich sein.

»Ja gut, dann bin ich eben nervös, zufrieden?« Ich zog eine Grimasse, und Kim lachte.

»Jetzt mach deine Mutter doch nicht verrückt!«, kam ihre Großmutter mir zu Hilfe. »Es ist schließlich nicht so einfach, nach über zwanzig Jahren mal wieder mit einem feschen Typen auszugehen.« Allerdings hatte ihre Unterstützung immer auch einen bitteren Beigeschmack.

Kopfschüttelnd packte ich meine Sachen zusammen. »Also wirklich, wer euch hat, braucht keine Feinde mehr. Ich werde dann mal zu meinem Fitnesstest aufbrechen. Bis später!«

Die beiden hatten es geschafft. Ich war nervös. Ihr Gerede hatten aus dem Fitnesstest ein Date und aus Matthias meinen zukünftigen Lover gemacht. Als er mich vor dem Eingang zur Spoho abholte, konnte ich ihm noch nicht einmal Hallo sagen, ohne rot zu werden. Dabei war ich mir gar nicht sicher, ob ich ihn so sehr mochte, dass er mein Erröten verdient hatte. Die Tatsache, dass er gut aussah, sportlich war und man sich nett mit ihm unterhalten konnte, machte ihn zwar zu einer wesentlich netteren Verabredung als Doppelname. Aber einen Funken hatte ich bisher noch nicht gespürt. Andererseits hatte ich ohnehin nicht vor, mich jetzt schon wieder zu verlieben, und betrachtete Matthias eher unter funktionalen Aspekten. Wir konnten uns gegenseitig unser angeknackstes Selbstbewusstsein wiedergeben. Ein wenig die Einsamkeit vertreiben. Mehr erwartete ich ja gar nicht.

Tatsächlich war unser »Date« alles andere als romantisch. Matthias fuhr die ganze moderne Technik der Leistungssportanalyse auf, die sonst nur Profisportlern vorbehalten war. »Geht aufs Haus«, meinte er lächelnd, als hätte er mir einen sündhaft teuren Rotwein spendiert. Dabei wäre ich auch mit weniger zufrieden gewesen. Atemgasmessungen, Laktattest, Belastungs-EKG. Ständig war ich an irgendwelchen Masken oder Elektroden angeschlossen und wirkte dabei nicht gerade sexy. Ins Schwitzen kam ich dabei erst recht nicht, und ich war froh, auf das bauchfreie Top verzichtet zu haben. Auch nach dem Test machte Matthias keine Anstalten, mit mir noch eine Apfelschorle, geschweige denn einen Wein trinken zu gehen. Er führte mich lediglich zum Ausgang der Spoho und verabschiedete sich mit dem Versprechen, mir am Samstag die kompletten Ergebnisse samt Trainingsplan zum Lauftreff mitzubringen. Damit machte er ziemlich deutlich, dass sein Interesse an mir ausschließlich wissenschaftlicher Natur war. Ich war eine Testperson für sein modernes Spielzeug, mehr nicht. Ernüchtert spazierte ich zu meinem Fahrrad zurück.

Dabei war es weniger die Enttäuschung über das nicht stattgefundene Date, die mich beschäftigte, als vielmehr meine gekränkte Eitelkeit. Hatte ich sein Interesse an mir tatsächlich so überbewertet?

Es war gerade mal halb neun, als ich mich auf mein Fahrrad setzte und nach Hause fuhr.

Kim und Mutter waren ausgeflogen. Das ersparte mir wenigstens die Schmach, ihnen von meinem peinlichen Abend berichten zu müssen, der im Grunde erst durch ihr Aufwerten des Tests zu einer Verabredung so peinlich geworden war. Ich versuchte, die Erfahrung unter der Rubrik Anfängerfehler zu verbuchen, und lenkte mich mit Arbeit ab. Auf dem Schreibtisch wartete noch die Vorbereitung einer Mathearbeit auf mich. Aber leider auch die sauberen und gebügelten Sachen von Herrn Möller, die Mutter mir dort heute Nachmittag hingeknallt hatte, weil sie nun schon seit Wochen ihre Arbeitsfläche im Waschkeller blockierten. Nett von ihr, dass sie mir gleich noch einen weiteren Anfängerfehler unter die Nase rieb. Es wäre allerdings unverschämt gewesen, ihm die Sachen nicht zurückzugeben. Vielleicht war heute der richtige Abend dafür, eine Demütigung mehr machte den Kohl auch nicht fett. Seufzend stopfte ich die Sachen in meinen Rucksack und brach auf.

Als ich eine halbe Stunde später das *Lucky* betrat, spielte er schon. Herrn Möller mitten in seiner Arbeit zu stören erschien mir dann doch etwas zu unhöflich, daher setzte ich mich an die Bar und gönnte mir einen Rotwein, den mir Dietmar dieses Mal zwar schneller, aber dennoch schweigsam wie immer über den Tresen schob.

Ich prostete ihm zu und sah zu Herrn Möller hinüber. Er hatte mich noch nicht bemerkt, war ganz und gar in seine Musik versunken. Seine Finger streichelten die Tasten nur, schienen sie kaum zu berühren, und trotzdem brachten sie Töne daraus hervor, die sich zu einer unkomplizierten Melodie verbanden. Obwohl ich mich ausdrücklich dagegen wehrte, verleitete sie meine Gedanken dazu abzuschweifen. Zu Weihnachten. Unserem Gespräch an der Bar. Dem kurzen gemeinsamen Spaziergang durch die Nacht, der romantisch gewesen war, trotz Schneematsch. Bis zu seinem überfallartigen Kuss. Bei meiner Ohrfeige blendete ich schnell wieder aus und riss mich zusammen.

»Kennen Sie eigentlich seine Frau?«, fragte ich Dietmar, der gerade vor mir ein Bier zapfte, erwartete aber eigentlich keine Antwort.

»Welche?«, fragte er kryptisch und bestätigte damit meine Vermutung, dass Steffen Möller es mit der Treue nicht so genau nahm.

»Na, die aus Kanada«, erklärte ich, und mit einem Mal hellte sich Dietmars Gesicht auf. »Ach, Bettany?! 'ne tolle Frau.« Seine Augen glänzten regelrecht, und ich war erstaunt, welche Veränderung doch ein einzelner Gedanke bei einem Mann hervorrufen konnte. »Nee, nicht persönlich, leider!« Dann hüllte er sich wieder in Schweigen und brachte den anderen Gästen mit der gleichen stoischen Miene das Bier, wie mir zuvor den Wein. Sie musste ja eine wahre Traumfrau sein, wenn sie sogar ihn zu so einem Gefühlsausbruch verleitete! Ich drehte mich wieder zu Herrn Möller um, und dieses Mal bemerkte er mich. Er nickte mir zu. Als er sein Stück beendet hatte, kam er zu mir.

»Hallo, Sie waren ja lange nicht mehr da«, begrüßte er mich, als ob ich ein Stammgast wäre.

Ich sagte nichts, sondern zuckte nur mit den Schultern.

»Dietmar, machst du mir auch einen Roten?«

»Ich dachte, Sie trinken nicht, wenn Sie arbeiten.«

Er sah mich herausfordernd an. »Ich habe gerade beschlossen, Feierabend zu machen.«

Er tat es schon wieder! Er flirtete ganz unverhohlen mit mir und machte nicht die geringsten Anstalten, sein Verhalten zu entschuldigen oder wenigstens zu erklären.

»Ich bin eigentlich nur hier, um Ihnen Ihre Sachen zurückzubringen«, sagte ich und deutete auf den Rucksack neben mir.

Herr Möller nahm meinen unterkühlten Tonfall durchaus wahr und warf mir einen irritierten Blick zu. »Danke. Ihr Pulli liegt allerdings bei mir zu Hause.«

»Den hätte ich dann auch gerne wieder.« Ich merkte selbst, dass ich etwas zu zickig klang, als wären wir ein verkrachtes Paar, das seine Sachen auseinandersortierte. Aber ich konnte es einfach nicht abstellen. Seit Arnes Affäre konnte ich Untreue nicht mehr kommentarlos hinnehmen, selbst wenn es mich eigentlich nichts anging.

Weil er meine Angriffslust wohl bemerkte, wurde Herr Möller zurückhaltender. »Ich kann ihn Nicolas morgen zur Schule mitgeben.«

»Das wäre mir, ehrlich gesagt, nicht so recht.« Auf seinen fragenden Blick hin erklärte ich: »Das gibt nur Gerede bei den Schülern. Bei den Lehrern vermutlich auch.«

»Dann bringe ich ihn das nächste Mal mit, wenn Sie kommen.«

Es gibt kein nächstes Mal, wollte ich ihn schon anfauchen, aber das kam mir dann doch etwas übertrieben vor. »Ich hätte ihn lieber direkt zurück«, sagte ich stattdessen.

Sein Blick wurde immer ratloser. »Tja, dann kommen Sie doch gleich kurz mit zu mir, meine Wohnung liegt eh auf dem Weg zur Bahnhaltestelle.«

»Gut.« Ich stand auf, obwohl mein Glas noch halb voll war.

»Wollen Sie jetzt schon gehen?«

»Ja, Sie sagten doch, Sie machen Feierabend.«

Er schüttelte verwirrt den Kopf und ließ seinen fast unberührten Rotwein ebenfalls stehen, um mir zu folgen.

Den Weg zu seiner Wohnung gingen wir schweigend nebeneinander her, wobei ich darauf achtete, ihm nicht zu nahe zu kommen. Herr Möller sagte nur ab und zu »Hier lang« oder deutete mit einer Geste in eine bestimmte Richtung. Ansonsten hatte er seine Hände tief in den Anzugtaschen vergraben und seinen Blick auf den Boden gerichtet. Er hielt offenbar nicht viel von Wintermänteln. Keine zehn Minuten später hatten wir die Haustür zu einem mehrstöckigen, etwas heruntergekommenen Altbau erreicht.

»Wollen Sie hier warten?«, fragte er. Ich sah mich etwas unbehaglich um, ein paar Meter weiter war ein Park, vor dem sich trotz der Kälte Jugendliche zum gemeinsamen Trinken versammelt hatten. Ich schüttelte den Kopf. »Ich kann auch kurz mit reinkommen.«

Wir stiegen die Stufen bis zur dritten Etage wieder schweigend hoch. Oben angekommen, blieb ich in dem langen schmalen Flur stehen, der ein paar Meter weiter hinten im rechten Winkel nach links führte, so dass ich nicht viel von der Wohnung sehen konnte.

»Wollen Sie etwas trinken? Ich habe gerade einen Merlot offen«, versuchte Herr Möller trotz meines abweisenden Verhaltens sein Glück. Vielleicht wollte er auch nur höflich sein.

»Nein, danke! Es ist spät, ich würde gerne nach Hause fahren.«

Er nickte, verschwand hinter der Biegung des Flurs und tauchte eine Minute später mit dem Pullover wieder auf. Er war ebenfalls gewaschen, das konnte ich riechen. Ich holte die Sachen aus meinem Rucksack und steckte den Pullover hinein.

Er betrachtete das Hemd. »Ist ja blütenweiß, wie machen Sie das?«

»Da müssen Sie meine Mutter fragen«, erklärte ich, um ihm klarzumachen, dass nicht ich mir so viel Mühe mit seiner Wäsche gegeben hatte. Als ich mich zur Tür wandte, fragte er unverhofft: »Habe ich irgendetwas falsch gemacht?«

»Nein!«, erwiderte ich kurz angebunden.

»Wirklich nicht? Sie wirken etwas verärgert.« Und das war mehr als untertrieben. Ich drehte mich wieder zu ihm um und atmete tief durch.

»Also gut, wenn Sie es unbedingt wissen wollen. Ich finde es nicht in Ordnung, dass Sie verheiratet sind und trotzdem mit mir flirten.«

»Wie bitte?«

»Ja, Sie besitzen die Dreistigkeit, mir zu erzählen, dass Ihre Exfrau gar nicht Ihre Exfrau ist, während Sie ganz eindeutig mit mir flirten, und jetzt erzählen Sie mir nicht, dass das letztens kein Flirten war. Mag sein, dass ich etwas aus der Übung bin, aber ich erkenne die Anzeichen trotzdem ganz gut, ganz zu schweigen von Ihrem Kuss.«

Er sah mich völlig konsterniert an und fing dann an zu lachen. Ich presste die Lippen aufeinander, warf ihm einen letzten wütenden Blick zu und ging zur Tür. Herr Möller folgte mir.

»Nein, warten Sie.« Er bemühte sich, das Lachen zu unterdrücken. »Sie ist nicht meine Exfrau, weil wir nie verheiratet waren.«

Ich blieb mit dem Rücken zu ihm stehen und fasste mir an die Stirn. Auf diese Variante war ich gar nicht gekommen. Die Röte stieg mir ins Gesicht. Ich wagte nicht, mich zu ihm umzudrehen.

»Und ich flirte mit Ihnen, weil ich Sie mag!«, fuhr er leise fort.

Inzwischen war ich knallrot. Mit gesenktem Blick drehte ich mich nun doch um. Meine Finger klammerten sich an meinen Rucksack, und mein Herz erhöhte seine Schlagzahl.

»Oh, O…kay«, stotterte ich. »Dann … dann habe ich wohl irgendetwas missverstanden.«

»Vielleicht habe ich mich auch unklar ausgedrückt«, kam er mir freundlicherweise zu Hilfe.

»Nein, eigentlich nicht. Ich bin nur etwas … vorbelastet, befürchte ich.«

Er nickte nachdenklich und fragte dann ohne eine Spur von Ironie: »Gibt es sonst noch irgendwelche Missverständnisse, die ich aufklären kann?«

Ich schüttelte stumm den Kopf. Verlegen sah ich ihn an. Auch er musterte mich unentschlossen. Nach einer Weile räusperte ich mich.

»Ich nehme an, das ist jetzt wieder so ein Moment, nicht wahr?«

Er nickte lächelnd.

»Ich … ich bin nicht sonderlich geübt in diesen Momenten«, gab ich zu. Genauso gut hätte ich sagen können, wenn du mich jetzt nicht endlich küsst, wird hier gar nichts mehr passieren. Zum Glück verstand er meine Andeutung und machte einen Schritt auf mich zu. Aber so schnell, wie er mich an sich zog und küsste, ließ er auch wieder von mir ab und schaute mich prüfend an. Seine Lippen hatten meine kaum berührt.

»Was ist?«, fragte ich verwirrt.

»Ich will nur auf Ihre Reaktion vorbereitet sein.«

Die fiel dieses Mal wesentlich sanfter aus als bei seinem letzten Kuss. Ich ließ meinen Rucksack auf den Boden plumpsen, vergrub meine Finger in seinen dunklen Haaren und küsste ihn gierig zurück. Wir knutschten uns quer durch den Flur, der mir unheimlich lang vorkam. Er bugsierte mich durch eine offenstehende Flügeltür in ein Wohnzimmer. Aus den Augenwinkeln konnte ich ein durchgelegenes Sofa, eine Musikanlage auf einem wackeligen Unterschrank und ein Klavier erkennen. Wir entschieden uns für das Sofa. Steffen sank zuerst in die Polster, und als er mich zu sich herunterzog und ich seine Hand unter meinem Pullover spürte, merkte ich erst, wie sehr mir in den letzten Monaten etwas Nähe und Zärtlichkeit gefehlt hatten. Es tat gut, berührt zu werden, mich fallen zu lassen, an nichts zu denken …

»Was ist mit Nicolas?«, schreckte ich auf.

»Der ist in seinem Zimmer.«

»Und wenn er rauskommt?«, fragte ich nervös.

»Er schläft bestimmt schon.«

»Können wir trotzdem ins Schlafzimmer gehen?«

Er sah mich an. Ich konnte sein innerliches Stöhnen förmlich hören. Aber es zuckte um seine Mundwinkel, das asymmetrische Lächeln war wieder da. »Kann es sein, dass du ziemlich kompliziert bist?«

Ich verzog erstaunt das Gesicht. »Nein«, sagte ich entrüstet.

»Du hast mir nur noch keine Gelegenheit gegeben, unkompliziert zu sein.«

Bei diesen Worten sprang Steffen vom Sofa auf, nahm meine Hand und führte mich in sein Schlafzimmer. Der Rest des Abends verlief tatsächlich überraschend unkompliziert.

Wieder vierzehn

Ein dumpfes Klingeln riss mich aus dem Schlaf. Ich kannte es irgendwoher, konnte es aber noch nicht einordnen, als ich die Augen widerwillig öffnete. Draußen war es dunkel. Ein ungewohnter Geruch schlug mir entgegen. Ich drehte den Kopf zur Seite, und mein Gesicht landete auf Steffens Brust. Ich richtete mich auf. Auf dem Boden standen zwei Gläser mit angetrockneten Rotweinresten. Daneben die halbgerauchte Zigarette in einem kleinen Tontellerchen, weil Steffen, wie er mir gestanden hatte, vorm Schlafengehen ein paar Züge zum Entspannen brauchte, obwohl er eigentlich nicht mehr rauchte. Ich lag noch in seinem Bett, schaltete mein Hirn allmählich. Ich musste lächeln. Seine Berührungen, seine Küsse, sein kratzendes Kinn: Ich konnte es alles noch spüren. Das Klingeln wurde aufdringlicher. Es kam aus meinem Mantel, der zusammen mit meinen restlichen Kleidungsstücken auf dem Boden gelandet war. Ich stand auf, huschte barfuß über den kalten Parkettboden. Es war frisch im Zimmer, ich wollte schnell wieder unter die Bettdecke kriechen, mich an Steffens Körper wärmen. Endlich hatte ich mein Handy aus der Manteltasche gefischt. Ich sah aufs Display und stöhnte leise.

»Mutter? Was ist?«

»Wo bist du?«

Kurz überlegte ich, ob ich sie daran erinnern sollte, dass ich keine vierzehn mehr war und durchaus abends länger wegbleiben durfte.

»Noch unterwegs, wieso?«

»Musst du heute nicht zur ersten Stunde in die Schule?«

»Doch, äh, heute?« Geschockt schaute ich auf die Handy-Uhr. Es war fünf nach sieben. Genaugenommen musste ich in fünfzig Minuten in der Schule sein. Ich hatte viel länger geschlafen als gedacht.

»Mist«, rief ich im Flüsterton. »Schon so spät. Ich … äh ich bin gleich zu Hause.« Damit drückte ich sie hektisch weg.

Panik überkam mich. Ich durfte nicht zu spät zur Schule kommen. Ich durfte Nicolas nicht über den Weg laufen. Meine Mutter und Kim durften nicht dahinterkommen, wo ich gewesen war. Überhaupt durfte am besten erst mal keiner irgendetwas erfahren. Ich suchte im Kleiderhaufen nach meiner Unterwäsche und schlüpfte, auf einem Bein hüpfend, hinein. Dann zog ich mir in Windeseile meine Jeans, meinen Wollpullover und die Sportsocken an, die gestern ganz unsexy vom Fitnesstest übrig geblieben waren. Schnappte mir meinen Mantel, nahm die Stiefel in die Hand und schaute ein paarmal zögernd zwischen Tür und Steffen hin und her. Er schlief tief und fest. Ich wollte ihn nicht wecken, und ohnehin hatte ich für eine Verabschiedung keine Zeit. Vorsichtig öffnete ich die alte, verzogene Holztür mit den abgehängten Glasfenstern, die Steffens Schlafzimmer vom Wohnzimmer trennte. Von Nicolas keine Spur. Auf Zehenspitzen ging ich durch das Wohnzimmer zum Flur. Immer noch war nichts von ihm zu hören. Ich eilte den Flur entlang, um die Ecke, weiter zur Wohnungstür. Davor stand noch mein Rucksack. Wie unvorsichtig! Gerade als ich ihn erreicht hatte, hörte ich neben mir hinter einer Tür die Klospülung. Mir blieb fast das Herz stehen. Ich schulterte meinen Rucksack, riss die Wohnungstür auf und zog sie genauso schnell hinter mir wieder zu. Auf Socken stieg ich die Treppe bis zur nächsten Etage hinunter, aus Angst, Nicolas könnte nachschauen, wer da gerade gegangen war. Im Treppenhaus zog ich mir schließlich Schuhe und Mantel an und rannte hinunter auf die Straße. Ich brauchte zum Glück nicht lange, bis ich ein Taxi gefunden hatte.

Zehn Minuten später schloss ich unsere Haustür auf. Kim und Mama waren schon in der Küche.

»Ich komme gleich, ich geh noch schnell duschen«, rief ich ihnen vom Flur aus zu und rannte die Treppe in die erste Etage hinauf. Das gab mir wenigstens etwas Zeit, um eine Ausrede zu finden. Die war leider fünf Minuten später, als ich mit feuchten Haaren in die Küche eilte, um einen Schluck Kaffee zu trinken, noch etwas dürftig, dabei starrten mich dort vier Augen erwartungsvoll an.

»Also war es ein erfolgreicher Abend!«, stellte Mutter zufrieden fest.

Ja, jubilierte ich innerlich. Ich hatte Sex, echten, phantastischen, leidenschaftlichen Sex. Mit dem Vater des Freundes deiner Tochter, holte mich mein innerer Teufel wieder auf den Boden zurück. Dann sagte ich zurückhaltend: »Es war nett. Aber irgendwie haben wir die Zeit vergessen, und dann habe ich bei ihm übernachtet, weil ich zu müde war, um noch nach Hause zu fahren!« Das war wenigstens nicht komplett gelogen, auch wenn wir nicht vom gleichen Mann sprachen.

Kim sah mich skeptisch an, und ich hatte sofort ein schlechtes Gewissen. Sie ließ mich großzügig zu einem Fitnesstest mit Matthias gehen, und ich kam von einer leidenschaftlichen Nacht mit Nicolas' Vater zurück. Ich fand es ja selbst reichlich verwirrend. Kims Reaktion auf mein harmloses Geständnis bestärkte mich darin, dass die Wahrheit eher nicht angebracht war. Empört rief sie aus: »Du hast mit ihm geschlafen?«

»Nein!«, sagte ich schnell.

»Was habt ihr denn sonst die ganze Nacht gemacht?«

»Nichts … dergleichen. Nur geredet, Wein getrunken. Meinen Trainingsplan besprochen. Und dann habe ich die letzte

Bahn verpasst. Das ist alles.« Ich sah Kim eindringlich an. »Wirklich!«

War das also der Lauf der Dinge? Erst musste man den Eltern darüber Rechenschaft ablegen, wo man die ganze Nacht gewesen war. Und später dann den Kindern. Zum Glück akzeptierte Kim meine Erklärung. Und bevor weitere Zweifel aufkamen, drängte ich sie zum Aufbruch.

Meine Hand auf seinem schweißnassen Rücken. Sein schneller Atem an meinem Ohr. Unsere Lippen aufeinandergepresst. Das leichte Kratzen seiner Bartstoppeln auf meinem Bauch …

Es war plötzlich auffallend still im Klassenzimmer. Ein sicheres Zeichen dafür, dass die Schüler eine Antwort von mir erwarteten. Nur leider hatte ich nicht die geringste Ahnung, welche. Ich sah mich um. Diana hatte an der Tafel die Hausaufgabe vorgerechnet, und ich hatte kein Wort davon mitbekommen. War alles richtig? Schnell überflog ich die Ziffern an der Tafel und nickte zögerlich. Das sah ganz passabel aus, außerdem war Diana eine recht gute Schülerin. Ich ließ ihre Antwort, die ich nicht gehört hatte, mal so stehen und versuchte, mich zu konzentrieren. Waren wir mit den Hausaufgaben schon durch? Egal, wenn nicht, würde mich Pascal, der Streber dieser Klasse, schon darauf aufmerksam machen.

»Gut, dann schlagt bitte mal das Buch auf Seite …« Ich schaute in meine Unterlagen, bemüht, Ordnung in den Ablauf zu bringen. Wenigstens kicherte keiner. »… achtundsechzig auf.«

Keine Widerworte von Pascal, Gott sei Dank. Wenn diese Stunde, oder besser der ganze Vormittag, bloß schon vorbei wäre! Stattdessen musste ich mich mit Gleichungen herumschlagen. Mit simplen, trockenen, linearen Gleichungen. Ich atmete tief durch, stand auf und versuchte, ein vernünftiges Tafelbild zustande zu bringen.

»Okay, wer ist es?«, fragte Silvia in der großen Pause, als ich verträumt im Lehrerzimmer vor mich hin lächelte, anstatt mich auf die nächste Stunde vorzubereiten.

»Wer ist wer?«

»Na der Kerl, mit dem du Sex hattest.«

Entsetzt starrte ich sie an. Stand es etwa auf meiner Stirn geschrieben? Oder hatte ich vorher so verzweifelt ausgesehen, dass meine Veränderung sofort auffiel?

»Ich weiß überhaupt nicht, wovon du sprichst«, versuchte ich ohne Grinsen zu erwidern und biss vorsichtshalber in mein Käsebrot.

Silvia zog eine Grimasse, ließ sich aber nicht abwimmeln. »Etwa California Boy aus deiner Laufgruppe?«

Ich hüllte mich in geheimnisvolles Schweigen. Nicht mal ihr konnte ich die Wahrheit sagen. Dass ich mit dem Vater eines Schülers im Bett gewesen war. Dem Blues Brother. Silvia nahm mein Schweigen als Ja.

»Mensch, das ging ja schneller, als ich dachte! Was so ein Fitnesstest alles bewirken kann.«

Ich zuckte nur mit den Schultern. Sollte sie es ruhig glauben, wenigstens hatte ich nicht aktiv gelogen wie bei Kim heute Morgen. Außerdem hatte ich ganz andere Sorgen. Meine nächste Stunde war Bio in der 10 C, und ich hoffte nur, dass Nicolas keinen Verdacht schöpfte.

Aber er saß gelangweilt wie immer an seinem Platz und kritzelte etwas auf seinen Block, was mit hundertprozentiger Sicherheit nichts mit Genetik und den Mendelschen Regeln zu tun hatte. Vermutlich waren es Songtexte oder Liebesbriefe an Kim. Aber seitdem ich seinen Auftritt bewundert hatte und wusste, dass ihm vermutlich eine großartige Karriere als Musiker bevorstand, sah ich es weniger eng. Im Musikbusiness interessierte die Genetik wohl eher am Rande. Ich teilte ein Übungsblatt aus, das ich eben noch schnell kopiert hatte, weil ich zu normalem Unterricht heute offenbar nicht in der Lage war. Als ich bei Nicolas ankam, lächelte er mich unschuldig an. Vermutlich, um über seine Kritzeleien hinwegzutäuschen, aber ich wurde trotzdem nervös und ging schnell weiter. Allmählich dämmerte mir, warum Sex mit dem Vater eines Schülers laut Silvia ein No Go war.

Ich setzte mich wieder ans Pult und beschäftigte mich ebenfalls mit dem Übungsblatt. Paarungen verschiedenster Arten, rote Erbsenblüten, weiße Erbsenblüten, blaue Augen, braune Augen, dominante Gene, rezessive Gene, aber für mich stand auf dem Blatt nur eins – Sex.

Die Nummer, fuhr es mir plötzlich durch den Kopf. Verflucht, ich hätte ihm meine Telefonnummer dalassen müssen. Und nicht einfach so rausstürmen dürfen, als wäre er ein One-Night-Stand, den ich nicht mehr wiedersehen wollte. Gott, was sollte er jetzt nur von mir denken? Ich stöhnte auf und erntete dafür ein paar fragende Blicke aus der ersten Reihe. Schnell lächelte ich zurück.

»Also, ihr habt dann jetzt fünfzehn Minuten Zeit für das Übungsblatt.« Und ich hatte fünfzehn Minuten Zeit, wieder runterzukommen und mich wie eine erwachsene Frau zu benehmen.

Kontaktschwierigkeiten

»Hat jemand für mich angerufen?«, fragte ich Mutter, als ich nach einem nicht enden wollenden Vormittag endlich nach Hause kam.

»Nein, erwartest du denn einen Anruf?«, wollte sie neugierig wissen.

»Nicht wirklich.« Wie auch. Irgendjemand war ja zu blöd gewesen, seine Nummer dazulassen. »Stehen wir eigentlich im Telefonbuch?« Und wenn ja, wie viele Winters mochte es in Köln geben?

»Nein!«, machte Mutter auch diese Hoffnung zunichte. »Hab uns noch nicht gemeldet. Also erwartest du doch einen Anruf! Von Matthias?«

Um Mutters Neugierde nicht noch zu verstärken, schüttelte ich den Kopf. »War nur so eine Frage.«

»Hast du ihm denn nicht deine Handynummer gegeben?«

Kaum zu glauben. Sogar meine Mutter dachte an so etwas. »Doch … natürlich«, versicherte ich ihr. »Auf seinen Anruf warte ich ja auch gar nicht.«

»Sondern?«

»Auf gar keinen, Mutter.«

»Also irgendwie benimmst du dich seit heute Morgen ziemlich merkwürdig, Meike. Wirst du krank?« Meine Mutter befühlte meine Stirn, so wie ich es bei Kim immer tat. Klasse, so sah ich also aus, wenn ich Sex gehabt hatte – krank. Ich schob Mutters Hand weg.

»Nein, ich bin nicht krank.«

»Dann bist du verliebt!«

»Quatsch«, sagte ich entschieden und floh in mein Zimmer. Morgen musste ich in der Schule unbedingt Steffens Handynummer herausfinden!

Aber das war gar nicht so einfach. Obwohl wir in den Klassenbüchern für Notfälle auch die mobilen Nummern der Eltern notierten, fehlten diese ausgerechnet bei Nicolas. Zwar schrieb ich mir seine Festnetznummer auf, aber es war mir zu gefährlich, bei ihm zu Hause anzurufen. Was hätte ich Nicolas erzählen sollen, wenn er zufällig dranging und sich wunderte, dass seine Klassenlehrerin am Apparat war. Schließlich musste er davon ausgehen, dass es um ihn ging. Zum Glück hielt man in unserer Schule nicht viel von Passwörtern, und so konnte ich vom Computer im Lehrerzimmer aus unauffällig die Schülerdatenbank unseres Sekretariats nach Nicolas' Nummern durchforsten.

»Was machst'n du da?«, hörte ich Silvias Stimme hinter mir.

Ertappt fuhr ich herum, dabei war es völlig legitim, dass ich die private Handynummer eines Elternteils suchte, auch wenn man diese in der Regel nicht dazu nutzte, um sich mit ihm zu verabreden.

»Nichts, ich suche nur nach einer Telefonnummer.« Schnell klickte ich Nicolas' Daten weg.

»Wer hat sich denn dieses Mal eine Kette aus Froschaugen gemacht?«

Ich sah sie erstaunt an. »Ist das schon mal vorgekommen?«

Silvia löffelte einen Joghurt in sich hinein und nickte mit vielsagender Miene. »Oder wurde das Skelett mal wieder entführt?«

Daran merkte man vermutlich, dass man in einer Großstadt unterrichtete.

»Nein, wurde es nicht, und ich führe auch keine Tiersektionen durch. Gibt es irgendwo noch eine andere Liste mit den Handynummern der Väter … äh und Mütter, also der Eltern unserer Schüler … und Schülerinnen?« Silvia sah mich irritiert an, und ich fürchtete schon, dass sie durch meinen Schädel direkt in mein Hirn und dort ganz speziell in den Hypothalamus schauen konnte, der seit vorgestern Nacht für die unaufhörliche Ausschüttung von Glückshormonen in meinem Körper verantwortlich war.

»Soweit ich weiß, schwört unsere Sekretärin noch auf diese altmodischen Kärtchen in ihrem Giftschrank. Könnte ja sein, dass unsere Computer irgendwann mal alle geklaut werden. Wer ist es denn, und was hat er verbrochen?«

»Gar nichts. Ich wollte nur mal mit seinem Vater, also seinen Eltern reden. Aber der, also die scheinen viel unterwegs zu sein.«

»Och, komm schon, mein langweiliger Lehrerinnenalltag könnte gerade wirklich ein bisschen Tratsch gebrauchen. Will California Boy deine Fitness eigentlich noch weiter testen, oder war es eine einmalige Sache?«, fragte Silvia doppeldeutig. Ich verdrehte die Augen. Allmählich hatte ich selbst das Gefühl, vorgestern Abend mit Matthias im Bett gewesen zu sein, statt alleine auf dem Laufband.

»Das versuche ich noch herauszufinden«, erklärte ich und floh in Richtung Sekretariat.

Obwohl Frau Kromschröder sehr stolz auf ihr Karteisystem war, das sie, wie sie mir versicherte, jedes Schuljahr persönlich aktualisierte, war auch dort Steffens Handynummer nicht verzeichnet. »Wenn sie nicht hier drinsteht, dann gibt es sie auch nicht«, versicherte mir unsere Sekretärin, und ich begann ihr zu glauben. Auf jeden Fall wusste ich nicht mehr, wie ich sonst noch an Steffens Nummer gelangen sollte, und gab es auf. Es war vielleicht auch besser, ihn persönlich im *Lucky* wiederzusehen, weil ich mir dann nicht stundenlang den Kopf darüber zerbrechen musste, was ich am Telefon sagen sollte. Wenn er vor mir stand, konnte ich besser einschätzen, wie er diese Nacht bei sich einsortierte, und je nachdem noch schnell umschwenken von »verrückt nach dir« zu »war ja für einen One-Night-Stand ganz nett«.

Bis ich seine Meinung herausfinden konnte, musste ich allerdings noch ein paar Tage warten. Heute Abend stand die Vorbereitung der Mathearbeit an, die ich seinetwegen vernachlässigt hatte. Und für morgen hatte ich Kim seit langem mal wieder zu einem DVD-Abend überreden können. Den konnte ich jetzt schlecht wegen eines vermeintlichen Treffens mit Matthias, der wohl erst mal als Alibi herhalten musste, absagen, schließlich hatte ich Kim etwas beleidigt vorgeworfen, dass wir gar nichts mehr gemeinsam unternahmen, seit sie mit Nicolas zusammen war.

Sehnsüchtig wünschte ich mir den Samstag herbei, und als er dann endlich da war und ich mich den ganzen Tag über fieberhaft auf den Abend freute, machte Kim mir mit echtem Fieber einen Strich durch die Rechnung. Sie glühte richtig, als sie sich zum Abendessen an den Tisch schleppte. Natürlich konnte ich meine Tochter mit neununddreißig Grad nicht allein zu Hause lassen, und mein Wiedersehen mit Steffen rückte in weite Ferne. Wahrscheinlich hielt er mich inzwischen für total abgebrüht. Erst stahl ich mich ohne eine Nachricht davon, und dann ließ ich nichts mehr von mir hören. Gleichzeitig wunderte ich mich, dass er nicht versuchte, mit mir Kontakt aufzunehmen. Konnte es so schwer sein, von Nicolas unter einem Vorwand unsere Nummer herauszubekommen? Entweder, er hatte dieselben Befürchtungen wie ich, oder er hatte das Interesse verloren, jetzt, da er mich endlich rumgekriegt hatte. Je zäher sich das Wochenende hinzog – Kim lag die ganze Zeit in ihrem Bett und schwitzte ihren grippalen Infekt aus –, desto mehr grübelte ich über Steffen nach und desto überzeugter kam ich zu der Erkenntnis, dass ich für ihn nur eine von vielen war. Schließlich lernte er an seinem Arbeitsplatz allabendlich dutzendweise Frauen kennen.

Als ich am Dienstag immer noch nichts von ihm gehört hatte, war ich bereit, ihn als One-Night-Stand abzuhaken, da stand er nach dem Unterricht plötzlich vor mir. Mitten auf dem Lehrerparkplatz. Ich nahm ihn erst gar nicht wahr, weil ich in meiner alltäglichen Routine in der Handtasche nach meinem Schlüssel kramte, das Bügelschloss von meinem Fahrrad öffnete und dann die Satteltaschen von Kim hinten befestigte.

»Meike?«

Verdutzt drehte ich mich um, und jetzt sah ich Steffen in seinem üblichen Anzug-Hemd-Outfit zwischen den Autos stehen.

»Steffen?!« Ich rief seinen Namen ein bisschen zu laut und schaute mich augenblicklich besorgt um. Zum Glück waren keine Kollegen in der Nähe. Dann fuhr ich leise fort: »Was machst du hier?«

»Dich suchen!« Er kam lächelnd auf mich zu. »Keine Angst, ich hab einen guten Vorwand gefunden.« Ich sah ihn fragend an. »Nicolas braucht mich, um den Scheck vom Wettbewerb einlösen zu können. Wir kaufen gleich einen neuen Verstärker.«

»Oh, gut!« Was für eine lahme Antwort, dabei wusste ich selbst nicht, ob sie sich auf den Kauf des Verstärkers oder die Idee, das als Vorwand zu benutzen, bezog.

»Ja, ich hatte gehofft, dich hier zu treffen.«

»Kim hatte Fieber!« Herrje, was Besseres fiel mir nicht ein? Er hatte mich gesucht. Er hatte sich sogar einen Vorwand ausgedacht, um mich wiederzusehen. Das war doch hochromantisch, und alles, was ich hervorbringen konnte, war Kims erhöhte Temperatur.

»Also …« Er verzog das Gesicht und sah mich prüfend an.

»Also … ja, äh …« Angespannt erwiderte ich seinen Blick.

»Es war schön letztens, oder?« Gott sei Dank, er war genauso unsicher wie ich.

»Ja, ja, das war es«, versicherte ich ihm schnell. »Tut mir leid, ich hätte meine Nummer dalassen sollen. Ich wollte nicht einfach so abhauen, aber ich musste zur Schule.«

»Ja, natürlich«, erwiderte er ungewöhnlich verkrampft für seine Verhältnisse.

»Ich war spät dran«, erklärte ich überflüssigerweise.

»Das dachte ich mir schon. Ich wollte lieber nicht anrufen.«

»Ich auch nicht«, sagte ich erleichtert. »Das heißt, nicht bei dir zu Hause, aber ich konnte deine Handynummer nirgendwo finden.«

Er lachte, ebenfalls erleichtert. Ganz offensichtlich hatte er sich ähnliche Gedanken gemacht wie ich. »Ja, das liegt wohl daran, dass ich keins habe.«

Nun sah ich ihn entgeistert an. Selbst meine Mutter hatte sich inzwischen eins zugelegt, obwohl es ihr immer noch unheimlich war und sie betont laut und deutlich hineinsprach. Steffen schien meine Gedanken zu erraten. »Ich halte nicht viel von den Dingern. Wenn ich arbeite, will ich eh nicht gestört werden. Und zu Hause habe ich einen AB.«

Ich nickte und überlegte, ob unsere heimliche Romanze so jemals Bestand haben könnte. Wie hatte man eigentlich vor dem Handyzeitalter geheime Verabredungen getroffen?

»Ich wollte fragen, ob wir es vielleicht wiederholen wollen«, kam Steffen endlich zum Punkt, um den wir eine gefühlte halbe Stunde schon herumredeten.

»Unbedingt!«, platzte ich heraus und merkte dann, dass es sich ziemlich gierig anhörte. Er sollte nicht denken, dass ich nur wild auf Sex war. »Ich meine, wir müssen nicht … Wir könnten auch etwas trinken gehen.«

»Was trinken?«, fragte er verdutzt.

»Kaffee, zum Beispiel.«

»Klingt gut. Heute Nachmittag?«

»Ja, gerne. Wann?«

»Sobald ich mit Nicolas einkaufen war. Dauert nicht lange.«

»Kein Problem, ich kann warten.«

Wir lachten beide etwas verlegen, weil uns bewusst wurde, dass wir es plötzlich ziemlich eilig mit dem Wiedersehen hatten. Er nannte mir ein Café in Sülz, das nicht so weit von unserem Haus entfernt sein sollte, und versprach, in einer Stunde da zu sein.

Das Sexualleben der Gartenameisen

Als ich beschwingt nach Hause fuhr, fiel mir auf, dass eine Stunde verdammt kurz war, besonders, wenn man wie ich eine halbe Stunde kalkulieren musste, die richtige Straße und das Café zu finden. So hatte ich gerade mal Zeit, meine Schulsachen zu Hause abzuladen und meine Haare einigermaßen wieder in Form zu bringen. An größere Renovierungsarbeiten oder gar einen Garderobenwechsel war in der kurzen Zeit nicht zu denken. Aber vielleicht war es gar nicht so schlecht, ich hätte eh nicht gewusst, was ich anziehen sollte, und wäre hoffnungslos zu spät gekommen. So ging ich in meiner etwas bieder wirkenden Rock-Bluse-Kombination zu unserer Verabredung, nachdem ich schnell noch ein paar trockene Nudeln von gestern Abend hinuntergeschlungen hatte.

Steffen war noch nicht da, als ich kam, spazierte aber wenige Minuten später herein. Große Schritte, die Hände in den Hosentaschen vergraben und den Kopf ein wenig gesenkt. Schon schlug mein Herz schneller. Lächelnd setzte er sich zu mir. Ich grinste zurück, unfähig, etwas Intelligentes zu sagen.

»Wartest du schon lange?«

»Nein, nein, bin gerade erst gekommen. Ich hab noch nichts bestellt.«

Aufs Stichwort winkte er die Bedienung herbei. »Einen Kaffee, schwarz, und …« Er sah mich fragend an, und als ich »Für mich auch« hinzufügte, nickte er zufrieden.

»Ich hätte dich in die Latte-macchiato-Ecke gestellt.«

Ich lachte zu laut und zu schnell. »Nein, bloß nicht. Milch verfälscht den Geschmack.«

Die Antwort schien ihm zu gefallen, und ich fühlte mich wie ein Schüler bei der Mathearbeit, wenn man das Aufgabenblatt überflogen hatte und in etwa abschätzen konnte, ob es eine Fünf oder doch eher eine Zwei werden würde. Im Moment sagte mir mein Gefühl, dass es auf eine Zwei hinauslief.

»War euer Einkauf erfolgreich?«, fragte ich.

»Na ja, ich musste noch zwei Scheine drauflegen, damit es für einen ordentlichen Marshall reichte. Aber jetzt ist er glücklich.« Ich sah ihn verständnislos an, und augenblicklich ging die Tendenz mehr zur Drei. »Dann hat es sich für Nicolas ja gelohnt«, sagte ich vage.

»Ja, man bezahlt zwar den Namen mit, aber es sind nun mal die besten Rockamps. Obwohl ich persönlich Fender bevorzuge. Aber der Marshall hat einen guten Crunch-Sound, das macht natürlich bei Nicolas' Musik viel aus.«

Vier. Wir steuerten auf die Vier zu.

Wir schwiegen beide, und ich überlegte fieberhaft, was ich zu diesem Thema beisteuern konnte. »Hört sich nach einem teuren Hobby an.«

»Ja, allerdings, man kann immer irgendwo Geld in seine Instrumente stecken, dabei schlage ich am liebsten in meine alten, abgegriffenen Tasten.«

Er lächelte, und allmählich befürchtete ich, dass wir uns vielleicht gar nichts zu erzählen hatten. Bisher hatten wir uns entweder über die Kinder unterhalten oder uns ihretwegen gestritten. Und bei unserer letzten Begegnung hatten wir nicht wirklich viel geredet. Zum Glück kam nun der Kaffee und lenkte vom holprigen Start ab. Wir tranken beide einen Schluck, dabei fiel mein Blick auf seine Finger, mit denen er über den Bauch der Kaffeetasse strich, als wäre sie etwas sehr Wertvolles. Die unbewusste Geste wirkte überraschend sinnlich. Ohnehin wirkten seine Hände im Gegensatz zum

Rest von ihm eher zart. Vermutlich lag es daran, dass sie sein Handwerkszeug waren. Schlagartig wurde mir bewusst, was ich wissen wollte, was ich fragen wollte. Ich wollte von seinem ungewöhnlichen Beruf hören oder vielmehr der Berufung, wenn es das war. Von seinem Leben als Musiker. Das war eine Welt, die ich nicht kannte und die mich faszinierte. Etwas unbeholfen stolperte ich mit der Tür ins Haus: »Wie wird man eigentlich Pianist?«

Er lachte auf. Und zuckte dann mit den Schultern. »Wie wird man Lehrerin?«

Ich schüttelte den Kopf und konnte ein dämliches Grinsen nicht unterdrücken. »Ich schätze, mit einem gewissen Hang zum Masochismus.«

»Da haben wir schon mal dieselben Berufsvoraussetzungen«, erwiderte er und sah mich dabei so unumwunden an, dass ich verlegen wegschauen musste, um nicht rot zu werden.

»Du meinst, ob es irgendeinen Auslöser dafür gab? Die verführerische Nachbarin, der man als Kind durch einen Türspalt heimlich beim Klavierspielen zugeschaut hat?«

»Ja, so in etwa.«

Jetzt nahm er meine Frage ernst und überlegte. »Wenn ich ehrlich bin, nein, nicht dass ich wüsste. Ich wurde wie jedes Kind von seiner übereifrigen Mutter mit fünf in die Musikschule gesteckt und habe dort einfach mal alles ausprobiert. Ich meine, meine Mutter hat mich auch in einen Fußballverein gesteckt, aber da musste ich immer ins Tor und hab jeden Ball durchgelassen. Also bin ich bei der Musik hängengeblieben.« Ich hing an seinem Mund, als würde er die Schöpfungsgeschichte neu erzählen. »Und nach dem Abi wusste ich wie alle anderen nicht, was ich studieren sollte, und habe es einfach mal an der Musikhochschule versucht.« Mit zerknitterter Stirn sah er mich an. »Klingt nicht sehr aufregend, was?«

Ich zuckte mit den Schultern. »Ich nehme an, irgendwo dazwischen gab es noch einen Musiklehrer, der dein besonderes Talent gefördert hat, unzählige Auftritte vor ehrgeizigen Eltern und einsame Stunden am Klavier, um über den ersten Liebeskummer hinwegzukommen.«

Steffen lachte jetzt laut auf, und ich war erleichtert, dass er mit meiner Art von Humor umgehen konnte. Das war zumindest wieder ein großer Schritt Richtung Note Drei.

»Ja, absolut«, stimmte er mir zu. »Und bei dir? Gab es denn bei dir ein zündendes Erlebnis mit Zahlen oder Blumen … und Bienen?«

Jetzt hatten wir uns allmählich eingegroovt. »Ich weiß nicht, ich finde Zahlen so angenehm logisch. So nachvollziehbar. Ich mochte es schon immer, wenn es nur eine Antwort auf etwas gibt. Ich bin ein Fan von klaren Ergebnissen.«

»Ja, das ist mir auch aufgefallen.« Ich sah ihn verdutzt an, aber er schien meine Irritation nicht zu bemerken. »Und Biologie hast du studiert, weil deine Eltern die spannenden Seiten im Biobuch immer zugeklebt haben?«

»Ja, genau!«, lachte ich, obwohl er damit gar nicht so falsch lag. Von Aufklärung hatten meine Eltern wenig gehalten, und vielleicht war das ein Grund, warum ich die Angelegenheit bei Kim nicht so locker sehen konnte. »Aber abgesehen davon, finde ich es auch unglaublich spannend herauszufinden, wie das Leben so funktioniert.«

»Und, weißt du nun, wie das Leben funktioniert?«

Ich schüttelte den Kopf und nahm noch einen Schluck Kaffee. »Nein, das ist und bleibt ein Rätsel. Ich meine, die winzigsten Organismen sind doch schon kleine Wunder … Ameisen, zum Beispiel, wie die sich in ihrem Staat organisieren: Alles hat seinen Platz, seine Funktion. Ich meine, selbst die Reproduktion ist in diesem kleinen Wesen so ausdifferenziert geregelt.« Ehe ich mich versah, erzählte ich Steffen vom Sexualleben der Ameisen. Bis ich seine Hand auf meiner spürte. Statt über die Kaffeetasse strich er nun über meinen Handrücken. Seine Berührung war ganz beiläufig und trotzdem zärtlich.

Meine Hand fühlte sich wie elektrisiert an. Ein Prickeln breitete sich unter seiner Berührung aus und stieg langsam meinen Arm hoch. Ich starrte auf seine schmalen, langen Finger, die vorsichtig über meine strichen, und geriet ins Stocken.

»Entschuldigung, ich äh, wo war ich gerade?«

»Dass die Ameisenmännchen nach der Paarung sterben.«

»Genau, und die … äh, die Weibchen verlieren ihre Flügel …«

Das Prickeln hatte meinen Bauch erreicht.

»Sehr poetisch, irgendwie«, warf Steffen ein.

»Ja, stimmt. Also … Ameisen sind wirklich hochintelligente Tiere.« Perfekt, mein erstes echtes Date seit über zwanzig Jahren und noch dazu mit einem Kerl, den ich mochte, und ich redete über Ameisen. »Aber ich bin irgendwie vom Thema abgekommen. Ich wollte dich nicht langweilen.«

»Nein, das tust du nicht.« Er lächelte höflich. »Ich denke nur gerade, dass ich gern mehr tun würde, als Händchen halten.« Ich starrte ihn an und spürte neben dem Prickeln nun auch noch die Hitze in mir hochsteigen. Mein Gesicht musste bereits knallrot sein. Verdammt, warum konnte man die Biologie nicht auch mal ausschalten. Angespannt sah ich auf die Uhr. »Meine Mutter ist zum Kaffee eingeladen, und Kim hat heute bis vier Uhr Schule.«

Kaum zehn Minuten später huschten wir durch den Flur die Treppe hoch zu meinem Zimmer. Wir waren schon vor der Tür angekommen, als ich über uns Schritte hörte. Entsetzt schubste ich Steffen in mein Zimmer.

»Meine Mutter!«, zischte ich ihm zu.

»Was?«

»Sie ist noch da!«, flüsterte ich weiter und bedeutete ihm, leise zu sein. Schnell ging ich zurück in den Flur und zog die Zimmertür hinter mir zu, bevor meine Mutter am Treppenabsatz angekommen war.

»Mutter!? Gehst du heute gar nicht zu Erika? Oder wolltest du gerade los?«

»Ich fühle mich nicht gut. Ich glaube, Kim hat mich angesteckt.«

»O nein!« O nein!

»Hast du Besuch?« Offenbar ging es ihr nicht so schlecht, dass sie nicht noch neugierige Fragen stellen konnte.

»Was? Nein, nein, wieso sollte ich?«

»Ich dachte, ich hätte eine Männerstimme gehört. Ist Matthias da?«

Innerlich verfluchte ich meinen Alibifreund. Hoffentlich hörte Steffen nicht mit. »Nein, natürlich nicht. Das war vielleicht das Radio.«

»Aber du hörst doch gar nicht Radio.«

»Von einem vorbeifahrenden Auto. Weißt du, was? Warum legst du dich nicht wieder hin, und ich bringe dir gleich eine Paracetamol.«

»Willst du mich vergiften? Nein, nein, da helfen nur Zwiebeln mit braunem Zucker und Wadenwickel.«

Natürlich nahm Mutter keine Medikamente, auch dann nicht, wenn ihr Arzt sie ihr ausdrücklich verschrieben hatte. Stattdessen hatte sie für jede Krankheit ein Hausmittel wie Kamilledampfbad und Quarkwickel. Ich stöhnte leise auf, denn es war klar, wer ihr diese Dinge nun vorbereiten durfte.

»Leg dich trotzdem wieder hin, ich mach das schon, ja?«

»Wirklich? Du bist ein Schatz. Aber nimm die großen weißen Zwiebeln, nicht die roten und drei Löffel …«

»Ich kriege das schon hin, Mutter. Ab ins Bett.« Ich schob sie regelrecht die Treppe zum Dachgeschoss wieder hoch und wartete eine Weile, bis ich ihr Bett knarzen hörte, bevor ich zurück in mein Zimmer schlüpfte.

»Ich fürchte, du musst dich heute doch mit Händchenhalten begnügen.« Zerknirscht bugsierte ich Steffen leise wieder die Treppe hinunter. Das war's, er würde mich niemals wiedersehen wollen, wenn ich ihn jetzt auch noch so unverrichteter Dinge rausschmiss. Erst die Ameisennummer, dann meine Mutter – er musste mich für eine komplette Idiotin halten. Steffen hatte die Hände schon wieder in seinen Hosentaschen vergraben und ging los. Enttäuscht sah ich ihm hinterher. Nach ein paar Schritten drehte er sich zu mir um.

»Willst du morgen Abend vielleicht zu mir kommen? Ich hab frei. Und Nicolas ist nicht da. Ich kann uns auch einen Kaffee kochen, wenn du willst.«

»Gerne«, flüsterte ich erleichtert. »Ich komme gerne!« Dann schloss ich lächelnd die Tür. Gott sei Dank. Wenigstens gab er mir noch eine Chance.

Zwiebelmassaker

Zwiebeln eigneten sich nur bedingt, um seinen Frust daran auszulassen. Sie rächten sich augenblicklich mit ihren Ausdünstungen und trieben mir die Tränen in die Augen. Trotzdem hackte ich ärgerlich auf sie ein und stieß dazu ein wütendes Knurren aus, als meine Tochter plötzlich hinter mir stand.

»Kim? Was machst du denn schon hier?«, rief ich überrascht.

»Meine Sportlehrerin meinte, dass ich mich noch etwas schonen soll und lieber noch keinen Sport mitmachen soll.«

»Oh, das ist … ziemlich nett von ihr.« Es sollte offenbar nicht sein. Im Gegenteil, jetzt war ich sogar froh, dass meine Mutter Steffen und mich gestört hatte. Wenn Kim mich mit ihm gesehen hätte, wäre das eine Katastrophe gewesen.

Kim bemerkte das Zwiebelmassaker auf dem Schneidebrett vor mir. »Ist alles in Ordnung?«

Ich warf ihr einen irritierten Blick zu. »Ja, ja, natürlich. Oma ist jetzt krank.«

»Ach so, das Geheimrezept.«

»Ja«, stöhnte ich lauter als nötig. Wieder fuhr mein Messer auf die Zwiebelspalten herab wie eine Guillotine. Kim zuckte zusammen.

»Bist du sauer?«

»Nein, wieso?«, fragte ich mit einer übertrieben freundlichen Stimme, die im krassen Gegensatz zu dem Gemetzel stand, das ich währenddessen anrichtete.

»Na ja, weil du so komisch bist.«

»Bin ich das? Ach was, ich bin nur müde.« Kim sah mich skeptisch an und nahm sich einen Joghurt aus dem Kühlschrank, den sie auffallend still aß. Sie spürte sofort, wenn es eine minimale Schieflage zu Hause gab. Sie hatte sogar Arnes Affäre noch vor mir gespürt, natürlich ohne es benennen zu können. Ich durfte sie nicht wie ein kleines Kind behandeln und aus meinen Gefühlen ausschließen. Das verunsicherte sie nur.

Also ließ ich von den Zwiebeln ab und wandte mich Kim zu, die mich nun mit großen Augen anschaute. Sie wusste augenblicklich, dass es um etwas Ernstes ging. »Hör mal, Kim, wir haben nie wirklich darüber gesprochen ... aber, wie findest du das eigentlich, wenn ich mich mit anderen Männern treffe?«

»Du meinst, mit Matthias?«

»Ja, auch.«

»Also willst du dich mit mehreren treffen?«

»Nein, natürlich nicht, ich meine, ich weiß es nicht. Vielleicht.«

»Mit wem denn noch?«, fragte sie alarmiert.

Ich begann zu stottern. »Es kann ja gut sein, dass das mit Matthias nichts wird. Aber ich meine erst mal so ganz allgemein. Wie fühlst du dich bei dem Gedanken, dass ich mit einem Mann zusammen sein könnte, der eben nicht dein Vater ist?«

Kim lächelte tapfer. »Na ja, die Wahrscheinlichkeit, dass ihr noch mal zusammenkommt, ist wohl minimal, das habe ja selbst ich inzwischen begriffen.«

Ich sah sie erstaunt an. »Hast du das denn gedacht?«

»Gehofft, vielleicht. Aber ihr lebt in zwei verschiedenen Städten, seid geschieden, und Papa ist jetzt mit Petra zusammen. Das sind einfach zu viele Faktoren, die dagegen sprechen. Das wird wohl nix mehr.«

Ich strich mir die Zwiebeltränen mit dem Handrücken aus dem Gesicht und nahm Kim in den Arm. »Nein, das ist vorbei, Kim, obwohl ich deinen Vater immer noch sehr gern habe. Und daran wird sich auch nichts ändern, okay?«

Sie nickte und sah mich unentschlossen an.

»Hat er Kinder?«

»Ja, wieso?« Wenigstens war es die Gelegenheit, über den Umweg Matthias mehr über Kims Einstellung zu meinem potentiellen neuen Freund herauszufinden.

»Na ja, weil wir doch dann irgendwie Geschwister wären.«

»Ich will ihn ja nicht heiraten.«

»Aber trotzdem wäre es komisch, wenn wir was zusammen unternehmen oder in Urlaub fahren oder so.«

Stimmt, besonders wenn ihr »Stiefbruder« auch noch zufällig ihr Freund wäre. So weit hatte ich gar nicht gedacht. Überhaupt hatte ich das Gefühl, Kim ging die Sache viel vorbereiteter an als ich.

»Früher wolltest du doch immer Geschwister«, war mein schwacher Einwand.

»Ja, echte, keine Stiefgeschwister.«

»Ich weiß, trotzdem wärst du nicht mehr alleine.«

»Und wenn wir uns nicht ausstehen können?«

Wenigstens das konnte ich bei Nicolas ausschließen.

»Jetzt warten wir erst mal ab. So weit sind wir noch lange nicht. Also mach dir darüber keinen Kopf, okay?«

»Na gut.« Sie sah mich an und wirkte mit einem Mal wieder viel kleiner und jünger als vierzehn. Es war schon seltsam, wie der Blick auf das eigene Kind variierte, je nachdem, welchen Blickwinkel man einnahm. Und wie Kims Tageslaune war. Sie changierte ständig zwischen Kind und Teenie. Mal wirkte sie vollkommen erwachsen und manchmal wie eine Zwölfjährige. Ich hatte plötzlich das Bedürfnis, sie in den Arm zu nehmen und ganz fest zu drücken. Schon war sie wieder ein Teenie und drehte schnell ihr Gesicht weg, als ich ihr einen Kuss auf die Wange geben wollte.

»Schon gut, Mama. Du darfst dich ruhig mit anderen Männern treffen. Ich will doch auch nicht, dass du den Rest deines Lebens alleine bleibst.«

»Danke.«

»Ihr müsst ja dann nicht vor meinen Augen wild rumknutschen, oder?«, grinste sie, und ich lachte mit einer kleinen Verzögerung mit. Nein, denn das hatte Mutter mit ihrer Grippe zum Glück gerade noch verhindert.

Doppeldate

Meine Mutter schwitzte oben ihr Fieber aus, und meine Tochter war schon zu ihrer Klassenkameradin gefahren, der sie mittwochs abends immer Mathenachhilfe gab, als ich von meinem Lauftreff nach Hause kam. Zum Glück, denn so bekam keine von beiden mit, dass ich eine geschlagene halbe Stunde vor meinem Schrank verbrachte, um mich auf einen »Kinoabend mit Silvia« vorzubereiten. Den hatte ich eilig vorgeschoben, da mir Matthias als Alibi zu heikel erschien. Für den Fall, dass es später werden würde, hatte ich Kim schon gesagt, dass sie nicht auf mich warten sollte. Dankenswerterweise stellte sie keine weiteren Fragen, denn ich hatte nicht einmal Zeit gehabt, ins Kinoprogramm zu schauen, um einen Film parat zu haben. Kim schluckte meine Lüge problemlos, wie auch all die anderen, die ich mir seit gut einer Woche überraschend schmerzfrei aus dem Ärmel schüttelte.

Bevor ich bei Steffen klingelte, musste ich zur Beruhigung noch einmal um den Block gehen, so nervös war ich. Aber mein Herz klopfte immer noch, als ich den Klingelknopf drückte, neben dem sein und Nicolas' Name in abgenutzten, gedruckten Lettern standen. Er drückte sofort den Türsummer, ohne die Gegensprechanlage zu betätigen. Ich zwang mich, die Treppen langsam hochzugehen, um nicht völlig außer Atem oben anzukommen. Aber auch so hatte ich Schwierigkeiten, eine ordentliche Begrüßung hervorzubringen. Meine Stimme klang viel zu hoch und zu heiser. Sollte ich ihn küssen? Umarmen? Irgendetwas? Immerhin hatten wir schon miteinander geschlafen und fingen nicht ganz bei null an. Aber Steffen tat auch nichts dergleichen, sondern bat mich nur herein, also hielt ich mich lieber zurück. Während ich ihm durch den langen Flur in das Wohnzimmer folgte, fragte er: »Möchtest du einen Kaffee?«

»Nein, lieber nicht, dann kann ich nachher nicht einschlafen.« Augenblicklich bereute ich meine Antwort. Denn erstens wollte ich ja auch noch eine ganze Weile nicht einschlafen, und zweitens hatte er es sicher nur gefragt, damit wir etwas zu tun hatten, einen Einstieg fanden. »Dann lieber Wein?«, fragte er lächelnd. »Oder Wasser? Allerdings nur aus der Leitung.«

»Wein.« Dann fiel mir ein, dass ich danach allerdings einschlafen würde, besonders, nachdem wir heute fünfzehn Kilometer in einem recht ordentlichen Tempo gelaufen waren. »Nein, Wasser«, verbesserte ich mich und bereute es gleich darauf wieder. Wie unromantisch war das denn! Natürlich durfte er dann aus Solidarität ebenfalls keinen Wein trinken, und ich sah uns schon mit fadem Leitungswasser anstoßen. »Nein, Wein.«

Ich merkte, wie die Falte an seinem Mund langsam tiefer wurde, und wiederholte schnell: »Wein, wirklich.«

»Bist du dir ganz sicher?«

Ich nickte und erkannte einen Tick zu spät, dass er die Frage nicht ernst gemeint hatte. Na klasse, das fing ja super an. Wir hatten noch keine drei Sätze gewechselt, und er hatte mich bereits als völlige Dilettantin in Sachen Verabredung entlarvt. Kurz darauf brachte er uns zwei Gläser und eine ungeöffnete Flasche. Während er die Folie vom Korken schälte, sah ich mich in dem Raum um, den ich letztes Mal kaum wahrgenommen hatte. Es war auf Anhieb klar, was in seinem Leben die Hauptrolle spielte: die Musik. Da wo andere Leute einen Fernseher, eine Couch und einen mehr oder weniger großen Wohnzimmertisch hatten, stand bei ihm das Klavier, umrahmt von Gitarren – elektrische, akustische, Bass –, außerdem ein Keyboard, Verstärker und sonstiger technischer Schnickschnack. So genau kannte ich mich auf dem Gebiet nicht aus. Die Couch war ein durchgelegenes Zweiersofa und diente als CD-Unterlage, und anstelle des Tisches stand hier nur eine überdimensionierte Musikanlage, bei der vor allem der Plattenspieler hervorstach. Direkt dahinter, an der Wand, lehnte eine beeindruckende Sammlung von Platten, die ein wenig nach rechts weggerutscht waren. Nicht weniger beeindruckend waren die vollgestopften CD-Regale. Von den kleinen Scheiben lagen überall welche herum.

Ich deutete auf die Plattenreihe. »Deine, nehme ich an?«

»Ja.« Er sah mich fragend an. »Oh, ich verstehe, du hältst mich für einen Dinosaurier. Kein Handy, kein Internet. Aber Platten.«

»Nein, ach was.« Wie bitte? Kein Internet?! Wie lebte er überhaupt?

»Ich besitze auch CDs«, sagte er stolz und entfernte gekonnt den Korken aus der Flasche.

»Das ist doch ein Anfang«, lächelte ich.

Es war fast süß, wie er versuchte, sich zu rechtfertigen. »War nur zu teuer, mir die Platten noch mal alle als CDs zu kaufen.«

»Verstehe.«

»Setz dich doch«, sagte er und räumte mit ein paar eiligen Handgriffen eine Seite des Sofas frei. Was auch immer er zur Vorbereitung auf unser Date getan hatte, Aufräumen hatte nicht dazu gehört. »Tut mir leid, Nicolas lässt überall sein Zeug liegen.«

»Wo ist er eigentlich?«, fragte ich nur zur Sicherheit.

»Im Proberaum. Er probt mittwochs und freitags immer mit seiner Band.«

»Wie lange?«

»Mindestens bis elf.«

»Oh, gut.« Dann hatten wir ja sogar ein paar Stunden Zeit. Er lachte, weil er meine Gedanken erriet.

»Ja, wir haben unsere Ruhe, keine Angst. Leider steckt er in andere Sachen nicht so viel Zeit und Energie.«

»Du meinst Schule?«

»Nicht dass ich ihn jetzt verpetzt habe.«

Er reichte mir mein volles Glas. Ich schüttelte den Kopf. »Ich finde es gut, wenn die Schüler sich so intensiv mit einem Hobby beschäftigen. Das ist nicht selbstverständlich in dem Alter.«

»Na ja, es ist mehr als ein Hobby für ihn.«

»Umso besser. Er weiß, was er will.«

»O ja, das tut er. Und er weiß, was er nicht will.«

Es passierte schon wieder. Wir redeten über die Kinder, weil wir uns dabei sicher fühlten. Dabei sollte es hier doch um uns gehen. Ich lächelte, ohne etwas zu sagen. Wie bekam ich elegant die Wende von den Kindern zu uns? Oder wenigstens zu ihm?

»Sind das alles deine Instrumente?« Ich deutete auf das Warenlager neben seinem Klavier.

»Ja, ja, leider. Da sammelt sich ganz schön was an über die Jahre.«

»Und du kannst die alle auch spielen?«

Er lachte auf. »Das sollte ich. Immerhin habe nichts anderes gelernt.«

»Beeindruckend.«

Dann gab es eine lange Pause.

»Spielst du auch ein Instrument?«, fragte er schließlich.

»Um Gottes willen, nein. In der Hinsicht habe ich zwei linke Hände.«

»Macht doch nichts, ich bin auch Linkshänder.« Er lächelte mich an.

»Wirklich? Interessant.«

»Wieso?«

»Na ja, die meisten Musikinstrumente sind schließlich für Rechtshänder ausgelegt. Sie sind asymmetrisch gebaut. Das heißt, dass du beim Spielen umdenken musst, oder nicht? Besonders beim Klavier. Ich meine, für Linkshänder ist es seitenverkehrt, sie müssen ihre dominante und ihre nichtdominante Hand quasi verkehrt herum einsetzen. Forscher haben festgestellt, dass Linkshänder beim Musizieren eingeschränkter sind, dass sie sich nicht so ausdrücken können wie Rechtshänder, oder wie es möglich wäre, wenn man die Instrumente der dominanten linken Hand anpassen würde und dann …«

Sein kritischer Blick machte mir bewusst, dass ich schon wieder zu viel wissenschaftlichen Blödsinn von mir gab. Ich biss mir auf die Lippe.

»Anders gesagt, Linkshänder können am Klavier nie so gut sein wie Rechtshänder?«, fragte er.

O Gott, jetzt hatte ich ihn mit meinem Geschwätz auch noch beleidigt. Bestürzt sah ich ihn an. »Nein, nein, Gott, das wollte ich gar nicht sagen. Ich meine, ich habe gar keine Ahnung von Musik. Ich höre auch kaum Musik. Gar keine … genaugenommen.« Oh, oh, unser Gespräch ging in eine völlig falsche Richtung. »Aber du spielst sehr schön«, fügte ich kleinlaut hinzu.

»Du meinst, gut genug für deine ungeübten Ohren?« Er klang tatsächlich irgendwie beleidigt.

»Das wollte ich auch nicht sagen. Deine Musik spricht mich an. Wirklich.« Ich verzog zerknirscht das Gesicht. Das war mit Abstand das Dümmste, was mir seit langem eingefallen war. Aber ihm nun zu sagen, dass ich in seine Töne eintauchen konnte, als wären sie Ziffern einer komplizierten Rechnung, denen ich nur Zahl für Zahl folgen musste, bis sie mich zu einem Punkt führten, an dem sie mich vollständig absorbiert hatten, das hätte noch dämlicher geklungen. Wieso fiel mir bei ihm nie das Richtige ein? Sonst hatte ich doch auch keine Probleme, mich zu unterhalten. Er wirkte nachdenklich. Dann atmete ich tief durch. »Ich rede besser nicht mehr weiter.«

Jetzt war die Falte an seinem Mundwinkel wieder deutlich zu erkennen.

»Klingt nach einem schweigsamen Abend. Was schlägst du stattdessen vor?«

»Dass … wir uns küssen.« Es war mir nur so rausgerutscht, aber viel hatte ich auch nicht mehr zu verlieren. Ich sah ihn forsch an, er schien von meinem Vorschlag nicht überrumpelt zu sein. Im Gegenteil, er beugte sich, ohne zu zögern, zu mir herüber und setzte ihn in die Tat um. Wieder fiel mir auf, dass er ein ziemlich guter Küsser war. Ich hatte zwar nicht viele Vergleichsmöglichkeiten, an die jugendlichen Kussversuche vor meiner Ehe konnte ich mich kaum erinnern, aber Steffen küsste besser als Arne. Nicht so ungenau. Sehr detailliert. Seine Lippen waren langsam, zärtlich, forschend. Schon bei der ersten Berührung war das Kribbeln im Bauch wieder da. Ich stellte mein Weinglas blind auf der Anlage neben uns ab und zog ihn näher an mich.

Als sich unsere Lippen wieder voneinander lösten, fragte er leise: »Ist das besser als reden?«

»Ja.«

»Wir könnten zum Nichtreden auch ins Schlafzimmer gehen. Was meinst du?«

»Unbedingt.«

Es war viel besser als reden. In seinem Bett, in seinen Armen fühlte ich mich auch ohne viele Worte wohl.

Vermutlich wäre ich schon wieder bei ihm eingeschlafen, wenn ich nicht so dringend aufs Klo gemusst hätte. Widerwillig stieg ich aus dem Bett, warf mir Steffens Hemd über und huschte barfuß über das kalte Parkett zur Toilette, die, wie ich seit meinem letzten Besuch wusste, ganz am Ende des Flurs direkt neben der Wohnungstür lag. Doch gerade, als ich wieder zurück zu Steffen eilen wollte, hörte ich einen Schlüssel in der Tür neben mir, gefolgt von Nicolas' Stimme – und der von Kim!

Ich erstarrte und schaffte es gerade noch, zurück in die Toilette zu stürmen und die Tür leise zu schließen. Lautlos drehte ich den Schlüssel um. Mein Herz pochte wie wild. Was machte meine Tochter bei Nicolas? Und was machten die beiden hier zusammen in seiner Wohnung? Und vor allem, was sollte ich jetzt machen? Ich starrte entsetzt auf die Tür, hinter der Nicolas und Kim plaudernd entlanggingen, und zog Steffens Hemd enger um meinen Körper. Ich konnte unmöglich halbnackt hier rausspazieren und meiner Tochter hallo sagen. Auch wenn sie genauso wenig wie ich hier sein durfte, hatte sie doch ein klitzekleines bisschen mehr Berechtigung dazu. Die Stimmen entfernten sich langsam, sie hatten scheinbar den Knick zur restlichen Wohnung schon erreicht. Ich hörte, wie sie Steffen begrüßten, der offenbar aus dem Schlafzimmer gekommen war.

»Hi, Dad.«

»Hallo, was macht ihr denn schon hier?« Was hieß hier »ihr«? Wieso war er nicht überrascht, dass Kim dabei war?

Ich hörte Nicolas' Antwort nicht, nur Kims dünne Stimme, mit der sie schüchtern »Hallo!« sagte.

»Hallo, Kim!«, sagte Steffen laut und deutlich, vermutlich, um mich zu warnen.

»Hast du Besuch?«, fragte Nicolas.

Steffen nuschelte irgendetwas Unverständliches, und Nicolas erklärte, dass er und Kim ihn nicht weiter stören wollten. Dann wurde es still im Flur.

Ich starrte in den Spiegel, als könnte mir mein kreideweißes Spiegelbild eine Antwort geben. Wie kam ich bloß aus dieser Nummer wieder raus?

Es klopfte leise an der Toilettentür.

»Ich bin's«, flüsterte Steffen überflüssigerweise. Schnell ließ ich ihn herein. Dann drängten wir uns zusammen in den winzigen Raum, der aus einem länglichen Gang bestand, nur unwesentlich breiter als der Spülkasten.

»Stromausfall«, flüsterte er enttäuscht.

»Was?«

»In seinem Probenraum. Der ganze Komplex ist wohl dunkel.«

»Das mag ja sein, aber wieso ist meine Tochter hier?«

»Wahrscheinlich wollte sie noch nicht nach Hause.«

Ich sah ihn verständnislos an. »Aber sie müsste doch eigentlich gerade ihrer Mitschülerin Nachhilfe geben.«

Er warf mir einen wissenden Blick zu. »Jeden Mittwoch?«

Mit offenem Mund starrte ich ihn an. »Heißt das ...«

Er nickte grinsend. »Natürlich!«

»O nein!« Fassungslos fuhr ich mir über die Stirn. »Ich bin ja so blöd.«

»Nein, nur sehr vertrauensselig.« Er reichte mir meine Sachen, die er vorausschauend mitgebracht hatte.

»Sie sind in seinem Zimmer, also keine Hektik, sie werden auch erst mal nicht mehr rauskommen.«

»Nicht? Wieso? Was machen sie denn?«, fragte ich beunruhigt, während ich versuchte, mich in dem engen Raum anzuziehen.

»Na ja, reden tun sie vermutlich auch nicht sehr viel«, zog er mich auf, aber ich fand es überhaupt nicht lustig.

»Du meinst doch nicht ... Du musst unbedingt zu ihnen reingehen. Vielleicht wollen sie ja was trinken, oder ...«

»Ich gehe auf gar keinen Fall zu ihnen rein.«

»Aber du kannst sie doch nicht einfach den ganzen Abend allein in seinem Zimmer lassen«, sagte ich entgeistert.

»Ach so, du meinst, weil sie mir mein Date versaut haben, versaue ich ihnen jetzt ihres ... Nee, so nachtragend bin ich nicht.«

»Steffen!«, flüsterte ich wütend. »Meine Tochter ist ...«

»... vierzehn, ich weiß, und Nicolas wird sie zu nichts drängen, was sie nicht will.«

»Aber woher soll sie denn in dem Alter wissen, was sie will?«

»Wenn sie es tun wollen, dann tun sie es, niemand kann sie davon abhalten. Aber keine Sorge, Nicolas weiß, was er tut«, versuchte er mich zu beruhigen, doch ich war alles andere als beruhigt.

»Das gefällt mir alles nicht. Wieso lügt sie mich schon wieder an?«

Er zuckte mit den Schultern. »Weil du in ihr Zimmer gehen würdest, um ihnen Limonade anzubieten.«

Getroffen sah ich ihn an. Er hatte wohl recht. Mit meiner Überfürsorge hatte ich Kim dazu getrieben, mir nicht mal mehr zu verraten, dass sie sich mit ihrem Freund traf.

»Auf jeden Fall verschwinde ich jetzt besser.«

Steffen nickte enttäuscht und ging vor, um den Flur auszukundschaften. Die Luft war rein, und ich verließ zum zweiten Mal überstürzt seine Wohnung.

Der Apfel fällt nicht weit vom Stamm

Irgendetwas musste an den Hausmitteln dran sein, denn Mutter stand nach nur zwei Tagen, die sie mit Ausschwitzen, Zwiebelextrakt und Wadenwickeln verbracht hatte, wieder in der Küche und wirbelte herum, als hätte sie eine Großfamilie zu versorgen. Von Mattheit keine Spur, sie sprühte nur so vor Elan, als ich mich an den Frühstückstisch setzte, und flötete mir ein »Guten Morgen, mein Kind« entgegen. Für mich war der Morgen alles andere als gut, denn ich hatte schon die ganze Zeit überlegt, wie ich Kim der Lüge überführen und dann die neue, verständnisvolle Mutter geben konnte, ohne dabei selbst aufzufliegen. Ich wollte einfach nur, dass sie mir gegenüber wieder ehrlich war, wenn sie sich mit Nicolas traf. Kim saß da und las den Politikteil der Tageszeitung.

»Kaffee?«, sang Mutter und schenkte bereits ein.

»Danke. Wie geht es dir denn heute?«, fragte ich überflüssigerweise.

»Ausgezeichnet. Ich fühle mich wie neugeboren«, trällerte sie und schmierte summend noch ein paar Brote, die sie möglicherweise den Nachbarskindern aufs Auge drücken wollte, denn mehr als drei schaffte selbst Kim an einem guten Tag nicht. Meine Tochter nahm den Tatendrang ihrer Oma gar nicht wahr, sondern las auffällig konzentriert einen Artikel.

»Ist was passiert?«, fragte ich. Kim schaute überrascht auf und wirkte schon leicht nervös, als sie antwortete: »Nö, wieso?«

»Weil du so in die Zeitung vertieft bist.«

»Ach so«, atmete sie erleichtert auf. »Nö, ich versuche nur zu verstehen, wie eigentlich die äh, wie heißt das … jährliche Neuverschuldung berechnet wird.«

Ich sah sie ungläubig an, aber sie meinte es vollkommen ernst.

»Das versteht, glaube ich, nicht mal unser Finanzminister, Mäuschen.«

»Warum gibst du ihr nicht etwas, was andere Kinder in ihrem Alter lesen?«, fragte Mutter vorwurfsvoll zu mir.

»Und das wäre?«

»Das musst du doch wissen, du bist hier die Lehrerin. Gibt es eigentlich noch die *Bravo*? Lies die doch mal, Kim, dann weißt du auch, was abgeht.« Mutter schaute uns stolz an, weil sie so tolle Wörter kannte.

»Schon gut, Mutter, meine Tochter darf ruhig wissen, was in der wirklichen Welt so abgeht. Wann bist du eigentlich nach Hause gekommen, Kim? Ich habe dich gar nicht mehr gehört.« Das war doch ein gelungener Übergang und noch dazu eiskalt gelogen. Ich hatte hellwach am Schreibtisch gesessen und auf jedes Geräusch im Haus geachtet.

Kim schaute schnell wieder in die jährliche Neuverschuldung und murmelte: »Ja, ich weiß, sorry, ist ein bisschen spät geworden. Wir haben uns irgendwie verquatscht.«

»Die scheint ja ganz nett zu sein, deine Mitschülerin, wie heißt sie noch mal?«

»Annika, wie Pippi Langstrumpf«, ratterte Kim herunter und tat betont gelangweilt.

»Stimmt. Dann versteht ihr euch also gut?«, fragte ich unschuldig und fühlte mich richtig gemein.

»Mmh, geht so. Wie war es denn im Kino?«

»Schön, sehr schön«, antwortete ich schnell. Verdammt, sie hatte viel zu schnell den Spieß umgedreht.

»Habt ihr den neuen Woody Allen geguckt?«

Und sie war noch dazu viel besser als ich. Wieso hatte ich

nicht daran gedacht, mir noch schnell das Kinoprogramm durchzulesen?

»Nee, nur so eine Komödie. Nichts Besonderes.«

Meine Tochter sah interessiert auf und nötigte mich dazu, mir ein paar mehr Infos aus dem Ärmel zu schütteln. »Eine amerikanische. Ziemlich vorhersehbar. Weiß gar nicht mehr, wie sie hieß.«

»Wer hat denn mitgespielt?«, mischte sich Mutter nun auch noch ein, als würde sie sich mit den aktuellen amerikanischen Schauspielern auskennen.

»Keiner, den ich kannte. Muss man nicht unbedingt gesehen haben.«

»Also war es doch nicht so schön«, fand Kim in ihrer noch eher kindlichen und daher auch schlüssigeren Logik.

»Der Film nicht, aber der Abend schon. Mit Silvia«, betonte ich noch mal, um Zweifel daran erst gar nicht aufkommen zu lassen.

Kim nickte und sprang auf. »Ich putz mir noch schnell die Zähne, dann können wir los.«

Ich atmete tief durch, na gut, dann behielten wir unsere Geheimnisse eben dieses Mal für uns.

»Dir ist ja wohl klar, dass sie sich gestern Abend mit Nicolas getroffen hat, oder?« Mutter drehte sich zu mir um, in ihren Augen glänzte der Stolz auf ihre unschlagbare Menschenkenntnis.

Ich sah sie erstaunt an. »Woher weißt du das?«

»Ach, bitte«, sagte sie. »Und du hättest ihr ruhig sagen können, dass du dich gestern Abend nicht mit Silvia getroffen hast! Also wirklich, ihr seid vielleicht zwei!«

Mir sprangen fast meine Augäpfel aus dem Gesicht. »Wie bitte?«

»Seit wann kannst du dir die Titel der Filme nicht mehr merken? Ich versteh nicht, wieso du aus deiner Sache mit Matthias so ein Geheimnis machst.«

Unbeirrt packte Mutter Berge von Pausenbroten ein, während ich mich wieder sammelte.

»Na gut, dann war ich gestern eben nicht mit Silvia weg, aber das muss ich Kim ja nicht gleich auf die Nase binden.«

»Irgendwann wird sie sowieso dahinterkommen.«

Ich seufzte, genau das war ja mein Problem. »Es ist aber noch zu früh.«

»Mein Gott, ihr wird auch klar sein, dass du dich irgendwann mit anderen Männern triffst.«

»Ja, irgendwann. Aber im Moment … ist es einfach noch der falsche Zeitpunkt.« Und der falsche Mann!

»Wieso?«

»Weil Kim das alles noch nicht verdaut hat und mich braucht. Ohne Stiefvater.«

Mutter wischte meine Bedenken mit einer Handbewegung weg. »Du wirst ja wohl auch mal etwas Spaß haben dürfen!«

Ich sah sie getroffen an und wusste auf einmal viel besser, wie Kim sich fühlen würde, als mir lieb war. Dieser gedankenlos dahergesagte Satz machte mich wütend, sauer und traurig zugleich, denn genau das war es, was Mutter seit Monaten machte. Sie hatte meinen Vater durch Spaß ersetzt. Sie hatte keine Zeit mit Trauern oder sonstigen überflüssigen Gefühlen verloren, sondern stürzte von Abenteuer zu Abenteuer. Sie hatte sich in eine kontaktsuchende, männertestende, sexhabende Oma mit Torschlusspanik verwandelt, dabei wollte ich doch nur meine fürsorgliche Mutter zurück, die mir mit Rat und Tat zur Seite stand. Mit ihren alten, konservativen Ratschlägen, in denen Männer, Spaß und Sex keine Rolle spielten.

»Nur weil du scheinbar nicht genug Spaß haben kannst, heißt das nicht, dass andere auch so schnell über Verluste hinwegkommen.«

Dann packte ich meine Sachen und ging in den Flur, den vorwurfsvollen Blick meiner Mutter im Rücken. Wütend zog ich die Tür hinter mir zu. Dabei hätte ich ihr dankbar dafür sein sollen, dass sie mir die Augen geöffnet hatte. Meine Beziehung zu Kim war zu wichtig, als dass ich sie für ein bisschen Spaß aufs Spiel setzen konnte.

Schwere Entscheidung

Steffen bemerkte meine düstere Stimmung sofort, als er zu mir an die Bar kam. Er küsste mich nicht, umarmte mich auch nicht. Er war sehr diskret, was ich angenehm fand. Ich hatte bereits eine geschlagene Stunde hier gesessen und seinem Spiel gelauscht, während ich mir die Argumente zurechtlegte, mit denen ich ihm meine Entscheidung erklären wollte. Er sah mich fragend an, und ich kam ohne Begrüßung zum Punkt.

»Kim weiß nichts von uns.«

»Das habe ich mir schon gedacht, als du nicht mehr aus meiner Toilette rauskommen wolltest.« Er lächelte bedrückt, ahnte wohl, worauf es hinauslief.

»Ich kann es ihr nicht sagen«, seufzte ich. »Es fällt ihr schon schwer, den Gedanken zu akzeptieren, dass ich mich mit anderen Männern treffe. Ich meine, nicht dass ich das tun würde. Sie denkt, dass ich das tue, mit einem anderen, nicht mehreren, und ist nicht sonderlich begeistert. Aber dass es auch noch der Vater ihres Freundes ist … Dass sie gestern bei Nicolas war, dass sie zu seinen Proben geht, das alles sollte ich gar nicht wissen. Es ist ihre erste große Liebe, da darf ich nicht dazwischenfunken.«

Steffen nickte nachdenklich. »Ich weiß, ich finde es auch komisch, immerhin bist du Nicolas' Lehrerin. Ich will nicht, dass er deswegen Schwierigkeiten bekommt. Oder du.«

Wir sahen uns bedrückt an.

»Was sollen wir machen?«, fragte er, obwohl er die Antwort zu wissen schien.

»Viel Auswahl haben wir nicht«, sagte ich leise.

»Es sei denn, wir treffen uns weiter heimlich«, warf er ein.

Ich schüttelte den Kopf. »Früher oder später würden unsere Kinder dahinterkommen. Gestern hat nicht viel gefehlt.«

Steffen senkte enttäuscht den Blick. Ich rutschte vom Barhocker und strich zum Abschied unauffällig über seine Hand. Er schob seine Finger zwischen meine.

»Ich bringe dich zur Bahn.«

Händchenhaltend verließen wir das *Lucky* und ließen uns auch während des schweigsamen Fußmarsches zur Bahn nicht los. An der Haltestelle schauten wir uns betreten an, dann verschlangen wir uns gierig, wie auf ein Kommando hin. Wir hörten erst auf, uns zu küssen, als die Bahn einfuhr. Steffen begleitete mich zur allerletzten Tür und hielt immer noch meine Hand fest. Ich stieg ein, und er ließ mich notgedrungen los. Dann fragte er: »Ich meine, wie groß ist die Wahrscheinlichkeit, dass in Nicolas' Probenraum noch mal der Strom ausfällt?«

Ich runzelte die Stirn. »Na ja, wenn es in dem Gebäude mehrere Probenräume gibt und das Netz dort etwas marode ist …« Er schüttelte lachend den Kopf, und ich verstummte. Zwischen uns schlossen sich die Türen, aber unsere Blicke verhakten sich ineinander, bis die Bahn losfuhr und sie endgültig trennte. Ihn nicht mehr wiederzusehen würde mir schwerfallen.

Lucky Dietmar

Allmählich klappte sogar das Reden. Wir saßen plaudernd in Steffens kleiner Küche und aßen noch warme Brötchen, während neben uns die Espressokanne auf dem Gasherd ein letztes Röcheln von sich gab. Der Kaffee war fertig.

Gestern Abend hatte ich meinen vernünftigen Entschluss zutiefst bereut. Ich hatte ihn auch davor fast stündlich bereut, aber gestern Abend, allein auf dem Sofa, nur mit dem Fernseher und der Nachbarskatze am Fenster, um mich zu unterhalten, da bereute ich ihn noch mehr. Kim war, wie jedes zweite Wochenende, bei ihrem Vater und hatte vorher mehrfach erwähnt, wie blöd sie es fand, dass sie Nicolas nicht zu seinem Gig nach Hamburg begleiten durfte. Ich wusste also, dass Steffen sturmfreie Bude hatte, und musste mir keine hanebüchenen Ausreden einfallen lassen, wo ich die ganze Nacht über gewesen war, weil Mutter den nunmehr dritten Mann auf ihrer Liste ausprobierte und ohnehin mal wieder schlecht auf mich zu sprechen war. Trotzdem hockte ich an einem Samstagabend zu Hause. Da kam mir mein gutes Gewissen so nutzlos vor. Regelmäßig wanderte mein Blick zur Katze, die sich entgegen ihrer Gewohnheit nicht auf unserer Fensterbank eingerollt hatte, sondern unablässig ins Zimmer stierte, als wollte sie mich fragen: »Was machst du eigentlich noch hier?« Vielleicht wollte sie auch nur fernsehen. Jedenfalls zog ich mir um elf schließlich die Schlabberhose aus und die enge Jeans an und fuhr zu Steffen.

Jetzt holte er die von Kaffee und Flammen schon ganz dunkel gewordene Espressokanne vom ebenso dunklen Herd und goss mir eine Tasse mit der dicken schwarzen Brühe ein. Ich hatte noch nie so guten Kaffee getrunken.

Steffen beobachtete jede meiner Bewegungen, als wollte er sie sich einprägen. »Ich bin froh, dass du deine Meinung geändert hast«, sagte er schließlich.

»Das habe ich gemerkt«, erwiderte ich.

Steffen musste lachen. »Drei Tage können sehr lang sein, wenn man glaubt, dass man sich nicht mehr wiedersieht.«

Ich nickte nachdenklich, denn so schön der Abend auch gewesen war, so wenig hatten wir über das Problem gesprochen.

»Hast du eigentlich jeden Mittwochabend frei?«, fragte ich schließlich nicht ohne Hintergedanken, die Steffen natürlich sofort durchschaute. »Ja. Da ist Dietmars Ruhetag.«

»An einem Mittwoch? Wieso das denn?«

»Du kennst die Geschichte noch gar nicht?«

»Na ja, Dietmar ist nicht besonders redselig mir gegenüber.«

»Er hat im Lotto gewonnen. Sechs Richtige. An einem Mittwoch.«

»Aha«, sagte ich interessiert.

»Es war das einzige Mal, dass er einen Schein abgegeben hat.« Steffen sah mir direkt in die Augen, und ich wurde schon wieder hibbelig. »Das nennt man Glück, oder?«

Ich wich seinem Blick aus, bevor die Schmetterlinge erneut die Kontrolle über meinen Körper übernehmen konnten, und plapperte schnell drauflos. »Na ja, natürlich erhöhen sich die Chancen auf einen Lottogewinn, wenn man öfter spielt, aber tatsächlich nur unwesentlich. Die Wahrscheinlichkeit bleibt bei sechs Ziehungen aus neunundvierzig immer bei eins zu einhundertvierzig Millionen …« Ich sah an seinem belustigten Blick, dass ich mich schon wieder in akademischem Geschwafel verlor. »…mit Zusatzzahl.«

»Es war ohne Zusatzzahl.«

»Okay. Dann standen die Chancen immer noch bei eins zu fünfzehn Millionen.« Er wollte es nicht wirklich so genau wissen. Und ich musste mich langsam daran gewöhnen, nicht immer so einen Blödsinn von mir zu geben, nur weil er mich mit seinen hellblauen Augen verwirrte. »Wie viel war es denn?«

»So eine halbe Million etwa. Genug, um das *Lucky* zu eröffnen.«

»Verstehe. *Lucky* Dietmar.«

Steffen schmunzelte und trank seinen Kaffee. Selbst das sah bei ihm erotisch aus. Überhaupt wirkte er mit Stoppelbart und noch verschlafenen Augen, rauer Stimme, aber schon wieder in Anzughose und Hemd – er besaß tatsächlich keine einzige Jeans –, unheimlich sexy. »Ist schon ein merkwürdiger Kerl, Dietmar. Aber ich mag ihn. Wer sonst gönnt sich heute noch einen Barpianisten?«

»Schön, dass er seinen Traum verwirklichen konnte.«

Ich biss in meine mittlerweile fünfte Brötchenhälfte. Zu Hause schaffte ich selten mehr als anderthalb, höchstens zwei Brötchen. Steffen sah mir dabei zu und hatte noch keinen Krümel angerührt, nur seinen Kaffee. Dann fragte er unvermittelt: »Was würdest du mit einer halben Million machen?«

Ich sah ihn mit vollem Mund an. Er lachte. »Außer dir vermutlich eine eigene Bäckerei gönnen.«

Schnell schluckte ich den Bissen herunter, ich musste einen sehr verfressenen Eindruck machen. Aber es schmeckte auch besonders gut in seiner Gegenwart, und außerdem wollte ich nicht, dass das Frühstück schon wieder vorbei war.

»Äh, ich weiß nicht, Kim ein gutes Studium finanzieren. In Cambridge oder Yale oder so. Das wünscht sie sich schon, seit sie zehn ist.«

Er beugte sich über den Tisch näher zu mir. »Und welchen Traum würdest du dir selbst damit verwirklichen?«

Ich stockte, weil mir klarwurde, dass ich zuerst an meine

Tochter gedacht hatte. Und weil ich lange nachdenken musste, um meine eigenen Träume wieder auszugraben.

»Reisen. Ich bin noch nicht viel rumgekommen. Ich würde ein Sabbatjahr einlegen und auf Weltreise gehen. Und du?«

»Mitkommen«, kam es wie aus der Pistole geschossen, und mir blieb der nächste Bissen fast im Halse stecken. Die asymmetrische Lachfalte in seinem Gesicht vertiefte sich, als er meine freie Hand nahm. In meinem Magen fing es an zu kribbeln. Mein Blut stieg in den Kopf. Und Tausende von Endorphinen schwemmten in diesem Augenblick mein Gehirn. Gott, das konnte doch nicht wahr sein. Kaum sagte der Kerl auch nur annähernd etwas Romantisches, geradezu Kitschiges, schon spielte mein Körper verrückt. Ich spürte das dringende Verlangen, Steffen abzuknutschen – und gab diesem Verlangen Sekunden später nach. Wir überließen das Frühstück sich selbst und verbrachten den Rest des Vormittags im Bett.

Gegen vier Uhr schaffte ich es dann doch noch, mich von ihm loszureißen, auch wenn er alles tat, um mich daran zu hindern. »Ich muss unbedingt noch die Mathearbeit für morgen vorbereiten.«

»Stimmt. Nicolas sagte so etwas.« Dann sah er mich schuldbewusst an. »Ich bin mir sicher, er hat sein Mathebuch zu seinem Auftritt mitgenommen.«

»Ja, ich auch.« Wir lachten, aber ganz geheuer war ihm die Angelegenheit nicht. Und mir auch nicht. Ohne es auszusprechen, hatten wir uns damit abgefunden, uns weiterhin heimlich zu treffen. »Also, am besten, ich weiß von nichts«, betonte ich dann auch. »Ich werde seine Arbeit wie immer ganz neutral benoten.«

Ungefähr genauso neutral, wie ich meine Tochter ein paar Stunden später vom Bahnhof abholen wollte. Eigentlich hatte ich die Mathearbeit auch nur vorgeschoben, um vor ihrer Ankunft noch ein paar Stunden für mich zu haben. Die Aufgaben hatte ich längst zusammengestellt, aber ich fand es unpassend,

Kim mit diesem debilen Grinsen im Gesicht am Bahnsteig zu umarmen. Gegen Abend hatte ich das Gefühl, meine Gesichtszüge wieder im Griff zu haben, und begrüßte sie wie immer. »Hallo, mein Schatz, wie war es bei deinem Vater?«

»Wieso sagst du nicht mehr Papa?«

»Was?«

»Sonst hast du immer gefragt, wie es bei *Papa* war.«

Ich sah sie verdutzt an. Gesichtszugkontrolle allein reichte also nicht. Jetzt musste ich auch noch auf meine Wortwahl achten. Aber sie hatte ja recht, ich entfernte mich von Arne, er wurde immer mehr zu ihrem Vater, statt zu meinem Ex.

»Ich dachte, das klingt vielleicht allmählich zu kindisch für dich«, redete ich mich heraus und hakte mich bei ihr unter, während wir den Bahnsteig entlang zur Treppe gingen. »Also, wie war dein Wochenende?« Damit war ich wenigstens auf der sicheren Seite.

»Ganz gut.« Ich wusste inzwischen, dass das alles war, was ich über ihr Wochenende erfahren würde. Sie gab keine Details preis, aus Rücksicht auf mich. Doch dann blieb Kim abrupt stehen und sah mich mitleidig an. »Petra zieht bei ihm ein.«

»Aha.« Schnell bemühte ich mich, adäquat schockiert zu sein, und horchte in mich hinein. Aber es ziepte nur, es tat nicht richtig weh. »Wirklich?«

Kim nickte und umarmte mich tröstend. Überrumpelt strich ich ihr über den Kopf. Ihr Mitgefühl verursachte mir ein schlechtes Gewissen.

»Wow, das ist ganz schön …« Ich stockte, ganz schön wie? Mir fiel kein passendes Wort dazu ein. »Wie findest du das denn?«

Kim zuckte mit den Schultern. Sie zögerte mit ihrer Antwort, wollte mir nicht weh tun. »Na ja, eigentlich ist sie ja sowieso ständig bei ihm, also …«

»Mmh.« Wir sahen uns an, und Kim hielt mein Suchen

nach der richtigen Antwort für Niedergeschlagenheit. Mir zuliebe wechselte sie das Thema und fragte, wie mein Wochenende war. Dass sie mich damit noch mehr in Bedrängnis brachte, ahnte sie natürlich nicht. Ihr jetzt von meinem Date mit Alibi-Matthias zu erzählen, um nicht zu viel lügen zu müssen, erschien mir unangebracht. Also erzählte ich von der Fernsehsendung, die ich nicht zu Ende geschaut hatte, meinem Buch, in dem ich nicht gelesen hatte, und der Trainingseinheit, die ich heute nicht absolviert hatte. Nichts von dem, was ich erzählte, deutete darauf hin, dass ich ein wunderschönes Wochenende mit Steffen verbracht hatte.

Mittwochslotto

Am Mittwochabend sahen wir uns wieder. Wir versuchten es noch mal mit Ausgehen, anstatt sofort übereinander herzufallen. Steffen lud mich in ein ziemlich gutes Ristorante ein, das ich nicht richtig genießen konnte, weil ich vorher ein ziemlich misslungenes Gespräch von Frau zu Frau mit meiner Tochter geführt hatte. Und das lag wiederum daran, dass ich vorher ein Gespräch von Frau zu Frau mit Silvia geführt hatte.

»Mit fünfzehn«, beantwortete sie offenherzig meine Frage zu ihrem ersten Mal. »Wieso?«

Ich schluckte. Natürlich dachte ich an Kim und daran, dass sie heute Abend wieder heimlich zu Nicolas fahren würde, statt Annika, wenn sie überhaupt existierte, Nachhilfe zu geben.

»Wie alt warst du denn?«

Die Gegenfrage hätte ich selbstverständlich erwarten müssen. »Achtzehn, nee, siebzehn«, log ich. »Und, äh, wie hast du damals verhütet?«, fragte ich vorsichtig weiter.

»Meine Mutter hat mir mit vierzehn die Pille verordnet, sie wollte wohl kein Risiko eingehen.«

Ich musste Silvia ziemlich entsetzt angesehen haben. »Keine Angst, ich habe gelesen, dass die Jugend heutzutage wieder viel später miteinander in die Kiste springt als noch zu unserer Zeit.« Sie vergaß manchmal, dass ich acht Jahre älter und ihre Zeit dementsprechend nicht meine war. Ich hätte gar nicht erst fragen dürfen. Auf jeden Fall war ich jetzt erst recht beunruhigt. Ich nahm Kim noch am selben Tag zur Seite, bevor ich zum Joggen aufbrach, und erntete ein: »Mama, du bist echt peinlich«, aus tiefstem Herzen.

»Ich weiß, mein Schatz, aber zum Glück bin ich inzwischen in einem Alter, in dem mir das nichts mehr ausmacht. Und du bist leider in einem Alter, in dem man vielleicht mal über Verhütung reden sollte.«

»O Mann, ich will aber jetzt nicht mit dir darüber reden.«

»Warum nicht? Weil du noch nicht vorhast, es zu tun? Oder weil ich dir zu peinlich bin?«

»Weil ich überhaupt nicht mit dir darüber reden will!«

»Mit wem willst du denn darüber reden?«

Viel Auswahl hatte sie hier schließlich nicht. Meine Mutter hielt ich zurzeit für eine äußerst schlechte Ansprechpartnerin bei dem Thema, denn dass sie sich Gedanken über Verhütung machte, wagte ich zu bezweifeln. Und Nicolas war mit Sicherheit auch nicht der zuverlässigste Gesprächspartner in Sachen Sex.

»Mit gar keinem!« Meine Tochter zog sich schmollend aufs Sofa zurück und schaute in die Fernsehzeitung.

»Also, es ist ja so, ganz egal, mit wem du darüber reden möchtest, am Ende werde ich vermutlich diejenige sein, die den Arzttermin für dich macht, also kannst du es auch gleich mit mir besprechen.«

Aber Kim war dazu übergegangen, sich die Ohren zuzuhalten, was zugegebenermaßen effektiver war, als in die Zeitung zu schauen. Ich schüttelte den Kopf und machte einen letzten Versuch, indem ich ihre Hände von ihren Ohren zog. »Auf jeden Fall hoffe ich, dass du weißt, dass du gerne mit mir darüber reden kannst, wenn du irgendwann mal darüber reden willst. Und so lange hoffe ich dann einfach mal, dass du vernünftig bist.« Ich ließ ihre Hände los, und sie flutschten wie von einem unsichtbaren Gummiband gezogen zurück an ihre Ohren. Dann zog ich mich für den Lauftreff um und packte noch schnell ein paar schicke Wechselklamotten ein, um für mein Date mit Steffen gerüstet zu sein.

»Gehst du nachher wieder zu Annika?«

Kim nickte, ohne aufzuschauen. Wahrscheinlich konnte sie so besser lügen. Ich ging auch vorsichtshalber schon mal in den Flur und schnürte meine Laufschuhe zu, während ich ihr und Mutter zurief, dass sie heute Abend besser nicht auf mich warten sollten. »Ich gehe noch mit Matthias essen!« An der Tür wartete ich einen Moment auf Proteste oder andere Meinungen zu dem Thema. Im Grunde war der Mittwoch für meine Verabredungen mit Steffen ideal, denn so konnte ich zu Hause glaubwürdig ankündigen, dass Matthias und ich nach dem Lauftraining noch etwas zusammen unternahmen. Und für Kim hörte es sich nicht gleich so an, als würde ich ihren zukünftigen Stiefvater an Land ziehen. Aber heute Abend war Kim ohnehin zu froh, mich loszuwerden, als dass sie gewagt hätte, etwas einzuwenden. Mutter wünschte mir viel Spaß. »Hoffentlich bleibt es nicht nur beim Essen!«

Steffen merkte, dass ich nicht ganz bei der Sache war, als der Kellner die Hauptspeisen brachte und ich immer noch nicht viel zu unserem Gespräch beigesteuert hatte.

»Lass mich raten, du überlegst gerade, ob Kim unerlaubterweise wieder bei Nicolas ist?«

Schuldbewusst blickte ich vom Teller auf. »Nein, nein, ich weiß, dass sie bei ihm ist. Ich überlege nur gerade, dass es ziemlich unfair ist, als Mutter ohne Einführungskurs auf pubertierende Kinder losgelassen zu werden.«

»Hast du dich mit Kim gestritten?«, fragte er überraschend einfühlsam.

»Nein, das heißt, ich weiß nicht so richtig, sie findet mich peinlich. Ist das streiten?«

»Du hast mit ihr über die Pille gesprochen?«

Erstaunt sah ich ihn an. Entweder, ich war ein offenes Buch

für ihn, oder er kannte sich einfach nur extrem gut mit Teenies aus. »Woher weißt du das?«

»Na ja, peinlich ist man meistens, wenn man mit den lieben Kleinen über ihr Liebesleben spricht.«

»Spricht da die Erfahrung?«, fragte ich.

»Nein, Jungs sind da einfacher oder unproblematischer, schätze ich.«

»Klar, die haben ja auch nicht mit den Nachwirkungen zu kämpfen!«

Er lachte und rutschte zu mir auf die Bank, um mich an sich zu ziehen.

»Keine Angst, Nicolas weiß, wo ich meine Kondome aufbewahre, wenn es dich beruhigt.« Peinlich berührt schloss ich die Augen und schüttelte den Kopf.

»Nein, das beruhigt mich nicht, überhaupt nicht. Es sollte mich beruhigen, vielleicht, aber ich bin … ich bin nicht so. Ich will nicht, dass meine kleine Kim jetzt schon, mit vierzehn …« Ich stieß einen Seufzer aus und versuchte, unser Date noch irgendwie zu retten. »Es tut mir leid, Steffen. Ich hätte gar nicht davon anfangen sollen. Das Essen ist wirklich gut.« Reumütig schaute ich ihn an, aber er schüttelte den Kopf.

»Es bedrückt dich, natürlich musst du darüber reden.«

Ich nickte dankbar. Er meinte es ehrlich und sagte es nicht nur so daher, weil er es sagen musste, wenn er mich heute noch zu sich ins Bett kriegen wollte. »Du hattest recht, ich enge sie zu sehr ein und zwinge sie, mich anzulügen. Und wenn ich dann versuche, offen und locker zu sein, bin ich peinlich.« Ich zuckte hilflos mit den Schultern. »Wie hast du es bloß geschafft, so ein gutes Verhältnis zu Nicolas aufzubauen?«

»Das mit uns ist was ganz anderes. Ich meine, er war elf, als er zu mir kam. Er war nie mein kleiner Junge. Da gab es nicht mehr viel zu erziehen. Ich wusste, wenn ich überhaupt eine Chance haben will, dann muss ich eben sein Kumpel werden.«

»Mit elf? Wieso erst so spät?«

»Das ist eine längere Geschichte.« Sein Gesicht verdunkelte sich, und ich hatte nicht das Gefühl, dass er sie erzählen wollte. Also hakte ich nicht weiter nach.

»Also, er weiß, wo du deine Kondome aufbewahrst, ja? Und, zählst du ab und zu mal nach?«

Ein lautes Lachen platzte aus ihm heraus, dabei war meine Frage eigentlich ernst gemeint.

»Wenn du magst, können wir gleich mal zu mir gehen und Inventur machen!«

Um seinem Vorschlag Nachdruck zu verleihen, gab er mir einen vielversprechenden Kuss. Ich sah auf die Uhr, es war schon zehn. Bis wir mit dem Essen fertig waren, würde es mindestens halb elf sein, wenn nicht später. »Ich würde gerne«, seufzte ich. »Aber ich sollte nicht.« Was sollte Kim nur von mir denken, wenn ich schon wieder die halbe Nacht wegblieb?

»Das hat dich doch bisher auch nicht von mir ferngehalten«, raunte er mir zwischen zwei Küssen ins Ohr.

Er hatte ja so recht. Und mich so was von im Griff. Verdammt, dann war ich eben ein schlechtes Vorbild …

Es wurde spät. Wie von jetzt an jeden Mittwoch, denn es war der einzige Termin, an dem wir uns treffen konnten, ohne Angst haben zu müssen, dass unsere Kinder dazwischenfunkten und ohne dass ich bis Mitternacht warten musste, um mit Steffen alleine zu sein. Als ich mich gegen mein besseres Wissen auf ihn einließ, war mir nicht bewusst gewesen, dass es so schwer sein würde, sich zu sehen. Aber wir wollten kein Risiko mehr eingehen. Für unsere wöchentlichen Treffen lagerte ich schon bald ein paar Sachen von mir bei Steffen zwischen, damit ich nach dem Lauftraining direkt zu ihm kommen konnte. Ganz selten schwänzte ich das Training sogar, um mehr Zeit mit ihm zu haben.

Waren die Wochenenden, die Kim bei ihrem Vater verbrachte, sonst von mir immer mit Bangen erwartet worden, weil ich nichts mit meiner kinderlosen Zeit anzufangen wusste, freute ich mich jetzt sogar fast auf sie, weil ich ohne schlechtes Gewissen ausgehen konnte. Aber selbst dann gab es immer noch Nicolas oder Mutter, die uns über den Weg laufen konnten, wenn wir samstagnachts vom *Lucky* zu ihm oder mir gingen. Meistens gingen wir zu ihm, denn es war immer noch einfacher, Nicolas auszuweichen als dem übernatürlichen Gespür meiner Mutter für Männerbesuch. Da sie diesen immer noch für Matthias hielt, ließ ich sie auch in dem Glauben, dass er es war, mit dem ich seit neuestem meine Kim-freien Wochenenden verbrachte. Meistens ging ich dann gegen zehn ins *Lucky*, weil ich zu Hause sonst eingeschlafen wäre, und setzte mich zu Dietmar an die Bar, wo ich oft noch geschlagene zwei Stunden auf Steffen warten musste. Inzwischen redete Dietmar sogar gelegentlich mit mir. Oder vielmehr redete ich mit ihm.

»Ich habe von deinem Lottogewinn gehört. Welche Zahlen waren es denn?«

Er deutete auf ein paar nachgemachte Lottokugeln, die an Bändern über ihm von der Decke hingen, mir aber noch nie aufgefallen waren.

»Geburtsdaten?«

Er schüttelte den Kopf. »Semester.«

Auf meinen fragenden Blick hin erklärte er ungewöhnlich gesprächsbereit: »Als ich exmatrikuliert wurde, hatte ich achtundzwanzig Semester Englisch, vierundzwanzig Semester Germanistik und neunzehn Semester Philosophie studiert. Dazu kommen vier Semester Jura … bevor ich gewechselt habe, fünf in Soziologie, und zwölf habe ich für das Latinum gebraucht.«

Ich sah ihn ungläubig an. Mit diesen Zahlen hatte er keine andere Wahl, als im Lotto zu gewinnen.

Wenn Steffen dann Feierabend hatte und wir bei ihm oder

mir angekommen waren, waren wir oft schon so müde, dass es nicht mehr für tiefgründige Gespräche reichte. Und am nächsten Morgen musste sich einer von uns immer rausschleichen, wobei uns Nicolas zugegebenermaßen mehr Zeit ließ als meine frühaufstehende Mutter. Noch ein Grund, warum wir meistens bei Steffen übernachteten.

Es war, als hätten wir eine Affäre, nur dass wir sie statt vor unseren Ehepartnern vor unseren Kindern geheim halten mussten. Es hatte tatsächlich auch seinen Reiz, aber gleichzeitig hatte ich das Gefühl, Steffen nie richtig kennenzulernen. Ich kratzte immer nur an der Oberfläche, und bevor wir ein Gespräch vertiefen konnten, fehlte uns schon wieder die Zeit und wir nutzten die wenigen Minuten, die wir hatten, lieber für andere Dinge. Vielleicht wollte Steffen auch gar nicht kennengelernt werden. Vielleicht gefiel es ihm sogar, denn er kam mir nicht wie jemand vor, der auf lange, tiefergehende Beziehungen aus war. Vielleicht ging unser Abenteuer auch nur deshalb immer weiter, weil wir uns so selten sahen und ständig improvisieren mussten.

Schließlich beschloss ich, ihn einfach nur als nette Ablenkung nach Arne anzusehen, ohne es allzu ernst zu nehmen. Es war schön, mal wieder Schmetterlinge im Bauch zu fühlen. Und ich freute mich auf jedes noch so kurze Wiedersehen mit ihm. Aber früher oder später würde es vorbei sein, so viel war klar. Deswegen kam ich mir bei unserer Geheimnistuerei auch nicht mehr ganz so schäbig vor. Warum sollte ich Kim beunruhigen und uns unnötig Ärger machen, wenn es ja doch nur eine vorübergehende Sache war?

Umso überraschter war ich, als Steffen mich plötzlich fragte, ob ich Lust hätte, ein Wochenende mit ihm wegzufahren. Er hatte ein Engagement bei einer Wohltätigkeitsveranstaltung in einem ziemlich noblen Hotel in der Eifel.

»Darfst du denn einfach jemanden mitbringen?«

»Ein Künstler braucht doch seine Muse!«, grinste er, und

ich wusste nicht, ob ich mich geschmeichelt fühlen sollte oder das Gegenteil davon. »Also, kommst du mit?«

»Ich weiß nicht, ob ich kann.«

»Ich dachte, Kim ist dann wieder bei ihrem Vater?«

»Ja, ist sie auch«, sagte ich und wich dabei seinem Blick aus. »Ich werd 's versuchen!«

Es war auch gar nicht Kim, wegen der ich so zurückhaltend war, sondern Mutter. Aber die war Feuer und Flamme, als ich ihr davon erzählte. Das heißt, natürlich erzählte ich ihr nicht davon, sondern von einem Trainingswochenende mit der gesamten Laufgruppe draußen in der Vulkan-Eifel.

»Natürlich fährst du da mit, Meike«, sagte sie, ohne einen Hauch von Enttäuschung, und ich fragte mich, ob ihr überhaupt bewusst war, was an diesem Wochenende für ein Tag war.

»Aber du solltest am Sonntag wirklich nicht allein sein.«

»Papperlapapp, das bin ich doch auch gar nicht. Lotte und ich nehmen an einer Speed-Dating-Veranstaltung teil. Das wird bestimmt lustig.« Nicht nur, dass sie dieses Wort kannte, überraschte mich. »Speed-Dating. Du?«

»Ja.«

»Hast du ihr das beigebracht, Kim?«

»Nein, nur die Aussprache verbessert.«

»War so eine Idee von Lotte«, erklärte Mutter auskunftsfreudig.

»Mit Männern?«

»Natürlich mit Männern, mit wem denn sonst?«

»In … in deinem Alter?«

»Unter anderem.«

»Mutter, bist du verrückt?« Eine andere Erklärung konnte es dafür nicht geben. Dabei waren psychische Erkrankungen in unserer Familie bisher noch nicht vorgekommen. Konnte es eine beginnende Demenz sein? Alzheimer? Nein, die Symptome waren eindeutig anders.

»Lotte sagt immer, dass vierzig heutzutage das neue dreißig sei, und sechsundsechzig dementsprechend das neue fünfzig«, erklärte Mutter fast ein bisschen trotzig.

»Wer ist denn diese Lotte?«

»Eine Frau aus unserem Tanzkurs, zweimal verwitwet.«

»Okay, so schmeichelhaft das in meinen Ohren auch klingt, Mutter, klär mich mal auf: Seit wann hat man mit fünfzig wieder jede Nacht einen anderen?«

Ich fragte es bewusst so provokativ, weil ich die Vorstellung, dass meine Mutter ausgerechnet dieses Wochenende mit Speed-Daten verbrachte, unmöglich fand.

»Jetzt sei doch nicht so eine Spaßbremse.«

Okay, Mutter litt eindeutig unter irgendeiner regressiven Krankheit. Demenz war es wohl nicht, sonst würde sie nicht immer noch ihren Wortschatz erweitern können.

»Das habe ich ihr beigebracht«, erklärte Kim stolz.

»Und was ist mit …«, ich stockte.

»Mit Egon? Ach, der war nichts!«

»Nein, mit PAPA, was ist mit Papa?« Ich musste es so direkt sagen, anders schien sie ja nicht mehr zur Vernunft zu bringen zu sein.

»Nichts. Was soll schon sein?«

»Der ist doch tot«, warf Kim leise ein und verzog irritiert das Gesicht.

»Ja, eben!« Offenbar verstand hier keiner, was ich meinte. Aber eins war klar, ich hatte freie Bahn, ja, ich wollte dieses Wochenende sogar unbedingt weg. Eine speed-datende Mutter hatte mir gerade noch gefehlt, besonders, wenn sie das ein oder andere Date mit nach Hause brachte. Ich stieß ein verzweifeltes Grunzen aus und verließ eilig das Zimmer, bevor ich selbst noch verrückt wurde.

Lauter Klischees

»Das ist nicht dein Ernst.«

Ein Himmelbett. Das Zimmer hatte tatsächlich ein Himmelbett. Ich drehte mich ungläubig zu Steffen um.

Er zuckte mit den Schultern. »Offenbar war keiner der steinreichen Gala-Dinner-Gäste bereit, auch noch Geld für das Himmelbettzimmer rauszurücken. Es war als einziges noch frei.«

Kopfschüttelnd ließ ich mich auf den Rand der Matratze sinken, bedacht, bloß nicht das künstlerische Arrangement der aufgeschüttelten Decken zu zerstören. Das gesamte Zimmer wirkte, als hätten wir uns heimlich hinter die Absperrkordel des Schlafgemachs von Marie-Antoinette in Versailles gestohlen. Ich wagte kaum, mich frei zu bewegen in dieser musealen Atmosphäre. Steffen hatte damit keine Probleme. Er hängte den Kleiderbügel seines Smokings an die obere Stange vom Himmelbett, hievte seinen Koffer auf den edlen Tisch mit gebogenen schmalen Beinen und begann auszupacken. Er hatte es eilig, denn die Fahrt zu diesem abgelegenen Schlosshotel hatte länger gedauert als erwartet. Das lag teilweise an Dietmars altem Auto, in dem wir selbst auf der Autobahn nur mit Tempo Hundert vorantuckerten. Und dann hatten wir uns auch noch auf den gewundenen Landstraßen verfranst und das Hotel nur nach mehrmaligem Nachfragen gefunden. Es beruhigte mich allerdings, dass Steffens Orientierungssinn genauso schlecht war wie meiner.

»Hunger?«, fragte er auf dem Weg zur Dusche. »Ich esse

vor den Auftritten nie was. Und das Restaurant hier ist extrem teuer.«

»Kümmere dich nicht darum. Ich werde schon irgendwo was finden.«

So zuversichtlich war ich da allerdings nicht. Das Hotel thronte über einem beschaulichen Örtchen, das aus nicht viel mehr als zwei Hauptverkehrsstraßen bestand. Und eigentlich war ich viel zu müde, um noch mal rauszugehen. Im Hintergrund plätscherte das Duschwasser schon, und ich saß immer noch geschafft auf der zum Glück nicht wirklich museumsreifen Matratze. Schließlich gab ich mir einen Ruck und hängte meine Kleidung in den Schrank. Selbst meine Trainingssachen hatte ich eingepackt, um meiner Lügengeschichte mehr Authentizität zu verleihen. Als ich alles verstaut hatte, machte ich den Fehler, in das Tagesmenü des hoteleigenen Restaurants zu gucken. Ein Gericht war leckerer als das andere, und als ich den Zusatz *Alle Gerichte können auch auf Ihrem Zimmer serviert werden* las, war mein Entschluss gefasst. Wie oft hatte man schon die Gelegenheit, ein echtes Himmelbett vollzukrümeln?

Kurz darauf kam Steffen frisch geföhnt und im Smoking aus dem weitläufigen Badezimmer. Ich konnte nicht anders, ich musste ihn unentwegt anstarren. In diesem Moment war ich sogar etwas stolz darauf, seine »Muse« zu sein. Er grinste, als er meinen Blick bemerkte.

»Ich hab dir doch gesagt, es lohnt sich mitzukommen.«

»Wow, du siehst ... gut aus.«

Er lachte. »Ach, das fällt dir jetzt erst auf?«

»Tja, es stimmt wohl, was man sagt. Kleider machen Leute.«

Er mimte den Beleidigten, zog mich dann aber an sich und gab mir einen Kuss. Ich traute mich gar nicht, ihn anzufassen, aus Angst, etwas zu zerknittern oder seine Haare durcheinanderzubringen. Dabei hätte ich ihn am liebsten auf das Himmelbett gezerrt.

»Viel Glück«, sagte ich und bewunderte ihn immer noch, als er zur Tür ging.

»Die merken beim Essen sowieso nicht, wenn ich mich verspiele.«

Aber ich spürte, dass er nervös war, als er ging. Verzaubert schaute ich ihm nach. Ich wäre gerne dabei gewesen, leider ging meine Musenexistenzberechtigung so weit dann doch nicht. Stattdessen bestellte ich mir ein königliches Feinschmeckermenü Nummer eins samt Piccolo aufs Zimmer, aß die kleinen, eher prinzessinnenhaften Portiönchen in unserem Himmelbett und schlief dann ganz unadelig noch während des Krimis im ZDF ein.

Auch Steffen wirkte gar nicht mehr so stattlich, als er am nächsten Morgen nur noch in Shorts bekleidet leise neben mir vor sich hin schnarchte. Wie immer am Wochenende wachte ich um sieben auf und war topfit. Nachdem ich eine halbe Stunde im Bett gelesen hatte und mir klarwurde, dass Steffen noch eine ganze Weile weiterschlafen würde, beschloss ich, schon mal ohne ihn das vielbeworbene Frühstücksbüfett des Hotels zu testen.

Bildete ich es mir nur ein, oder schaute mich der Mann, der mich freundlich zu meinem Tisch führte, nachdem ich ihm Steffens Namen genannt hatte, tatsächlich schräg an? Auch wenn es seine Professionalität nicht zuließ, spürte ich, dass er mich heimlich musterte. Oder bemitleidete? Auch die Dame, die mir mit vielgeübter Präzision einen Kaffee einschenkte, betrachtete mich intensiver, als es das Einschenken von Kaffee erforderte, fand ich. Sofort wurde mir heiß, ich merkte, dass meine Wangen rote Flecken bekamen. In einem billigeren Hotel hätten die Hotelangestellten jetzt über mich getuschelt. So sieht sie also aus, die Muse des Pianisten aus Köln. Das Ganze war mir so unangenehm, dass ich nur schnell ein Müsli verdrückte und wieder aufs Zimmer floh, wo Steffen noch immer schlief. Schließlich zog ich mir meine pro forma eingepackten Laufschuhe an, ließ mir von der Frau an der Rezeption eine Karte mitgeben und joggte los.

Als ich zweieinhalb Stunden später frisch geduscht und in ein Handtuch gewickelt aus unserem Badezimmer kam, gab Steffen endlich erste Lebenszeichen von sich. Ich beschleunigte seinen Aufwachprozess, indem ich ihm ein Kissen an den Kopf warf. »Guten Morgen! Ausgeschlafen?«

»'tschuldigung«, grummelte er heiser. »War ziemlich spät gestern Abend. Bist du schon lange wach?«

»Nein, nur seit knapp vier Stunden«, zog ich ihn auf.

»Oh, hast du schon gefrühstückt?«

»Ein bisschen.« Ich verdrängte die unangenehme Frühstückserfahrung schnell wieder und ging zum Schrank, um mir frische Unterwäsche zu holen. »Ich war laufen.«

Steffen schaute mich irritiert an. »Du warst vier Stunden laufen?«

Ich musste über seinen Gesichtsausdruck lachen. »Nur zwei. Zwanzig Kilometer.«

»Zwanzig Kilometer. Freiwillig?« Jetzt schien er endlich wach zu sein, denn er richtete sich fast ein wenig empört im Bett auf.

Wieder musste ich lachen. »Ja, natürlich freiwillig. Ich will schließlich den Marathon im Herbst mitlaufen.«

»Wieso das denn?«, fragte er verständnislos, und ich merkte mal wieder, dass wir in zwei völlig verschiedenen Welten lebten. Den wahren Grund, die Tatsache, dass ich Arne damit etwas, was auch immer es war, beweisen wollte, verschwieg ich ihm lieber und erklärte stattdessen: »Als Ansporn. Um ein Ziel für mein Training zu haben.«

Steffen schüttelte den Kopf. Er legte sich quer über das Bett und angelte nach meinem Arm. Ich fiel in die himmelweiche Daunendecke. Steffen küsste meinen Bauch, von dem das Handtuch gerutscht war. »Also, nötig hast du es auf jeden Fall nicht.« Ich verdrehte die Augen. »Verstehe, du findest mich zu dünn.«

»Nein, ich finde dich genau richtig.« Er wollte seine Meinung mit einem Kuss bekräftigen, aber ich wich seinem Mund aus. »Ich will mich einfach fit halten. Treibst du denn gar keinen Sport?«

Steffen ließ sich stöhnend zurück in sein Kissen sinken. »Okay, du findest mich zu dick!«

»Nein, noch nicht.«

»Was heißt noch nicht?«

»Na ja, du neigst zu Übergewicht, würde ich sagen.« Und komischerweise mochte ich das an ihm sogar, weil er sich ganz anders anfühlte als Arne mit seinem langen, sehnigen Körper.

»Hm, nett ausgedrückt«, grinste er mich an. »Ich hab es nicht so mit Sport. Dafür gehe ich in Köln meistens zu Fuß.«

»Auch gut.«

»Und ich weiß noch etwas zum Kalorienverbrennen.« Er unternahm einen zweiten Kussanlauf, und dieses Mal ließ ich es zu. Doch mitten im Vorspiel fragte er plötzlich: »Soll ich dich anfeuern?«

Ich riss die Augen auf und sah ihn besorgt an, weil ich befürchtete, dass er von einer Sexpraktik sprach, die ich nicht kannte. »Wie jetzt?«

»Beim Marathon. Ich könnte dir Bananen zustecken und dich anfeuern.«

»Ach so, ja, gerne.«

Ich rollte mich auf ihn und begann, seine Brust zu küssen, aber irgendwie war Steffen jetzt nicht mehr bei der Sache. Er unterbrach mich erneut: »Wo ist es denn am schlimmsten? Wo kommt der Tiefpunkt?«

»Angeblich bei Kilometer dreißig«, murmelte ich und versuchte ihn durch einen Kuss wieder in die Spur zu bringen.

»Da hat man doch schon fast alles hinter sich.«

»Ja eben, man hat dreißig Kilometer in den Beinen und muss immer noch zwölf laufen.«

»Nach drei Vierteln gibt man doch nicht mehr auf.«

»Steffen, können wir das vielleicht ein anderes Mal besprechen?«

»Natürlich, es ist nur so faszinierend. Du bist der erste Mensch, den ich kenne, der einen Marathon läuft.«

Ich sah ihn nachdenklich an. Wir lebten definitiv in verschiedenen Welten. Dann versuchte ich meine und seine Aufmerksamkeit wieder auf die Sache zu lenken, in der wir uns wenigstens sehr gut verstanden.

Zum Glück war Steffen kein Frühstücksmensch und hatte kein Problem damit, auf das Viersternebüfett zu verzichten. Ich wollte auch nicht ein weiteres Mal zum Mittelpunkt des Tratsches werden und dann auch noch mit dem Künstler persönlich auftauchen. Allerdings hielt Steffen auch nicht viel von den restlichen Angeboten des Hotels, was die Freizeitgestaltung etwas schwierig machte.

»Wir könnten schwimmen gehen, die haben hier einen beheizten Außenbereich mit Whirlpool und …« Weiter kam ich nicht.

»Ich habe keine Badehose.«

»Was? Die haben hier ein erstklassiges Schwimmbad, und du hast keine Badehose eingepackt?«

»Nein, ich meine, ich habe gar keine, ich geh eigentlich nie schwimmen.«

Ich unterdrückte einen Kommentar und versuchte es mit: »Sauna?«

»Ist mir zu heiß.«

»Massage?«

»Von einer wildfremden Frau?«

»Na gut, also dann … Museum? Hier gibt es jede Menge …«

»Zu verstaubt.«

Seufzend legte ich die Broschüren beiseite. »Also, nur damit ich das richtig einordnen kann: Du lädst mich ein, mit dir in ein teures Viersternehotel mit allem Drum und Dran in einer traumhaften Gegend zu fahren, und dann ist dein Plan, das komplette Wochenende auf dem Zimmer zu verbringen?«

»Nein, du überschätzt meine Kräfte. Wir könnten erst mal was essen gehen, irgendwo im Ort.«

»Und dann?«

»Dann schauen wir weiter.«

Ich war nicht sehr überzeugt. Mit Arne hatte ich jeden noch so kurzen Urlaub für Ausflüge und kulturelle Horizonterweiterung genutzt. Da ich noch nie in der Eifel war, hätte mich das ein oder andere Museum zum Thema Vulkane durchaus interessiert. Steffen sah meinen skeptischen Blick und nahm meine Hände in seine.

»Komm schon, wir sind hier, um einfach mal Zeit für uns zu haben, also verplanen wir sie doch nicht gleich wieder, sondern lassen uns treiben.«

Ein paar Stunden später fand ich, dass sich treiben zu lassen durchaus etwas für sich hatte, wenn man wie Steffen jede Ecke neugierig erkundete. Wir ließen uns auch von der kleinsten Gasse nicht abschrecken und fanden zur Belohnung eine versteckte alte Bücherei, wurden bestens in einer edlen Kaffeerösterei verköstigt, bemerkten skurril geschnitzte Baumstümpfe an einem Waldweg, die uns zu einem nicht weniger skurrilen Künstler führten, der mürrisch seine Motorsäge schwang. Nachdem wir eine halbe Ewigkeit die steilen Straßen des Ortes auf und ab gewandert waren, tranken wir noch einen Kaffee in einem altmodischen Café, das auch zu Marie-Antoinettes Zeiten schon existiert haben könnte, und machten uns an den Aufstieg zurück zum Hotel. Steffen wollte sich auf das heutige Galadinner noch etwas vorbereiten und ich endlich das Sauna-Massage-Angebot nutzen.

Arm in Arm betraten wir die Lobby. »Das hat Spaß gemacht«, sagte ich leise. Statt einer Antwort drückte Steffen mir einen Kuss auf den Mund, was von dem Mann an der Rezeption mit einem etwas pikierten Lächeln zur Kenntnis genommen wurde. Als er Steffen den Zimmerschlüssel aushändigte, spürte ich schon wieder diesen leicht spöttischen Blick auf mir. Er bohrte sich in meinen Rücken, während wir zum Fahrstuhl gingen, und ich hätte mich am liebsten zu diesem Heuchler in Uniform umgedreht und laut gefragt: »Was? Noch nie einen Musiker mit seiner Muse getroffen?« Aber irgendetwas sagte mir, dass nicht das es war, was mich zum Tratschthema Nummer eins des heutigen Tages machte.

Steffen und ich legten uns geschafft ins Himmelbett. Während er seine Stücke für den heutigen Abend auswählte, versuchte ich mich auf meinen Roman zu konzentrieren, aber die Reaktionen der Hotelangestellten gingen mir nicht aus dem Kopf und formten sich allmählich zu einer nicht sehr erfreulichen Erkenntnis. Als Steffen dieses Mal im Smoking aus dem Badezimmer kam, hielt sich meine Bewunderung in Grenzen. Er bemerkte, dass mich irgendetwas beschäftigte, und fragte: »Was ist?«

»Du bist nicht das erste Mal bei dieser Veranstaltung, oder?«

Er schüttelt den Kopf und schien meine nächste Frage zu erahnen.

»Und ich bin auch nicht die erste Frau, die du hierhin mitgebracht hast.«

»Worauf willst du hinaus?«, fragte er irritiert.

»Nichts«, erklärte ich etwas unterkühlt. »Ich versuche nur, mir ein Bild von dir zu machen.«

»Aha.« Dass er nicht mal den Versuch unternahm, eine Ausrede zu finden, ärgerte mich nur noch mehr. »Und jetzt bist du von dem Bild enttäuscht.« Auch er klang nun gereizt.

»Nein«, log ich und versuchte, abgeklärt zu klingen. »Ich bin keine vierzehn mehr. Ich sehe die Dinge etwas realistischer.«

»Und wie sieht die Realität in deinen Augen aus?«

Ich zuckte mit den Schultern. »Du bist Musiker. Arbeitest abends in einer Bar. Ich werde nicht die einzige Frau gewesen sein, die du dort angesprochen hast.«

Er sah mich an, seine Augen waren undurchdringlich. »Verwechselst du Realität nicht vielleicht mit Klischee?«

Dann ging er ohne ein weiteres Wort raus. Verdutzt schaute ich ihm nach. Ich hätte mich ohrfeigen können, dieses schöne Wochenende mit meiner blöden gekränkten Eitelkeit kaputtgemacht zu haben.

Wütend suchte ich meine Sachen für die Sauna zusammen, aber nach Entspannung war mir im Moment ganz und gar nicht. Als ich unten war, konnte ich Steffen nur recht geben. Die Sauna war mir zu heiß und die Massage von einer wildfremden Frau unangenehm. Völlig unentspannt kam ich zurück auf unser Zimmer, ließ mir Feinschmeckermenü zwei liefern und zappte mich unkonzentriert durch das Abendprogramm. Schließlich legte ich mich hin, aber einschlafen konnte ich auch nicht. Es war unser erster Streit, dabei hatten wir noch nicht mal eine Beziehung. Wieso hatte ich mir bloß etwas darauf eingebildet, dass Steffen mich hierher eingeladen hatte? Wieso hatte ich nicht einfach das Wochenende genossen und meinen Mund gehalten?

Nachdem ich eine Stunde vergeblich versucht hatte einzuschlafen, zog ich mich wieder an und ging nach unten. Eigentlich wollte ich nur herausfinden, wie lange der Galaabend noch gehen sollte, aber als ich sah, dass die Tür zum Festsaal offen stand und die Veranstaltung bereits Auflösungserscheinungen zeigte, wagte ich mich hinein und wurde auch nicht weiter beachtet. Steffen spielte noch und bekam von der Welt um ihn herum gar nichts mit. Um nicht aufzufallen, setzte ich mich an die Bar und hörte ihm zu. Auf den fragenden Blick des Barkeepers hin bestellte ich mir einen Rotwein, den er mir anders als Dietmar freundlich und augenblicklich servierte. Ich kannte das Stück nicht, das Steffen spielte, aber es zog mich in seinen Bann. Es war anders als die Barmusik im *Lucky*. Feiner, ausdrucksstärker und irgendwie persönlicher. Am Ende bekam er von den letzten verstreuten Gästen ehrlichen Applaus. Er bedankte sich und stand auf. Als er mich im Vorbeigehen an der Bar bemerkte, war er überrascht.

»Wie lange bist du schon hier?« An seinem Ton konnte ich nicht erkennen, ob er noch sauer war.

»Nicht lange. Das war schön. Was war das?«

»Eine Eigenkomposition.«

»Oh, komponierst du viel selbst?«

»Kommt darauf an«, antwortete er ausweichend.

»Worauf?«

»Ob ich in der richtigen Stimmung bin. Ob mir was einfällt.«

»Und wann bist du in der richtigen Stimmung?«

Er lächelte mich an und gab mir einen Kuss, und ich verstand die subtile Andeutung, dass Reden nicht mehr angebracht war. Wenigstens war er nicht nachtragend.

»Können wir eine Flasche von dem Wein haben, den diese Dame gerade trinkt?«, bat er den Barkeeper.

»Selbstverständlich. Geöffnet?«

Steffen nickte, nahm den Wein und meine Hand und verließ fast fluchtartig mit mir den Saal.

»Wo gehen wir hin?«

Er zuckte nur mit den Schultern und zog mich weiter mit sich nach draußen. Als ich im Dunkeln das leise Gluckern von hin und her schwappendem Wasser vernahm, ahnte ich, wohin unser Ausflug führte.

»Du willst ins Schwimmbad einbrechen?«, flüsterte ich entgeistert.

»Du wolltest doch unbedingt schwimmen gehen.«

»Aber doch nicht nachts.«

»Tagsüber schmeißen die mich ohne Badehose bestimmt

raus.« Merkwürdigerweise konnte ich sogar einen Hauch Logik in seiner Erklärung erkennen.

»Nachts erst recht«, kicherte ich. »Das ist verboten.«

»Wirklich? Ich habe keine Schilder gesehen.« Dann reichte er mir die Flasche und schwang sich über einen etwa ein Meter fünfzig hohen Zaun, der den Außenbereich abschirmte.

»Die Tatsache, dass wir hier gerade über einen Zaun klettern, könnte ein Hinweis sein«, merkte ich an.

»Schon gut, Frau Lehrerin, gib mir den Wein und schwing deinen kleinen durchtrainierten Hintern hier rüber.«

Kopfschüttelnd kletterte ich ihm hinterher. Steffen zog im Halbdunkel bereits seinen Smoking aus.

»Wir haben gar keine Handtücher dabei.«

Steffen unterdrückte ein Lachen. »Ich finde es gut, dass das deine einzige Sorge ist.«

Ich musste nun ebenfalls lachen und zog mich schnell aus, als wäre es schlimmer, draußen in Klamotten als nackt im Becken erwischt zu werden. Zum Glück zeigte sich der Frühling heute Nacht von seiner lauen Seite, wenn er auch noch nicht unbedingt zum Nacktbaden einlud. Auf Zehenspitzen schlichen wir zum Becken und hielten unsere Füße hinein.

»Scheiße, ist das kalt«, fluchte Steffen, und ich musste noch lauter kichern. »Bevor du fragst, du bist die Erste, mit der ich nachts schwimmen gehe. Und ich tue das auch nur für dich.«

Ich legte meine Hand auf seinen Arm und hielt ihn zurück. »Ich wollte dich vorhin nicht beleidigen.«

»Schon gut, in jedem Klischee steckt auch ein bisschen Wahrheit.«

Ich wusste nicht, was ich damit anfangen sollte, ließ den Satz aber unkommentiert stehen. Dann versuchten wir beide möglichst lautlos ins Becken zu gleiten. Steffen schnappte sich die Weinflasche und watete durch das brusthohe Wasser Richtung Whirlpool.

»Ich glaube nicht, dass sie ihn für uns extra anmachen«, warf ich ein.

»Nein, aber darin ist das Wasser hoffentlich noch wärmer.«

Im Pool angekommen, tranken wir den Wein, der selbst aus der Flasche noch gut schmeckte. Dabei kicherten wir albern über unseren Streich.

»Und was ist, wenn sie uns erwischen?«, flüsterte ich. »Vielleicht bezahlen sie dich am Ende nicht.«

»Dann tauche ich eben unter, und du lässt dir eine gute Ausrede einfallen.«

»Wie lange kannst du denn die Luft anhalten?«

Wir lachten wieder, bis unweit des Whirlpools tatsächlich Schritte zu hören waren. Jetzt hielt ich entsetzt die Luft an. Nackt mit dem Musiker im Pool erwischt zu werden hatte mir als Demütigung an diesem Wochenende gerade noch gefehlt.

Steffen schien auch nicht erpicht darauf zu sein. Wir sahen uns an, und ich konnte ein lautes Losprusten gerade noch unterdrücken. Als die Schritte weitergingen, zischte Steffen mir leise zu: »Reicht das als Abenteuer für heute?«

»Ja, absolut!«, flüsterte ich zurück. »Wir könnten den Rest des Weines in unserem warmen, kuscheligen Himmelbett trinken.«

»Hört sich verlockend an.«

Langsam arbeiteten wir uns wieder zum Beckenrand vor. Noch nie war mir so bewusst, wie laut Bewegungen im Wasser eigentlich waren.

Wir trockneten uns mit meinem T-Shirt und Steffens Unterhemd notdürftig ab und zwängten uns halbnass zurück in unsere Kleider. Der Halbaffe in Uniform staunte nicht schlecht, als wir in diesem völlig derangierten Zustand an der Rezeption vorbei zum Fahrstuhl gingen. Steffen grüßte ihn freundlich und drückte mich demonstrativ an sich. Und ich war zufrieden, es der tratschenden Belegschaft mit dieser Aktion heimgezahlt zu haben.

Liebeskummer und andere Tiefschläge

Der Sonntag kam viel zu schnell. Obwohl ich gestern mehr als genug Ablenkung gehabt hatte, hatte ich mich vor diesem Tag gefürchtet. Und noch mehr fürchtete ich mich vor dem Anruf, den ich gleich nach dem Aufwachen erledigen musste. Ich wartete, bis Steffen ins Bad ging, dann griff ich mir mein Handy.

»Hab ich dich geweckt?«, fragte ich verdutzt, als Mutter sich mit verschlafener Stimme meldete.

»Es ist halb zehn!«, erklärte sie heiser und fast ein bisschen wütend, als würde sie mich und Kim sonntags sonst nicht regelmäßig mit ihrer guten Laune und lautem Gesinge um sechs Uhr morgens wecken.

»Ja eben«, erwiderte ich verständnislos.

»Ich hatte gestern ein Speed-Date, das habe ich dir doch gesagt.«

Schon kochte ich innerlich wieder. Aber ich bemühte mich, ruhig zu bleiben. Das Ganze war sicher nur eine übertriebene Abwehrreaktion von ihr.

»Wie geht es dir denn?«, fragte ich vorsichtig.

»Bis auf die Tatsache, dass man mich zu früh aus dem Bett geklingelt hat, hervorragend, danke der Nachfrage! War das alles, was du wissen wolltest? Darf ich jetzt wieder schlafen?« Sie ignorierte dieses Datum vollkommen. Ich atmete geräuschvoll ein.

»Mutter, du weißt schon, was heute für ein Tag ist, oder?«

»Ja, natürlich. Und?«

»Und du bist sicher, dass alles in Ordnung ist? Wenn du willst, komme ich früher nach Hause.«

»Papperlapapp. Du bleibst schön, wo du bist. Lotte und ich sind nachher noch verabredet.«

»Also war es erfolgreich?«, fragte ich genervt nach.

»Leider nicht, die Burschen waren alle viel zu jung für uns, aber wir haben da die Hanna kennengelernt, die auch keinen abbekommen hat. Sie will uns nachher mit zum Tangotanzen nehmen. Der Trainer wäre so knackig, sagt sie.«

Mir fehlten die Worte. Fassungslos schüttelte ich den Kopf. Ich fühlte Wut und Enttäuschung in mir hochsteigen und wäre am liebsten durch den Hörer gekrochen, um meine Mutter wachzurütteln. Wenn sie sich selbst nur einmal zuhören würde …

»Bist du noch da?«, rief Mutter ins Telefon. »Die Verbindung ist so schlecht.«

»Ja, ja, ich bin noch da«, krächzte ich heiser. »Geh du nur Tango tanzen. Aber vergiss bitte nicht, Kim nachher vom Bahnhof abzuholen.«

Dann legte ich auf.

Ich hielt das Handy immer noch in der Hand, als Steffen aus dem Bad zurückkam. Dabei musste ich es ziemlich unglücklich angestarrt haben, denn er fragte besorgt: »Ist alles in Ordnung?«

»Ja, ja, ich habe nur mit meiner Mutter telefoniert.« Meine Stimme klang belegt, und ich räusperte mich.

»Ist ihr was passiert?«

»Nein. Ihr geht's gut.« Dann bemühte ich mich, ihn fröhlich anzulächeln. Was musste er von mir denken? Wir verbrachten hier ein romantisches Wochenende, und ich rief heimlich meine Mutter an. Auf seinen verwunderten Blick hin erklärte ich schnell: »Mein Vater hat heute Geburtstag. Er wird siebzig. Ich meine, er wäre heute siebzig geworden, wenn er noch …« Ich merkte, dass meine Stimme brach, und wandte mich von

Steffen ab, indem ich umständlich das Handy auf das Nachtschränkchen legte.

»Verstehe, dann ist sie heute nicht sonderlich gut drauf.«

»Doch, doch. Sie ist super drauf. Ist das ganze Wochenende auf Achse.« Schon wieder versagte meine Stimme, und mir schossen Tränen in die Augen. Vergeblich versuchte ich, sie unauffällig wegzuwischen. Schließlich gab ich es auf. Ich schlief mit diesem Mann, dann konnte er auch ruhig meine Tränen sehen. Steffen schien es nicht zu stören. Er setzte sich neben mich und legte seine Hand auf meinen Rücken. Eine unaufdringliche Geste, für die ich ihm in diesem Moment sehr dankbar war.

»Es ist nur, ich hab das Gefühl, seit dem Tod meines Vaters ist sie wie umgekrempelt, vergnügungssüchtig, oder, ich weiß nicht, ich meine, sie hat mehr Männer in den letzten Monaten vernascht als …« Ich beendete den Satz nicht, aber Steffen konnte erraten, welches Pronomen ich dort eingesetzt hätte.

»Sie hat Angst vor ihrem eigenen Tod«, stellte er genauso sanft wie drastisch fest. Erstaunt blickte ich ihn an. Er strich mir immer noch über den Rücken und redete weiter: »Wahrscheinlich hat der Tod ihres Mannes ihr vor Augen geführt, dass auch ihr Leben nicht ewig dauert. Und rein statistisch gesehen, ist sie nun mal näher am Tod als du oder Kim. Vielleicht hat sie deswegen Angst, sich damit auseinanderzusetzen.«

Nach einer Weile nickte ich langsam. »Sie hat sich nicht mal Zeit genommen zu trauern.«

»Vielleicht verarbeitet sie es auf diese Weise. Indem sie viel unternimmt.«

Ich atmete tief durch. Dann wischte ich mir die Tränen aus den Augenwinkeln. »Wahrscheinlich. Aber ich habe Angst, dass irgendwann das dicke Ende kommt.«

Er nickte nachdenklich. »Standest du deinem Vater sehr nah?« Diese Frage erwischte mich vollkommen unvorbereitet. Damit hatte ich mich wiederum noch nicht auseinandergesetzt. Er war mein Vater, sicher, aber wie viel hatte er zu meinem Leben beigetragen? Wie viel von ihm steckte in mir, in meinen Gedanken, in meinem Verhalten? Komischerweise hatte ich mich immer nur mit meiner Mutter verglichen.

Ich stockte. »Ich weiß nicht, er hat viel gearbeitet. Es war eben noch eine andere Vätergeneration.« Steffen hörte interessiert zu, und mir wurde bewusst, dass ich ihn nicht mit Floskeln abspeisen musste, daher suchte ich nach einer ehrlicheren Antwort. »Er war sehr geduldig, aber das weiß man ja erst zu schätzen, wenn man selbst Kinder hat. Er hat mir immer ein Eis gekauft, wenn ich traurig war. Egal, ob es ein blutiges Knie war vom Spielen, eine Vier in der Schule oder Liebeskummer. Es gab immer ein Eis, und meistens hat es geholfen. Er hat mir sogar noch eins gekauft, als ich mich letztes Jahr von Arne getrennt habe.« Ich schüttelte schniefend den Kopf. »Ein Spaghetti-Eis«, krächzte ich. »Ich bekam immer ein Spaghetti-Eis und er drei Kugeln Erdbeer. Er mochte Erdbeereis so gerne.« Wieder kamen mir die Tränen. Steffen reichte mir ein Taschentuch, und ich schnäuzte meine Nase.

»Ich hasse das«, fluchte ich.

»Was?«

»Dass uns diese Gefühle so lange verfolgen. Trauer, Liebeskummer. Evolutionstechnisch ist das völlig kontraproduktiv. Ich meine, man lässt sich hängen, kriegt nichts mehr geregelt. Als Tier wäre man die ideale Beute.« Ich hatte mich schon oft gewundert, was die Natur sich eigentlich beim Menschen gedacht hatte. Natürlich waren wir in der Lage, ein unglaubliches Wissen anzuhäufen, uns immer weiterzuentwickeln, aber gleichzeitig sorgte unser enormes Gedächtnis auch dafür, dass wir Schicksalsschläge nie wirklich ganz vergessen oder verarbeiten konnten. Dass man mit einer immer größer werdenden Last durchs Leben ging, je älter man wurde. Das konnte doch nicht im Sinne der Evolution sein.

Steffen musste über meine Sichtweise lachen. Er begann

meinen Nacken zu streicheln. »In der Musik entstehen die besten Stücke oft durch Liebeskummer und andere Tiefschläge.«

»Dann hätte ich im letzten Jahr aber einige Nummer-eins-Hits schreiben können!« Wir lachten beide und sahen uns an. Ich mochte die Wendung, die unser Wochenende seit gestern Nacht genommen hatte. Es war so leicht und tat gleichzeitig so gut, ihm von mir und meinem Tiefpunkt zu erzählen.

»Und was ist mit deinen Eltern?«, fragte ich vorsichtig. Er wurde wieder ernst, seine Hand hörte auf, meinen Nacken zu streicheln, aber er antwortete dennoch. »Meinen Vater habe ich nie gekannt. Er hat meine Mutter noch vor meiner Geburt verlassen.«

»Warum?«

Er zuckte mit den Schultern. »Ich war wohl ein Unfall.«

»Wolltest du ihn nie kennenlernen?«

Nachdenklich schüttelte er den Kopf. »Warum auch, wenn er mich nicht kennenlernen wollte. Er gehört nicht zu meiner Familie, es sind nur ein paar Gene, oder was würde die Biologin dazu sagen?«

Ich nickte. »Ja, allerdings weiß man nicht, wie viel Einfluss sie auf unsere Persönlichkeit haben.«

»Keinen guten, wenn er eine schwangere Frau im Stich lässt!«

»Und deine Mutter?«

Er sah mich an, und ich hatte das Gefühl, ich könnte in ihn hineinschauen.

»Sie ist vor acht Jahren an Krebs gestorben.«

Ich riss überrascht die Augen auf, aber Steffen erzählte es ohne ein Zucken oder einen Schatten in seinem Gesicht.

»Das muss schlimm gewesen sein«, sagte ich leise.

Er nickte und verzog dann seinen Mund in dieses verschmitzte asymmetrische Lächeln. »Ist aber auch kein Hit draus geworden.«

Seine Offenheit machte ihn zum ersten Mal, seit wir uns kannten, verletzlich und zugänglich. Er versteckte sich nicht mehr hinter Andeutungen, und ich spürte plötzlich, wie mich ein Gefühl für ihn durchströmte, das ich bisher nicht zugelassen hatte. Ich mochte seine Art, das Leben zu betrachten, ich mochte seine Art, an meinem Leben teilzunehmen. Ich mochte seine Art. Ich mochte diesen Mann. Mit einem zärtlichen Kuss schmiegte ich mich an ihn. Wir verschoben das Frühstück auf später und schliefen miteinander. Und vielleicht bildete ich es mir nur ein, aber wir waren dieses Mal zärtlicher zueinander. Es war nicht mehr nur Sex.

Es war schon dunkel, als er mich nach Hause brachte. Wir hatten den Sonntag noch voll ausgenutzt und uns ein wenig durch die Eifel »treiben lassen«. Irgendwo, wo wir es schön fanden, hatten wir angehalten und spontan einen längeren Spaziergang durch die uralte Vulkanlandschaft gemacht. Als wir in Köln ankamen, konnten wir uns nur schwer voneinander trennen. Ich hatte Steffen gebeten, ein paar Straßen von unserer entfernt anzuhalten, um auf Nummer Sicher zu gehen. Er fuhr in eine Parkbucht, und dann saßen wir noch geschlagene zehn Minuten im Auto und knutschten wie unsere Kinder. Schließlich sah Steffen auf die Uhr.

»Ich muss ins *Lucky*. Dietmar wartet bestimmt schon auf seine Autoschlüssel.«

»Arbeitest du heute?«

»Wenn ich schon mal da bin.«

»Du hast echt ein Leben«, foppte ich ihn.

»Meine Arbeit ist anstrengender, als es aussieht.«

»Ich weiß.« Ich gab ihm einen allerletzten Abschiedskuss und sagte dann ernst: »Danke. Es war schön.«

Steffen strich mir über die Wange. »Sehen wir uns Mittwoch?«

»Unbedingt.«

Widerwillig stieg ich aus. Doch als ich meine Tasche aus dem Kofferraum geholt hatte, kurbelte er das Fenster noch einmal herunter.

»Meike?«

»Ja?«

Ich ging zur Fahrertür und beugte mich zu ihm hinunter.

»Eine.«

»Wie bitte?«

»Es war eine andere Frau. Letztes Jahr. Und sie hat nicht den besten Eindruck beim Personal hinterlassen. Ich habe sie bei einer Aufnahme zu einer Weihnachts-CD kennengelernt. Sie war Tontechnikerin, über zehn Jahre jünger als ich und das Wochenende im Hotel eine Katastrophe.«

Sein überraschendes Geständnis traf mich wie eine verdrehte Liebeserklärung.

»Okay«, lächelte ich ihn überrumpelt an. Er lächelte zurück. Dann fuhr er los. Ich sah ihm lange nach und atmete tief durch.

Mister Mystery

»Na, da hat aber jemand ein romantisches Wochenende gehabt.« Silvia kam um zehn vor acht ins Lehrerzimmer gestürmt, lief direkt zu meinem Tisch und zog mich mit sich, obwohl ich noch in die Hausaufgaben vertieft und insgesamt sehr unvorbereitet war. »Komm mit, ich brauche zwei unvoreingenommene Augen.«

»Wofür?«

Sie hetzte uns über den Flur, raus auf den Schulhof und wieder rein in die Mädchentoilette.

»Äh, ich muss nicht, danke. Und überhaupt, warum gehen wir nicht auf die Lehrertoilette?«

»Weil ich Getratsche vermeiden will.« Dabei kramte sie eine Schachtel aus ihrer Handtasche und hielt sie mir hin.

»Meinst du nicht, es gibt mehr Getratsche, wenn auf der Mädchentoilette ein benutzter Schwangerschaftstest gefunden wird?«

»Na und, gönn den Schülern doch auch mal etwas Spaß.«

Ihre Nerven wollte ich haben.

»Und wieso brauchst du mich dafür? Soll ich Schmiere stehen, oder was?«

Silvia lachte. »Ja auch, aber vor allem sollst du gleich das Ergebnis überprüfen. Ich sehe schon Streifen, bevor ich überhaupt gepinkelt habe.«

»O nee!«

»Komm schon, außerdem kannst du dich dann als Erste mit mir freuen.«

Sie wartete meine Antwort nicht ab, sondern ging in eine der Kabinen, aus der ich sie kurz darauf lautstark strullern hörte. »Ehrlich. Bis ich das mit dem verdammten Mittelstrahl raus hatte.«

Ich verdrehte die Augen. Sie kannte wirklich keine Schamgrenze. Während Silvia da drinnen offenbar den gesamten Morgenurin über ihr Teststäbchen ergoss, sah ich mich nervös um. Von einer Schülerin beim Durchführen eines Schwangerschaftstests erwischt zu werden wäre extrem peinlich geworden.

»Und, wie war das Wochenende mit Mister Mystery?«

Silvia war die Einzige, die wusste, dass ich die letzten zwei Tage nicht mit meiner Laufgruppe durch die Eifel gerannt war. Und dass ich mich nicht mit Matthias traf. Für wen er allerdings regelmäßig das Alibi war, das wusste selbst sie nicht. Und ich hütete mich, ihr auch nur den kleinsten Hinweis zu geben, obwohl sie alles versuchte, um mich in die Falle zu locken. Auch jetzt musste ich wieder auf der Hut sein. »Schön!«, antwortete ich zurückhaltend.

»Also, schön schön … oder unglaublich-sagenhaft-ich-hatte-noch-nie-so-tollen-Sex-wie-dieses-Wochenende-schön?«

Lachend schüttelte ich den Kopf, während sie aus der Kabine kam und mir den Test hinhielt. Ich rümpfte die Nase, immerhin hatte sie eben noch darauf gepinkelt.

»Und?« Sie sah mich ungeduldig an.

»Eine Mischung aus beidem, würde ich sagen.«

»Nein ich meine, siehst du schon was?«

Ich schaute auf das Testfeld. »Nein, was soll ich denn sehen?«

»Na, einen roten Streifen, der so aussieht wie der hier!« Sie deutete auf den Streifen daneben. Ich schüttelte den Kopf. Es war alles noch weiß.

»Also, ich finde, dass es leicht rosa wird, meinst du nicht auch?«

Ich schaute noch mal auf das Feld. »Nein, gar nicht.«

»Boah, ich werde noch verrückt, wir müssen noch ein bisschen warten. Lenk mich ab.«

»Womit denn?«

»Mit deinem unglaublich wahnsinnigen Wochenende.«

Ungewollt entfuhr mir ein Seufzer, und Silvia musste grinsen. »Es hat dich voll erwischt.«

Ich schaute sie überrascht an. »Ach was. Nein.« Sie zog kritisch eine Augenbraue hoch. Ich nahm an, dass sie diesen Blick auch bei ihren Schülern anwendete, wenn sie versuchten, ihr eine billige Ausrede aufzutischen, warum sie keine Hausaufgaben gemacht hatten. Mich schüchterte der Blick auf jeden Fall ein, und ich relativierte meinen Satz ein wenig: »Doch, vielleicht.«

»Jetzt?«

»Ich weiß. Bis jetzt dachte ich eigentlich, wir hätten nur eine Affäre oder so, aber seit gestern …«

Silvia grinste unverschämt. »Ich meinte eigentlich den Test.«

Ich wurde rot. »Ach so. Nein, immer noch nichts.«

Silvia ließ die Schultern hängen. »Meinst du, da kommt noch was?«

»Äh, ich weiß nicht, mein letzter Schwangerschaftstest ist schon eine Weile her.«

»Okay, wir warten noch, bis es zur ersten Stunde klingelt.«

»Mensch, Silvia, ich bin überhaupt nicht vorbereitet.«

»So schön also, was?«, zog sie mich auf.

»Langsam wird es wirklich kompliziert.«

»Ich dachte, bei Mathe kennst du die Ergebnisse in- und auswendig.«

»Ja, bei Mathe schon, aber nicht bei Ste… äh, Mister Mystery.«

Ein Versprecher, und sofort war Silvia hellwach. »Ach, sein Name fängt also mit STE an?«

Ich erstarrte. Konnte sie von dieser Information irgendwie zu Nicolas' Vater gelangen? »Von mir erfährst du nichts!«

»Na ja, das war schon mal ein guter Hinweis.« Im selben Moment schrillte die Klingel zur ersten Stunde und rettete mich vor weiteren unbedachten Äußerungen. Automatisch schauten wir wieder auf den Test, aber kein roter Streifen weit und breit. Ich schüttelte mitleidig den Kopf, und Silvia warf enttäuscht den Test samt Verpackung in den Mülleimer neben dem Waschbecken – für jeden sichtbar.

»Silvia, die Schülerinnen werden sich das Maul zerreißen!«

»Lass mir doch wenigstens den Spaß.« Sie ging mit schleppenden Schritten zur Tür. Ich schaute auf den Test, versuchte wenigstens, ihn mit ein paar Papierhandtüchern zu verdecken. Doch dann siegte meine Fürsorgepflicht. Ich nahm die Verpackung aus dem Mülleimer, stopfte den Test mit Papiertüchern und spitzen Fingern hinein und dann in meine Tasche. Silvia war schon draußen, als ich zu ihr aufschloss. »Wie war das denn eigentlich damals bei Kim? Bist du schnell schwanger geworden?«

»Äh, ja, schon, beim ersten Versuch.«

»Also war sie geplant?«, fragte sie überrascht.

»Ja, natürlich. Wieso nicht?«

»Weil du noch so jung warst.«

»Arne und ich hatten überlegt, dass es am besten ist, wenn ich während unseres Referendariats schwanger werde. Als Kim da war, hatte er schon sein zweites Staatsexamen, und ich konnte problemlos ein paar Jahre aussetzen, weil Arne das Geld verdiente.«

Silvia sah mich entgeistert an. »Wow, das nenne ich mal Familienplanung.«

Ich zuckte verständnislos mit den Schultern. Aber Silvia schien da ein Muster zu erkennen. »Ich glaube, genau das ist dein Problem.«

»Wieso, bei mir hat es doch geklappt?«

Sie warf mir einen sauren Blick zu. »Ja, weil in dem Alter eure Samen und Eizellen eben noch frisch waren. Aber das meine ich nicht. Du planst zu viel!«

»Hä?«

»Ja, ich meine, mit Mister Mystery. Genieß doch einfach das, was ihr habt, anstatt zu überlegen, was daraus wird. Plan doch einfach mal nicht.«

Überrascht blieb ich stehen. Toll, welche Erkenntnisse über meine Person so ein negativer Schwangerschaftstest zutage förderte.

Am Ende des Regenbogens

Nur zu gerne hätte ich Silvias Rat befolgt. Aber leider ließ Mutter sich nicht mehr lange mit ausweichenden Erklärungen abwimmeln. Und leider hatte ich immer noch den dämlichen Schwangerschaftstest in der Tasche. Es war gar nicht so einfach, diesen unauffällig loszuwerden. In der Schule ohnehin nicht, denn dort hätte ich das Problem nur von der Mädchentoilette ins Klassenzimmer, wahlweise auch ins Lehrerzimmer verlegt. Auf dem Lehrerparkplatz war es mir immer noch zu heikel, und unterwegs, als ich an geschätzten zwanzig öffentlichen Mülleimern und damit Möglichkeiten vorbeikam, den Test auf Nimmerwiedersehen zu entsorgen, hatte ich ihn natürlich vergessen. Schließlich vergrub ich ihn zu Hause unter einer Ladung alter Zeitungen – und wurde prompt von Mutter erwischt.

»Bist du schwanger?«

»Um Gottes willen, nein.«

»Und wieso versteckst du dann den hier vor mir?«

Sie zog die Verpackung hinter ihrem Rücken hervor.

»Und wieso schnüffelst du neuerdings in unserem Müll rum?«

»Ich schnüffele nicht, ich brauchte nur altes Zeitungspapier, für die Kartoffelschalen.«

»Mutter, du bist unglaublich«, stöhnte ich verzweifelt.

»Also, bist du nun schwanger, oder nicht?«

»Nein! Erstens ist er nicht von mir, und zweitens ist er negativ, zwei Gründe, warum ich nicht schwanger sein kann.«

»Woher willst du das wissen, wenn du keinen Test gemacht hast?«

»Mutter!« Sie sah mich fragend an. »Weil ich … vierzig bin und ausreichende Schutzmaßnahmen getroffen habe, danke.«

»Ach, aber so weit, dass du sie treffen musst, seid ihr immerhin schon.«

»Wer wir?«, fragte ich hellhörig.

»Na, Matthias und du!«

Ich fasste es nicht, egal was ich sagte, es wurde immer gegen mich verwendet. Leider kam ich nun nicht mehr aus der Nummer heraus. »Nein … ich meine ja, wir …« Wieso ließ ich mich überhaupt auf diese Diskussion ein? »Mutter, ich bin wirklich in einem Alter, in dem ich dir nicht mehr Rechenschaft über mein Liebesleben ablegen muss.«

»Nein, natürlich nicht. Aber ich finde, du könntest ihn uns langsam mal vorstellen. Jetzt, wo du immerhin mit ihm …«

»Das ist doch kein Kriterium«, unterbrach ich sie.

»Aber ihr seid doch nun schon eine ganze Weile zusammen.«

»Wir sind nicht zusammen«, beeilte ich mich zu sagen. Mutter war endgültig verwirrt, und ich suchte nach einer Erklärung, die das Thema ein für alle Mal erledigte. »Er ist von seiner Frau verlassen worden, und ich habe Arne auch noch nicht richtig verdaut. Wir sind gebrannte Kinder, deswegen sind wir noch nicht bereit für eine neue Beziehung. Es ist nur so eine Affäre … nichts Ernstes.«

»Nenn es, wie du willst, aber deswegen kannst du ihn ja mal zum Essen einladen. Ich habe euch meine Jungs doch auch vorgestellt.«

»Ja, und ich wünschte, du hättest es nicht getan.« Ich biss mir auf die Lippe. Zu spät. Mit meiner unbedachten Äußerung hatte ich Mutter verletzt. Daher schob ich schnell etwas weniger vorwurfsvoll hinterher:

»Solange ich nicht sicher bin, wie es mit Matthias weitergeht, will ich nicht, dass Kim sich unnötig Gedanken macht. Es reicht, dass sie sich gerade an Petra gewöhnen muss.« Die nicht nur meine Seite vom Bett, sondern auch die vom Spiegelschrank und sogar meinen Stepper übernommen hatte, wie ich mit viel Mühe aus Kim herausgequetscht hatte.

Wenigstens konnte ich Mutter mit diesem Argument davon abhalten, Matthias womöglich hinter meinem Rücken zum Essen einzuladen. So etwas traute ich ihr durchaus zu. Dennoch wurde die Luft allmählich dünner.

Oder sie war ganz raus, wie im Falle meines Vorderreifens, als ich am nächsten Samstag nach unserer Zwanzig-Kilometer-Tortur geschafft vom Lauftreff nach Hause fahren wollte. Der Marathon rückte näher, und Matthias' Trainingsplan besagte, dass wir in einem Monat zur Vorbereitung einen ersten Halbmarathon mitlaufen sollten. Deswegen zog er das Tempo deutlich an. Ich freute mich nur noch auf ein ausgiebiges Bad und einen faulen Nachmittag auf dem Sofa, als ich die schlaffe Gummihülle an meinem Vorderrad bemerkte. Die Scherbe steckte noch im Mantel.

»O nee!«, entfuhr es mir. Matthias bot an, mich nach Hause zu fahren. Und bevor ich das ganze Ausmaß seines Angebots abgeschätzt hatte, lud er schon mein Fahrrad in seinen Kofferraum.

Kim war zum Glück unterwegs, das wusste ich, aber natürlich war Mutter zu Hause, als wir ankamen, und natürlich war sie hocherfreut, ihn endlich kennenzulernen. Während Matthias ahnungslos Mutters Hand schüttelte und ihren viel zu langen und prüfenden Blick mit einem unsicheren Lächeln über sich ergehen ließ, geriet ich ins Schwimmen. Ich entriss Matthias regelrecht mein Fahrrad, kaum dass er es ausgeladen hatte, und verabschiedete mich eilig. Zu meinem Entsetzen bot er an, den Schlauch zu flicken.

»Das ist nicht nötig, ich habe auch gar kein Flickzeug da.«

»Ihr könnt mein Flickset benutzen. Ist in meiner Satteltasche«, erklärte Mutter hilfsbereit. Ich stöhnte innerlich auf und bugsierte Matthias hektisch mit meinem Fahrrad in den Garten, bevor Mutter von ihm Besitz ergreifen konnte. Es war eine Katastrophe. Ich spürte förmlich, wie alle meine Lügen jeden Augenblick in sich zusammenfielen. Matthias rechnete meinen aufgelösten Zustand dem kaputten Reifen zu und lächelte mich fröhlich an. »Das haben wir gleich, ich brauche nur fünf Minuten.«

»Oh, gut«, rutschte mir unhöflich raus. Aber nur wenige Sekunden später schickte Mutter sich an, meine Rettung erneut zu durchkreuzen.

»Bleiben Sie zum Mittagessen?«, fragte sie freundlich und ich sandte ein Stoßgebet gen Himmel.

»Was gibt es denn?«, fragte Matthias.

Ein gequältes Quietschen verließ meinen Rachenraum.

»Kasseler, mit Kartoffelpüree und Sauerkraut.«

»Hört sich sehr lecker an, Frau …«

»Winter, wie meine Tochter. Aber nennen Sie mich doch Gisela.«

Matthias schien Mutters Freundlichkeit nicht zu überraschen. Zum Glück war der Rheinländer Gastfreundlichkeit gewöhnt, in Ostwestfalen wäre man jetzt schon misstrauisch geworden.

»Gisela. Danke für die Einladung, aber ich esse nach dem Training nur ein paar Kohlenhydrate, keine gesättigten Fettsäuren und keine Stärke.«

Mutter sah Matthias verwirrt an. Sie hatte nichts von seinem ernährungswissenschaftlichen Palaver verstanden. Ich witterte Morgenluft.

»Ja, also Kohlenhydrate haben wir leider nicht im Haus«, scherzte ich verkrampft.

Mutter sah mich an. »Isst dein Freund immer so komische Sachen?«

Mein Herz blieb stehen. Ein tiefes Rot arbeitete sich von meinem Hals an langsam aufwärts, aber Matthias schaute Mutter lächelnd über das kopfstehende Rad hinweg an und bejahte die Frage. »Ich weiß, essen gehen mit mir ist die Hölle.«

Er hatte den Freund einfach geschluckt. Gut, im gewissen Sinne waren wir ja Freunde. Sportsfreunde. Endlich zog Mutter sich wieder in die Küche zurück und gab mir Gelegenheit, neue Kraft für die nächste Runde zu tanken, die Verabschiedung.

Diese wurde zu einer wahren Achterbahnfahrt, denn just in dem Moment, als ich Matthias an meiner Mutter vorbei zur Haustür gelenkt hatte und er sich noch über ihre Worte wunderte, dass er ruhig öfter vorbeikommen könne, kam meine Tochter angeradelt und erkannte ihn anhand meiner Beschreibung sofort. Zum Glück war sie Fremden gegenüber extrem zurückhaltend und grüßte nur schüchtern.

»Hallo!«

»Deine Tochter?«, fragte Matthias interessiert und wusste nicht, dass er damit große Entrüstung auslöste.

»Hast du ihm noch gar nicht von mir erzählt?«

Nun war Matthias zum ersten Mal richtig verwirrt. Ich starrte ihn hilflos an und merkte, wie die gerade abgeklungene Röte in meinen Wangen wieder aufflammte. Als ich nach einer halben Ewigkeit immer noch nicht wusste, was ich sagen sollte, zuckte Matthias etwas unwohl mit den Schultern. »Ich habe auch eine Tochter in deinem Alter, schätze ich mal.«

Darauf erwiderte Kim nur trotzig: »Hm!«, weil sie der Gedanke an Stiefgeschwister immer noch störte.

»Oder wie alt bist du?«, versuchte Matthias an meiner Stelle die Situation zu retten.

»Vierzehn«, pfefferte Kim ihm entgegen.

»Auf jeden Fall in einem sehr schwierigen Alter«, sagte ich endlich und versuchte mich in einem Lächeln, während ich einen Arm um Kims Schultern legte und sie durch unauffälliges Drücken zu mehr Freundlichkeit aufforderte.

»Ich denke, wir sollten jetzt mal reingehen, das Essen wartet.«

»Ja, natürlich. Tut mir leid, dass ich die Einladung ablehnen musste.«

»Kein Problem. Danke für die Reparatur.«

Tja, und jetzt kam der Moment, vor dem ich mich am meisten fürchtete. Die eigentliche Verabschiedung. Eine Umarmung sollte drin sein, wenn es überzeugend sein sollte, denn vermutlich stand Mutter noch am Fenster und lugte durch die Gardinen.

»Also, bis Mittwoch«, sagte ich und machte einen halbgaren Schritt auf ihn zu. Und jetzt? Ich konnte ihn unmöglich küssen. Aber auch da kam mir die rheinische Herzlichkeit zu Hilfe. Er drückte mich zum Abschied kurz an sich. Zwar nicht annähernd so, als wären wir schon miteinander im Bett gewesen, aber ausreichend lange, um eine Verbindung zwischen uns anzudeuten. Endlich stieg er ein und fuhr los. Ich war so erleichtert, dass ich ihm sogar zuwinkte.

»Äh, Mama?«, fragte Kim von der Seite.

»Ja, ich weiß, tut mir leid, ich wollte ihn nicht gleich mit allem überfallen. Du weißt doch, wie Männer reagieren, wenn sie hören, dass man Kinder hat.«

»Nee, weiß ich nicht, aber das meine ich auch gar nicht. Ist das nicht die Schwulenfahne dahinten auf seinem Auto?«

Entsetzt starrte ich auf den Regenbogen, der an seinem Kofferraum klebte. Wie hatte ich den nur übersehen können? Alles ergab plötzlich einen Sinn. Sein mangelndes Interesse an den alleinstehenden Mitläuferinnen, im Speziellen mir, seine zerbrochene Ehe. Matthias war schwul. Das erklärte alles. Nur ich geriet in akute Erklärungsnot.

»Äh, ja, stimmt. Er muss … Er muss sich den Wagen geliehen haben.«

»Ein komischer Typ.« In diesem Urteil waren sich Kim und Mutter einig. Und wenn ich ehrlich hätte sein dürfen, hätte ich ihnen auch zugestimmt.

»Und mit dem bist du zusammen?«, fragte Mutter.

»Nein, wir sind nicht zusammen«, versuchte ich ihr erneut und vermutlich genauso vergeblich wie die Male zuvor zu erklären. »Wir waren nur ein paarmal miteinander aus. Ich habe auch nicht vor, die Sache mit ihm zu vertiefen.«

»Mir ist das doch egal, mein Schatz. Meinetwegen kannst du eure Sache vertiefen, so viel du willst. Du hast ja scheinbar eine Vorliebe für Sportfanatiker.« Mutter war immer dann überhaupt nicht hilfreich, wenn sie versuchte, großzügig zu sein. »Aber verlang bloß nicht, dass ich für ihn koche. Kohlenhydrate und Fettsäuren und dieses Zeug.«

Kim sah mich an, als würde Matthias kleine Hunde verspeisen. »Er isst Trennkost. Das machen viele Sportler, das ist doch nichts Ungewöhnliches.«

Zugegeben, damit konnte ich das Bild, das Matthias trotz seiner Hilfsbereitschaft bei meiner Familie hinterlassen hatte, nicht sonderlich aufpolieren. In ihren Augen war er ein ungesättigte Fettsäuren essender, Perlweiß benutzender Sonnenbänkler, der Frauen ohne Kinder bevorzugte und mit dem Angeberauto eines schwulen Freundes herumfuhr. Auch wenn sie Matthias damit komplett unrecht taten, sah ich ein, dass es mit ihm niemals etwas Ernsteres werden konnte. So gut kannten Kim und Mutter mich. Als Alibi stand er mir nicht mehr lange zur Verfügung.

In der Stimmung

Steffen öffnete mir verwirrt die Tür, als ich, immer noch mit meinen Schulsachen beladen, bei ihm klingelte.

»Ist es schon so spät? Ich hab irgendwie die Zeit vergessen.«

»Nein, ich bin zu früh. Oder ist Nicolas noch da?«, fiel mir siedend heiß ein.

»Nein, nein, er war heute, glaube ich, gar nicht da. Wie war es beim Sport?«

Er wirkte wie ein verwirrter Professor, als ich ihm durch den Flur ins Wohnzimmer folgte, und hatte nicht mal bemerkt, dass ich einen kurzen Rock und Bluse trug statt Jogginganzug und Schweißringe unter den Armen und außerdem geschminkt und nicht zerrupft hier aufgekreuzt war. So viel also dazu, dass ich mir vorhin die Mühe gemacht hatte, mich auf dem Lehrerklo noch etwas aufzubrezeln. »Ich war gar nicht laufen. Lehrerkonferenz«, erklärte ich und deutete auf die vollgestopften Satteltaschen, die ich neben dem Sofa abstellte. »Hat sich ewig hingezogen.«

»Mmh.«

So abwesend hatte ich ihn noch nie erlebt. Jetzt ärgerte ich mich fast über meine Idee, ihn überraschen zu wollen. Dabei hatte er doch gesagt, dass er gerne mehr Zeit mit mir verbringen würde. »Also, wenn ich störe, kann ich auch später wiederkommen.«

»Nein, nein«, erwiderte er, ohne sich umzudrehen. »Ich war nur gerade … ich habe noch ein bisschen …«

Er schaffte es nicht, den Satz zu Ende zu bringen, so sehr

war er in Gedanken versunken. Ich sah mich im Wohnzimmer um und glaubte zu erraten, was er getan hatte. Auf seinem Klavier und drum herum lagen Notenblätter, vollgekritzelte und leere, die er nun zusammensammelte.

»Du hast komponiert?«, fragte ich, erleichtert darüber, dass ich den Grund für sein Desinteresse ausgemacht hatte. Ich hatte ihn in seiner Kreativität unterbrochen.

»Nein. Na ja, ein wenig«, gestand er.

»Also bist du gerade in der Stimmung.«

Er sah mich verwirrt an, deswegen schob ich schnell erklärend hinterher: »Zum Komponieren, du meintest doch, dass du dafür in einer bestimmten Stimmung sein musst.«

Er lachte und nickte. »Ja, ja, bin ich wohl.«

»Gut, dann komponier weiter. Ich will deinen kreativen Fluss nicht stören. Wenn es dich nicht stört, dass ich mich hier aufs Sofa lege und zuhöre.«

Kurz darauf war er wieder in eine Welt eingetaucht, die aus Noten oder Tönen bestand, aber ganz bestimmt nicht aus mir.

Es dauerte eine Stunde, ehe er wieder daraus auftauchte. Eine Stunde, in der ich es genoss, Ohrenzeugin dieses künstlerischen Prozesses zu sein. Seine Stücke waren nicht klassisch, nicht virtuos perfekt. Eher klein, übersichtlich, seine Finger kamen immer wieder zu bestimmten Themen zurück. Ich fand es spannend. Ich erkannte ihn darin wieder. Seine Melodien waren unaufdringlich, aber beharrlich und klar. Nachdem sich meine Gedanken einmal in ihnen verfangen hatten, kamen sie nicht mehr davon los. Ich hätte ihm stundenlang weiter zuhören können. Aber plötzlich drehte er sich zu mir um.

»Und?«

»Hm, schön«, murmelte ich mit geschlossenen Augen.

»Wie schön?«, fragte er nicht ganz uneitel.

»Ich weiß nicht, als … als würdest du mit deinen Tönen weben. Eine Hängematte, in die man sich fallen lassen kann.«

»Ich mache also Hängemattenmusik?«, fragte er halb empört, halb belustigt.

Jetzt öffnete ich meine Augen langsam und blinzelte ihn an. »Na ja, es ist eine sehr künstlerisch gewebte, sehr persönliche Hängematte«, versicherte ich ihm.

Er schmunzelte. »Na, dann steig mal aus ihr raus und komm her. Für das nächste Stück brauche ich vier Hände.«

Nur ungern verließ ich diesen traumähnlichen Zustand. »Aber ich habe doch schon gesagt, ich habe zwei …«

»Genau deswegen ja, ich brauche drei linke«, unterbrach er mich und zog mich auf seinen Schoß. Er nahm wortlos meine beiden Zeigefinger und berührte damit die Tasten, die ich abwechselnd herunterdrücken sollte. Nachdem wir das eine Weile zusammen gemacht hatten, sollte ich bei beiden Händen noch die Daumen dazunehmen. Es klappte, und dann spielte ich abwechselnd diese vier Tasten, während er drum herum einen ganzen Wasserfall an Tönen herbeizauberte. Erst musste ich lachen, aber Steffen spielte weiter. Ich spürte seinen Atem in meinem Nacken und bekam eine Gänsehaut. Plötzlich beendete Steffen das Stück und hielt meine Hände fest, bevor ich weiter auf die Tasten einhauen konnte. Ich drehte mich überrascht zu ihm um.

»Wahnsinn«, sagte ich aufgeregt. »Ich kann spielen.«

»Ja. Ich nenne das Stück ›Eine Ode an die Linkshänder‹.«

Er strahlte, seine Augen funkelten mich an. Ich fühlte mich plötzlich ganz leicht.

Eine halbe Stunde später hatten wir den Abend vom Klavier an den Herd verlagert. Steffen kochte Pasta mit Soße, während ich ihm die Abschlussnoten seines Sohnes verkündete, soweit ich sie noch im Kopf hatte. Zwischendurch schob er mir eine Kostprobe der Soße in den Mund.

»Mmh, die ist gut«, sagte ich überrascht. Es war das erste Mal, dass er für mich kochte.

»Gut genug, um aus der Vier plus in Mathe noch eine Drei minus zu machen?«, fragte er mit einem unwiderstehlichen Lachen.

»Steffen!«

»Dann sehe ich vor seiner Mutter wenigstens nicht wie ein totaler Versager aus«, flehte er mich mit Dackelblick an.

Es war auch das erste Mal, dass er sie erwähnte, seit meinem folgenschweren Missverständnis.

»Wieso?«, fragte ich verdattert.

Er zuckte mit den Schultern. »Na ja, ich habe ihr versprochen, dafür zu sorgen, dass Nicolas einen ordentlichen Abschluss macht. Die zwei Extrarunden fallen schon negativ auf mich zurück.«

Ich kniff meine Augen zusammen. Auch wenn er es im Scherz gesagt hatte, war ihm ihre Meinung offenbar wichtig. »Habt ihr denn noch viel Kontakt?«

»Nein, nur wegen Nicolas, natürlich.«

»Natürlich.«

Steffen wandte sich wieder der Soße zu, aber ich wollte endlich mal mehr über ihn und seine Vergangenheit mit ihr erfahren. »Wieso ist er denn eigentlich erst so spät zu dir gekommen?«

Steffen hatte nicht mehr darüber gesprochen, und auch jetzt merkte ich, dass die Frage ihn störte. Schweigend ließ er die Pfeffermühle über dem Topf kreisen, deswegen schob ich schnell pädagogische Gründe für mein Interesse hinterher. »Ich meine, es ist schließlich nicht einfach, mit elf in eine neue Umgebung zu kommen, auf eine neue Schule zu gehen, in einer Sprache zu lernen, die man vielleicht nicht so gut beherrscht. Da wundert es mich nicht, dass er sitzengeblieben ist.«

Jetzt drehte Steffen sich zu mir um. Sein Gesicht war verschlossen. »Ich weiß, der Anfang war nicht leicht. Aber Bettanys Karriere nahm auf einmal Fahrt auf. Da hatte sie nicht mehr so viel Zeit für ihn.«

»Und sie hat erwartet, dass du deine Karriere zurückstellst?«

Er schüttelte den Kopf. »Da war nicht viel an Karriere. Sie war schon immer die Talentiertere, Diszipliniertere von uns beiden, und sie hat das richtige Aussehen.«

»Aber du musstest vermutlich auch einiges aufgeben, oder nicht?«

Steffen holte zwei Teller aus dem Schrank und drückte sie mir in die Hände, dann füllte er einen Riesenberg Nudeln auf beide. Er wirkte nicht sonderlich gesprächsbereit. »Na ja, ich hab mir einen festen Job gesucht.«

»Was? Das *Lucky*?«

»Es zahlt die Miete«, sagte er getroffen.

»Natürlich, ist ein toller Job«, beeilte ich mich zu sagen, um nicht arrogant zu klingen. »Aber ist es das, was du wolltest?«

Meine Fragen waren ihm unangenehm, das merkte ich, aber ich spürte auch, dass sie mich ihm näherbrachten. Also ließ ich mich von der Härte in seinem Gesicht nicht abschrecken und sah ihn direkt an. Er wich meinem Blick aus, indem er uns Soße auffüllte. »Ich wollte mich um Nicolas kümmern. Auch wenn es für uns beide eine große Umstellung war. Natürlich vermisse ich es manchmal, unterwegs zu sein, die Auftritte, das Lampenfieber, die Clubs, jeden Tag eine andere Stadt. Aber das habe ich gerne für ihn aufgegeben. Das nehme ich Bettany nicht übel.«

Es hörte sich so an, als nähme er ihr etwas anderes übel. Und ich ahnte, dass wir endlich zu dem Punkt kamen, der tief da drinnen vergraben war. Ich kam mir vor, als hätte ich ihn gerade wie eine Zwiebel freigeschält. Leise fragte ich: »Sondern?«

Er war überrascht, dass ich ihn durchschaute. Seine blassblauen Augen blieben an meinen hängen, und ich spürte seine Verletzlichkeit. »Dass sie mit Nicolas zurück nach Kanada gegangen ist. Da war er erst ein paar Monate alt. Ich hab nicht viel von ihm mitbekommen die ersten elf Jahre.«

Ich nickte. Nach seiner eigenen vaterlosen Kindheit konnte ich mir vorstellen, dass das an ihm nagte, mehr vermutlich als an vielen anderen verwaisten Vätern. Ich wusste nicht, was ich sagen sollte, und schaute ihn betroffen an. »Ich meine, wir wären keine Familie geworden«, fuhr er fort. »Aber ich hätte gerne mehr an seinem Leben teilgehabt. Das kann man leider nie nachholen.«

»Nein. Leider nicht«, sagte ich leise.

Steffen nickte in Gedanken versunken. »Na ja, wahrscheinlich hatte sie recht. Ich war damals nicht sonderlich … väterlich.«

Er wich meinem Blick aus und setzte sich mit seinem Teller an den Tisch. Ich brauchte nicht viel Phantasie, um mir auszumalen, was er damit meinte. Ein Rockmusiker in seinen wilden Jahren. Er hatte schließlich selbst zugegeben, dass in jedem Klischee ein bisschen Wahrheit steckte.

Still setzte ich mich zu ihm und warf ihm einen aufmunternden Blick zu. »Aber ich finde, ihr habt jetzt ein tolles Verhältnis. Das ist auch viel wert.«

Er lächelte dankbar und gab mir einen trockenen Kuss.

Dann grinste er plötzlich breit: »Also, kriegt er jetzt eine Drei minus?« Ich verdrehte die Augen und stopfte mir eine volle Gabel mit Nudeln in den Mund.

Rot gesehen

Es war wieder einer dieser Abende, an denen ich verfluchte, dass ich nicht einfach bei ihm bleiben konnte. Müde verschob ich das Nachhausegehen immer weiter nach hinten, bis Steffen aus dem Bad zurückkam und mir den Schlaf schneller als gewünscht aus dem Kopf trieb. »Ich sage es nur ungern, aber deine Tochter ist da.«

»Was?«, stieß ich viel zu laut aus und hielt mir sofort die Hand vor den Mund. Hoffentlich hatte sie mich nicht gehört. Dann flüsterte ich: »Um diese Uhrzeit? Was macht sie denn jetzt noch hier?«

Steffen zuckte mit den Schultern. »Wahrscheinlich hat sie mitbekommen, dass du mittwochs immer erst sehr spät nach Hause kommst, und nutzt das jetzt aus.«

»O nein, ich muss sofort los.«

»Ich hatte schon befürchtet, dass du das sagst.«

Ich sprang auf und versuchte, meine Strumpfhose anzuziehen, ohne vor Aufregung eine Laufmasche hineinzureißen. »Was hat sie denn vor? Will sie etwa bei ihm übernachten?«

Steffen grinste. »Dann könntest du ja auch bleiben.«

»Das ist nicht witzig, Steffen«, fluchte ich. »Meine Tochter tanzt mir auf der Nase herum. Sie müsste längst im Bett sein.«

»Das habe ich sie auch gefragt. Aber sie meint, du wärst noch mit Matthias unterwegs und würdest es eh nicht mitkriegen.«

Ich schüttelte fassungslos den Kopf und bemerkte seinen irritierten Blick überhaupt nicht. Seine Stirn legte sich in Falten. »Muss ich mir Gedanken machen?«

»Nein!«, sagte ich zu entschieden und zu deutlich, als hätte er mich tatsächlich erwischt. Steffen kniff die Augen zusammen. »Matthias ist nur … er ist … mein Alibi. Und ein schwules noch dazu. Ich erzähl dir das ein anderes Mal. Sie soll sofort nach Hause kommen, ja?«

»Jetzt gleich?«

»Nein, lass mir einen Vorsprung. Aber pass auf, was sie in seinem Zimmer veranstalten.«

»Meike, ich bin nicht der Vater, der ständig in das Zimmer seines Sohnes platzt, nur weil er ein Mädchen mit nach Hause gebracht hat.«

»Nein, aber ich bin die Mutter, die ihre Tochter gerne um elf im Bett sehen möchte, und zwar in ihrem eigenen, alleine!« Mein Blick duldete keinen Widerspruch, und Steffen nickte brav. Mit seiner Hilfe schlich ich mich durch den Flur zur Tür.

»Also, in zehn Minuten schickst du sie nach Hause, okay?« Ich hörte sein inneres Seufzen und schob hinterher: »Sag ihr, dass du sonst Ärger mit mir bekommst.« Er sah mich fragend an. »Als Nicolas' Lehrerin, nicht als deine Freundin.«

Damit rauschte ich davon und bemerkte zu spät, dass ich mich gerade als seine Freundin bezeichnet hatte.

Überraschenderweise stellte nicht ich Kim am nächsten Morgen zur Rede, sondern sie mich. »Mama«, begann sie zögerlich, als wir uns auf die Fahrräder schwangen. Ich wusste sofort, dass etwas nicht stimmte, und erwartete eigentlich eine Beichte, dass sie und Nicolas es getan hätten oder so etwas in der Art. Ich selbst hatte mir vorgenommen, die gemeinsame Fahrt zu einem kurzen Gespräch über ihr langes Wegbleiben zu nutzen, weil ich die Angelegenheit nicht im Beisein meiner Mutter besprechen wollte.

»Ja?«, erwiderte ich betont verständnisvoll, damit sie mir auch ja alles erzählte. Aber es kam ganz anders.

»Triffst du dich etwa mit Nicolas' Vater?« Selten in meinem

Leben hatte ich mich so ertappt gefühlt. Mein Blut gefror mir regelrecht in den Adern, während das Adrenalin meinen Herzschlag erhöhte und ich akute Kopfschmerzen bekam, vermutlich, weil irgendwo da drinnen ein heftiger Blutstau herrschte. Hatte sie mich gestern gehört? Sie hatte mich gehört!

»Was?«, keuchte ich. »Wie kommst du da drauf?«

Jetzt musste Kim offenbar selbst improvisieren, weil sie nicht zugeben konnte, dass sie gestern Nacht bei Nicolas gewesen war.

»Ähm, Nicolas meinte, er hätte deine Tasche bei sich im Wohnzimmer gesehen ...«

»Wann?«, fragte ich, um Zeit zu gewinnen.

»Ähm, also ich weiß nicht, ich glaube, gestern Nacht.«

»Meine Tasche? Welche?«, fragte ich weiter, dabei wusste ich längst, wovon sie sprach. Nicht Nicolas hatte meine knallroten Satteltaschen gesehen, die ihm vermutlich noch nicht mal im Klassenraum aufgefallen waren, sondern sie selbst. Und das nur, weil ich so unvorsichtig gewesen war, sie neben dem Sofa stehen zu lassen. Kim hatte sie wiedererkannt, schließlich hatte sie sie selbst ausgesucht.

»Die, die ich dir zu Weihnachten geschenkt habe.«

Ich schaute mich reflexartig nach den beiden Übeltätern hinten am Gepäckträger um, immer noch nach einer Ausrede suchend. Dann musterte ich Kim, versuchte herauszufinden, wie sie auf die Wahrheit reagieren würde. Nicht gut. Sie war ganz bleich und total verkrampft. Es hatte sie ganz schön Überwindung gekostet, mich das zu fragen. Und dann log ich meiner Tochter, die ich beschworen hatte, mir immer die Wahrheit zu sagen, knallhart ins Gesicht.

»Nein, Blödsinn. Ich kenne ihn doch gar nicht. Vielleicht hat er die gleichen Taschen.«

Kim blühte regelrecht auf. »Gott sei Dank, ich dachte schon ...«

»Was?«, horchte ich aufgeschreckt nach.

»Dass ihr was miteinander habt.«

»Was wäre denn dann?«, fragte ich weiter nach und tat belustigt.

»Na, das wäre doch voll peinlich. Dann müsste eine von uns Schluss machen, was denn sonst?«

Ich nickte nachdenklich und schwang mich aufs Fahrrad. Ein paar Straßen weiter verabschiedeten wir uns. Kim bog ab, und ich fuhr weiter zu meiner Schule. Aber nur wenige Meter, bis ich sie nicht mehr sehen konnte. Dann stieg ich ab, lehnte mich gegen eine Häuserwand und atmete ein paarmal tief durch, so dass einige Passanten schon fragten, ob ich Hilfe bräuchte. Tränen stiegen mir in die Augen, als ich endlich weiterfahren konnte. Ich hatte meine Tochter belogen.

Zwei Möglichkeiten

Die Lüge machte mich so fertig, dass ich mich danach nicht mehr traute, Steffen mittwochs zu besuchen. Stattdessen trafen wir uns irgendwo in einer dunklen Kneipe oder einem abgelegenen Restaurant, aßen zusammen und gingen dann nach einem unbefriedigenden Abschiedskuss getrennte Wege, jeder in sein eigenes Bett. Die Tatsache, dass ich mittwochs nun wieder früher nach Hause kam, wurde mit dem Kriseln meiner Beziehung mit Matthias in Verbindung gebracht. Ich war fix und fertig. Ich hatte keine gemütlichen Abende mit Steffen mehr, ich hatte bald vermutlich keinen Matthias mehr und auch kein Alibi. Stattdessen hatte ich mich unentknotbar im Netz meiner Lügen verheddert. Schließlich sah ich keinen anderen Ausweg mehr, als mich Silvia anzuvertrauen.

»Verdammt, und ich hätte schwören können, es wäre Stefan!«

»Welcher Stefan?«

»König.«

»Unser Direktor? Spinnst du? Der ist verheiratet und zehn Jahre älter als ich!«

»Ja, aber es wäre viel spannender gewesen!«

»Also, ich finde es gerade spannend genug. Und eigentlich ist spannend auch nicht die richtige Bezeichnung. Eher katastrophal. Was soll ich denn jetzt bloß machen?«

»Du hast also eine Affäre mit dem Vater deines Problemschülers und Freundes deiner Tochter, die wiederum denkt, dass du mit dem schwulen Leiter eurer Laufgruppe ein mehr oder weniger platonisches Verhältnis hast, und die kurz davor ist, die Wahrheit herauszufinden?«, fasste Silvia das Ausmaß meiner privaten Katastrophe zusammen und nippte dann bedächtig an ihrem Kaffee.

Als ich ihr nach Schulschluss sagte, dass ich dringend ihren Rat bräuchte, sie aber alles, was ich erzählen würde, unbedingt für sich behalten müsste, hatte sie mich schnurstracks in das nächste Café bugsiert und erleichtert gerufen: »Gott sei Dank, ich will eh noch nicht nach Hause, da denke ich nur an Sex.«

»Äh …?«

»Wegen des Babys, das einfach nicht kommen will.«

»Natürlich.«

»Glaub mir, ich hatte noch nie so viel Sex und noch nie so wenig Lust darauf wie in den letzten Wochen.«

»Vielleicht solltet ihr es nicht so verkrampft versuchen«, probierte ich leise, ihre offenherzigen Geständnisse einzudämmen.

»Oh, verkrampft sind wir dabei gar nicht.«

»Das bezog sich nicht auf den Akt an sich, Silvia. Aber vielleicht reden wir besser über mein Problem.«

Ich befürchtete, dass sie sonst weiter in ihrer gewohnten Lautstärke über ihr Liebesleben reden und damit das ganze Café unterhalten würde. Stattdessen redete sie nun in ihrer gewohnten Lautstärke über mein Liebesleben und trieb mir die Schamesröte ins Gesicht.

»Also, erklär mal, du schläfst heimlich mit ihm, während deine Tochter nebenan ahnungslos ihren Nicolas abknutscht?«

»Also, ganz so drastisch würde ich es nicht beschreiben, obwohl …« Ich versuchte, mein Gesicht mit der Kaffeetasse zu verdecken, für den Fall, dass uns jemand zuhörte.

»Ich hab doch gleich gesagt, der Kerl ist sexy«, sagte sie streng, als hätte sie damit eine allgemeine Warnung ausgesprochen.

»Ich weiß, du hattest ja auch leider recht. Aber das hilft mir im Moment gerade nicht weiter.«

Silvia musterte mich. »Ja, gut, also fangen wir mal von vorne an. Die Frage ist doch: Liebst du ihn, oder ist das nur so eine Sex-Sache?«

Diese Tassen waren viel zu klein. Ich hätte mir einen Milchkaffee bestellen sollen, einen doppelten.

»Ich weiß nicht, ich hatte mir eigentlich vorgenommen, mich vorerst nicht zu verlieben. Aber das ist bei Steffen leider nicht so einfach.«

Silvia prustete so lautstark los, dass Spritzer von ihrem Kaffee auf meinem T-Shirt landeten.

»Also fällt eure Affäre unter die Kategorie Spaß mit Nebenwirkungen!«, stellte sie immer noch kichernd fest. Allmählich zweifelte ich daran, ob Silvia die richtige Ansprechpartnerin in diesen Dingen war. Aber sie war nun mal meine einzige Ansprechpartnerin in diesem speziellen Ding.

»Natürlich hättest du dir jemand anderen dafür aussuchen können. Köln ist ja nicht gerade eine Kleinstadt. Aber zum Glück sind ja bald große Ferien.«

»Was meinst du damit?«

»Na, dass Nicolas dann nicht mehr dein Schüler ist. Ein Problem weniger.«

»Mag ja sein, aber leider eines von den kleineren.«

»Na ja, ganz so klein auch nicht, schließlich könnte man denken, Steffen beeinflusst deine Notengebung. Damit Nicolas nicht noch mal sitzenbleibt …«

Ich dachte an Steffens Versuch, mir eine Drei minus abzuschwatzen, und unterbrach Silvia lieber schnell. »Du solltest mir Lösungen anbieten und nicht meine Verfehlungen vorhalten.«

Silvia nickte nachdenklich und sah mich lange an. »Also, ich finde, diese Art von Problemen löst man am besten … bei einem Kölsch. Findest du nicht auch?«

»Wie bitte? Das ist alles, was dir dazu einfällt? Trinken?«

»Ist ja nur ein erster Lösungsansatz.«

»Deswegen unterrichtest du auch Pädagogik und nicht Mathe. Es ist doch erst vier Uhr.«

»Und außerdem Freitag. Ist doch egal, ich habe Lust, mich zu betrinken, da ich ja eh nicht schwanger werde, und du siehst so aus, als müsstest du dich heute betrinken. Hallo, zwei Kölsch«, rief sie dem Kellner zu, ohne meinen Einspruch abzuwarten.

»Ich kann doch nicht meine Tochter wegen ihres Vollrausches bestrafen und dann betrunken zu Hause auf der Matte stehen!«

»Sollst du ja auch gar nicht.«

Tat ich auch nicht. Ich stand betrunken auf Steffens Matte.

Ich hatte das Zählen irgendwann aufgegeben, während Silvia und ich meine Situation erörterten, von allen Seiten beleuchteten und schließlich zu zwei völlig gegensätzlichen Lösungen kamen. Nach etwa fünf Kölsch tendierten wir in romantischer Scheißegal-Stimmung mutig zu »Gesteh ihm deine Liebe, sag, dass ihr euch nicht mehr verstecken sollt, und dann werden die Kinder euch schon irgendwann wieder verzeihen«. Leider wusste ich trotz der euphorisierenden Wirkung des Alkohols, dass so eine Großzügigkeit von meiner pubertierenden Tochter derzeit nicht zu erwarten war. Und nach ungezählten weiteren Bieren kamen wir in die melancholische Phase und wussten, dass Steffen und ich keine Zukunft hatten, dass es doch nur Sex und er kein Typ für was Ernstes war und ich dafür nicht meine Beziehung zu Kim aufs Spiel setzen durfte, die mir diese Lüge nie verzeihen würde. Ich musste unsere Affäre beenden.

Nach diesem Entschluss trank ich noch ein Bier und Silvia aus Mitleid ebenfalls. Dann fanden wir, dass es das Beste wäre, Steffen jetzt gleich sofort Adieu zu sagen, bevor uns der Mut verließ. Draußen fand ich, dass ich das besser alleine erledigen sollte, und Silvia war froh, dass sie nur noch ein paar Meter weiter nach Hause wanken musste, während ich in ein Taxi stieg und zu Steffen fuhr.

»Bist du betrunken?«, fragte er, und ich tat so, als lehnte ich mich nur gegen den Türrahmen, weil es lässig aussah und nicht, weil ich nicht mehr gerade stehen konnte.

»Nein, ich hatte nur so eins, zwei Kölsch, hicks, mit Silvia«, säuselte ich. »Hast du einen Moment Zeit?«

Er musterte mich skeptisch, und ich bemerkte, wie sich die einseitige Falte an seinem Mundwinkel vertiefte. Gott, er war nicht nur sexy, sondern auch süß. Hatte ich Silvia das eigentlich gesagt? Vielleicht … vielleicht war das noch ein Punkt, den wir berücksichtigen sollten, bevor ich mit ihm Schluss machte. Magisch von seinem Mund angezogen, beugte ich mich vor und verlor das Gleichgewicht. Steffen hielt mich fest.

»Kann es sein, dass die zwei Kölsch in etwas größeren Gläsern serviert wurden?«

Ich prustete los und kriegte mich gar nicht mehr ein. »Der ist gut, den muss ich mir merken.«

Während ich noch gluckste, hetzte Steffen mich durch den Flur und deutete mir mit seinem Finger auf den Lippen an, leise zu sein. »Nicolas ist in seinem Zimmer.«

Ich lallte laut: »Iss gut, bin ganz leise.«

Kopfschüttelnd schob er mich in sein Zimmer und schloss die Tür hinter uns. »Ich muss gleich ins *Lucky*, aber ich habe nicht das Gefühl, dass du noch mitkommen solltest. Ist irgendwas?«

»Iss nich so dringend, ich warte hier, okay? Und dann … hicks … reden wir.«

»Worüber denn?«

Ich sah das Bett, und mir wurde schwindelig.

»Och so, dich und mich, dies und das … Isses okay, wenn ich mich hier 'n bischn ausruhe?«

Mit diesen Worten sank ich rücklings aufs Bett, merkte noch, dass Steffen mir die Schuhe auszog, und dann war ich eingeschlafen.

Es war schon weit nach Mitternacht, als ich wieder zu mir kam und nicht wusste, ob ich von den höllischen Kopfschmerzen wach geworden war oder ich die höllischen Kopfschmerzen bekam, weil ich wach war. Ich sah mich um. Steffen war zurückgekommen und hatte sich schlafen gelegt, ohne dass ich etwas davon mitbekommen hatte. Dann fand ich die Wasserflasche und die Schachtel Aspirin, die er mir vorsorglich neben das Bett gelegt hatte. Wie lieb von ihm. Schon zog sich mein Herz wieder zusammen. Ich betrachtete Steffen, wie er leise schnarchend neben mir lag, die Haare vom Kissen zerdrückt, sein Gesicht im Moment ganz glatt, die Lippen halb geöffnet. Gut, ich hatte mir vorgenommen, mich nicht in ihn zu verlieben, aber hielt ich mich immer noch daran? Allein der Gedanke, ihn nicht mehr wiedersehen zu dürfen, nicht mehr seiner Musik lauschen, neben ihm liegen zu können … Seine Hände, seine Stimme, seine Lachfalte – verdammt ja, ich hatte mich in das alles verliebt. In das alles und ihn.

Ich nahm eine Aspirin und trank die halbe Wasserflasche leer. Dann zog ich mich aus und kuschelte mich an Steffen ran, statt nach Hause zu gehen. Ich würde morgen einfach sagen, dass ich ein, zwei Bier zu viel und bei Silvia übernachtet hatte.

Steffen wurde wach, als ich mich in seine Arme wühlte.

»Kater?«, murmelte er liebevoll.

»Und wie!«, flüsterte ich zurück und gab ihm einen Kuss.

»War ich der Grund dafür?«, fragte er verschlafen.

Ich zögerte, dabei hatte ich mich gerade entschieden, das mit dem Adieusagen nicht durchzuziehen. »Nein, ach was«, sagte ich schließlich. »Silvia hat … Babyprobleme.«

»Hm. Ich dachte nur, weil du mit mir reden wolltest.«

Ich verzog das Gesicht. »Wollte ich das? Was habe ich denn gesagt?«

Er überlegte. »Nur zusammenhangloses Zeug, ehrlich gesagt.«

»Tut mir leid, ich muss total betrunken gewesen sein.«

Er sah mich skeptisch an. »Und es ist wirklich alles in Ordnung?«

Ich legte meine Wange an seine Schulter, schloss die Augen und versuchte, nicht mehr an das Chaos in meinem Kopf zu denken. »Jetzt ja«, murmelte ich.

Am nächsten Morgen schwänzte ich das Training und ging stattdessen, mit dem Restalkohol kämpfend, nach Hause. Als ich das Wohnzimmer betrat, schauten mich Großmutter und Enkelin erwartungsvoll an.

»Was?«, fragte ich gereizt, weil es anfing, mich zu nerven, dass ich beiden jedes Mal Rechenschaft ablegen musste, wenn ich mal zu spät oder gar nicht oder verkatert nach Hause kam. Wieso wurde man eigentlich vierzig? Sollte dieses Alter nicht wenigstens zu etwas gut sein? Aber die Blicke der beiden wurden nur noch fragender, und ich zuckte mit den Schultern. »Ich habe bei Silvia geschlafen. Wir waren gestern nach der Schule noch weg und dann … ist es etwas später geworden.«

Meine Mutter akzeptierte diese Erklärung, meine Tochter nicht. »Hä? Und wieso hat sie dann gerade angerufen und gefragt, wie es gelaufen ist?«

Na super, jetzt torpedierten meine Alibis auch noch mein Alibi. Und mein Kopf war zu träge, um sich so schnell auf die neue Situation einzustellen. »Ähm, weil sie … weil sie … Sie meint wahrscheinlich mein Gespräch mit Matthias heute Morgen.«

Sofort schlug Kims Misstrauen in Mitleid um. »Habt ihr etwa Schluss gemacht?«

»Na, hoffentlich!«, kam es von Mutter. Ich warf ihr einen

getroffenen Blick zu. »Entschuldige, Meike, aber der Kerl passt nicht zu dir.«

»Warum denn nicht, weil er dein Kasseler mit Sauerkraut nicht essen wollte?«

Viel mehr hatte sie schließlich nicht von ihm mitbekommen.

»Es war ja nur so ein Gefühl.« Beleidigt wandte sie sich wieder der Tageszeitung zu. Kim zeigte mehr Einfühlungsvermögen.

»Und bist du jetzt sehr traurig?«, fragte sie ängstlich, vermutlich weil sie nicht noch einmal monatelang eine schniefende und rotäugige Mutter um sich ertragen konnte.

»Nein, ach was, es war ja nichts Ernstes.«

Kim versuchte, ihre Erleichterung mit einer besonders mitleidsvollen Miene zu überspielen. »Ach, Mama, du lernst bestimmt bald wieder jemanden kennen.«

Ich lächelte sie dankbar an. Und dann hatte ich einen Geistesblitz. Natürlich! Kim hatte mir gerade den dritten Ausweg aus meiner vertrackten Situation geliefert. Was wäre, wenn Steffen und ich uns erst jetzt im Beisein unserer Kinder kennenlernten und ineinander verliebten?

Alles nur gespielt

Während der eher nüchternen Abschiedszeremonie unserer Zehntklässler war ich unglaublich nervös. Nicht, weil ich es unangenehm fand, auf der Bühne zu stehen und jeden Schüler per Mikro aufzurufen – eine undankbare Aufgabe, die mir zugefallen war –, sondern weil ich befürchtete, dass mein Plan komplett in die Hose gehen würde. Steffen war skeptisch gewesen. Seine schauspielerischen Fähigkeiten seien begrenzt, hatte er zu bedenken gegeben. Aber da fand ich noch, dass man bei einem gemeinsamen Familienessen nicht so viel schauspielern musste. Die einzige Vorgabe war schließlich, dass wir uns nicht kannten.

Oscarverdächtig war Steffens Auftritt tatsächlich nicht, als er zunächst Kim, und dann, als wäre er gerade erst auf die Idee gekommen, auch Mutter und mich in die American Sportsbar einlud, in der er einen Tisch reserviert hatte. Das Restaurant war Nicolas' Wunsch gewesen, und ich befürchtete, Mutter würde bei der Aussicht auf Hamburger mit Pommes einen Rückzieher machen.

»Ich weiß nicht«, zögerte ich wie geplant. »Nicolas möchte sicher nicht mit seiner Lehrerin essen gehen.«

»Das sind Sie ja ab heute nicht mehr«, lieferte Steffen etwas monoton seinen Text, aber Nicolas war recht zurückhaltend. Es war nicht schwer zu erraten, dass er notfalls lieber ohne Kim seinen XXL-Burger vertilgt hätte, als seine Klassenlehrerin mit am Tisch sitzen zu haben. Aber zum Glück half Mutter uns ohne ihr Wissen. Sie bestimmte mit ihrem typischen mütterlichen Tonfall, der keinen Widerspruch duldete und den ich mir dringend mal angewöhnen musste, dass wir doch aufgrund der Kinder ohnehin eine Familie wären und es längst an der Zeit sei, sich besser kennenzulernen. Es war einer der wenigen Momente, in denen ich Mutter für ihre Einmischung dankbar war. Leider blieb es an diesem Tag auch der einzige.

Tatsächlich war nicht Steffen der schlechte Schauspieler, sondern ich.

Ich wusste einfach nicht, wie man sich jemandem gegenüber benahm, den man eigentlich nicht näher kennen sollte. Einerseits versuchte ich, mich von Steffen und möglichen Fettnäpfchen fernzuhalten, andererseits mussten wir uns ja auch irgendwie »näherkommen«, damit unsere Kinder mitbekamen, dass wir uns gut verstanden. Es war eine schwierige Gratwanderung. Ich war froh, als wir die Sportsbar erreicht hatten und Steffen sich an das andere Tischende setzte. Der Kellner hatte netterweise noch einen Tisch an den reservierten geschoben, so dass mich nun zwei Tischplatten, ein geschmackloser Kerzenständer und die überdimensionierten laminierten Menükarten, die in einem Halter steckten, von Steffen trennten.

»Zeig doch mal her«, zankte Kim ihren Freund, mit dem sie so eng zusammenhockte, dass sie sich auch gleich einen Stuhl hätten teilen können. Sie riss ihm das Zeugnis aus der Hand, das Steffen ihm gerade zurückgereicht hatte. »Boah, Mama, du hast ihm echt eine Drei minus gegeben? Cool!«

»Wieso, die letzte Arbeit war eine glatte Drei und die Tendenz steigend, also … im Zweifel für den Schüler«, verteidigte ich mich, dabei hatte ich mir bei der Zeugniskonferenz schon einen bösen Blick von Silvia eingehandelt. Einen wesentlich freundlicheren warf Steffen mir nun zu, und ich verbarg mein Gesicht schnell hinter dem Menü, für dessen Größe ich in diesem Moment dankbar war. Lange konnte ich mich dahinter allerdings nicht verstecken, denn die Auswahl war eher übersichtlich. Ich konnte mir Spareribs, Burger, Steaks und Chicken Wings mit French Fries, Wedges oder Baked Potatoes bestellen. Alles in Big, Double, Double-Double oder Triple. Mit anderen Worten: Fett mit schlechten Kohlehydraten in vier verschiedenen Größen. Und selbst die vier Salate im Angebot sahen nicht gerade vertrauenerweckend aus. Andererseits konnte ich jetzt schlecht auf einem Salatblatt herumkauen, wenn ich nicht unhöflich wirken wollte. Also bestellte ich mir den kleinsten Big-Burger mit gebackener Kartoffel.

Zu Bier sagte ich allerdings lieber nein. Mutter hielt das für eine Nachwirkung von Matthias' Ernährungsbewusstsein, dabei wollte ich nur einen klaren Kopf bewahren, damit mir keine Ausrutscher unterliefen. Es half aber nicht. Im Gegenteil. Es brachte das Gespräch in eine eher unangenehme Richtung.

»Meine Tochter achtet im Moment sehr auf ihre Ernährung, sie will den Marathon mitlaufen.« Es klang so, als würde sie ein eher schlechtlaufendes Modell auf dem Beziehungsmarkt mit einem neuen Verkaufsargument anpreisen.

Steffen tat ausreichend überrascht und interessiert. »Tatsächlich? Die Vorbereitung stelle ich mir sehr anstrengend vor.«

War das jetzt ein kleiner Seitenhieb auf meine sich steigernden Trainingszeiten? »Nein, es geht so. Natürlich sind die letzten Monate etwas trainingsintensiv. Aber ich, ähm, laufe einfach sehr gerne.«

»Glauben Sie ihr kein Wort, sie hat sich nur angemeldet, um es ihrem Ex heimzuzahlen.«

»Mutter!« Ich wurde rot und spürte Steffens überraschten Blick auf mir. »Das hat doch damit gar nichts zu tun.«

Kim versuchte, mich zu unterstützen, und machte es nur noch schlimmer. »Ich wette, du bist schneller als Papa. Und als Petra erst recht. Die beiden trainieren auf jeden Fall nicht so viel wie du.«

Ich lächelte ihr angespannt zu und nickte. Dann wechselte

ich einen kurzen Blick mit Steffen, der mit einem Mal nachdenklich wirkte. »Arne und ich … Ich meine, mein Exmann und ich sind beide gerne Langstrecke gelaufen. Deswegen …«

»Ja, bis er sich an seine Kollegin rangemacht hat, weil meine Mutter einen Bänderriss hatte.«

»Kim«, sagte ich streng, »ich finde, das gehört wirklich nicht hier hin.«

Kim sah mich beleidigt an, und ich fühlte mich schlecht. Sie konnte ja nichts dafür, dass ich Steffen nicht die ganze Wahrheit über meinen Trainingseifer erzählt hatte. Steffen schwieg, aber was sollte er auch dazu sagen?

»Meine Tochter hat schon immer diese dürren Langstreckenläufer bevorzugt«, mischte sich Mutter wieder ein.

»Was soll das denn heißen?«, platzte ich heraus. Ich hatte das Gefühl, dass Steffen gerade ein ganz falsches Bild von mir bekam. »Du kannst doch von Arne jetzt nicht auf … auf andere Männer schließen, die ich im Übrigen noch nicht kennengelernt habe.«

»Wieso, Matthias war doch auch so ein Supersportler?«

Steffen lächelte in sich hinein. Ich seufzte. »Ja, deswegen hat es ja auch nicht geklappt. Aber lass uns doch nicht die ganze Zeit von mir reden. Schließlich feiern wir hier Nicolas' Abschluss.« Steffen sprang ein und erhob sein Glas.

»Genau, auf dich, Kleiner! Und deine mittlere Reife. Dass ich das noch erleben durfte!«

Nicolas grinste und schlug seinem Vater dann kollegial auf die Schulter. »Ich dachte, ich zieh das mal durch, bevor ich noch deinen Herzinfarkt verschulde!«

»Dafür hättest du noch ein paar Runden drehen müssen!«

Er gab seinem Sohn einen freundschaftlichen Klaps, und beide mussten lachen. Steffen war glücklich, das merkte man, und ich freute mich für ihn.

Nicolas durfte im Gegensatz zu Kim ein Bier trinken und stieß mit seinem Vater an. Ich lächelte. Es war schön, die beiden zusammen zu erleben. Ihr Verhältnis war so entspannt. Steffen nahm seinen Sohn, so wie er war, mit all seinen Macken, und bekam dafür den Respekt, den er haben wollte. Gut, Nicolas war älter als Kim und hatte den schwierigsten Teil seiner Pubertät vermutlich schon hinter sich. Aber ob Kim und ich jemals so ein Verhältnis aufbauen könnten? Oder war ich dafür einfach zu sehr Mutter, zu wenig Kumpel? Steffen warf mir einen fragenden Blick zu, und mir wurde bewusst, dass ich ihn und Nicolas zu lange und zu bewundernd angeschaut hatte. Die Unterhaltung war ins Stocken geraten.

»Was willst du jetzt eigentlich mit deinem Abschluss machen, Nicolas?«, fragte ich schnell, bevor Mutter wieder auf die Idee kam, unangenehme Details über mich zum Besten zu geben.

»Musik«, war seine einsilbige, nun denn, zweisilbige Antwort. Aber wieso sollte er jetzt auch mehr mit mir reden als im Unterricht?

»Schön!«, sagte ich geschafft. Kim dagegen himmelte ihn an, als hätte er gerade »die endgültige Formel für das ewige Leben finden« gesagt.

Der Kellner brachte die Vorspeisen, Mozzarella Sticks, vor Käse triefende Nachos und Chicken Fingers, bei denen ich mich demonstrativ bediente, um Mutter zu zeigen, dass ich keineswegs ernährungsbewusst und auf der Suche nach sehnigen Hochleistungssportlern war.

»Reichst du mir mal die Servietten, Steffen«, sagte ich gedankenlos und erstarrte. Es war mir nur so rausgerutscht. Steffen sah mich ebenfalls erstaunt an, reichte mir aber die Servietten, an denen ich mir meine fettigen Finger abwischte, in der Hoffnung, keinem wäre mein Fauxpas aufgefallen.

»Äh, duzt ihr euch schon?«, fragte Kim verwirrt, die offenbar mehrere Dinge gleichzeitig tun konnte, mit Nicolas turteln und mir zuhören.

Ich tat überrascht. »Ja, oder, nicht, ich weiß nicht …«,

wandte ich mich hilfesuchend an Steffen. »Hatten wir uns nicht …?«

»Äh nein, aber das sollten wir schleunigst nachholen. Also … ich bin Steffen.«

»Ja, tut mir leid, dass ich vorgeprescht bin«, lachte ich albern. »Ich heiße Meike.«

Wir reichten uns quer über den Tisch hinweg die Hand, und ich hätte schwören können, selbst der Kellner durchschaute unser Schmierentheater.

Die Hauptspeisen kamen endlich und brachten mir ein paar Minuten Erholung und hoffentlich den dringend benötigten Themenwechsel. Ich überlegte fieberhaft, aber mir fiel nichts Originelles ein, deswegen griff ich auf Smalltalk zurück. Ich wandte mich an Steffen: »Sie machen auch Musik, habe ich gehört.«

Steffen sah perplex von seinem Teller auf. »Du.«

»Was?«, fragte ich verwirrt.

»Wir hatten uns doch eben das Du …«

»Natürlich«, unterbrach ich ihn schnell. »Du machst also auch Musik.«

Mutter lächelte mich an und hielt meine anhaltende Verwirrung wohl für Nervosität, weil ich Steffen offensichtlich charmant fand. Wenigstens bei ihr funktionierte mein Plan.

»Ja«, erklärte Steffen freundlich. »Ich spiele Klavier.«

»Und Gitarre«, mischte Kim sich ein. »Das weißt du doch schon, Mama.«

»Woher soll ich das wissen?«

»Na, von dem Konzert. Da hat Nicolas ihn doch auf die Bühne gerufen.«

Natürlich hatte ich das nicht vergessen. Ich hätte mich nur vor dem Essen besser darauf vorbereiten müssen, was ich über Steffen wissen durfte und was nicht.

»Ja, stimmt. Jetzt wo du es sagst. Machen Sie … äh, machst du das beruflich?«

Steffen bemerkte meine Verzweiflung. Das Essen war noch längst nicht durch, und ich war jetzt schon vollkommen fertig. Zum Glück holte er etwas weiter aus und erzählte mir all das, was ich schon über ihn wusste. Ich war ihm dankbar dafür, denn dabei konnte ich endlich meinen Mund halten.

Bis auf einen Zwischenfall, als Steffen mir auf die Damentoilette folgte, weil er nicht ohne Kuss nach Hause gehen wollte und wir von zwei kichernden Teenagern erwischt wurden, die zum Glück nicht auf meine Schule gingen, verlief das restliche Essen relativ entspannt. Mir gelang es unfallfrei, Beiträge zur allgemeinen Unterhaltung zu liefern, ohne erneut über die Anrede zu stolpern oder allzu vertraut mit Steffen zu wirken.

Als Steffen und ich uns im Beisein unserer Kinder mit einem etwas längeren Händedruck als nötig verabschiedeten, hatte ich das Gefühl, dem wahren Verhältnis zwischen uns einen Schritt nähergekommen zu sein. Gutgelaunt hakte ich mich bei Kim und meiner Mutter unter, wir hatten wegen der lauen Sommerluft spontan beschlossen, zu Fuß nach Hause zu gehen.

»Nicolas' Vater scheint ja ganz nett zu sein«, sagte ich betont beiläufig.

»Und wie«, stimmte Kim mir zu. »Der ist total cool.« Im Gegensatz zu dir, hörte ich in ihrem Unterton heraus, ließ mich aber davon nicht runterziehen.

»Und gutaussehend«, sagte Mutter, als hätte ich ihr das Stichwort gegeben.

Ich stimmte ihr unschuldig zu: »Allerdings.«

Kim funkelte mich entrüstet an. »Mama, du hast ja wohl kein Auge auf ihn geworfen!«

»Man wird ja wohl mal gucken dürfen. So viele Männer lerne ich schließlich auch nicht kennen.«

»Aber doch nicht Nicolas' Vater.«

Ich verzog das Gesicht. Das würde schwerer werden, als ich gehofft hatte.

»Außerdem hat der eine Freundin!«

»Ach ja?«, fragte ich neugierig.

»Ja, Nicolas meint, sein Vater wäre gerade total verknallt.«

Mein Herz machte einen Hüpfer. Ganz uneitel bohrte ich weiter nach: »Hat er ihm das gesagt? Ich meine, reden die etwa über so was?«

»Nee, aber seit einiger Zeit sitzt er wieder ganz oft am Klavier und komponiert. Und Nicolas meinte, da kann nur eine Frau dahinterstecken.« Eine Wärme breitete sich in meinem Bauch aus, und die kam ganz bestimmt nicht von der Verdauung des Burgers.

Meine Mutter seufzte. »Wie romantisch. Tja, ich befürchte, damit müssen wir uns abfinden, Meike. Die Guten sind in unserem Alter leider schon vergeben.«

»Ja, leider«, stimmte ich ihr zu und bekam das Lächeln nicht von den Lippen. In einer anderen Situation hätte ich dagegen protestiert, dass sie uns in die gleiche Altersklasse einstufte. Aber jetzt genoss ich nur den Moment. Steffen war verliebt. In mich.

Wolken

Zum ersten Mal in meinem Leben verstand ich den Begriff »auf Wolke sieben schweben«. Seit ich wusste, dass Steffen in mich »verknallt« war, war mein Leben weich, rund und wattig.

Nummer sieben war eine sanftgeschwungene Wattewolke an einem strahlend blauen Himmel, der diese letzte Juniwoche in sonnige Sommertemperaturen tauchte und Steffen und mir einen perfekten Ferienstart bescherte. Weil meine Mutter mit ihrer letzten Eroberung Heinrich, einem lebenslustigen Endsechziger mit einem kuriosen Internetversandhandel und heiserem Lachen, in den Bayrischen Wald gefahren und Kim die ersten zwei Ferienwochen mit ihrem Vater im Urlaub war, verbrachten Steffen und ich jeden Tag zusammen und genossen unsere Freiheit. Es fühlte sich zum ersten Mal wie eine echte Beziehung an. Wir konnten in Haus und Garten herumlungern, zusammen fernsehen, faulenzen, Sex haben, wann, wo oder wie wir wollten und ohne Rücksicht darauf nehmen zu müssen, wer im Nebenzimmer sein könnte. Wir konnten mittags essen gehen, ziellos durch die Stadt streifen oder im Park herumliegen, ohne dass jemand wissen wollte, wo ich gewesen war.

Dank Steffen kam mir die Stadt inzwischen gar nicht mehr so groß und unübersichtlich vor. Ich fand mich zurecht und begann die rheinische Art zu mögen. Anders als bei uns in Bielefeld-Jöllenbeck ließen einen die Kölner an ihrer guten Sommerlaune teilhaben. Es hätte ewig so weitergehen können, und die Tatsache, dass Steffen keine Sekunde von meiner Seite wich, nicht mal, um seinem geliebten Klavier Hallo zu sagen, überzeugte mich davon, dass er diesen beziehungsähnlichen Zustand ebenfalls genoss.

Es würde funktionieren, glaubte ich. Die Ferien gaben Steffen und mir genug Zeit, unser zweites Kennenlernen gegenüber unseren Kindern voranzutreiben. Mein Plan war, Kim nach ihrer Rückkehr zu erzählen, dass Steffen und ich uns zufällig getroffen und einen Kaffee miteinander getrunken hätten. Kim und Nicolas würden sich daran gewöhnen, dass wir uns mochten, uns wiedersahen und ineinander verliebten, dass wir irgendwann zusammen sein würden. Wir würden eine große lustige Patchwork-Familie werden. Sogar meine Mutter fand Steffen in Ordnung. Alles war gut. Und mit dieser Zuversicht konnte ich meine Zeit mit Steffen zum ersten Mal ohne schlechtes Gewissen genießen.

Aber ich hätte es besser wissen müssen. Die Wolke war zu groß und zu weich und zu kuschelig, als dass ich es mir länger darauf bequem machen durfte. Wie bei einem Sommergewitter verdrängten plötzlich ihre dunklen Geschwister meine Nummer sieben. Mit dem Unterschied, dass es dafür keine Wettervorhersage gab.

Steffen und ich lagen noch im Bett, als die Vorboten kamen. Die Hitze hatte den Raum schon wieder erfüllt, die Nacht kaum Abkühlung gebracht, und das Beste, was man bei diesen Temperaturen tun konnte, war, nackt und regungslos auf dem Bett liegen zu bleiben. Das taten wir heute ausgiebig, hatten uns noch nicht einmal zum Frühstück aufraffen können.

»Ich sollte heute mal zu Hause vorbeischauen«, murmelte Steffen träge, ohne Anstalten zu machen, seiner Ankündigung Taten folgen zu lassen.

»Mmmh.«

»Nur kurz. Ich meine, Nicolas kann zwar schon auf sich allein aufpassen, aber ich würde gerne wissen, ob die Wohnung noch steht. Wahrscheinlich hat er die letzten Tage nur Party gemacht.«

Ich lachte. »Sollte er nicht gerade Bewerbungen schreiben? Nach einem Ausbildungsplatz suchen?«

»Nicolas?«, fragte Steffen verdutzt. »Kannst du ihn dir etwa in der Bank oder unter einem Auto vorstellen?«

Ehrlich gesagt, konnte ich mir Nicolas mit seinen filzigen Haaren und einsilbigen Antworten nirgendwo vorstellen.

»Was hat er denn mit seinem Abschluss vor? Habt ihr schon was für ihn gesucht?«

Steffen sah mich überrascht an. »Nein. Er geht doch zurück nach Kanada.«

Das war die erste dunkle Wolke, eine von denen, die noch ganz weit weg schienen, vielleicht sogar, wenn man Glück hatte, vorbeizogen.

»Was?«, fragte ich überrascht. »Wann?«

»Na, in vier Wochen. Hat Kim dir das nicht erzählt?«

Sie war näher, als ich dachte. Denn wenn Kim mir von Nicolas' Abreise noch nicht tränenreich berichtet hatte, konnte das nur eins bedeuten: »Vermutlich weiß sie es noch nicht.«

Steffen schüttelte den Kopf. »Das würde zu ihm passen.«

»Aber wieso denn? Für länger? Ich meine, was will er denn in Kanada machen?«

»Musik. Was sonst? Das war die Abmachung, er macht einen ordentlichen Abschluss, dann darf er sein Glück versuchen. Seine Mutter kann ihm dabei helfen. Sie hat die besseren Kontakte. Er wollte sowieso nie wirklich in Deutschland bleiben.«

Zerknirscht sah ich ihn an. »Hättest du mir das bloß nicht erzählt. Das wird Kim das Herz brechen.«

Er zuckte abgeklärt mit den Schultern. »Die erste große Liebe bricht einem immer das Herz.«

»Na ja, ich habe meine erste große Liebe geheiratet.«

»Und er hat dir zwanzig Jahre später das Herz gebrochen.«

Getroffen wandte ich mich von Steffen ab und sortierte planlos die Kleider neben dem Bett. »Woher willst du das wissen? Vielleicht habe ich ihm ja auch das Herz gebrochen.«

Ich spürte seinen Blick in meinem Nacken. Nicht mal mich selbst hatte ich überzeugt.

»Und deswegen läufst du jetzt Marathon?«, fragte er ruhig.

Abrupt drehte ich mich zu ihm um. Er hatte es also nicht vergessen, dabei hatte er es nach dem Essen nicht mehr angesprochen. Ich atmete tief durch. Inzwischen kam mir die Aktion selbst total lächerlich vor. Langsam schüttelte ich den Kopf.

»So ist es nicht«, sagte ich leise.

»Ist schon okay, du musst mir nichts erklären.«

»Ich habe mich angemeldet und er auch. Unabhängig voneinander.« Ich hielt seinem Blick nicht stand.

»Okay, ja, Arne hat mir das Herz gebrochen. Und ich habe das Gefühl, dass ich ein kleines Stück Würde zurückbekomme, wenn ich ihm beweise, dass ich es auch ohne ihn schaffe. Mehr steckt nicht dahinter.«

Steffen lächelte. »Du musst mir wirklich nichts erklären.«

Komischerweise störte mich seine Großzügigkeit. Ich wollte, dass er eine Erklärung von mir verlangte. Ich wollte, dass er sich Gedanken über Arne machte – und über mich, dass ihm das alles nicht egal war. Er hatte unsere Patchwork-Familie zerstört. Nicolas' Abreise machte meinen ganzen Plan von der allmählichen Annäherung an die Wahrheit und dem Traum einer modernen Familie zunichte. Wie konnte ich Kim Nicolas' Vater als meinen neuen Freund präsentieren, wenn ihrer sie gerade sang- und klanglos wegen seiner Rockkarriere verließ! Natürlich würde es ihren Kummer nur noch verstärken. Die Aussicht darauf, Steffen nicht mehr verheimlichen zu müssen, rückte nach dieser Neuigkeit schlagartig wieder in weite Ferne. Und die Leichtigkeit, die ich eben noch verspürte, wich einer Wut mit ungenauem Ziel. Ich war sauer.

Auf ihn. Auf mich. Auf Nicolas, der meine Tochter ahnungslos im Regen stehenließ. Vielleicht lag es auch nur an der Hitze.

»Also, dann hat Nicolas' Mutter dir auch das Herz gebrochen?«, fragte ich einen Tick zu gereizt.

»Bettany? Nein, bestimmt nicht!«, gluckste Steffen amüsiert, als wäre es eine völlig abwegige Idee. »Das war keine große Liebe.«

Seine Antwort trug nicht gerade zu meiner Besänftigung bei. »Wie bitte? Ihr habt ein Kind zusammen und habt euch nicht geliebt?«

Steffen schien das nicht merkwürdig zu finden. »Wir waren zusammen in einer Band«, erklärte er lässig. »Nur eine Studentenband, aber wir waren viel auf Tour.«

»Klar, und dann geht man natürlich auch einfach mal miteinander ins Bett, ist ja sonst keiner da.«

Er hörte meinen anklagenden Unterton nicht und lachte. »Nein, so schlimm war es dann auch wieder nicht. Es war so ein On-and-off-Ding, nichts Ernstes.«

»Also war Nicolas auch ein Unfall.« Ich biss mir auf die Lippe, jetzt war ich zu weit gegangen.

Er erwiderte scharf: »Ja, aber ich habe mich um beide gekümmert. Ich hätte Bettany geheiratet, damit sie in Deutschland hätte bleiben können. Aber sie wollte nicht.« Steffen stand auf und zog sich an. Vielleicht hätte ich mich jetzt entschuldigen sollen, aber mir war nicht danach. Schließlich hatte er selbst gesagt, dass ich mich zu oft entschuldigte. Stattdessen bohrte ich weiter nach: »Also, wenn Bettany es nicht war, wer war es dann?«

»Wer war was?«

»Diejenige, die dir das Herz gebrochen hat.«

Er schüttelte den Kopf. »Niemand.«

»Keine erste große Liebe?«

»Ich habe gehört, dass es nicht so gut sein soll, mit seiner Freundin über die Verflossenen zu reden.«

»Aber das ist unfair, du weißt alles über meine Verflossenen – meinen Verflossenen – und ich …« Ich stockte, weil er mich plötzlich amüsiert anschaute. Dann sagte ich kleinlaut: »Ich will ja nur wissen, wie dein Beziehungsleben bisher so war.«

»Da gibt es nicht viel Beziehungsleben, über das du etwas wissen müsstest.«

»Du willst mir also erzählen, du hattest keine einzige ernsthafte Beziehung, die dir, wenn schon nicht das Herz gebrochen, es wenigstens ein bisschen angeknackst hat?«

Er tat so, als müsste er überlegen, und schüttelte dann den Kopf. »Nein.«

Wow. Das warf ja ein ganz neues Licht auf ihn. Und uns, eigentlich. Er schien meine Gedanken zu erraten.

»Glaub mir, es ist einfacher, einer Reihe von Frauen zu folgen als dem einen Mann!«

Ich verstand sofort, worauf er hinauswollte. »Arne war nicht Mister Perfect.«

»Aber du vergleichst mich mit ihm.«

Ich schluckte. »Manchmal.« Ständig!

»Na also. Du dagegen bist einzigartig für mich.«

»Ja, wie die was weiß ich wie vielen anderen Frauen, mit denen du …« Zum Glück unterbrach das Klingeln des Telefons meine unüberlegten Worte, sonst wäre das hier vermutlich eskaliert.

Eilig nahm ich den Hörer ab und bellte: »Ja?« hinein.

»Er hatte einen Herzinfarkt«, hörte ich die aufgelöste Stimme meiner Mutter am anderen Ende sagen. Das Déjà-vu war so heftig, dass ich mich setzen musste. Es waren exakt ihre Worte von vor einem Jahr. Sie war verwirrt, dachte ich, und dass sie von meinem Vater redete, als wäre sein Tod gerade erst passiert. Als wäre seitdem nicht schon ein Jahr vergangen. War es der nahende Todestag? Plötzlich war die Erinnerung wieder erschreckend deutlich da. Jede Gefühlsnuance, jedes

Detail. Es war ein nasser Sommer gewesen, ich hatte auf dem Fahrrad eine Regenjacke an und geflucht, weil ich darunter mein Handy, das beharrlich immer wieder klingelte, umständlich hervorziehen musste.

»Ich weiß, Mutter«, sagte ich nach einer Weile. »Brauchst du Hilfe?«

»Ja, natürlich«, fauchte sie ins Telefon. »Ich brauche jemanden, der mich hier abholt.«

Da erst verstand ich, dass sie nicht von Vater redete.

Ich war selbst aschfahl und meine Hand zitterte, als ich auflegte. Steffen hatte sofort gemerkt, dass etwas nicht stimmte, und sah mich ernst an. »Was ist passiert?«

Ich schüttelte den Kopf. Er nahm mich in den Arm, und ich zerdrückte ein paar Tränen. Dann versteifte ich mich. »Ich brauche ein Auto.«

Steffen nickte. Unser gemeinsamer Urlaub war beendet. Die Wolken standen direkt über uns.

Alterserscheinung

Die Handbremse war kaputt und die Kupplung durchgetreten. Es war stickig hier drin, natürlich hatte Dietmars Wagen keine Klimaanlage. Mutter hatte ihr Fenster bis zum Anschlag runtergekurbelt, aber das änderte nichts, weil wir mit Tempo neunzig über die Autobahn krochen. Trotzdem merkte ich, dass ich über ein Jahr nicht mehr am Steuer gesessen hatte, und musste mich extrem auf den Urlaubsverkehr konzentrieren. Wir brüteten beide vor uns hin. Der Schock saß bei Mutter tief. Ich konnte sie verstehen, und auch nicht. Da tat sie alles, um den Tod ihres Mannes zu verdrängen – und wurde doch wieder darauf zurückgeworfen. Wenn auch auf sehr brutale Art. Aber sie wollte nicht darüber reden. Und auch nicht bei Heinrich im Krankenhaus vorbeifahren. »Was soll ich denn da. Seine Kinder sind ja bei ihm. Und denen will ich nicht über den Weg laufen.« Aber es waren nicht die Kinder, die sie störten, sondern der Zustand ihres Freundes, das war mir klar. Er war kritisch. Heinrich musste operiert werden. Mutter sagte nicht viel, und das beunruhigte mich.

»Wie ist es denn passiert?«, fragte ich schließlich vorsichtig.

»Meine Güte, ist das heiß hier drin.« Sie schloss die Augen und ließ sich den Wind ins Gesicht wehen. Deutlicher konnte sie meine Frage nicht übergehen. »Wo hast du denn diese Klapperkiste her?«

»Hab ich mir von einer Kollegin geliehen«, log ich.

»Man sollte doch meinen, dass man sich mit eurem Gehalt einen besseren Wagen leisten kann.«

»Ja … na ja, anscheinend hat es für ihn einen ideellen Wert.«

Ich stockte. Hatte ich gerade »ihn« gesagt? Doch Mutter sprang nicht darauf an. Ihr musste es wirklich schlecht gehen, wenn sie nicht mal meinen Versprecher ausnutzte. Sie fächelte sich Luft zu. Mir machte die Hitze auch ganz schön zu schaffen. Inzwischen saß ich schon fast sieben Stunden ohne nennenswerte Unterbrechung im Auto. Sechs Stunden hatte ich für die Hinfahrt gebraucht, und das auch nur, weil ich alles aus Dietmars Wagen herausgeholt hatte vor lauter Sorge um meine Mutter. Leider konnte ich sie nicht dazu überreden, auch nur eine weitere Nacht in ihrem Hotel zu verbringen. Sie hievte ihr Gepäck in den Kofferraum und erwartete, dass ich ohne Erholungspause wieder zurück nach Köln fuhr. Bei der nächsten Raststätte setzte ich den Blinker.

»Ich muss etwas essen. Kommst du mit?«

Widerwillig verließ Mutter mit mir den Wagen, aber nur, weil ihr zu heiß war. Sie bestellte sich kein Essen und war noch nicht mal zu einem Kaffee zu überreden.

Ich dagegen verschlang gierig meine fettigen Pommes und die fade Currywurst. Raststätten waren mir ein Rätsel, aber offensichtlich verhinderte allein die geographische Nähe zur Autobahn, dass es darin essbare und gesunde Nahrung gab. Dabei sollte man meinen, dass gerade hier problemlos jeden Tag frische Waren geliefert werden könnten. Aber vielleicht rechneten sie einfach damit, dass die staugeschädigten Urlauber nun mal essen mussten und keine andere Wahl hatten.

»Nimm dir ruhig etwas von mir, ist eh viel zu viel.« Ich schob ihr den fettig glänzenden Teller hin.

Sie warf mir einen empörten Blick zu. »Damit ich mich gleich in sein Nachbarbett legen kann? Nein danke, ich verzichte!«

»Mutter. Du musst doch irgendetwas essen. Dann hol dir einen Apfel oder Salat.«

»Ich habe keinen Hunger. Im Alter braucht man nicht mehr so viel.«

Trotzig starrte sie vor sich hin. Ich berührte mitfühlend ihre Hand.

»Willst du mir nicht sagen, was passiert ist?«

Sie tat wieder so, als hörte sie mich gar nicht.

Ich versuchte es trotzdem weiter, denn ein Gedanke beunruhigte mich schon die ganze Zeit: »Er hat doch nichts eingenommen, oder?«

Mutter sah mich verständnislos an. »Was meinst du? Drogen?«

»Nein, Mutter, keine Drogen, dafür bist selbst du inzwischen zu alt. Ich meine ... diese kleinen grünen Tabletten.«

»Sie sind blau.«

Ich sah sie entsetzt an.

»Was du schon wieder denkst. Wir haben eine Bergwanderung gemacht. Dann, zack, lag er plötzlich da. Er musste sogar mit dem Helikopter abgeholt werden. Ein Glück, dass ich dieses Handy dabeihatte.« Sie schüttelte bei der Erinnerung den Kopf. Ich konnte mir vorstellen, wie sie sich gefühlt haben musste. Schon wieder diese Hilflosigkeit. Schon wieder diese schrecklichen Minuten der Ungewissheit, in denen sie nur neben ihm knien und auf die Rettungskräfte warten konnte. Ich legte meine Gabel weg und nahm ihre beiden Hände in meine.

»Das tut mir so leid, Mutter.«

Aber sie stand entschlossen auf und fragte ungeduldig: »Können wir dann weiter?«

»Gleich«, stöhnte ich. »Gönn mir wenigstens noch einen Kaffee.«

»Du solltest auch langsam mehr auf deine Gesundheit achten. Manche kippen schon mit vierzig um.«

Ich sah sie entrüstet an. So schlecht konnte es ihr gar nicht gehen, wenn sie schon wieder auf mir herumhackte. Mit Mühe unterdrückte ich einen Kommentar. Stattdessen trank ich einen Kaffee, pechschwarz und extra large!

Hitzewelle

Kim war braungebrannt und durchgeschwitzt, als sie aus der Regionalbahn stieg. Die Hitzewelle hielt immer noch an.

»Das nächste Mal nehme ich aber den ICE, der ist wenigstens klimatisiert!«, begrüßte sie uns.

»Wir haben dich auch vermisst, mein Schatz.« Ich nahm sie in den Arm, und sie ließ es protestierend über sich ergehen. »Iiih, Mama, du klebst.«

»Wie war es denn in Spanien?«, fragte Mutter, und ich war froh, dass sie ihre Lethargie wenigstens Kim zuliebe unterbrach. Seit unserer Rückkehr hatte sie nur noch im Haus herumgelungert und kaum etwas gesagt. Sie hatte keinen Appetit, obwohl sie das Essen vorher selbst gekocht hatte, und war auch nicht bereit, im Krankenhaus anzurufen, um sich nach dem Zustand ihres Freundes zu erkundigen. Das hatte ich schließlich für sie getan und leider keine guten Neuigkeiten erfahren. Heinrich hatte zwar die Bypass-Operation überstanden, lag aber noch immer im Koma, und die Ärzte konnten nicht sagen, wann er wieder aufwachen würde. Diesen Teil verheimlichte ich Mutter zwar und sprach nur von der gut verlaufenen OP, aber an ihrer depressiven Stimmung änderte sich nichts. Nur für Kim war sie nach langem Zureden bereit gewesen, das Haus mal wieder zu verlassen.

»An der Costa del Sol war es sogar noch heißer«, antwortete Kim. »Wir haben nur am Strand gelegen oder am Pool. Kein Wunder, dass die Spanier den ganzen Tag Siesta machen.«

»Mit anderen Worten, du warst die ganze Zeit faul?«, sagte ich.

»Ich habe auf jeden Fall kein Mathebuch angerührt!«, erklärte sie grinsend.

Ich strich ihr lachend über den Kopf. »Ich bin stolz auf dich.«

»Mein Hirn war nur Brei bei der Hitze.«

»Dann ist ja gut, dass ich uns ein Kontrastprogramm in den Bergen gebucht habe.«

Seit Wochen freute ich mich schon auf unseren »Weiberurlaub«, zehn Tage Alpen, Wandern, Entspannen, Seele baumeln lassen. Leider gab es dazwischen noch eine Hürde zu überwinden, und die hieß Nicolas. Ich hatte eine leise Vorahnung, dass unser Wanderurlaub ins Wasser oder zumindest in ein Meer aus Tränen fallen würde. Vermutlich musste ich die ganze Zeit über Aufbauarbeit leisten, oder aber Kim fand eine süße Urlaubsbekanntschaft, die das Trösten für mich übernahm. Schnell verdrängte ich diese Gedanken wieder. Kim sollte bloß nichts merken.

»Kommt, wir gehen ein Eis essen, was anderes kann man bei dem Wetter eh nicht tun. Und du erzählst uns dabei alles über den Urlaub.«

»Das habe ich doch gerade gemacht«, stöhnte Kim, hakte sich aber trotzdem zufrieden bei uns unter, während ich ihren Koffer hinter uns herzog.

Wir fanden ein schattiges Plätzchen bei der italienischen Eisdiele, die ich mit Steffen ausprobiert hatte. Bei der Hitze brummte der Laden, und es dauerte eine Weile, bis die Bedienung zu uns kam.

»Drei Spaghetti-Eis«, bestellte ich wie immer, wenn wir Eis essen gingen, und erntete einen bösen Blick von Mutter. »Willst du mich umbringen?«

Kim sah mich fragend an, aber ich kannte diesen Satz inzwischen schon. Seit Heinrichs Herzinfarkt war er Mutters Standardkommentar zu fast jedem Vorschlag gewesen, mit dem ich sie aufmuntern wollte. »Haben Sie auch Diabetiker-Eis?«, fragte sie die Frau in schwarz-weißem Schürzenkleid.

»Natürlich. Erdbeere, Vanille, Zitrone und Schokolade.«

»Dann nehme ich zwei Kugeln Zitrone.«

Die Bedienung verschwand wieder, und Kim ließ ein lautstarkes »Hä?« vernehmen. »Aber du hast doch gar keinen Diabetes!«

»Woher willst du das wissen? Viele Leute kriegen das im Alter.«

»Ja, Mutter, aber nicht mit deiner körperlichen Konstitution«, versuchte ich ihr vergeblich zu erklären.

»Nur weil ich dünn bin, heißt das nicht, dass meine Blutzuckerwerte gut sein müssen.«

»Dann hättest du es längst gemerkt.«

»Wenn man es merkt, ist es schon zu spät.«

Kim hatte uns verloren.

»Dann lass dich eben testen«, seufzte ich geschafft und wandte mich demonstrativ Kim zu, die ihre Oma besorgt anschaute.

»Woran merkt man denn, dass man Diabetes hat?«

»An verschiedenen Symptomen, und keines davon trifft auf deine Großmutter zu.« Mit einem angedeuteten Kopfschütteln versuchte ich Kim unauffällig zu zeigen, dass sie sich darüber keine Gedanken machen sollte.

»Also, erzähl doch mal, was habt ihr sonst noch so gemacht? Außer in der Sonne zu braten.«

Doch bevor Kim antworten konnte, versprühte Mutter noch eine Dosis ihres neuen hypochondrischen Pessimismus: »Hoffentlich hast du dich ordentlich eingeschmiert, du weißt ja, die Haut verzeiht nie.«

»Ich hatte kein einziges Mal Sonnenbrand.«

»Mutter«, ging ich energisch dazwischen. »Wir sind alle gesund und munter und müssen uns keine Sorgen machen, okay?«

»Bitte, kommt ihr mal in mein Alter.«

Langsam ärgerte ich mich darüber, sie vorhin zum Mitkommen überredet zu haben. Ich wollte über Kims Urlaub sprechen und nicht über Mutters Blutzuckerwerte. Kims gekräuselte Stirn machte deutlich, dass sie das Gespräch äußerst merkwürdig fand.

»Also, wart ihr gut essen? Hast du die Tapas-Bars ausprobiert?«

Bevor Mutter wieder eine Warnung vor spanischem Essen aussprechen konnte, stieß ich sie unter dem Tisch an und widmete meine Aufmerksamkeit ganz meiner Tochter. Mutter blieb still.

Als sie appetitlos die faden Diabetikerkugeln löffelte, während Kim und ich das schnell schmelzende Spaghetti-Eis mit viel Sahne und süßer roter Soße regelrecht inhalierten, tat sie mir fast wieder leid. Kim hielt sich weiterhin mit ihren Urlaubsanekdoten zurück. Petra kam gar nicht darin vor, obwohl sie natürlich dabei gewesen war und Kim sich inzwischen auch gut mit ihr verstand. Es war fast rührend, wie viel Rücksicht sie auf mich nahm, sie wirkte so erwachsen dabei. Je länger sie erzählte, desto mehr bedrückte mich der Gedanke, dass ich sie nicht vorwarnen konnte. In nicht mal zwei Wochen ging Nicolas' Flug nach Kanada. Steffen plante, ihn für ein paar Wochen zu begleiten, und auch der Drummer seiner Band würde mitkommen. Die Instrumente waren schon verschifft. Nicolas' restliche Sachen würde Steffen nachschicken. Ich wusste viel zu viel. Bald würde Nicolas es Kim sagen und damit ihre Welt zerstören. Wer weiß, vielleicht schon heute, denn natürlich war Kims obligatorische Frage, als es nichts mehr zu essen und zu erzählen gab: »Kann ich zu Nicolas?«

Ich musterte sie. Nichts an ihrer Stimme und Frage deutete darauf hin, dass sie eine Ahnung davon hatte, was ihr bevorstand. Sie freute sich ohne die geringste Einschränkung. Vor Aufregung hatte sie schon rote Flecken auf den Wangen, ihre

Augen glänzten, und sie wurde ganz hibbelig. Angesichts der Tatsache, dass sie vielleicht in wenigen Stunden heulend zu mir ins Bett gekrochen käme, erlaubte ich ihr sogar, bis Mitternacht wegzubleiben. Fast hatte ich das Gefühl, mich damit verraten zu haben, aber Kims Vorfreude war viel zu groß, als dass sie misstrauisch wurde.

»Also, dann sieh zu, dass du zu ihm kommst. Ich kümmere mich um dein Gepäck.«

»O super, du bist echt die beste Mama der Welt!«

Leider fühlte ich mich im Moment eher wie die schlechteste Mutter der Welt. Wenn sie nur wüsste! Ich umarmte sie gerührt, aber Kim glaubte, dass meine Rührung noch ein Rest Wiedersehensfreude war. Seufzend sah ich ihr nach, dann wandte ich mich meinem anderen Sorgenkind zu.

»Sollen wir noch einen Kaffee trinken?«, fragte ich Mutter unvorsichtigerweise.

»Wenn du auf ein größeres Erbe spekulierst, dann muss ich dich enttäuschen, mein ganzes Geld steckt in unserem Haus.«

Zunächst wusste ich gar nicht, wovon sie redete. Waren es doch erste Alterserscheinungen, eine sich anbahnende Demenz? »Mama, ich habe dich nur gefragt, ob du noch einen Kaffee trinken willst.«

»Ja, und das bei fünfunddreißig Grad im Schatten. Mein Blutdruck spielt jetzt schon verrückt. Ein Kaffee würde mich umbringen, wenn es die Hitze nicht schon vorher tut.«

Das erste Mal

Die Hitze wurde allmählich wirklich unerträglich. Ob es an ihr lag oder an mir, dass die Sache mit Steffen, Nicolas, Kim und mir in so einer Katastrophe endete, weiß ich nicht. Vermutlich an uns beiden. Mit Sicherheit kann ich allerdings behaupten, dass die hohen Ozonwerte in der Luft einen großen Teil dazu beisteuerten. Ohne sie hätte Matthias unser Training nicht auf die frühen Morgenstunden verlegt, in denen die Temperaturen und die Luft noch am gesündesten waren. Dementsprechend wäre ich am nächsten Mittwoch nicht so früh bei Steffen aufgekreuzt – und wir beide Nicolas nicht in die Arme gelaufen. Das allein war noch nicht einmal das Problem. Das Problem war, dass wir ihm in die Arme liefen, als er sich gerade Kondome aus der Schublade seines Vaters holte.

Bisher war der große Katzenjammer ausgeblieben. Kim war noch immer ahnungslos, und das, obwohl Nicolas in neun Tagen abflog. Jeden Moment erwartete ich meine am Boden zerstörte Tochter zurück, stattdessen verbrachten sie und Nicolas jeden Tag von morgens bis abends am Fühlinger See oder im Freibad, die die einzige Abkühlung in der Stadt boten. Es machte mich fast rasend, dass ich nichts tun konnte. Und ich war wütend auf Nicolas, dass er so feige war und mit der schlechten Nachricht scheinbar bis zur letzten Minute wartete.

Seitdem Mutters Anruf unseren Kurzausflug in eine echte Beziehung so abrupt beendet hatte, hatte ich Steffen noch nicht wieder im *Lucky* besucht. Zum Teil, um ihm und mir zu beweisen, dass ich genauso unabhängig war wie er. Deswegen war ich richtig stolz auf mich, als er schließlich zuerst anrief und fragte, ob wir uns am Mittwoch treffen wollten. Da ahnte ich noch nicht, dass an diesem Tag eine ziemlich unglückliche Kettenreaktion in Gang gesetzt würde. Ausgelöst durch mein viel zu frühes Auftauchen bei Steffen und unsere viel zu leidenschaftliche Begrüßung, nachdem wir uns gerade mal anderthalb Wochen nicht gesehen hatten.

»Es tut mir leid, Mutter ging's nicht so gut. Ich wollte sie nicht allein lassen«, erklärte ich meine Zurückhaltung.

Steffen enttarnte meine lahme Ausrede sofort.

»Und das war der einzige Grund?«

Wieso durchschaute er mich immer? So gut kannten wir uns doch noch gar nicht. Achselzuckend ging ich an ihm vorbei. Auf halbem Weg zum Wohnzimmer hatte er mich eingeholt, zog mich an sich und säuselte mir ins Ohr: »Ich weiß gar nicht, wie ich die Zeit überstehen soll, wenn ich in Kanada bin.«

Spielerisch wich ich seinen Lippen aus. »Och, deine Ex oder auch nicht Ex, wie auch immer du sie nennst, wird dich schon beschäftigen, oder nicht?«

»Eifersucht steht dir gut!«

»Erst recht, wenn ich mich mit einer Urlaubsbekanntschaft davon ablenke.«

»Die Österreicher sind ja bekannt für ihre heißblütigen Urlaubsflirts.«

»Genau deswegen fahre ich da hin!«

Wir hatten das Wohnzimmer erreicht und beendeten unseren albernen Streit mit einem Kuss. Plötzlich hatten wir es sehr eilig. Ich stieß die Tür zu Steffens Schlafzimmer mit meinem Fuß auf, von dem ich bereits den Flipflop geschüttelt hatte. Kichernd und knutschend stolperten wir in Richtung Bett – bis ich aus den Augenwinkeln diese unkämmbare Zotelmähne sah. Vor Schreck stieß ich einen heiseren Schrei aus und Steffen gleichzeitig von mir weg. Der sah seinen Sohn nicht weniger entsetzt an als ich. Aber den größten Schock bekam Nicolas selbst.

»Frau Winter? Was machen Sie denn hier?«

»Oh, äh, ich äh, dein Vater und ich haben nur …« Aber wie sollte ich unsere wilde Knutscherei jetzt noch als schulisch bedingtes Gespräch darstellen? Ich verstummte hilflos.

Nicolas war wie erstarrt. Wir alle waren erstarrt. Er presste nur kopfschüttelnd hervor: »Sie und mein Vater?«

Adrenalin pumpte schlagartig durch meine Adern. Alle Reflexe standen auf Flucht, aber die wäre nur noch peinlicher gewesen als unser Herumgestotter.

»Na ja, du bist ja jetzt nicht mehr ihr Schüler«, versuchte Steffen Zusammenhänge herzustellen, wo eigentlich keine waren.

Trotzdem stimmte ich ihm zu. »Ja. Genau.«

Nicolas' Schock verwandelte sich in Erstaunen. Sein Gesicht zeigte in diesen wenigen Sekunden mehr Regungen als das ganze Jahr über in meinem Unterricht. Ich konnte es ihm nicht verdenken. Wenn ich nicht selbst von Anfang an dabei gewesen wäre, hätte auch ich kaum glauben können, dass ausgerechnet sein Vater und ich zusammen waren. Vielleicht dachte er ja, Steffen hätte mich erst vor kurzem in der Bar aufgerissen, und wenn, würde uns das helfen? Schließlich wollten wir unseren Kindern ohnehin eine langsame Annäherung vorgaukeln. Meine Gedanken suchten die merkwürdigsten Auswege. Irgendwie wollte ich es ihm verständlich machen und dabei den Schaden so gering wie möglich halten. Also wechselte ich in den Lehrerinnenmodus.

»Das, äh, überrascht dich jetzt wahrscheinlich, oder?« Das war natürlich nicht zu übersehen und der Hauptgrund, warum wir hier alle ziemlich sprachlos herumstanden. Aber durch die Mathematik war ich darin geschult, Aufgaben erst mal in ihre Einzelteile zu zerlegen, damit sie nicht so unlösbar erschienen. Nicolas nickte. Ich fuhr fort: »Aber es ist gar nicht so abwegig, wie es auf den ersten Blick aussieht.«

Nicolas kniff ratlos die Augen zusammen. »Seid ihr, sind Sie, ich meine: Läuft da schon lange was?«

»Nein, ich meine, ja, eine Weile, nicht so lange …« Hilfesuchend sah ich Steffen an.

»Wir haben uns Weihnachten im *Lucky* kennengelernt.«

Das war nicht besonders hilfreich, Weihnachten war verdammt lange her.

»Na ja, eigentlich erst später. So richtig.«

»Wir wollten es euch nicht sagen, weil du nun mal ihr Schüler warst.«

»Ja, und dann auch noch der Freund meiner Tochter. Es wäre merkwürdig gewesen.«

Nicolas' Blicke wanderten hektisch zwischen Steffen und mir hin und her. Dann verzog er etwas angeekelt das Gesicht. »Ist ja voll krass!«

Insgeheim hatte ich auf etwas mehr Verständnis gehofft.

»Wir dachten damals nicht, dass es etwas Ernsteres werden würde. Sonst hätten wir natürlich längst mit euch geredet.« Nach seiner Zustimmung suchend, sah ich Steffen an, doch er schien sogar enttäuscht zu sein, dass ich unserer Affäre anfangs keine Zukunft gegeben hatte. Er sagte gar nichts dazu. Allerdings wirkte er etwas gereizt, als er Nicolas fragte: »Was machst du denn eigentlich noch hier, ich dachte, du bist längst unterwegs?« Diese Frage brachte zur Abwechslung mal Nicolas in Bedrängnis, denn er versuchte schnell, etwas in seiner Hosentasche zu verbergen.

»Nichts!«

»Och nee, komm. Du kriegst doch genug Taschengeld!«

Als Nicolas rot wurde, wusste ich, worum es ging, und der nächste Adrenalinstoß durchfuhr meine Blutbahnen. Kondome. Er hatte sich an Steffens Nachtschränkchen bedient.

»Willst du die etwa benutzen?«, fragte ich alarmiert, aber

was sollte er sonst damit tun wollen, für Wasserbomben war er zu alt.

»Äh, ja, vielleicht. Oder … oder brauchen Sie sie?«, stammelte der Ärmste. Wie unangenehm musste es sein, von der Mutter seiner Freundin, die noch dazu mal seine Klassenlehrerin gewesen war, beim Kondomklau erwischt zu werden. Am liebsten hätte ich meine Frage zurückgezogen.

»Nein, nein, nimm sie ruhig!«, sagte ich schnell. Viel peinlicher konnte diese Situation wirklich nicht mehr werden. Steffen war nicht so großzügig. »Na ja, also eigentlich …« Ich unterbrach ihn schnell: »Gib sie ihm ruhig. Alle!« So ungeübt wie Kim damit war, konnte schnell mal eines kaputtgehen, falls sie, wenn sie … O Gott. Ich vergrub mein Gesicht in meinen Handflächen und zwang mich, nicht mehr darüber nachzudenken. Steffen konnte ein Grinsen kaum unterdrücken, als er Nicolas die ganze Packung gab.

»Ja, also, ich muss dann mal …«, versuchte Nicolas, sich irgendwie aus dieser unangenehmen Lage zu stehlen.

»Ja, natürlich. Wir reden ein anderes Mal in Ruhe, okay?« Ich versuchte mich noch mal in meinem Lehrerinnenmodus, aber Nicolas sah mich entsetzt an. »Äh, worüber jetzt?«

»Oh, äh, nicht darüber. Über uns. Steffen und mich. Und dich und Kim. Sie weiß noch nichts davon. Ich wäre dir dankbar, wenn ich es ihr selbst sagen könnte. Das wäre wirklich wichtig!«

Jetzt hatte er seine Selbstsicherheit zurückgewonnen.

»Okay. Kein Problem«, nuschelte er und winkte locker mit den Kondomen. Als er gegangen war, sahen Steffen und ich uns geschafft an. Wir ließen uns aufs Bett nieder und fingen gleichzeitig an zu reden.

»Puh, das war peinlich!«

»Er will mit Kim schlafen!«

Steffen drehte überrascht sein Gesicht zu mir. »Was? *Das* ist dein Problem?«

»O ja, allerdings!« Im Moment wenigstens. Wie ich Kim die Lüge über Steffen und mich erklären konnte, ohne ihr Vertrauen gänzlich zu verlieren, sie gleichzeitig über den Abschied von Nicolas hinwegtrösten und dabei herausfinden sollte, wie weit sie heute Nacht gegangen war, darüber konnte ich mir gerade wirklich nicht den Kopf zerbrechen. Ich fuhr mir stöhnend über das Gesicht und schüttelte den Kopf, als könnte ich das soeben Erlebte damit abschütteln.

»O Gott. Ich sollte das gar nicht wissen! Ich will es auch gar nicht wissen. Verdammt, warum mussten wir ihm ausgerechnet heute über den Weg laufen!«

»Vermutlich, weil er sich nicht heimlich in mein Zimmer geschlichen hätte, wenn er nicht diesen Plan verfolgen würde.«

Ich sah ihn nachdenklich an. Meine Gedanken überschlugen sich. »Was hat er denn vor? Er will erst mit ihr schlafen, und dann erzählt er ihr, dass ihre Beziehung keine Zukunft hat? Dass er nach Kanada geht?«

»Oder umgekehrt.« Verständnislos sah ich Steffen an. Er zuckte mit den Schultern. »Na ja, so würde ich es zumindest machen. Dann hätte es was von einer letzten Liebesnacht vor dem endgültigen Abschied.«

Mein Kinn war im Laufe seiner Erklärung immer weiter nach unten gesackt. Aus Mangel an passenden Worten schlug ich ihm auf den Oberarm. Er zuckte zusammen.

»Das ist total gemein«, fuhr ich ihn an.

»Nein, das ist romantisch.«

»Was? Damit sie nicht mehr nein sagen kann? Wohl eher Erpressung.«

»Sie soll ja nicht nein sagen.«

»Steffen!«, rief ich, und er besaß doch tatsächlich die Frechheit, zu lachen. »Männer! Echt!«

Er riss sich mühsam zusammen. »Meike, es passiert so oder so. Egal wie. Lass einfach mal los.«

Ich ließ mich rücklings aufs Bett sinken. Steffen ebenfalls, allerdings auf einen Sicherheitsabstand bedacht.

»Ich weiß«, seufzte ich. »Aber ich finde es trotzdem noch zu früh für Kim.«

»Es kommt nicht auf das Alter an, sondern auf die Person, mit der man sein erstes Mal erlebt. Die beiden sind total verliebt und schon fast ein Jahr zusammen.«

»Trotzdem ist vierzehn verdammt jung.«

»Fünfzehn ist heutzutage nicht zu jung.«

»Ihr Geburtstag ist erst in sechs Wochen, und ich finde auch fünfzehn noch zu jung.«

Er sah mich schmunzelnd an. Ich wusste, was er dachte. Manchmal hasste ich es, dass ich ein offenes Buch für ihn war.

»Ja, ich war achtzehn, und es war Arne, und ich war froh, so lange gewartet zu haben.«

»Ich sage ja gar nichts.«

»Wie alt warst du denn?«

»Zu jung!«, war seine kryptische Antwort.

Ich drehte mich auf die Seite und stützte meinen Kopf auf, während ich Blickkontakt mit ihm suchte. »Du redest nicht gerne über dich, was?«

»Doch schon, nur nicht über mein vergangenes Ich.«

»Warum?«

»Weil es zu lange her ist.«

Nachdenklich spielte ich mit seinen Fingern. »Ich weiß gar nichts über dich. Und du so viel über mich.«

Er rückte näher zu mir und überlegte lange, bevor er mir antwortete: »Gib mir eine Chance, Meike. Mehr will ich gar nicht.« Plötzlich wirkte er angespannt. Vielleicht hatte er noch an meinem Satz von vorhin zu knabbern, dass ich nicht erwartet hatte, dass es mit ihm etwas Ernsteres sei.

»Und wenn ich mehr will?«, fragte ich flüsternd.

Er musterte mich erleichtert. Sein Gesicht war weich. »Dann bekommst du es.«

Dann gab er mir einen Kuss, der mich von allem überzeugt hätte. Aber ich war froh über seine Antwort. Wenn ich morgen bei Kim schon den Gang nach Canossa antreten musste, dann wollte ich wenigstens sicher sein, dass er es wert war. Als wir uns voneinander lösten, sah er mich grinsend an. »Ich hoffe, du bereust gerade, dass du meinem Sohn die ganze Packung überlassen hast.« Und schon zeigte er wieder sein anderes Gesicht. Wie konnte er ernsthaft glauben, dass ich an Sex dachte, während sein Sohn womöglich gerade dabei war, meine Tochter zu entjungfern!

Geständnisse

Sie wirkte nicht älter. Ihr Gesicht glühte nicht. Ihr Benehmen war nicht abgeklärter, und sie lächelte auch nicht wissend, als sie sich an den Frühstückstisch setzte. Sie war immer noch die Kim, die sich gestern Abend mit einem Pferdeschwanz, der sie noch jünger machte, T-Shirt und Shorts, die bloß nichts von ihrem sich verändernden Körper preisgeben sollten, und einem Küsschen von mir verabschiedet hatte, bevor sie zu Nicolas in den Probenraum fuhr. Wenigstens daraus machte sie kein Geheimnis mehr. Dass er dort seit den großen Ferien nicht mehr probte, wusste ich natürlich. Aber seit gestern wusste ich ja auch, was sie stattdessen dort taten oder tun wollten.

Kim war erst kurz nach eins leise in ihr Zimmer geschlichen, statt um zwölf, wie abgemacht, aber sosehr ich auch an ihrer Wand gelauscht hatte, es gab mir keinen Aufschluss darüber, was zwischen ihr und Nicolas passiert war.

Gott, dieses Versteckspiel ging mir so dermaßen auf die Nerven. Ich war froh, dass es in wenigen Minuten vorbei sein würde. Gleichzeitig war ich unglaublich nervös. Wie würde Kim reagieren? Die ganze Nacht hatte ich mir darüber den Kopf zerbrochen und ein Szenario nach dem anderen entworfen. Vergeblich, von »Ich hasse dich und will nichts mehr mit dir zu tun haben« bis »Toll Mama, dann können wir ja alle zusammen in den Urlaub fahren« war alles drin, wobei die letzte Variante wohl wirklich nur mit viel Optimismus zu erwarten war.

»Kaffee?«, fragte ich übertrieben gutgelaunt und holte die neue Espressokanne vom Herd, die ich mir gekauft hatte, seitdem meine Mutter nur noch koffeinfreien machte.

»Mmm«, sagte Kim nur, und schon an diesem einfachen Laut erkannte ich, dass etwas nicht stimmte. Erstaunlich, wie genau man die Schwingungen der eigenen Tochter aufnahm. Ich schaute Kim besorgt an, aber sie versuchte, sich nichts anmerken zu lassen, und hielt mir ihre Tasse hin.

»Also, wirklich, Meike, das ist die reinste schwarze Brühe. Dass du Kim in ihrem Alter schon zu diesem tödlichen Getränk verführst!«, mahnte Mutter vollkommen deplatziert. Dank Kim war sie zwar nicht mehr so einsilbig, versuchte aber nun, ihr Alter mit einem ganz neuen Gesundheitswahn zu überlisten. Gegessen wurde nur noch fett-, fleisch- und geschmacksfrei. Getrunken nur noch zucker-, koffein- und alkoholfrei.

»Kaffee ist gesünder, als man denkt«, erwiderte ich, dabei hatte ich gerade alles andere als Lust, sie von den gesundheitlichen Vorteilen von Koffein zu überzeugen.

»Ja, die Forscher drehen es immer so, wie es der Wirtschaft am besten passt!«

»Mutter«, stöhnte ich ehrlich genervt. »Können wir heute mal nicht über die schlimmen Auswirkungen der Giftstoffe reden, die wir tagtäglich mit unserem Essen zu uns nehmen? Bitte!«

Normalerweise hätte Kim jetzt gekichert oder sich konstruktiv eingemischt, aber sie schmierte sich nur ganz still ein Nutellabrot. Irgendetwas stimmte nicht, nur was von den vielen Sachen? Hatte sie Sex gehabt, und es hatte ihr nicht gefallen? Hatte Nicolas ihr von Kanada erzählt, und sie überlegte, mit ihm durchzubrennen? Oder war am Ende ich der Auslöser, und Nicolas hatte ihr brühwarm von unserem peinlichen Aufeinandertreffen erzählt?

Innerlich stöhnte ich auf ob dieser Optionen. Ich überlegte, was ich jetzt Harmloses sagen konnte. Wenn ich sie auf gestern Abend ansprach, riskierte ich eine unvorhersehbare Reaktion, die jedes weitere Gespräch im Keim ersticken konnte. Außerdem wollte ich nicht vor Mutter und ihren ebenfalls unvorhersehbaren Reaktionen mit Kim über alles reden. Ich musste warten, bis wir alleine waren.

Kim kaute appetitlos auf ihrem Nutellabrot herum, und auch ich brachte vor Nervosität kaum einen Krümel herunter.

»Was sind deine Pläne für heute?«, fragte ich schließlich, nachdem ich diese Frage vorher ausgiebig von allen Seiten auf Unbedenklichkeit hin überprüft hatte.

»Weiß noch nicht«, murmelte sie, und ich merkte an ihrem gebrochenen Tonfall, dass es ihr schwerfiel, ihre Fassung zu bewahren.

»Hättest du Lust, mit mir ein bisschen shoppen zu gehen?«

Kim zuckte mit den Schultern. »Vielleicht.«

»Wollt ihr euch bei der Hitze wirklich durch die Einkaufsstraßen drängen? Da kriegt ihr noch einen Hitzeschlag.«

»Die Geschäfte sind für gewöhnlich klimatisiert, Gisela!«

»Noch schlimmer, draußen kommt man vor Hitze um, und drinnen friert man sich zu Tode.«

Ihre Sprache besaß in letzter Zeit etwas auffällig Makabres. Ich warf Mutter nur einen entnervten Blick zu. »Also gehe ich mal davon aus, dass du nicht mitkommen willst.«

»Gott bewahre, ich lege mich gleich draußen in den Schatten und bewege mich keinen Millimeter.«

»Das ist doch eine gute Idee. Warum nutzt du nicht noch die angenehmen Temperaturen heute Morgen aus. Kim und ich erledigen den Abwasch.«

Mutter durchschaute meine kaum verborgene Abschiebestrategie nicht und nahm den Vorschlag gerne an. Endlich war ich mit Kim alleine und musste wohl oder übel mit meinem Geständnis beginnen. Leider war mir heute Nacht nur ein sehr holpriger Einstieg eingefallen:

»Erinnerst du dich noch daran, wie wir den Film *Green Card* gesehen haben? Ich glaube, du warst neun oder zehn.«

Kim starrte mich verwirrt an. Noch hatte sie keine Ahnung, worauf ich hinauswollte.

»Auf jeden Fall«, fuhr ich fort, »sagtest du damals, dass du gar nicht verstehen konntest, warum sich Andie MacDowell in Gérard Depardieu verliebt hatte.« In ihrem Alter war sie noch nicht anfällig für Gérard Depardieus Charme gewesen und fand, dass sie lieber bei Hugh Grant hätte bleiben sollen. Wir hatten ein paar Tage zuvor *Vier Hochzeiten und ein Todesfall* geschaut.

»Hä? Vergleichst du Nicolas gerade mit Gérard Depardieu?«

Stimmt, das war auch eine Variante, eine etwas merkwürdige allerdings. Andererseits – verglich ich Steffen etwa gerade mit dem französischen Superstar? Ein schiefes Lächeln wie der hatte er zumindest. »Nein, nein, um Gottes willen! Ich meine nur, dass es doch manchmal komisch ist, wer sich so alles ineinander verliebt, auch wenn man es eigentlich gar nicht will oder wenn andere es nicht so richtig verstehen können.«

Kim nickte, und bevor ich es ahnen konnte, brach der Staudamm, und sie schluchzte los: »Nicolas wollte mit mir schlafen, und ich habe gesagt, dass ich das noch nicht will, und er hat gesagt, dass er auf mich warten würde, aber ich glaube, dass er das komisch fand und jetzt vielleicht nichts mehr von mir wissen will. Meinst du, er macht Schluss?«

Perplex über die Wendung, die mein Geständnis genommen hatte, sagte ich: »Oh, äh, nein, ganz bestimmt nicht! Wieso denn?«

Kim sprang auf und setzte sich auf meinen Schoß, als wäre sie fünf und nicht fast fünfzehn. »Na, weil ich mich so blöd angestellt habe!«

»Was meinst du mit blöd?«, fragte ich hellhörig.

»Na ja, erst haben wir nur rumgeknutscht. Und als er

dann … eben mehr wollte, habe ich … Och Mama, das ist total peinlich.«

»Ich will es auch gar nicht so genau wissen. Also hast du nein gesagt?«, fragte ich mit kaum verhohlenem Stolz.

»Ja, so ungefähr. Findest du das kindisch?« Fast hätte ich das Falsche gesagt, in meinen Augen war sie schließlich noch ein Kind. »Nein, im Gegenteil, ich finde das sehr reif von dir!«

»Und wenn er doch nicht warten will?«

Verflucht, was sollte ich jetzt nur sagen? Ich flüchtete mich in Allgemeinplätze.

»Wenn er dich liebt, wird er warten.«

»Und meinst du, er liebt mich?«

»Natürlich!«, sagte ich. Das war wenigstens die Wahrheit.

»Ich dachte nur, weil du von diesem Film angefangen hast und es komisch findest, dass ich mich in ihn verliebt habe. Oder?«

»Oh, das meinte ich damit gar nicht.«

»Was denn sonst?«

Ich sah sie unschlüssig an. Dass ich mich in Nicolas' Vater verliebt habe, predigte ich mir in meinem Kopf vor, dass ich Andie MacDowell war und Gérard Depardieu mich überrumpelt hatte, während ich noch auf der Suche nach Hugh Grant war.

»Puh, ich weiß auch nicht, warum ich damit angefangen habe. Muss an der Hitze liegen.« Dann lächelte ich schwach und verfluchte meinen genialen Ansatz!

Leider war Kim keins von den Girlies, die sich mit Mädchenkram wie Shoppen aufmuntern ließen. Unsere Einkaufstour gestaltete sich schwierig, vor allem, weil Kim alle paar Sekunden auf ihr nicht klingeln wollendes Handy starrte. Außerdem stiegen die Temperaturen in den Einkaufsstraßen ab zwölf wie von Mutter vorhergesagt in rekordverdächtige vierziger Bereiche, und so fuhren wir mit der U-Bahn wieder nach Hause.

Auch dort ließ sich Kims Stimmung nicht aufhellen. Stattdessen wieder nur in regelmäßigen Abständen der Griff zum stummen Handy.

»Ruf du ihn doch an, Mäuschen«, sagte ich schließlich, als ich es nicht mehr mit ansehen konnte.

»Auf gar keinen Fall. Er soll ja nicht denken, dass ich die totale Klette bin.«

Das ewige Problem. Leider kannte ich es zu gut. »Er meldet sich bestimmt bald.«

»Meinst du wirklich?«

»Natürlich.« Und wenn nicht, würde ich ihn eigenhändig dazu zwingen.

Zwei Stunden später, die ich weiterhin vergeblich damit zugebracht hatte, Kim aufzumuntern, war ich so weit. Ich gab vor, ein paar Einkäufe für unser Abendessen erledigen zu wollen, und fuhr schnurstracks zu Steffen.

Trotz der Hitze öffnete er mir in langen Hosen und offenem Hemd, nicht mal zu Hause lief er in Shorts rum.

»Waren wir verabredet?«

»Nein, ich will mit Nicolas reden«, sagte ich mit einer ordentlichen Portion Wut in meiner Stimme.

»Wegen gestern? Haben sie denn …«

»Nein, haben sie nicht. Kim hat nein gesagt.« Ich bemühte mich kein bisschen, meine Genugtuung zu verbergen.

»Also, ganz die Mutter«, grinste er. Ich warf ihm einen gekränkten Blick zu.

»Mir soll es recht sein. Dafür ist er scheinbar ganz der Vater!«, konterte ich gereizt. »Redet nämlich nicht gerne über sich!«

Steffen atmete schwer ein und sah mich eindringlich an.

»Tu das nicht, Meike«, sagte er ahnungsvoll. »Misch dich da nicht ein.«

»Ich muss mich einmischen, ich bin ihre Mutter.«

»Aber es ist ihre Angelegenheit.«

»Es wäre ihre Angelegenheit, wenn ich es nicht wüsste, und glaub mir, im Moment wünschte ich mir, dass ich vieles lieber nicht wüsste.«

»Und was hat Kim zu uns gesagt?«

»Gar nichts«, gestand ich kleinlaut. »Ich konnte es ihr noch nicht erzählen.«

Steffen hielt sich zurück, aber es war nicht schwer, ein gerechtfertigtes »Siehst du« von seinen Lippen abzulesen.

»Sie ist wegen gestern Abend total durch den Wind, und Nicolas' Abreise macht es mir nicht gerade leichter«, erklärte ich. »Sie wird mir nie abnehmen, dass ich nichts davon wusste, und mich vermutlich zu Recht für alle Ewigkeit hassen.«

Steffen nickte, wenigstens verstand er das Problem. »Das nennt man wohl eine Patt-Situation.«

Er schien beunruhigt. Vielleicht ahnte er, dass er gegen Kim immer den Kürzeren ziehen würde. Insgeheim ahnte ich es wohl auch. Vielleicht fiel es mir deshalb so schwer, Kim die Wahrheit zu sagen.

»Das Mindeste, was ich tun kann«, sagte ich bedrückt, »ist, Nicolas dazu zu bringen, ihr von Kanada zu erzählen. Ich meine, sein Flug geht in einer Woche! Das finde ich nicht in Ordnung. Du etwa?«

»Natürlich nicht, und ich habe es ihm auch schon gesagt. Aber er muss es selbst entscheiden.«

»Also, ich seh das nicht so. Kim sitzt schon den ganzen Tag mit hängenden Mundwinkeln zu Hause rum und wartet auf ein Lebenszeichen von ihm. Ich rede jetzt selbst mit Nicolas.«

Hätte ich nur auf Steffen gehört.

Alles ist relativ

Als ich am nächsten Vormittag gegen elf vom Lauftraining kam, saß meine Mutter mit Kim in einem Tränenmeer auf dem Sofa. Um sie herum eine Gischt aus zerrupften Taschentüchern. »Nicolas war eben da«, flüsterte Mutter und stand hilflos auf. Ich nickte und nahm ihren Platz ein. Kims Kopf wanderte von Mutters durchnässtem T-Shirt auf mein verschwitztes Top. »Ich back uns ein paar Waffeln«, schlug Mutter vor und wollte in die Küche eilen.

»Bei dieser Hitze?«, wandte ich ein. Ich wusste, dass sie Kim jetzt irgendetwas Gutes tun wollte. Aber ich wusste auch, dass Kim jetzt vermutlich alles hatte, nur keinen Hunger.

»Ja, du hast recht«, überlegte meine Mutter. »Eis? Ich hole eine große Packung Eis vom Konsum.«

»Ja, gut«, erwiderte ich leise. Wenigstens war Mutter dann eine Weile unterwegs und fühlte sich nützlich.

Tröstend strich ich Kim über die langen braunen Haare, die sich fast vollständig aus dem Zopf gelöst hatten. Als sie ihren Kopf hob und mich ansah, hätte ich fast mitgeheult, so erbärmlich sah sie aus. Ihr Gesicht war zugequollen, die Augen rot. »Ach Mäuschen, ihr könnt euch doch trotzdem noch ab und zu sehen. So weit weg ist er auch wieder nicht. Heutzutage …« Das stimmte zwar nicht, aber manchmal halfen solche irrationalen Erklärungen über den ersten Schmerz hinweg. Kim war dafür aber leider zu rational. Sie sah mich verdattert an. »Aber er hat gesagt, dass wir uns besser nicht mehr sehen sollten.«

»Wirklich?« Wow, das war ganz schön hart von Nicolas. »Na ja, vielleicht ist es das Beste, auch wenn es erst mal unheimlich schwer ist. Vielleicht könnt ihr ja später wieder Freunde werden.«

»Nein, bestimmt nicht! Und du hast mich auch angelogen.«

Mir blieb fast das Herz stehen. Na klasse. Erst erzählte Nicolas ihr gar nichts, und dann mit einem Mal alles. Sogar von Steffen und mir! Wollte er sich etwa dafür rächen, dass ich ihm gestern ordentlich den Kopf gewaschen hatte?

»Ja, ich weiß«, stotterte ich. »Es tut mir auch sehr, sehr leid, Kim.«

Überrascht sah sie mich an. »Dann wusstest du die ganze Zeit, dass er mich viel zu jung findet?«

Da konnte ich seit langem zum ersten Mal ganz ehrlich und empört antworten: »Nein! Hat er das gesagt?«

»Ja, aber er hat es ganz lieb gemeint. Er hat gesagt, dass ich bestimmt bald einen neuen Freund in meinem Alter finde!«

Im Gegensatz zu ihr fand ich das nicht lieb, sondern ziemlich ungeschickt, denn was Kim daraus nur folgern konnte, war: »Er hat Schluss gemacht, weil ich nicht mit ihm schlafen wollte!«

Nicolas hatte wirklich keinen Funken Verstand in seinem Hirn. »Nein, Kim, ganz bestimmt nicht. Er hat wahrscheinlich nur gedacht, dass er jetzt eben mit der Schule fertig ist und weggeht, und eine Beziehung über so eine Entfernung zu halten ist verdammt schwer.«

Sie sah mich verständnislos an: »Wieso sollte er weggehen? O Gott, ich wünschte, er würde weggehen, dann würde ich ihn wenigstens nie mehr wiedersehen.«

Jetzt fiel mir alles aus dem Gesicht. Dieser miese kleine Feigling! Redete meiner Tochter ein, dass sie zu jung für ihn sei, weil er es nicht fertiggebracht hatte, ihr rechtzeitig zu erzählen, dass er nach Kanada ging! Nicht zu fassen!

»Ich will sterben!« Und ein weiterer Tränensturzbach verließ ihre roten Augen. Sowieso war unsere Unterhaltung von vielen unverständlichen Lauten und Schluchzern unterbrochen, die ständige Wiederholungen erforderten. Ich drückte Kim ganz eng an mich, während ich nachzuvollziehen versuchte, was meine Intervention bei Nicolas nun bewirkt hatte. Kim schnäuzte sich die verstopfte Nase, und ich reichte ihr ein neues Taschentuch. »Jetzt weiß ich endlich, wie du dich gefühlt hast wegen Papa.« Ich musste gegen meinen Willen lächeln. Dann wies ich mich selbst zurecht. Nur weil Kim jünger und keine sechzehn Jahre mit Nicolas verheiratet gewesen war, bedeutete es schließlich nicht, dass ihr Liebeskummer weniger schlimm war. Im Gegenteil, vielleicht war der erste tatsächlich der schlimmste, schließlich nahm man alles noch viel unreflektierter wahr. Meine Trennung von Arne hatte nur viel mehr Sorgen nach sich gezogen – die größte davon war Kim selbst gewesen und die Angst davor, wie sehr sie darunter leiden könnte. Aber das Gefühl, verlassen zu werden, war in jedem Alter schlimm. Sterben wollte ich damals zwar nicht mehr, viele andere Sachen dagegen schon. In erster Linie Arnes Autoreifen zerstechen, seine Wohnung verwüsten, Geschirr zerdeppern, wenn das alles nicht auch mir gehört hätte.

»Wie konntest du denn damals weiterleben?«, fragte Kim mich vollkommen ernst, und ich bemühte mich, ihr aufrichtig zu antworten. Tatsächlich hatte es Tage gegeben, an denen mir selbst das Aufstehen schwergefallen war, die ich lieber im Bett verbracht hätte, wenn Kim nicht dagewesen wäre.

»Schritt für Schritt, mein Schatz. Am Anfang musst du dich irgendwie von Tag zu Tag hangeln. Aber, glaub mir, je mehr Zeit vergeht, desto weniger tut es weh.«

»Das kann ich mir nicht vorstellen!« Und wieder kamen eine Menge unverständlicher Laute und Schluchzer. »Wieso sollte es irgendwann weniger weh tun?«

Ich überlegte. Stumpfte man ab? Wirkte die Zeit als Puffer, als Filter? Ich fand es ja selbst immer wieder erstaunlich. Das, was einen zuerst regelrecht lähmte, komplett aus der Bahn warf, war Tage oder Wochen später schon nicht mehr so schlimm. Es waren sicher irgendwelche Regionen im Gehirn dafür zuständig, die der Erinnerung die Spitzen nahmen, Synapsen, die sich lösten, Hormone, die ausgeschüttet wurden. Aber als Erklärung war das ziemlich unzulänglich. »Vielleicht«, versuchte ich mich an einer nicht ganz so neurobiologischen Erklärung, »sieht man es irgendwann aus einem anderen Blickwinkel, weil man älter geworden ist, das Leben länger und die Zeit der akuten Schmerzen im Vergleich gesehen kürzer.« Ich zuckte mit den Schultern. Kim kräuselte ihre Stirn.

»Wusste ich es doch, am Ende läuft das ganze Leben auf die Relativitätstheorie hinaus.«

Ich verkniff mir ein Lachen und schüttelte den Kopf: »Nein, nicht alles. Schöne Erlebnisse bleiben einem dafür so lebhaft im Gedächtnis, wie sie waren. Oft sogar noch schöner. Deine Geburt zum Beispiel.«

Wieder kräuselte sie die Stirn. »Ich hätte doch mit Nicolas schlafen sollen.«

Ich stöhnte innerlich auf. Daran dachte sie also, wenn ich von schönen Erlebnissen redete. Nicht dass sie es sich jetzt noch anders überlegte und sofort zu Nicolas lief.

»Nein, Kim. Das war schon richtig, was du gemacht hast. Du musst selbst entscheiden, wann du dafür bereit bist. Und nicht Nicolas oder sonst wer.«

Und das war dann hoffentlich mit achtzehn und einem zuverlässigen Mathematikstudenten ohne Zottelmähne und Rockstar-Allüren, fügte ich stumm hinzu.

Zum Glück kam Mutter im selben Moment mit einem Fünflitereimer Vanilleeis zurück. Aus Solidarität wollte sie sogar eine Portion mitessen, trotz des bedenklichen Zuckeranteils. Aber Kim hatte erwartungsgemäß keinen Appetit, sondern zog sich auf ihr Zimmer zurück, um traurige Lieder zu hören. Am Ende aß ich drei Portionen allein und regte mich über Nicolas auf.

Am nächsten Tag ging es Kim ein kleines bisschen besser. Sie musste nicht mehr die ganze Zeit weinen, aß sogar eine Waffel, von denen Mutter nun doch einen großen Berg gebacken hatte.

Direkt nach dem Frühstück wollte sie sich wieder in ihr Zimmer zurückziehen, und ich versuchte, sie mit allen Mitteln aufzumuntern. »Sollen wir schwimmen gehen?« Normalerweise konnte man sie im Sommer nur schwer vom Wasser fernhalten. Heute erinnerte es sie nur an Nicolas, mit dem sie die letzten Tage am See verbracht hatte. Sie schüttelte stumm den Kopf. »Kino? In ein paar Kinos gibt es schon vormittags Vorstellungen.«

»Keine Lust rauszugehen.«

»DVD?« Wenigstens sagte sie nicht sofort nein. »Dann kuscheln wir uns zusammen aufs Sofa und schauen den ganzen Tag Filme.« Sie nickte. Wahrscheinlich war es ihr egal, ob sie hier unten oder oben in ihrem Zimmer vor sich hin brütete. Mutter nahm Kim in den Arm, als sie schlapp zum Sofa wandern wollte.

»Einen Vorteil hat das Altern wenigstens. Die Männer machen nicht mehr mit mir Schluss. Sie kriegen einfach einen Herzinfarkt.«

Ein unkontrolliertes Schnauben verließ meine Nase. Ich hielt mir schnell die Hand davor und schaute Mutter ungläubig an. Sie meinte es vollkommen ernst, aber es war so zynisch, dass ich mir das Lachen nur mit höchster Konzentration verkneifen konnte. Auch Kim starrte ihre Oma verwirrt an. Ich musste mehrmals glucksen und versuchte, den nahenden Ausbruch runterzuschlucken. Kim wusste nicht, ob sie es witzig finden durfte, aber als unsere Blicke sich trafen, war es um uns geschehen. Wir lachten beide laut los. Mutter sah uns empört an.

»Das meine ich vollkommen ernst.«

Ich versuchte, ihre Bemerkung mit einer entsprechenden Miene zu würdigen, aber der Lachdrang war stärker.

»'tschuldigung, Omi«, sagte Kim mitleidig, nur um kurz darauf wieder loszukichern. Wenigstens war es meiner Mutter gelungen, sie für einen Moment aus ihrem Liebeskummer zu reißen.

»Ja ja, kommt ihr erst mal in mein Alter.« Kim nahm sie das Gekicher nicht übel, aber ich erntete einen bitterbösen Blick von ihr, bevor sie sich wieder dem Waffelberg zuwandte, dessen Gipfel nicht abzusehen war.

Kim und ich versuchten, uns nicht mehr anzuschauen. Ich atmete mehrmals tief durch, und als ich das Gefühl hatte, meine Stimme im Griff zu haben, sagte ich mitfühlend: »Hast du denn noch mal was von Heinrich gehört?«

»Nein!«, erwiderte Mutter kurz angebunden, und es war klar, dass sie nicht weiter darüber reden wollte.

»Guckst du gleich mit?«, fragte Kim, die ebenfalls ein schlechtes Gewissen hatte.

»Nein, schaut ihr nur, ich gehe gleich zum Yoga.«

»Bei dieser Hitze ist das bestimmt nicht gesund«, warf Kim besorgt ein.

»Kein Yoga ist aber auch nicht gesund, mach dir mal keine Gedanken, meine Kleine.«

Wenn Mutter sonst meinen Trainingsplan immer belächelt hatte, so ging sie seit einer Woche selbst jeden Tag entweder ins Fitnessstudio, zum Schwimmen oder Yoga. Um den körperlichen Verfall aufzuhalten, wie sie erklärte. Sie war schlimmer als ich, aber jeder Versuch, ein ernsthaftes Gespräch mit ihr zu beginnen, wurde von ihr abgeblockt. Ich hatte es schon aufgegeben, ihren akuten Fitnesswahn zu kommentieren, und holte stattdessen unsere DVD-Kiste hervor.

Die Auswahl der Filme gestaltete sich allerdings schwierig. Nicht nur, dass der größte Teil unserer Sammlung bei Arne geblieben war. Liebesfilme und Melodramen sortierte ich lieber aus, und damit blieb nur ein sehr beschränktes Programm übrig: ein paar alte Walt-Disney-Filme, ein paar neuere Animationsfilme, für die Kim aber auch schon zu alt war, und zwei hirnlose Komödien, bei denen ich mich fragte, ob die nicht eigentlich Arne gehörten. Im Grunde war es auch egal, was ich einlegte, Kim war mit ihren Gedanken bei Nicolas.

»Meinst du, er ist auch traurig? Wenigstens ein bisschen?«

»Ja, ganz bestimmt«, sagte ich und gönnte es ihm von ganzem Herzen. »Wenn man sich trennt, ist es nicht nur für den schwer, der verlassen wird. Im Gegenteil, der andere leidet meistens auch ganz stark, weil er sich noch dazu schuldig fühlt.« Und Nicolas sollte sich verdammt nochmal schuldig fühlen!

Kim nickte nachdenklich. »Ich will nur nicht, dass er mich vergisst. Oder durch eine andere ersetzt. Das wäre das Schlimmste.« Sie wischte sich wieder ein paar Tränen aus dem Gesicht und sah mich dann erschrocken an. »O nein, ich wollte dich nicht an Papa erinnern.«

Ich lächelte sie an. »Ach was. Darüber bin ich hinweg. Aber es stimmt. Das ist ein ziemlich beschissenes Gefühl.« Kim umarmte mich zur Abwechslung. »Mach dir keine Sorgen. Nicolas wird dich nicht vergessen.«

»Sicher?«

»Ganz sicher. Er wird dich auch vermissen!«

»Wieso, er könnte mich ja auch einfach fragen, ob ich ihn noch will.«

»Ja, das stimmt«, sagte ich schnell.

»Aber ich weiß nicht, ob ich ja sagen würde, jetzt, wo er so scheiße zu mir war!«

»Allerdings!«, brummte ich verärgert.

Kim sah mich irritiert an. Ich musste aufpassen, dass ich

mich vor lauter Wut nicht verplapperte. »Ja, nein, das stimmt, ich finde auch, dass du dir nicht alles bieten lassen solltest.«

Ich versuchte, ihre Aufmerksamkeit wieder auf *Shrek* zu lenken, den wir nur schlappe viermal bereits gesehen hatten. Aber Kims Gedanken wanderten schnell wieder weg von dem sympathischen grünen Monster.

»Hättest du Papa noch mal eine Chance gegeben, wenn er dich darum gebeten hätte?« Ich schaute sie überrascht an. Der Liebeskummer schien sie erwachsener zu machen. Plötzlich konnten wir viel offener über das Thema reden. »Ich weiß nicht.« Ich dachte lange nach. »Das ist schwer zu sagen, so hypothetisch. Ich dachte immer, dein Vater wäre meine große Liebe …« Ich merkte, dass ich auf ein gefährliches Terrain zusteuerte, und geriet ins Stocken.

»Und, war er das denn nicht?«, hakte Kim neugierig nach.

»Ja, schon«, antwortete ich. »Zu dem Zeitpunkt habe ich ihn sehr geliebt. Ich konnte mir nicht vorstellen, einen anderen Mann so zu lieben. Aber er hat mir auch sehr weh getan. Ich hab eine Seite an ihm kennengelernt, die ich … dann nicht mehr lieben konnte.«

Kim nickte. Dann sah sie mich bedrückt an. »Und wenn das wirklich so ist? Wenn es nur Papa für dich gab und nur Nicolas für mich?«

Ich schüttelte den Kopf und lächelte sie an. »Du wirst wieder jemanden kennenlernen, in den du dich verliebst, da bin ich mir ganz sicher.«

»Und du?«

Ich zögerte lange. Wie schön wäre es gewesen, wenn ich ihr jetzt hätte von Steffen erzählen können. In ihrer jetzigen Stimmung würde sie es bestimmt verstehen, wenn er nur eben nicht Nicolas' Vater wäre. Ein Teufelskreis.

Dann seufzte ich leise: »Ich auch.«

Abschiede

Nach etwa einer Woche hatte sich Kims Seelenzustand wieder einigermaßen stabilisiert. Sie hatte angefangen, die Fotos von Nicolas auf ihrem Handy zu löschen. Seine Liebesbriefe, eigentlich Liedtexte, die er für sie geschrieben hatte und die sie bis vor ein paar Tagen noch auswendig gelernt hatte, wanderten in den Müll, aus dem ich sie unbemerkt wieder rausholte, falls sie sie später doch gerne wiederhaben wollte. Sie hörte seine Songs nicht mehr und schmiss auch die CDs weg, die er ihr geschenkt hatte. Die ließ ich im Müll.

In vier Tagen würden wir nach Österreich fahren und etwas Abstand und Ablenkung von Nicolas haben. Kim war überm Berg, trotzdem konnte ich ihr am Abend vor Steffens Abreise schlecht erzählen, dass ich gerne die letzte Nacht bei ihm verbringen wollte, bevor er und sein Sohn dann nach Kanada abdüsten, wo Nicolas Karriere machen wollte. So stabil war sie dann doch noch nicht. Deswegen wartete ich, bis es im Haus ruhig geworden war, und schlich mich heimlich raus. Vorsichtshalber nahm ich meine Laufsachen mit, damit ich Kim und Mutter zur Not morgen vorgaukeln konnte, ganz früh trainiert zu haben. Vermutlich war das überflüssig, weil ich zurück sein würde, bevor eine der beiden überhaupt aufgestanden war. Steffens und Nicolas' Flug startete um kurz nach zehn von Frankfurt, so dass sie um halb sieben den Zug vom Kölner Hauptbahnhof nehmen mussten.

Als ich um kurz nach Mitternacht bei Steffen ankam, blieben uns noch fünfeinhalb Stunden für den Abschied. Es waren die schönsten fünfeinhalb Stunden, die wir zusammen verbrachten. Dabei fingen sie alles andere als vielversprechend an.

»Wo wohnst du in Kanada eigentlich? Bei Nicolas?«

»Ja, sozusagen. Bettany hat mir ein Zimmer in ihrem Stadthaus in Vancouver angeboten.«

Das war mir neu, und ich sagte etwas schnippisch: »Nett von deiner Ex, dass sie dir das Ticket bezahlt und auch noch für die Unterkunft sorgt. Ist sie dann auch in ihrem Stadthaus, oder zieht sie sich auf ihren Landsitz zurück?«

Irgendetwas fühlte sich nicht richtig an. Ich kannte das. Es war ein Schatten, der irgendwo hing, ohne dass der Gegenstand, der ihn abwarf, genau auszumachen war. Vermutlich war ich wütend auf mich selbst, weil ich mein Privatleben nicht auf die Reihe bekam, weil ich mich wie ein Teenie aus dem Haus schleichen musste, um meinen Freund zu sehen. Weil es statt eines heimlichen Abschieds in Steffens Schlafzimmer doch eigentlich Küsse und ein paar Tränen am Flughafen geben sollte. Das alles nervte mich. Steffen merkte es. Er zog mich an sich. »Du willst mir damit sagen, dass du mich vermissen wirst?«, fragte er.

Entwaffnet nickte ich. »Ich hab mich nur etwas umständlich ausgedrückt.«

Er strich mir über die Wange. »Wie geht es Kim?«

»Besser. Sie hasst deinen Sohn jetzt.«

»Das ist gut.« Steffen musste kurz schmunzeln, wurde dann aber wieder ernst und fragte: »Wirst du ihr denn noch von uns erzählen?« Es schien ihn zu bedrücken. Verständlicherweise, schließlich hing davon unsere gemeinsame Zukunft ab.

»Ja, ja, natürlich«, versicherte ich ihm und ein bisschen auch mir schnell. »Aber im Moment geht es einfach nicht. Sie würde sich nach der Sache mit Nicolas so verraten fühlen. Und sie braucht mich gerade einfach als Mutter und nicht als …« Ich zuckte mit den Schultern, mir fiel kein passender Begriff ein, der den genauen Grad und Umfang meiner Verfehlungen beschrieb. Steffen schien meine Antwort nicht zu gefallen, auch wenn er nachdenklich nickte. Daher schob ich aufmunternd hinterher: »Vielleicht ist es ganz gut, dass du erst mal eine Weile weg bist. Dann kann sich die Lage hier etwas beruhigen, und danach schauen wir weiter.« Jetzt gefiel mir meine Antwort auch nicht mehr. Ratlos sahen wir uns an, doch ich wollte mir heute Nacht nicht weiter den Kopf darüber zerbrechen. Unsere Zeit war viel zu kurz. Obwohl er nur vier Wochen weg sein sollte, fühlte es sich wie ein Abschied für länger an.

Wir schliefen nicht. Wir lagen engumschlungen im Bett und flüsterten uns einen Haufen verliebter Dinge ins Ohr. Er schaffte es, meine trüben Gedanken komplett aus dem Bett zu verbannen. Ich prägte mir seine hellblauen Augen ein, seinen Blick, der irgendetwas hinter meiner Stirn fixierte, als ob er meine Gedanken knacken wollte. Meine Hände strichen immer wieder über seinen nackten Rücken. Warmer Wind fegte durch das sperrangelweit geöffnete Fenster, vor dem wir etwas später hockten und uns eine Zigarette teilten. Die Vorboten eines angekündigten Gewitters, das nach vier Wochen Dauerhitze etwas Abkühlung bringen sollte. Auch in dieser Nacht waren es wieder dreißig Grad und mehr, aber das störte mich heute ausnahmsweise nicht. Es war schön, den lauen Luftzug auf der Haut zu spüren und auf die menschenleere Straße unter uns zu schauen. Mit etwas Nervenkitzel dabei, falls uns jemand sehen würde, nackt wie wir waren. Ich verschluckte mich am Rauch und musste husten. Steffen huschte in die Küche, um ein angefrorenes Kölsch aus dem Eisfach zu holen. Die Flasche hielten wir uns an die Schläfen und den Nacken, zur Abkühlung. Zum Trinken war das Bier noch zu kalt, und dann vergaßen wir es, weil wir uns lieber wieder mit uns beschäftigten.

Fünfeinhalb Stunden gingen viel zu schnell um. Plötzlich schrillte Steffens Wecker, und unsere schläfrigen Zärtlichkeiten wurden schlagartig abgelöst von nervöser Hektik.

Als ich auf den Flur trat, lief Steffen ständig mit Koffern, Taschen oder Sonstigem hin und her, ohne erkennbares Muster. »Kann ich noch irgendwie helfen?«

»Kaffee wäre super!«, sagte er im Vorbeieilen, und ich ging in die Küche, wo Nicolas gerade im Stehen ein paar Cornflakes vertilgte. Er war nicht überrascht, mich zu sehen, auch wenn ihm die Begegnung unangenehm war. Er wusste, dass ich ihm sein Verhalten gegenüber Kim immer noch übelnahm. Wir wechselten kein Wort, während ich die Espressokanne mit Wasser und Pulver füllte und auf den Gasherd stellte. Ich bekam die Flamme nicht an. Nicolas half mir.

»Ich habe ihr noch eine SMS geschrieben«, murmelte er. Ich brauchte eine Weile, bis ich verstand, was und wen er meinte.

»Aha, und was stand darin?«

Er stellte die leere Schüssel weg, bohrte seine Hände tief in die Hosentaschen seiner abgeranzten Jeans und zog beide Schultern hoch.

»Dass ich jetzt nach Kanada gehe und so.«

Aufstöhnend versuchte ich mich erneut in seiner Erziehung: »Dir ist aber klar, dass man solche Sachen dem anderen besser früher und auch persönlich mitteilt, oder?«

Er machte eine undefinierbare Kopfbewegung, die einer Zustimmung nahe kam.

»Ich dachte erst, so ist es leichter für sie. Statt mir jetzt noch wochenlang nachzuheulen. Ist auch blöd.«

Ich nickte nachdenklich. »Und jetzt erfährt sie die Wahrheit per SMS?«

»Hab ja leider keine Zeit mehr.«

Na klasse, da konnte ich mich zu Hause ja wieder auf einiges gefasst machen.

»Sorry«, sagte Nicolas und verschwand in sein Zimmer.

Kopfschüttelnd sah ich ihm nach. Da klingelte es an der Tür.

»Verdammt, das Taxi«, rief Steffen gestresst. »Viel zu früh!«

»Ich sag ihm, er soll warten«, erklärte ich.

Doch als ich die Wohnungstür aufmachte, stand dort kein genervter Taxifahrer, sondern Kim. Wir starrten uns gegenseitig an. Schlagartig wurde mir eiskalt und zugleich heiß. Der Schock und die Verwirrung waren bei uns beiden groß. Allerdings konnte ich noch die Verbindung von Nicolas' verhängnisvoller SMS zu ihrem plötzlichen Auftauchen hier ziehen, während sie völlig ahnungslos war.

»Mama, was machst du hier?«, fragte sie.

»Ich äh … ich …« Ich schüttelte nach Worten suchend den Kopf.

»Frag ihn, ob er Gepäck mit runternehmen kann«, rief Steffen von irgendwo.

»Warst du die ganze Nacht hier?«

»Ja«, antwortete ich fast unhörbar.

»Bei Nicolas?«

»Nein!« O Gott, wofür hielt sie mich denn? Dann gab ich leise zu: »Bei seinem Vater.«

Steffen trug einen großen Koffer um die Ecke und stieß damit polternd gegen eine Kommode. Dann sah er sie. »Oh, hallo Kim.«

Jetzt kam auch Nicolas wieder aus seinem Zimmer. Ich stand immer noch an der Tür, unfähig, etwas Sinnvolles zu tun oder zu sagen. Kims Blick wanderte von mir zu Steffen, dann zu Nicolas. Sie schüttelte unentwegt den Kopf. Für sie musste es aussehen, als führte ich ein Doppelleben, als wären Steffen und Nicolas meine Zweitfamilie, von der sie nichts wusste.

»Hä?«, stieß sie verständnislos aus. »Was läuft denn hier?«

»Nicolas' Vater ist … und ich … wir sind …«

Noch bevor ich es ausgesprochen hatte, raste sie in einem Affentempo die Treppe wieder hinunter. »Ihr seid doch alle bescheuert«, kreischte sie dabei und nahm zwei bis drei Stufen auf einmal.

»Scheiße!«, fluchte ich. Hilfesuchend sah ich mich zu den beiden um. Steffen warf mir einen entschuldigenden Blick zu, dabei konnte er am wenigsten dafür. Nicolas wollte Kim hinterherlaufen, aber ich hielt ihn zurück. Ich wusste zwar nicht, ob das richtig war, aber mir war klar, dass Kims Wut auf mich in diesem Moment die Sehnsucht nach ihm übertraf. »Lass mich mit ihr reden ... Gute Reise!«, rief ich noch, dann sprang ich ebenfalls die Stufen hinunter. Als ich auf der Straße ankam, hatte Kim sich schon auf ihr Fahrrad geschwungen.

»Kim! Warte!«, rief ich ihr nach, aber sie hörte nicht, sondern raste davon und wich dabei nur knapp einem Auto aus, das eigentlich Vorfahrt hatte. Entsetzt fasste ich mir an den Kopf. Ich schaute mich um. Wo stand mein verdammtes Fahrrad? Dann erinnerte ich mich, es war am Geländer vor dem Park angeschlossen. Bis ich dort war und mit meinen zitternden Fingern das Bügelschloss geöffnet hatte, war Kims Vorsprung viel zu groß.

Sie kam ein paar Minuten vor mir zu Hause an. Von weitem sah ich noch, wie sie die Haustür zuknallte, damit ich nicht so einfach hinterherlaufen konnte.

Ich hetzte die Stufen zu ihrem Zimmer hoch.

»Seit wann?«, fragte sie mit schriller Stimme, während sie unaufhörlich Klamotten aus dem Schrank holte und auf ihr Bett pfefferte.

»Kim, jetzt beruhig dich erst mal, dann erklär ich dir alles!«

Aber sie wollte sich nicht beruhigen. »Seit wann gehst du mit ihm ins Bett?«

»Nicht so!«

»Mama, ich hab dich was gefragt!«

Ich schüttelte den Kopf. »Wir kennen uns seit einer ganzen Weile. Und glaub mir, ich wollte es dir sagen, mehrfach. Aber ...«

Doch sie ließ mich gar nicht ausreden.

»Also doch! Und seit wann weiß Nicolas es?«

»Noch nicht so lange«, antwortete ich verwirrt.

»Vor oder nachdem er mit mir Schluss gemacht hat?«

»Was?«

»Hat er davor oder danach mit mir Schluss gemacht?«

»Danach … aber das eine hat doch mit dem anderen gar nichts zu tun.«

»Das ist ja so was von unfair! Ich war zuerst mit Nicolas zusammen. *Ihr* hättet Schluss machen müssen!«

»Es geht doch nicht darum, wer was zuerst gemacht hat. Nicolas hat mit dir Schluss gemacht, weil er nach Kanada geht! Das ist der einzige Grund.«

Kim sah mich mit einem Gesichtsausdruck an, den ich noch nie bei ihr gesehen hatte.

»Und seit wann weißt du das?«

Ich sackte in mich zusammen, schloss die Augen und schüttelte den Kopf. Genau das hatte ich befürchtet. Genau das hatte es mir in den letzten Wochen unmöglich gemacht, ihr die Wahrheit zu sagen. Dann sagte ich leise: »Schon länger.«

Unvermittelt ging Kim auf mich los und wollte mich schlagen. Zum ersten Mal in ihrem Leben. Ich hielt ihre Handgelenke fest und sah sie schockiert an. »Kim, jetzt beruhige dich, bitte!«

»Du bist so eine fiese …« Nur mein strenger Blick hielt sie davon ab, mich mit den schlimmsten Schimpfwörtern zu bedenken, die ihr einfielen. »Ich hasse dich! Ehrlich. Und das sage ich nicht nur, weil ich in der Pubertät bin oder so etwas. Ich hasse dich! Und zwar so was von …« Auch ihr fehlten die Worte.

Eine Gänsehaut lief mir über den Rücken. Ich starrte sie nur an, unfähig etwas zu sagen. Da platzte Mutter herein. »Ihr seid ja schon wach. Gut. Das Gewitter kommt schneller, als sie gesagt haben. Helft ihr mir mal, das Gemüse in Sicherheit zu bringen.«

»Nicht jetzt, Mutter!«, fuhr ich sie an.

Sie erkannte nicht, dass Kim und ich eine ernsthafte Krise hatten.

»Ist irgendwas?«

»Ja, Mama hat mich von vorne bis hinten belogen! Sie wusste längst, dass Nicolas mit mir Schluss machen wollte, und sie schläft mit seinem Vater«, schluchzte Kim, plötzlich wieder die kleine hilflose Enkelin.

»Ist das wahr?« Mutter wollte schon eingreifen und Kim trösten, aber ich hielt sie zurück. »Lass uns bitte alleine, ja? Ich erklär es dir später.«

»Bitte, dann trag ich die Tomaten eben alleine durch den Garten!«

Da platzte mir der Kragen. »Es geht hier gerade wirklich um Wichtigeres als deine verdammten Tomaten!«, schrie ich sie an, und Mutter zuckte zusammen. Dann zog sie eingeschnappt davon. Ich atmete tief durch. Kim holte ihre Sporttasche hervor und warf ihre Sachen wahllos hinein.

»Kim, jetzt lass uns doch in Ruhe über alles reden, mein Gott.«

Aber sie packte weiter.

»Ich weiß, ich hätte es dir sagen müssen. Alles. Du kannst dir nicht vorstellen, wie leid es mir tut!«

»Vögelst du nur mit ihm, oder ist es was Ernstes?«

»Es reicht, nicht in dem Ton, verstanden?!« Ich nahm ihr die Sporttasche weg, aber sie riss sie mir wieder aus der Hand.

»Wollt ihr zusammenziehen? Sollen Nicolas und ich dann Geschwister spielen, oder wie habt ihr euch das gedacht?«

Tränen schossen mir in die Augen. Ihr Hass, so berechtigt er in diesem Moment auch war, tat weh.

»Und ich habe dich auch noch gefragt, und du hast nein gesagt.«

Ich nickte und wischte mir die Tränen aus dem Gesicht. »Ich weiß«, presste ich hervor und flüsterte weiter: »Ich wusste einfach nicht, wie ich es dir beibringen sollte.«

Auch Kim weinte inzwischen. Sie sah mich aufgelöst an. »Du hast gesagt, dass wir ehrlich zueinander sein sollen. Dass es das Wichtigste ist! Und dann machst du mir die ganze Zeit etwas vor. Das ist so billig.«

Sie zog den Reißverschluss ihrer Tasche zu.

»Kim, so hat das doch keinen Sinn. So können wir nicht miteinander reden.«

»Ich will sowieso nicht mehr mit dir reden. Nie wieder! Ich hau ab.«

Und damit sprang sie die Treppe hinunter. Ich sammelte mich einen Moment und rannte ihr nach. Bis zur Haltestelle, die leider nicht weit von unserer Haustür entfernt war. Doch sie fauchte mich die ganze Zeit nur an, ich sollte sie in Ruhe lassen. Nicht mal, wohin sie wollte, verriet sie mir, obwohl ich da eine gewisse Vermutung hatte. Ausgerechnet als sie in die Bahn stieg, klingelte mein Handy. Eine fremde Nummer, aber ich ahnte, wer dahintersteckte. Und Kim auch.

»Werd doch glücklich mit ihm.«

Ich sagte nichts mehr. Ich hatte es aufgegeben, in dieser Verfassung ein vernünftiges Wort mit ihr zu wechseln. Die Tür der Bahn schloss sich vor ihr, und sie starrte mich grimmig durch die zerkratzten Scheiben an. Erschöpft griff ich nach meinem Handy und nahm ab. Es war wie erwartet Steffen, der von Nicolas' Nummer aus anrief und sich Sorgen machte. Erst recht, als er meine aufgelöste Stimme hörte.

»Sie wird sich wieder einkriegen«, versuchte er mich zu beruhigen.

»Ich weiß nicht, ja, vermutlich.«

»War es sehr schlimm?«

Als ich nicht antwortete, weil mir sonst die Tränen gekommen wären, wusste er Bescheid. »Es tut mir leid. Hör zu, wir sitzen schon im Zug. Ich melde mich, wenn …«, dann brach die Verbindung ab.

Temperatursturz

Lange blieb ich wie benebelt am Bahnsteig stehen, zögerte, ob ich Kim nachfahren sollte. Aber wozu? Sie hatte vermutlich Geld dabei und war alt genug, um dahin zu kommen, wo sie hin wollte. Und reden würde sie mit mir ja doch nicht. Dann ging ich langsam wieder nach Hause. Die Luft war jetzt so drückend schwül, dass mir fast schwindelig wurde. Kaum hatte ich die Haustür hinter mir zugemacht, fing draußen das Gewitter an. Mutter!, schoss es mir durch den Kopf, und ich eilte in den Garten, wo sie tatsächlich dabei war, alleine die schweren Blumenkübel zu verschieben. Mit einem weiteren lauten Donner platzte der Regen los, den der Wind fast horizontal durch den Garten peitschte. Ich rannte zu ihr herüber.

»Na endlich! Was ist denn hier eigentlich los?«, rief sie mir wütend zu.

»Entschuldigung, ich wollte dich eben nicht anschreien.« Während wir ächzend die Kübel mit den Tomatensträuchern, Zucchinipflanzen und Sonnenblumen in den Windschutz neben unserer Terrassentür trugen, erzählte ich meiner Mutter alles. Doch als wir bis auf die Haut durchnässt den letzten schweren Blumentopf in Sicherheit brachten, war ihr einziger Kommentar: »Du hast Matthias die ganze Zeit betrogen?«

»Was?« Fassungslos sah ich sie an. Der nasse Kübel rutschte mir aus der Hand und ratschte an meinem Schienbein entlang. Ich schrie auf, sprang aber zur Seite, bevor er auf meinem Fuß landen konnte. Nachdem ich ein paar Schritte wie Rumpelstilzchen durch den Garten gehüpft war, setzte ich mich auf den klitschnassen Rasen und begutachtete den Schaden. Die Schramme blutete ganz ordentlich. Aber komischerweise tat es gut, körperliche Schmerzen zu spüren und nicht nur diese unklaren anderen, ohne konkrete Wunde. Mutter holte ein Taschentuch aus ihren nie endenden Reserven, die sie überall in ihren Klamotten verteilt hatte. Ich drückte es auf mein Bein.

»Matthias ist schwul!«, rief ich ihr über das Donnergrollen hinweg zu, das kaum noch Pausen hatte. Auch die Blitze folgten inzwischen beunruhigend schnell aufeinander. Das Gewitter war fast über uns, und ich wollte ihm ungern im Garten begegnen.

»Du verliebst dich auch immer in die Falschen«, erklärte Mutter sachlich. Offenbar hatte sie nichts von dem verstanden, was ich ihr gerade erzählt hatte. Ich riss ungläubig die Augen auf. Dann platzte es aus mir heraus. Ein hysterisches, unwirkliches Lachen, das gar nicht mehr aufhören wollte. Mutter warf mir einen skeptischen Blick zu. Ich konnte nicht mehr aufstehen, saß da und lachte, während der Regen uns kaum noch nasser machen konnte. Mein Leben war ein einziges Durcheinander, und am Ende lief für Mutter alles doch nur wieder auf diese eine Erkenntnis hinaus, mit der sie mich schon vor über zwanzig Jahren konfrontiert hatte. Ich schüttelte den Kopf. Warum kompliziert denken, wenn es so einfach sein konnte. Schließlich half Mutter mir hoch. Humpelnd brachte ich den letzten Kübel mit ihr in Sicherheit. Dann gingen wir rein.

Wir standen tropfend in der Küche und trockneten uns mit Geschirrhandtüchern notdürftig ab.

»Ich muss Arne anrufen«, seufzte ich, auch wenn ich es gerne vermieden hätte, ihn in meine Verfehlungen einzuweihen. Aber natürlich hatte Kim längst mit ihm telefoniert, was mich insofern beruhigte, als dass ich mit meiner Vermutung richtig gelegen hatte. Sie wollte nicht Nicolas nach Kanada folgen und würde auch nicht in der Bahnhofsmission übernachten.

»Ich habe schon gehört, ihr hattet Stress«, sagte Arne in seiner üblichen gelassenen Art.

Er neigte dazu, Dinge zu untertreiben. Das Geständnis seiner Affäre mit Petra hatte er mit den Worten »Ich habe da, glaube ich, eine Dummheit begangen« eingeleitet und mir erst mal viel Raum für Interpretationen gelassen. Meine Vermutungen gingen von Fahrerflucht nach einem Auffahrunfall bis hin zu falschen Aufgaben bei der Abi-Klausur. Selbst als er hinterherschob, dass er sich mit Petra nicht nur zum Laufen träfe, brauchte ich lange, bis ich den wahren Inhalt dieser Worte verstand. Ich überlegte, ob er meine Lügen gegenüber Kim auch in die Kategorie Dummheit einstufte. Aber genaugenommen war er der Letzte, den ich dazu befragen wollte. Deswegen fasste ich mich kurz. »Ich rede mit Kim, wenn sie sich wieder beruhigt hat. Sag ihr nicht, dass ich angerufen habe, okay?«

»Ist gut. Was ist denn passiert?« Ich tat so, als hätte ich ihn nicht mehr gehört und legte auf. Unentschlossen blieb ich in der Küche stehen. Erst als Mutter mir ein Badetuch um die Schultern legte, das sie von oben geholt hatte, merkte ich, wie kalt mir war.

»Also ist Kim wütend, weil du dich gar nicht mit Matthias, sondern mit dem Vater ihres Freundes triffst?«, fasste meine Mutter das Problem nun doch überraschend klar zusammen.

»Ja«, stöhnte ich und ließ mich im Handtuch eingewickelt am Küchentisch nieder. Mit einem Mal war ich todmüde. »Und wegen der ganzen anderen Lügen, die ich ihr aufgetischt habe. Ich bin wirklich eine schreckliche Mutter.«

Netterweise legte Mutter ihre Hand auf meine und sagte aufmunternd: »Das bist du nicht, Meike. Und das weiß Kim auch.«

»Da bin ich mir im Moment nicht sicher.«

»Eine Mutter ist auch nur ein Mensch.« Sie lächelte mich schwach an. »Komm, ich mache uns einen Kaffee.«

»Aber einen richtigen, ja?« Sie nickte, und ich brütete weiter vor mich hin.

Doch das Koffein wirkte bei mir nicht mehr. Nach dem Frühstück legte ich mich ins Bett und holte den Schlaf der letzten Nacht nach. Selbst der Donner, der so laut war, als würden neben mir mittelalterliche Kanonen abgefeuert, hielt mich nicht mehr wach. Leider schlief ich nur ein paar Stunden, dann kam Mutter rein und riss die Fenster auf, um Durchzug zu machen. Das Gewitter war vorbei und hatte die Temperaturen draußen schlagartig um zehn Grad gesenkt. Jetzt wollte sie die Hitze aus dem Haus vertreiben. Es dauerte eine Weile, bis ich wieder wusste, was eigentlich los war. Es gelang mir nicht mehr, noch mal einzuschlafen. Stattdessen lief ich eine Runde durch den Park, wobei meine Fitness unter dem Schlafmangel litt. Danach zwang ich mich, bis zum Abend zu warten, bevor ich noch mal bei Arne anrief.

»Sie ist leider noch nicht bereit, mit dir zu reden«, sagte er ganz ohne Vorwurf, sogar eher mitleidig.

Ich atmete schwer durch. »Hat sie dir erzählt, was passiert ist?«

»Na ja, ihre Version.«

Ich bezweifelte, dass sich meine großartig davon unterschied.

»Hm. Sag ihr bitte, dass ich auf ihren Anruf warte, ja?«

»Ja, sicher. Morgen sieht es bestimmt schon wieder anders aus.«

Er war wirklich nett zu mir. Eigentlich war das das einzig Angenehme an unserer Scheidung gewesen. Sein Schuldgefühl hatte ihn immer dazu gebracht, freundlich zu mir zu sein. Es hatte keine Schlammschlacht gegeben, außer dem bisschen Dreck, das ich nach ihm geworfen hatte, um meiner Enttäuschung Ausdruck zu verleihen. Vermutlich ahnte Arne, wie sehr mich die Sache mit Kim mitnahm.

Kim dagegen hatte keine Vorstellung davon, welche Folter

es für eine Mutter war, wenn man sie nach so einem Streit mit tagelangem Schweigen, ja sogar Missachtung strafte. Dass sie auch am nächsten Tag noch nicht anrief, konnte ich irgendwie noch nachvollziehen, auch wenn es mich sehr viel Mühe kostete, nicht selbst zum Hörer zu greifen oder gar nach Bielefeld zu fahren. Aber am dritten Tag demonstrativen Schweigens reichte es mir. Ich meldete mich erneut bei Arne. Leider hörte ich Kim im Hintergrund rufen: »Wenn das die Frau ist, die mal meine Mutter war, dann sag ihr, dass ich nie wieder mit ihr reden will!«, noch bevor Petra hallo sagen konnte. Netterweise reichte sie mich an Arne weiter und gab mir damit ein paar Sekunden Zeit, Kims Ansage zu verdauen.

Arne versuchte sich wieder in Diplomatie: »Sie ist immer noch etwas aufgebracht. Teenager eben.«

Ich hatte allerdings langsam das Gefühl, dass man nicht alles auf die Pubertät schieben konnte. »Aber sie weiß doch auch, dass Schweigen nichts bringt. Dass wir irgendwann mal wieder miteinander reden müssen.«

Arne machte ein mitfühlendes Mmmh am Telefon, war aber offenbar ebenso ratlos wie ich.

»Gib ihr noch etwas Zeit.« Natürlich, das Allheilmittel, was sollte er auch sonst sagen.

»Kann sie denn überhaupt noch bei euch bleiben?«, fragte ich enttäuscht.

»Ja sicher. Wir haben nichts vor. Aber wolltet ihr nicht bald in den Urlaub fahren?«

Morgen, um genau zu sein. Aber der Urlaub war im Moment mein geringstes Problem. Nach Wanderungen in den Bergen war mir ohnehin nicht mehr – und Mutter nach ihrem letzten Erlebnis bei einer Gipfelbesteigung erst recht nicht. Zwar hatte ich das Gefühl, nach zwei Jahren Dauerstress und Familienproblemen einen Urlaub verdient zu haben, aber alleine wollte ich auch nicht fahren. Schließlich erwartete ich täglich Kims Anruf. Da hatte ich noch die Hoffnung, dass meine Tochter irgendwann mal wieder mit mir reden würde. Ein Trugschluss, wie sich herausstellte. Stattdessen meldete sich nur alle paar Tage mein Ex, um mir pflichtbewusst Bericht zu erstatten, der immer gleich ausfiel, egal, in welche noch so beschönigenden Worte er es packte: Kim hasste mich.

Mein schlechtes Gewissen verwandelte sich mehr und mehr in Wut darüber, dass sie solche Spielchen mit mir trieb. Bis mir klarwurde, dass es ihr Ernst war.

Ich weiß nicht, wie lange ich mit dem Hörer in der Hand völlig gelähmt im Wohnzimmer stand. Bestimmt eine Viertelstunde. Vielleicht hätte ich den ganzen Abend zur Salzsäule erstarrt dort gestanden, wäre Mutter nicht irgendwann hereingekommen.

»Was ist?«, fragte sie ängstlich. Erstarrte Leute mit Telefonhörern in der Hand bedeuteten in dieser Familie selten etwas Gutes. »Ist was mit Kim?«

Ich nickte ganz langsam. »Sie kommt nicht mehr zurück.« Meine Mutter sah mich verständnislos an. »Sie bleibt bei Arne.«

»Was denn, sie will freiwillig mit dieser Petra ...«

»Ja«, unterbrach ich sie schnell. »Bei der kann sie wenigstens sicher sein, dass sie nichts mehr mit dem Vater ihres Freundes anfängt.«

In Zeitlupe setzte ich mich aufs Sofa.

»Sie kann doch nicht so einfach da bleiben«, sagte Mutter empört.

»Natürlich kann sie das«, erwiderte ich mit rauer Stimme. »Arne und ich haben beide das Sorgerecht. Außerdem geht es um ihr Wohl, nicht um meins.«

Mutter ließ sich neben mir aufs Sofa plumpsen, und gemeinsam starrten wir Löcher in unseren Teppich.

»Aber übermorgen fängt die Schule wieder an«, erklärte sie, als hätte sie ein rechtliches Schlupfloch gefunden.

Ich nickte apathisch. »Arne meldet sie an ihrer alten Schule wieder an. Er sagt, das sei kein Problem.«

Kein Problem. Wie zynisch sich das anhörte. Es war ein Problem, ein Riesenproblem. Kim hatte sich von mir abgewandt. Vollständig. Selbst nach Arnes Affäre hatte sie ihn nicht mit solcher Missachtung gestraft, wie sie es in den letzten zwei Wochen mir gegenüber getan hatte. Das ließ deutliche Rückschlüsse auf ihr Seelenleben zu. Ich war immer ihre Vertrauensperson gewesen, auch als Arne und ich noch gemeinsam ihre Eltern waren, war sie mit Problemen immer erst zu mir gekommen. Jetzt verweigerte sie jeglichen Kontakt. Ich konnte nur ahnen, wie schlimm es in ihr zurzeit aussah.

Arne und ich hatten am Telefon überlegt, ob es vielleicht half, wenn ich vorbeikam. Aber er sah kaum Chancen darauf, dass sie mit mir reden würde. Sie würde sich in ihrem Zimmer einschließen und erst rauskommen, wenn ich wieder weg war. Sie musste schon wollen, sonst hatte es wenig Sinn. Ich legte das Telefon zur Seite und stand auf. Selbst das kostete mich im Moment unglaublich viel Kraft.

»Wo willst du hin?«, fragte Mutter, als ich die Zimmertür öffnete.

»Ich soll ihr ein paar Sachen nachschicken«, erklärte ich. Meine Stimme war brüchig. Das Maß voll. Viel mehr konnte ich nicht einstecken.

»Du musst das wieder einrenken, Meike«, sagte Mutter bestimmt.

»Ich weiß«, krächzte ich, gleichzeitig schossen mir Tränen in die Augen. Am liebsten hätte ich mich jetzt in ihre Arme geschmiegt und von ihr gehört, dass alles wieder gut wird. Aber Mutter ging es schlechter als mir. Das merkte ich, als sie kopfschüttelnd sagte: »Wir können doch Kim nicht auch noch verlieren.«

Erschrocken sah ich sie an. Dann rannte ich die Treppe hoch, schmiss mich auf Kims Bett und heulte.

Fehler

Mir war kalt, den ganzen Tag schon, obwohl die Sonne geschienen hatte. Ich fühlte mich krank, übernächtigt, hässlich – alles andere als in der Verfassung, Steffen zu empfangen, der bald aus Kanada zurückkommen sollte.

Ohne Silvias unermüdliche Aufmunterung hätte ich die ersten Schulwochen nicht überstanden.

»Deine Tochter ist ja hammerhart«, war ihr Kommentar, als ich ihr alles erzählt hatte.

»Vielleicht solltest du dir das mit dem Kind noch mal überlegen«, antwortete ich und stand direkt im nächsten Fettnäpfchen. Trotz Traumurlaub auf den Malediven und viel Sex, wie Silvia mir versicherte, hatte sich noch keine Schwangerschaft eingestellt. Aber zum Glück konnte Silvia noch darüber lachen.

»Entschuldige bitte, ich bin im Moment nicht ganz gesellschaftsfähig«, sagte ich zerknirscht.

»Macht nix. Was willst du denn jetzt machen?«

Darüber hatte ich mir in den letzten Tagen auch schon den Kopf zerbrochen. Ohne Kim war es kein Zustand, zumindest keiner, an den ich mich gewöhnen konnte. Oder wollte. Mutter, deren Seelenleben durch Heinrichs Herzinfarkt ohnehin schon in Schieflage geraten war, vermisste Kim fast noch mehr als ich. Ich wusste, dass sie mir insgeheim Vorwürfe machte, die sie aber nicht aussprach, weil sie wusste, dass ich mir dieselben Vorwürfe machte. Stattdessen beschränkte sie sich auf ein gelegentliches lautes Seufzen, wenn ich in ihrer Nähe war. Eigentlich hätte ich mich um sie kümmern müssen, aber dazu fehlten mir zurzeit die Kapazitäten. Ich war voll und ganz mit dem Sortieren meines Lebens beschäftigt. Den Hauptpunkt stellte dabei natürlich Steffen dar, und wann immer meine kreisenden Gedanken bei ihm ankamen, sah ich nur diesen einen Ausweg, um Kim zum Zurückkommen zu bewegen. Deswegen sah ich dem Tag seiner Rückkehr mit zunehmenden Bauchschmerzen entgegen.

»Hey«, sagte er nur, als er mir die Tür öffnete. Aber er sagte es so liebevoll und zärtlich, dass ich eine Gänsehaut bekam. Er sah verschlafen aus. Vor ein paar Stunden erst war er in Frankfurt gelandet und per Bahn nach Köln gekommen. Noch während wir uns umarmten, kamen mir die ersten Tränen. Ich blinzelte sie zurück. Er drückte mich fest an sich und murmelte in meine Haare hinein: »Mmh, das tut gut. Du hast mir gefehlt.« Dann küsste er mich, ohne dass ich es verhindern konnte. Wie gut es sich anfühlte. Jetzt die Zeit anhalten. Oder einfach sterben. So elendig war mir zumute.

»Komm rein«, sagte Steffen fröhlich. Als ich jedoch vor der Tür stehen blieb und er meinen Blick sah, schaute er mich alarmiert an.

»Hast du dich mit Kim noch nicht wieder versöhnt?«, fragte er beunruhigt.

Ich schüttelte den Kopf. Noch hatte ich kein Wort hervorgebracht, aus Angst, mir würde sofort die Stimme versagen. Jetzt räusperte ich mich aber und erklärte leise: »Sie wohnt wieder bei ihrem Vater.«

Steffen wollte mich umarmen, aber ich hielt seine Unterarme fest und drückte sie sanft aber bestimmt runter. Sein Körper versteifte sich. Er verstand in diesem Augenblick, was passieren würde, und es tat mir unglaublich weh.

»Es geht nicht mehr, Steffen. Das mit uns war ein Fehler. Wir hätten uns nie hinter ihrem Rücken treffen dürfen.«

Verletzt sah er mich an. »Ich kann mit ihr reden, wenn du willst.«

Ich schüttelte den Kopf und atmete tief durch, um mir noch etwas Zeit zu verschaffen, bevor der Tränenschwall losbrechen würde.

»Meike!«, sagte er eindringlich.

Ich traute mich nicht mal, ihn anzuschauen, sondern starrte an ihm vorbei. Seine Kontur in meinem Blickfeld wurde unscharf. »Ich kann nicht, Steffen. Ich kann Kim nicht verlieren, es geht einfach nicht!«

Ich presste die Lippen aufeinander und bat ihn stumm, mich zu verstehen. Er musste wissen, dass ich in dieser Situation nicht mehr mit ihm zusammenbleiben konnte. Wie sähe das für Kim aus? Natürlich würde sie denken, dass sie mir nicht mehr wichtig war, dass Steffen und mein eigenes Glück mir mehr bedeuteten als sie. Das alles hätte ich ihm gerne erklärt. Aber ich konnte nicht mehr sagen. Ich drückte seine Arme noch mal und ließ sie los. Dann drehte ich mich schnell um und ging die Treppe hinunter.

»Meike«, hörte ich ihn ein letztes Mal sagen, dann hörte ich nur noch mein Schluchzen. Immer schneller wischte ich mir die Tränen aus dem Gesicht. Auch meine Schritte wurden immer schneller, bis sie die Haustür erreicht hatten und im Park gegenüber die nächste Bank ansteuerten. Ich musste mich setzen, alles krümmte sich in mir. Dann zwang ich mich, ein paarmal tief durchzuatmen. Eine alte Frau, die mit ihrem Hund vorbeikam, reichte mir ein frisches Stofftaschentuch. Ich sollte es ruhig behalten, sagte sie und erzeugte mit ihrer Freundlichkeit nur den nächsten Tränenausbruch bei mir. Ich vergrub mein Gesicht im Taschentuch und wartete, bis das Schluchzen abebbte. Dann starrte ich auf den Weg vor mir, ohne etwas wahrzunehmen. Ich war wieder da aufgeschlagen, wo ich vor einem guten Jahr den Neuanfang gewagt hatte. Es hatte sich nichts geändert. Außer dass alles schlimmer geworden war. Dieses Mal war ich es, die innerhalb kürzester Zeit zwei Menschen, die mir wichtig waren, vor den Kopf gestoßen hatte. Ich konnte die Schuld an meiner Misere nicht mehr abgeben. Und dieses Mal war ich allein. Damals hatte ich noch meine Tochter gehabt. Und das Vertrauen, dass es irgendwann wieder bergauf gehen würde.

Den Rest der Woche meldete ich mich krank. Ich fühlte mich auch krank und verkroch mich in den nächsten Tagen unter meiner Decke. Ich wollte nichts mehr hören, nichts mehr sehen. Nur die Schule zwang mich dazu, dass ich meinen sich taub anfühlenden Körper am Montag wieder aus dem Bett quälte. Mutter hatte schon Frühstück gemacht, und ich bewunderte einmal mehr ihre Disziplin, immer noch einem geregelten Tagesablauf nachzugehen, egal, wie schlimm es das Schicksal gerade mit ihr meinte. Keine zwei Stunden nachdem der Leichnam meines Vaters abtransportiert worden war, hatte sie uns allen erst mal Abendessen gemacht. Stullen um achtzehn Uhr, daran ließ sich nicht rütteln. So wurde wenigstens ein Gerüst aufrechterhalten, an dem man sich durch die Tage hangeln konnte, wenn alles andere nicht mehr funktionierte. Sie konnte mehr einstecken als ich, dachte ich und strich ihr liebevoll über den Arm. Ich wünschte, ich könnte ihr etwas Aufmunterndes sagen, aber es gab nichts. Nicht mal das Wetter spielte seit dem heftigen Gewitter mit. Es regnete viel.

»Noch etwas Kaffee?«, fragte sie wie gewohnt, und ich nickte. Kaffee war ohnehin das Einzige, was ich gerade zu mir nehmen konnte. Appetit hatte ich keinen. Trotzdem steckte ich die Brote, die Mutter mir geschmiert hatte, ein und fuhr zur Arbeit.

Silvia wusste natürlich sofort, warum ich mich zwei Tage krankgemeldet hatte. »Du meinst also, dass Kim jetzt zurückkommt, ohne ihn?«

Ich sah sie erschöpft an. »Mit ihm wird sie es auf jeden Fall nicht tun.«

Silvia verzog mitleidig das Gesicht und bot mir etwas von ihrer Riesenpackung Gummibärchen an.

»Ach, Heißhunger auf Gummibärchen?«, fragte ich bemüht locker, weil ich nicht mehr über Steffen oder Kim reden wollte.

»Nein, leider nicht«, seufzte Silvia. »Die habe ich Tamara in der ersten Stunde abgenommen und vergessen, ihr zurückzugeben.«

»Mmh«, sagte ich und nahm mir ein paar, aber schon war ich mit den Gedanken wieder bei Steffen. Was er wohl seit unserer Trennung machte? Wenn sie das Wort Trennung überhaupt verdient hatte. Es war mehr ein Abservieren gewesen. Ich hatte ihm nicht die geringste Chance gelassen, noch etwas zu retten. Er musste sich noch ohnmächtiger fühlen als ich. Abwesend knetete ich die Gummibärchen zu einem klebrigen Klumpen. Er hatte sich nicht mehr gemeldet. Aber er war auch nicht der Typ, der bettelte, der danach noch ständig anrief oder nachts plötzlich vor der Haustür stand. Wahrscheinlich saß er stundenlang am Klavier und spielte sich seinen Kummer von der Seele. Ich wünschte, ich hätte etwas, womit ich mein Gefühlswirrwarr kanalisieren konnte. Nicht mal Laufen funktionierte im Moment für mich. Dem Trainingsplan hinkte ich deutlich hinterher, aber das war mir egal.

»… oder wie?«, hörte ich Silvia nur sagen und merkte, dass sie die ganze Zeit mit mir gesprochen hatte. Jetzt sah sie mich fragend an und erwartete offenbar eine Antwort von mir.

»Äh was?«, fragte ich.

»Mann, du bist ja völlig neben der Spur. Ich fragte, ob du jetzt zu Kim gehen willst und ihr sagst, dass die Luft rein ist.« Irgendwie klang sie so, als wäre sie wütend auf Kim, als wäre es alles ihre Schuld und nicht meine.

»Ich muss jetzt erst mal abwarten und wieder einen klaren Kopf kriegen. Dann schauen wir weiter.«

Noch hatte ich die Hoffnung nicht aufgegeben, dass Kim irgendwann wieder Kontakt zu mir aufnahm. Außerdem war die Trennung von Steffen noch zu frisch und schmerzhaft, als dass ich sachlich mit ihr darüber reden konnte.

Leider deutete auch in den nächsten Wochen nichts darauf hin, dass sie den ersten Schritt machen würde. Ich litt unter ihrer Sturheit mehr als unter dem Liebeskummer. Oder vielmehr wurde Kims Zurückweisung durch den Liebeskummer potenziert. Oder umgekehrt? Was nützte meine Trennung von Steffen, wenn Kim mir keine Chance mehr gab, alles wiedergutzumachen? Bestrafte ich mich am Ende nur selbst damit? Nicht mal an ihrem fünfzehnten Geburtstag nahm sie meinen Anruf an. Nur meine Mutter durfte ihr gratulieren. Es war die reinste Qual. Jeden Morgen quälte ich mich aus dem Bett und zur Schule, irgendwie quälte ich mich durch den Unterricht und wieder zurück nach Hause, wo Mutters Gesichtsausdruck mich nur daran erinnerte, wie sehr uns Kim fehlte. Selbst das Schlafengehen wurde zur Qual, weil ich trüben Gedanken nachhing, bis ich eingeschlafen war. Ich wurde langsam zum Zombie. Oder zum Gegenteil davon. Für die genauere Bezeichnung hätte ich meine Schüler befragen müssen. Vielleicht ein nach außen gestülpter Zombie. Innen drin war ich voll, von Gedanken, Sorgen, enttäuschten Hoffnungen. Aber alles um mich herum war leer. Ich bewegte mich in einem Vakuum. Die Kontakte nach draußen, ins wahre Leben, waren zerstört, meine zwischenmenschlichen Verbindungen gekappt. Stunden, Tage, Nächte, Wochen wurden ein Einheitsbrei, in dem sich keine Sekunde von der anderen unterschied. Das Einzige, was sich änderte, war die Anzahl der Tage, an denen Kim sich nicht bei mir meldete und ich Steffen vermisste.

Sex and Sugar

Silvia wurde es irgendwann zu bunt. Bevor ich mich an einem Freitagnachmittag nach der Schule wieder auf mein Fahrrad schwingen und in mein Vakuum zurückfahren konnte, ging sie dazwischen.

»Heute Abend gehen wir was trinken, keine Widerrede!«

Ihr Blick duldete wirklich keine Einwände, aber ich versuchte es trotzdem.

»Könntest du nicht schwanger sein?«

»Ich habe aufgehört nachzurechnen, also … heute wird gesoffen! Am besten fangen wir jetzt direkt damit an.«

»Wenn du meinst, dass es hilft«, sagte ich willenlos. »Wo gehen wir hin?«

»Wohin du willst.«

»Also, ich kenne hier in Köln nur eine Kneipe, und da sollte ich mich besser nicht mehr blicken lassen.«

Silvia sah mich mitleidig an und verkniff sich einen Kommentar. Sie war sogar auffällig still. Ich wurde hellhörig. »Was?«

»Nichts. Kein Problem, wir gehen woandershin.«

»Du wolltest doch etwas sagen, oder nicht?«

»Ins Demmer? Oder ins Eckstein? Das Café Krümel ist ganz nett …«

»Silvia!«

»Er ist nicht mehr da!«, stieß sie eilig hervor, um es schnell hinter sich zu bringen.

»Wer ist nicht mehr wo?«

»Steffen im *Lucky*.«

»Woher willst du das wissen?«

»Weil ich letztens da war.«

»Wieso das denn?«

»Weil ich dachte, ich könnte mich vielleicht konstruktiv in eure Beziehungsangelegenheiten einmischen.«

Ich wusste gerade nicht, was mich mehr aus der Fassung brachte: Silvias zwar gutgemeinte, aber völlig deplatzierte Aktion hinter meinem Rücken, oder …

»Er war nicht da?«

Sie schüttelte den Kopf.

»Na ja, vielleicht hatte er frei. Oder er war krank.«

»Nein, das Klavier war auch nicht mehr da. Er spielt nicht mehr im *Lucky*. So, jetzt weißt du's.«

Ungläubig starrte ich sie an.

»Aber wieso? Was macht er denn jetzt?«

»So weit gingen meine Nachforschungen auch nicht.«

Ich nickte nachdenklich.

»Jetzt mal im Ernst, willst du es wirklich wissen?«

Ich presste die Lippen aufeinander, dann zwang ich mich zu einem überzeugten: »Nein!«

Sein Name stand noch auf dem Klingelschild. Das beruhigte mich irgendwie, auch wenn es mir egal sein sollte. Allerdings klebte darunter ein weiteres selbstgeschriebenes Klingelschild mit einem fremden Namen. Und das beunruhigte mich. Auch wenn es mir egal sein sollte.

»Kennst du einen Ahaus oder Alaus … oder vielleicht Alois?«, fragte Silvia, nachdem sie vergeblich versucht hatte, die Handschrift zu entziffern.

»Woher willst du wissen, dass es ein Mann ist?«, fragte ich schnippisch zurück.

»Wir wollen jetzt nicht gleich vom Schlimmsten ausgehen, okay? Wahrscheinlich hat er nur Nicolas' Zimmer untervermietet.«

»Deinen Optimismus möchte ich haben.«

»Na hör mal, selbst wenn er sich mit einer anderen über dich hinwegtrösten sollte, was ich bezweifle, wird er nicht gleich mit ihr zusammenziehen.«

»Ja, ja, du hast ja recht. Hoffentlich.« Ich starrte auf das improvisierte Klingelschild, als steckte die Antwort auf Steffens Leben ohne mich irgendwo in den Buchstaben. »Ich klingel da jetzt.«

»Bist du verrückt?«

»Ja, wenigstens das müssten dir die letzten Wochen doch gezeigt haben.«

Silvia stieß ein schnaubendes Lachgeräusch aus. »Und wenn er sich meldet?«

So weit hatte ich natürlich nicht gedacht. Ich konnte schließlich schlecht mit Steffen reden, nur um ihn vor dasselbe Ergebnis zu stellen. Das wäre ja wie jemanden für das gleiche Verbrechen, das er nicht begangen hatte, zweimal ins Gefängnis zu stecken. »Dann laufen wir weg!«

»O toll, Klingelmännchen, das habe ich seit meinem zehnten Geburtstag nicht mehr gespielt.«

»Na dann wird es ja mal wieder Zeit.« Bevor sie weiter etwas einwenden konnte, drückte ich den Klingelknopf. Silvia sah mich kopfschüttelnd an. Kurz darauf meldete sich eine männliche Stimme mit: »Ja?«

Das Wort war viel zu kurz und die Türsprechanlage zu veraltet, als dass ich die Stimme Steffen oder jemand anderem zuordnen konnte.

»Sag irgendwas«, flüsterte ich Silvia zu.

»Ich?«, zischte sie zurück und hob hilflos ihre Hände. Ich nickte, und Silvia machte mit ihrem Blick klar, dass sie mich später lynchen würde.

»Ja, also, guten Tag, Herr Möller?«

Keine Antwort. Ich machte mit einer Geste deutlich, dass sie ihn zum Reden bringen musste. »Also, wir würden gerne mit Ihnen … über Jesus und den Untergang der Welt reden. Der interessiert Sie doch sicherlich …«

Ich verzog das Gesicht. Was Besseres fiel ihr nicht ein? Sie hätte vom Roten Kreuz sein können, der Telekom oder irgendeinem Billigstromanbieter.

»Sind Sie von den Zeugen Jehovas? Kein Bedarf!«, war die erwartete Antwort.

Ich schüttelte den Kopf, das war nicht Steffen. Aber es konnte tatsächlich sein neuer Mitbewohner sein. Deswegen tippte ich mit meinem Zeigefinger mehrmals auf den Namen Möller, um Silvia klarzumachen, dass sie nach ihm fragen sollte. Sie ließ einen stummen Seufzer aus.

»Ja, also, wenn Sie nicht mit uns über den Weltuntergang reden wollen, was wir sehr bedauerlich finden …« Ich schlug die Hände über dem Kopf zusammen. Sie ging zu sehr in ihrer Rolle auf. »Dann vielleicht Ihr Mitbewohner?«

Bestimmt hatte der Kerl längst aufgelegt. Doch ich irrte mich. »Hier gibt es keinen Mitbewohner, also verpiss dich!«

Seine unfreundliche Antwort gab Aufschluss über zwei Dinge: Erstens, der Kerl in Steffens Wohnung war eindeutig nicht Steffen, weil dieser zweitens nicht mehr dort wohnte!

Dietmar war gar nicht allzu sehr überrascht, mich zu sehen. Vielleicht hatte er damit gerechnet, dass ich mich früher oder später nach Steffen erkundigen würde. Allerdings war er noch einsilbiger mir gegenüber als früher. Aber auf eine Person mehr, die auf mich sauer war, kam es jetzt auch nicht mehr an. Silvia hielt sich diskret im Hintergrund, nachdem ich sie zunächst vorgeschickt hatte, um nachzuschauen, ob Steffen auch wirklich nicht hier war. Als die Luft rein war, traute ich mich nach über zwei Monaten zum ersten Mal wieder ins *Lucky*.

Dietmar verweigerte mir ein Getränk und bereitete stattdessen demonstrativ langsam die Bestellungen für einen anderen Gast vor.

»Weißt du, wo er ist?«, fragte ich schließlich, nachdem er mich lange genug ignoriert hatte.

»Nein, ich weiß nur, mit wem er ist«, war seine kryptische Antwort. Wenn er mich damit bestrafen wollte, herzlichen Glückwunsch, es war ihm gelungen. Der Stich in der Magengegend tat weh.

»Aha, und verrätst du es mir?«, hörte ich mich sagen, obwohl ich gar nicht sicher war, ob ich es wissen wollte.

»Auf Tour, mit Bettany!«

Mein gesamter Körper erstarrte einen Moment, während der unsichtbare Dolch in meinem Magen ein paar Extrarunden drehte.

»Mit dem Klavier?«, fragte ich verwirrt.

Zum ersten Mal an diesem Abend sah Dietmar mich an. »Nein, mit seiner Gitarre. Bettany brauchte ein paar Zusatzmusiker für ihre Europa-Tournee.«

Europa! Immerhin war er noch auf dem gleichen Kontinent. »Wo fahren sie denn hin? Europa ist groß«, sagte ich.

»Sie sind auch lange unterwegs.«

Er erwartete keine Antwort mehr von mir, sondern nahm am anderen Ende der Bar Bestellungen entgegen.

»Sie hatten so ein ›On and off‹-Ding«, zitierte ich Steffen, als ich mit Silvia kurz darauf das Gespräch in einer anderen Kneipe analysierte. Das hieß, viel zu analysieren gab es da nicht. Mochte ja sein, dass Steffen nie ernsthaft mit dieser bildhübschen, erfolgreichen kanadischen Sängerin mit der erotischen Stimme liiert gewesen war, aber sie hatten ein gemeinsames Kind, und das erforderte in meinen Augen eine gewisse gegenseitige Anziehungskraft. Wenn er nun für mehrere Monate auf engstem Raum mit ihr durch Europa tingelte, zeigte diese Kraft bestimmt wieder ihre Wirkung. Zumal Steffen gerade etwas Aufmunterung gebrauchen konnte. Ich konnte es mir bildlich ausmalen: Er schlug in seinem Blues-Brother-Anzug und mit wirbelnden Haaren in die Saiten, sie hauchte neben ihm ein Liebeslied ins Mikro. Da sprangen die Funken schnell über. Ich seufzte: »Wahrscheinlich ist es gerade mehr on als off!«

Silvia strich mir mitleidig über den Arm. Bisher war ihr Aufmunterungsversuch komplett nach hinten losgegangen.

»Vielleicht braucht er auch nur mal etwas Geld. Du solltest es nicht so negativ betrachten«, versuchte Silvia weiter ihr Glück.

»Nein. Ich weiß.« Ob es nun on oder off war zwischen den beiden, Tatsache blieb, dass ich Steffen damit endgültig abhaken konnte. Er war weg, sein altes Leben hatte ihn wieder. Alles war zurück auf Anfang. Und im Grunde sollte ich erleichtert darüber sein – eine Sache weniger, über die ich mir den Kopf zerbrechen musste. Ich zwang mich zu einem Lächeln. »Etwas Gutes hat meine Situation ja: Noch mehr schlechte Nachrichten können jetzt eigentlich nicht kommen.«

Silvia schüttelte den Kopf. »So hören sich deine positiven Gedanken an?«

»Im Moment schon.«

Aber sie kamen. Per Post. In einem kleinen schwarzumränderten Umschlag, der an meine Mutter adressiert war. Irgendetwas sagte mir, dass es vermutlich kein unbekannter, entfernter Verwandter war, der gestorben war und uns sein ganzes Vermögen hinterlassen hatte. Ich öffnete den Brief und bekam die Bestätigung. Heinrich war tot, Dienstag seine Beerdigung. Ich zögerte, ob ich Mutter die Karte geben sollte. Aber sie hatte schließlich ein Recht darauf zu erfahren, was mit ihrem Freund passiert war. Beim Abendessen legte ich die Karte vor ihr auf den Tisch. Sie klappte sie nicht einmal auf, sondern sagte nur: »Aha, dann hat er es also nicht geschafft.«

»Mutter!«, sagte ich, entsetzt über ihre Kälte.

»Ist vielleicht besser so.«

Mir stockte fast der Atem. »Das … das kannst du doch nicht sagen.«

»Natürlich kann ich das. Er wäre jetzt vermutlich ein Pflegefall, und keiner wünscht sich, hilflos vor sich hin zu siechen.«

»Natürlich nicht, aber vielleicht hätte er auch noch ein paar schöne Jahre vor sich gehabt.« Als sie darauf nicht reagierte, fügte ich hinzu: »Sollen wir zu seiner Beerdigung gehen?«

»Was, damit ich mir schon mal anschauen kann, wie es auf meiner eigenen aussehen wird?«

»Mutter!«

»Das kommt nicht in Frage. So gut kannte ich ihn auch wieder nicht.«

Das sah ich zwar anders, aber mehr als anbieten konnte ich es ihr nicht. Damit war das Thema für sie erledigt. Bevor sie die Karte in den Müll werfen konnte, steckte ich sie schnell wieder ein. Irgendwie befürchtete ich, es brachte Unglück, wenn man Trauerkarten wegwarf, und das konnten wir allmählich nicht mehr gebrauchen.

»Mein Gott, jetzt google ihn doch endlich!«, fuhr Silvia mich an, als ich am Montag wieder einmal leblos neben ihr im Lehrerzimmer saß.

»Was?«

»Dein Ex … also ich meine dein Exfreund, nicht Exmann, ist mit einer einigermaßen bekannten Sängerin auf Tournee. Also wirst du sie schon irgendwo im Internet finden. Sie wird ihre Tourneedaten doch wohl bekanntgeben. Und wenn nicht, dann zwitschern bestimmt ein paar eingefleischte Fans eifrig darüber, also tu was. Sonst bin ich bald nicht mehr deine Freundin, verstanden?!«

»Ja, du warst ja deutlich genug!« Dabei hatte ich ausnahmsweise mal nicht über Steffen nachgegrübelt, sondern über meine Mutter. Seit sie wusste, dass Heinrich gestorben war, war sie völlig durcheinander. Als ich am Wochenende die Mathearbeiten meiner 8A suchte, die ich unbedingt noch korrigieren musste, fand ich sie im Altpapier. Mutter ging einkaufen und kam mit leeren Taschen wieder. Essen kochte sie nur noch, um es später in der braunen Komposttonne zu entsorgen. Das bisschen, was ich zur Zeit verdrücken konnte, tat kaum etwas zur Sache. Nicht mal mehr Sport, und wenn er noch so wahnwitzig gewesen war, trieb sie nun, und sie machte sich auch keine unbegründeten Sorgen mehr um ihre Gesundheit.

Stattdessen machte ich mir darum nun umso mehr Sorgen. Ich hatte Angst, dass sie plötzlich abbaute. Als verspätete Reaktion auf Vaters Tod, die vielleicht durch Heinrichs Dahinscheiden ausgelöst wurde. Nicht selten folgten glücklich verheiratete Eheleute ihrem verstorbenen Partner schließlich innerhalb kurzer Zeit nach, auch wenn sie bis dahin körperlich vollkommen gesund waren. Man durfte die Psyche nicht unterschätzen. Und Mutters Psyche war eindeutig angeschlagen, wenn selbst Essen kochen für sie keine Ablenkung mehr darstellte.

»Geh mit ihr zu Heinrichs Beerdigung, quasi als Schocktherapie«, schlug Silvia mit ihrem Hang zu ungewöhnlichen Lösungen vor, nachdem ich ihr vom neuesten Drama aus dem Hause Winter berichtet hatte.

»Sehr witzig. Meine Mutter ist zwar schlecht drauf, aber sie hat trotzdem noch so etwas wie einen eigenen Willen.«

»Dann sag ihr, dass ihr einen Spaziergang macht.«

»Spätestens am Eingang würde sie es merken und mir eine Szene machen«, winkte ich ab, auch wenn ich es nett fand, dass Silvia immer noch versuchte, mir zu helfen.

»Doch nicht auf einem Friedhof, das wäre ihr bestimmt zu peinlich.«

»Glaub mir, meine Mutter bringt es fertig, dass wir dort Hausverbot bekommen.«

Silvia zog ihre Stirn in Falten und begann vor meinen Problemen zu kapitulieren.

Aber in einer Sache beschloss ich, ihrem Rat zu folgen. So konnte es wirklich nicht weitergehen. Ich musste etwas unternehmen. Als ich nachmittags an meinem Schreibtisch saß, gab ich aus Mangel an Alternativen den Namen Bettany Johnson und Tournee bei Google ein – und bekam 2 870 000 Ergebnisse. Wie Silvia vermutete, hatte sie ihre Europatournee auf ihrer Homepage, bei Facebook, Twitter und diversen Fanpages angekündigt. Es war kein Problem, ihre und damit Steffens Reise quer durch Europa minutiös zu verfolgen. Mit dem einzigen Schönheitsfehler, dass die Tour erst in einem Monat begann. Bis dahin hatte sie sich zum Proben mit ihren Musikern irgendwohin zurückgezogen, und unter ihren Fans wurde spekuliert, ob sie sich einen Probenraum in Berlin, Vancouver oder gar L. A. angemietet hatte. Die meisten glaubten, sie sei in Berlin, weil diese Stadt ihr angeblich so gut gefiel, aber die Meinungen gingen auseinander, wo genau ihr Probenraum lag. In Kreuzberg, Wedding und Neukölln war sie überall schon einmal gesehen worden, und gerade, als man sich auf Friedrichshain geeinigt hatte, postete BettanyIwantachildfromU auf Facebook ein Foto, das Steffens Ex offenbar mitten in Vancouver beim Shoppen zeigte. Es war müßig, dem weiter nachzugehen. Und ich fühlte mich auch nicht besser, nur weil ich nun wusste, dass Steffen am siebzehnten Oktober in Prag beim Eröffnungskonzert der Sex and Sugar-Tour dabei sein würde. Sollte ich etwa hinfahren und ihm einen BH auf die Bühne werfen, als Versöhnungsgeschenk? Und überhaupt, was für ein blödes Tourmotto. Als ich den Internetbrowser schon wieder schließen wollte, fiel mein Blick allerdings auf einen interessanten Link. Aufgeregt klickte ich mich weiter durchs World Wide Web. Danach hatte ich einen Plan!

Zeitreise nach Bielefeld

Eine Doppelstunde Biologie, eine Stunde Algebra, eine Freistunde und neunzig Minuten Beaufsichtigung einer Mathearbeit später hatte mein Plan so weit Form angenommen, dass ich Silvia auf dem Lehrerparkplatz abfing, um mir ihr Auto auszuleihen.

Noch während ich nach Hause fuhr, rief ich Mutter an. Ich hatte keine Zeit zu verlieren.

Aufgeregt setzte sie sich auf den Beifahrersitz, als ich vorfuhr.

»Wo fahren wir denn hin? Und woher hast du das Auto? Du willst doch nicht etwa zu Heinrichs Beerdigung? Dann steige ich gleich wieder aus!«

»Nach Bielefeld. Von Silvia. Nein, und bleib bitte sitzen«, versuchte ich ihre Fragen in der richtigen Reihenfolge zu beantworten.

»Willst du Kim zurückholen?« Ihre Augen leuchteten kampfeslustig auf.

»Soll ich sie etwa entführen?«

»Wenn es sein muss.«

Ich schüttelte den Kopf und bog in Richtung Autobahn ab.

Wir schafften es in zwei Stunden. Bis auf die üblichen Baustellen auf der A2 gab es keine großartigen Verkehrsbehinderungen. Die Fahrt versetzte uns beide in eine Art Urlaubslaune, obwohl das Ziel unserer Reise alles andere als erfreulich war. Das Radio dudelte vor sich hin, Mutter und ich unterhielten uns über belangloses Zeug, ohne dass Kim oder sonstige Vorwürfe sich in die Unterhaltung mogelten, und sogar das Wetter spielte mit. Die Sonne ließ sich mal wieder blicken. Sie hatte ihre Energie also doch noch nicht komplett in den Sommerferien vergeudet. Doch als ich bei Bielefeld von der Autobahn abfuhr, wurde Mutter schlagartig still. Ich ahnte, was in ihr vorging. Die Erinnerungen drängten sich mit einer ziemlichen Wucht zwischen uns und unsere Urlaubsstimmung. Tatsächlich hatte mich Silvias verrückter Ratschlag mit der Schocktherapie auf eine Idee gebracht, und ich wollte vor unserem Besuch bei Arne noch einen Abstecher machen, von dem ich Mutter aber nichts erzählte.

»Hier geht es doch gar nicht zu euch«, bemerkte Mutter nach der dritten Ampel.

»Du meinst, zu Arne?«, fragte ich. »Nein. Ich dachte, wir besuchen vorher noch …«

»Fahr jetzt sofort zu Kim!«, fauchte sie mich an, als sie die Straße wiedererkannte.

Aber da parkte ich den Wagen schon vor dem verwitterten Eisentor.

»Wie oft warst du seit der Beerdigung an Vaters Grab? Einmal? Vielleicht zweimal?«

»Was tut das schon zur Sache!«

Wie ein schmollendes Kind verschränkte sie die Arme vor ihrer Brust und starrte auf das Armaturenbrett. Ich lehnte mich zurück in den Sitz. Dann sagte ich leise: »Wir sind zum ersten Mal seit langem wieder hier, Mutter. Ich finde, dann sollten wir ihn auch besuchen.«

»Er hat doch nichts mehr davon!«

Getroffen schaute ich sie an. Ich musste mich zurückhalten, um nicht gleich aufzubrausen. Sie meinte es ja nicht böse.

»Aber wir haben etwas davon«, sagte ich bestimmt. »Ich will zu seinem Grab. Du kannst ja hier auf mich warten.«

Damit stieg ich aus und ging langsam zum Eingang des

Friedhofs. Ich hatte das Tor noch nicht erreicht, da hörte ich die Beifahrertür zuschlagen. Zufrieden sah ich mich um.

»Du bist unmöglich«, zischte Mutter mir zu und stapfte neben mir her. Selbst sie musste sich erst einen Moment lang orientieren, bevor wir Vaters Grabstelle wiederfanden. Es war vollkommen zugewuchert. Ich machte mich auf eine heftige Reaktion gefasst. Aber nicht auf diese: »Du liebe Güte, das sieht ja furchtbar aus!« Mit diesen Worten stieg Mutter in ihren flachen Absatzschuhen aufs Grab und fing an, in großen Büscheln Unkraut herauszurupfen.

»Jetzt hilf mir doch mal, Meike! Was sollen denn die Leute denken?«

»Das, was sie das ganze Jahr über schon gedacht haben, schätze ich.«

Das Unkraut hatte sich schließlich nicht erst gestern verbreitet. »Willst du das Grab mit deinen Händen umgraben?«

Mutter hielt mit einem weiteren Unkrautbüschel in der Hand, von dessen Wurzeln sie die Erde schüttelte, inne und sah mich ratlos an.

»Nein, wir müssen zum Gartencenter. Ich brauche eine Schaufel und eine Harke und ein paar hübsche Blumen. Sträucher vielleicht, die halten sich länger …«

Die Liste wurde auf dem Weg zurück zum Auto immer länger. Schlagartig hatte Mutter ihre alte Tatkraft zurückgewonnen. Mit einem so schnellen und durchschlagenden Erfolg unseres Ausflugs hatte ich gar nicht gerechnet, auch wenn die Frau mir immer noch unheimlich war. Aber um meine alte Mutter zurückzubekommen, war ich sogar bereit, das halbe Gartencenter leer zu kaufen. Denn so in etwa sah es aus, als wir mit zwei vollbeladenen Wagen zur Kasse kamen. Neben dem nötigen – und unnötigen – Gartenwerkzeug hatte Mutter ganze Paletten von Blumen und Sträuchern dabei. Der Zweck heiligte die Mittel.

Bis wir zurück zum Friedhof gefahren waren und alles zu

Vaters Grab geschleppt hatten, war es nicht nur spät geworden, mein Äußeres war auch nicht mehr in der Verfassung, in der ich meinem Exmann eigentlich gegenübertreten wollte. Schweiß und Erde hatten Flecken hinterlassen. Skeptisch sah ich an mir herunter.

Mutter war ganz in die Gartenarbeit vertieft, als ich losfuhr, um die eigentliche Mission unserer Reise hinter mich zu bringen. Auf dem Weg zu meinem ehemaligen Zuhause, der mir immer noch vollkommen vertraut war, machte ich an meinem alten Stammcafé halt, um die gröbsten Flecken zu entfernen und einen Aufmunterungskaffee zu trinken.

Dann ging ich zu Fuß die letzten Meter zu dem Mehrfamilienneubau, in dem wir vor knapp sechs Jahren die mittlere rechte Wohnung gekauft hatten. Es war wie eine Zeitreise. Über ein Jahr war ich diesen Weg nicht mehr gegangen, das letzte Mal, als ich meine Sachen aus der Wohnung geholt hatte. Ich unterdrückte den Reflex, meinen Wohnungsschlüssel herauszuholen, den hatte ich Arne bei ebendiesem letzten Besuch auf den Küchentisch geknallt, und drückte auf meine alte Klingel, von der mein Name verschwunden war. Hoffer, Arnes Nachname stand da nun neben Kersgen, Petras Nachnamen. Ausgerechnet von ihr wurde ich auch als Besuch in meiner eigenen Wohnung empfangen. Arne war mit Kim einkaufen.

Petra verbarg ihre Überraschung und führte mich in mein altes Wohnzimmer. Wenn sich wenigstens etwas verändert hätte, die Möbel, der Anstrich oder auch nur die Anordnung der Sessel. Aber nichts, Petra hatte sich ohne größere Umgestaltungen in mein altes Leben eingefügt. Dann ging sie in meine alte Küche, um mir mit meiner alten Kaffeemaschine den Kaffee zu machen, den sie mir angeboten hatte und den ich ausschließlich zur Zeitüberbrückung annahm, denn eigentlich war ich bereits hibbelig genug.

Unentschlossen blieb ich mitten im Raum stehen. Alles

fühlte sich fremd an, obwohl mir alles vertraut war. Aber vielleicht war es genau das. Alles war ein Tick zu real, zu sauber, zu ordentlich, zu sehr am richtigen Platz. Als wäre ich nach einer Reise zurückgekehrt und müsste feststellen, dass um mich herum nur noch Requisiten waren. Petra hatte meine Rolle so selbstverständlich übernommen, dass ich sogar Zweifel bekam, jemals Teil dieses Lebens gewesen zu sein. Als hätte ich nie mit Kim und Arne an diesem Tisch zu Abend gegessen, nie diesen Fernseher angeschaltet, niemals meine Abende auf dieser Couch verbracht und sogar das ein oder andere Mal darauf mit Arne geschlafen. Ob Petra das ahnte? Und ob es ihr egal war, in den Möbeln zu wohnen, die Arne mit mir ausgesucht hatte, die wir eingelebt hatten?

»Sie sind schon auf dem Rückweg«, erklärte sie etwas zu fröhlich, als sie ein paar Minuten später mit einem Tablett ins Wohnzimmer zurückkam.

Ich nickte und nahm benommen meine alte Lieblingstasse, die sie bewusst oder unbewusst für mich rausgesucht hatte. Es war merkwürdig, in meiner eigenen Wohnung bedient zu werden. Petra merkte, dass ich mich nicht wohl fühlte. Vermutlich fand sie die Situation selbst nicht gerade prickelnd.

»Bist du länger in Bielefeld?«, fragte sie, um überhaupt etwas zu sagen.

»Nein, nur heute. Ich muss ein paar Sachen erledigen. Vaters Grab herrichten. Wir fahren heute Abend wieder zurück.«

»Man ist eigentlich recht schnell in Köln, nicht wahr?«

»Ja, doch«, stimmte ich ihr zu und suchte krampfhaft nach einem weiteren oberflächlichen Thema für unser inhaltsloses Gespräch. »Ich habe gehört, ihr habt euch auch für den Köln-Marathon angemeldet?«

»Allerdings«, stöhnte Petra. »O Gott, der ist ja schon in nicht mal mehr vier Wochen! Arne ist richtig diszipliniert, aber ich … Bist du fit?«

Ich war lange nicht mehr laufen gewesen, aber ich würde den Teufel tun, ihr diesen Triumph zu gönnen. »Ich hab mich einer Trainingsgruppe angeschlossen.« Die ich seit Wochen nicht mehr besuchte. »Es läuft ganz gut.«

Sie nickte, und wir schwiegen uns an, hatten unser Pulver bereits verschossen. Ich konnte mich noch nicht mal interessiert in der Wohnung umsehen, weil ich sie bis auf das letzte Bild an der Wand kannte und jede einzelne Erinnerung mir einen Stich versetzte. Also starrte ich in meinen Kaffee, in den ich ganz gegen meine Gewohnheit Zucker und Milch gab, um überhaupt etwas zu tun. Ich rührte lange und nahm dann einen Schluck. Er schmeckte grässlich. »Mmh, das tut gut!«, log ich verkrampft. Sie lächelte genauso unentspannt. Dann hörten wir den erlösenden Schlüssel in der Wohnungstür. Ich konnte dieselbe Erleichterung in Petras Gesicht sehen, wie ich sie gerade verspürte. Automatisch blickten wir uns an. Letztendlich saßen wir im gleichen Boot, nur auf gegenüberliegenden Seiten.

Kim und Arne betraten die Wohnung, und schon schlug meine Erleichterung wieder in Nervosität um. Ich hatte Kim seit fast drei Monaten nicht mehr gesehen. Wie würde sie reagieren? Und wie ich? Durch den Türspalt konnte ich nur einen kurzen Blick auf meine Tochter erhaschen. Sie hatte die Hände voll mit Einkaufstüten. Offenbar entwickelte sie sich unter Arnes und Petras Einfluss zu einem richtigen Teenager.

Arne war durch Petras Anruf auf meinen Besuch vorbereitet. Kim leider auch. Ohne ein Wort und ohne mich eines Blickes zu würdigen, ging sie schnurstracks in ihr Zimmer. Auch wenn ich so eine Reaktion erwartet hatte, spürte ich sofort wieder die bleierne Schwere in mir, die in den letzten Wochen mein treuer Begleiter geworden war. Auf gar keinen Fall wollte ich vor Arne Tränen zeigen.

»Kim, benimm dich anständig gegenüber deiner Mutter«, rief Arne ihr nach.

»Erst wenn sie sich wieder anständig benimmt«, rief sie und zog knallend die Tür hinter sich zu.

Arne wollte ihr hinterher, aber ich hielt ihn mit einem Kopfschütteln zurück. »Lass sie.«

»Tut mir leid.« Dann umarmte er mich. »Hallo, Meike, was für eine Überraschung!«

Keine angenehme, dachte ich und sagte stattdessen: »Ich würde gerne etwas mit dir besprechen.«

Als Petra höflicherweise das Wohnzimmer verließ, platzte ich mit meiner Frage sofort raus: »Kannst du mir meinen restlichen Anteil von der Wohnung geben? Ich weiß, wir hatten Raten vereinbart, aber ich brauche das Geld, wenn irgendwie möglich.«

Für die Scheidung hatten wir es genau auseinanderdividiert. Er schuldete mir noch fast zwölftausend Euro. Das war mehr als genug für meinen Plan. Arne war schon immer ein sparsamer Typ und bedacht darauf gewesen, eine Reserve für Notfälle zu haben. Die musste er jetzt eben plündern. Doch irgendetwas in Arnes Gesicht sagte mir, dass er sie schon geplündert hatte.

»Es tut mir leid, das ist gerade ziemlich ungünstig. Wir … bauen.«

»Ihr baut? Was denn?«

»Ein Haus.«

Logisch, was sonst. Trotzdem sah ich ihn mit offenem Mund an.

»Ich weiß, ich hätte dich fragen sollen«, gab er zu. »Aber es musste schnell gehen.«

»Ein ganzes Haus? Für euch beide?«

»Na ja, Kim ist ja nun auch hier. Und vielleicht … vielleicht kommen ja noch … wir überlegen …«

Er musste es gar nicht aussprechen. Mein Gesichtsausdruck wurde noch bestürzter. Gut, Petra war ein paar Jährchen jünger als ich, aber dachte Arne tatsächlich noch über weitere Kinder nach?

»Verstehe. Das heißt, du hast mein Geld in euer Haus investiert.«

»Nein, nein, die Bank wollte die Wohnung als Sicherheit. Und meine Ersparnisse. Du bekommst dein Geld natürlich zurück. Wie wir vereinbart haben. In Raten.«

Ich nickte enttäuscht. Mein toller Plan zerfiel gerade in seine Einzelteile, weil Arne noch nicht genug Familienglück abbekommen hatte.

»Wofür brauchst du das Geld denn, hast du Probleme?«, fragte er vorsichtig.

Bisher war dies der einzige Bereich gewesen, in dem ich keine Probleme hatte. »Nein, nein, ich meine, der Umzug nach Köln war teuer …« Er sollte ruhig ein schlechtes Gewissen haben. »Aber eigentlich wollte ich mal wieder richtig in den Urlaub fahren. Den letzten musste ich ja stornieren. Ich würde gerne in den Herbstferien wegfliegen. Mit Kim.« Das war der zweite Punkt, den ich mit ihm besprechen wollte. Arne kräuselte die Stirn. Diese Miene kannte ich bei ihm, wie ich eigentlich alles an ihm kannte. Sogar die Klamotten, die er trug. Er zweifelte an meiner Idee, das wollte er mir damit sagen, ohne dass er es aussprechen musste, denn er sagte das Gegenteil: »Natürlich, das ist eine gute Idee.«

Ich musste trotz allem lächeln.

»Wie teuer ist denn der Urlaub?«, fragte er hilfsbereit.

»Na ja, allein die Flüge kosten um die sechstausend, schätze ich. Ich bin spät dran mit buchen.« Spät dran klang optimistisch für drei Tage vor Ferienbeginn, selbst in Arnes Ohren.

Er sah mich überrascht an, und ich fügte erklärend hinzu: »Ich will Mutter auch mitnehmen. Ihr geht es im Moment nicht so gut.«

»Das tut mir leid.« Er mochte meine Mutter, auch wenn sie ihm gegenüber immer feindlich eingestellt war. »Und du hast nichts mehr auf dem Konto?«

»Nicht genug.«

»Komm, setz dich doch erst mal.« Wir nahmen auf der Couch Platz, für die wir damals ebenfalls ein halbes Vermögen ausgegeben hatten. Ich nahm noch einen Schluck von dem schon fast kalt gewordenen Kaffee und verzog das Gesicht. Arne interpretierte meinen Gesichtsausdruck falsch.

»Ich habe versucht, mit Kim zu reden, sie umzustimmen, aber es fällt ihr immer noch schwer, deinen neuen Freund zu akzeptieren.«

Zu seiner Überraschung musste ich lachen. Das war bei weitem die netteste Umschreibung, die er für Kims Totalverweigerung hätte finden können. Wenigstens der Galgenhumor war mir geblieben.

Ich schüttelte den Kopf und senkte meinen Blick. »Er … ist nicht mehr mein Freund!« Das auszusprechen versetzte mir immer noch einen Stich.

»Oh, das tut mir leid.«

»Mir auch!«, seufzte ich und kam schnell wieder auf das Geld zu sprechen. »Du siehst also keine Möglichkeit, mir zumindest einen Teil des Geldes zu geben?«

Arne sah nachdenklich vor sich hin, als würde er eine Lösung suchen, aber ich wusste, dass das seine Form von Nein war, ein so negatives Wort, dass er es nur sehr ungern in den Mund nahm.

»Na ja, das kam jetzt auch sehr überraschend«, nahm ich schon wieder die Schuld auf mich. Ein Wunder eigentlich, dass ich nicht auch die Schuld für seine Affäre auf mich genommen hatte, bei mir gesucht hatte ich sie auf jeden Fall.

»So oder so möchte ich mit Kim in den Urlaub fahren.«

»Natürlich, das solltest du unbedingt tun.« Er war erleichtert, dass er sich wegen des Geldes keine Vorwürfe machen musste.

»Ich würde gerne mit ihr reden«, sagte ich entschlossen, obwohl mir die Aussichtslosigkeit dieses Unterfangens sehr wohl bewusst war. Aber ich hätte nicht gehen können, ohne es wenigstens versucht zu haben. Arne sah mich mitleidig an: »Tu das, ihr solltet euch auf jeden Fall mal unterhalten.«

Doch stattdessen führte ich ein Zwiegespräch mit Albert Einstein, der mir stellvertretend für Kim die Zunge rausstreckte. Es war etwas irritierend, diesem genialen Kindskopf in Überlebensgröße gegenüberzustehen und mit meiner stummen Tochter dahinter zu reden. Das Gespräch lief sehr einseitig ab:

»Kim?«

»Ich muss dich nicht darauf aufmerksam machen, dass ich weiß, dass du da drin bist, es also zwecklos ist, deine Anwesenheit zu leugnen?«

»Da du mir bis jetzt keine Gelegenheit gegeben hast, mich bei dir zu entschuldigen, muss ich es wohl auf diese Weise tun!«

Lautstarke Musik ertönte im Inneren des Zimmers. Sie zwang mich nicht nur dazu, zu schreien, sondern erinnerte mich auch daran, wie hellhörig dieser Neubau war. Eine Tatsache, die mir meine Entschuldigung schlagartig sehr unangenehm machte, da ich wusste, dass Arne und Petra jedes einzelne Wort mitbekamen.

»Es war falsch, dir meine Beziehung mit Nicolas' Vater zu verheimlichen. Ich war selbst total überrumpelt davon. Anfangs wusste ich nicht, ob es nur …« Hoppla, falsche Richtung, das Wort Sex sollte ich tunlichst vermeiden. »Ich wusste nicht, wie ernst es mit uns ist, und wollte dich nicht beunruhigen.«

Die Musik wurde aufgedreht.

»Ich weiß, dass ich dein Vertrauen missbraucht und dich sehr, sehr verletzt habe. Aber ich mache auch Fehler. Sehr große, bisweilen. Trotzdem finde ich, du könntest mir wenigstens die Gelegenheit geben, es dir zu erklären.«

Ihre Anlage hatte einiges zu bieten.

Ich schüttelte den Kopf. Es hatte keinen Sinn. Sogar Einsteins Gesichtsausdruck wurde grimmiger. Dann eben anders. »Wir fahren zusammen in den Urlaub!«

Die Musik wurde abgedreht, und Kim rief mit schriller Stimme: »Vergiss es!«

Immerhin hatte sie mich gehört, also waren auch die anderen Worte nicht an ihr vorübergegangen.

»In den Herbstferien. Genauer gesagt, Samstagmorgen!«

»Ich komme nicht mit.«

»Das musst du aber, so haben wir das vor Gericht entschieden, tut mir leid. Gemeinsames Sorgerecht. Du kannst dich ja beim Jugendamt beschweren.«

»Das lässt Papa nicht zu.«

»Keine Sorge, der hält das für eine gute Idee!« Zum ersten Mal kam mir Arnes optimistische Ausdrucksweise gelegen. »Also, bis Samstag, pack warme Sachen ein!«

»Du bist so gemein!«

Ich überlegte, was ich darauf erwidern sollte, aber da ging ohnehin schon wieder die Musik an. Einen Moment lang blieb ich noch vor ihrer Tür stehen. Doch Einstein und ich fanden, dass alles gesagt war.

Dann drehte ich mich um und ging zur Wohnungstür. Arne und Petra begleiteten mich nach draußen und bemühten sich, so zu tun, als hätten sie nichts mitbekommen. Als ich sie in der Tür stehen sah, Arm in Arm, lächelnd, hatte ich einmal mehr das Gefühl, in einem Paralleluniversum vorbeigeschaut zu haben, in dem ich nie existiert hatte.

Taubes Gefühl

Erst als ich mit zittrigen Fingern den Autoschlüssel von Silvia aus meiner Handtasche kramte, merkte ich, wie sehr mich dieser kurze Besuch mitgenommen hatte. Minutenlang saß ich regungslos hinterm Steuer. Meine Gefühle schwankten zwischen Aufbruchsstimmung und dem Wunsch, endgültig alles hinzuwerfen. Was hatte es noch für einen Sinn, Kim zu einem Urlaub zu zwingen, den sie nicht machen wollte? Mit Geld, das ich nicht hatte? Wenn es nicht sein sollte, dann sollte es eben nicht sein. Dann musste ich mich damit abfinden, dass mein Leben von nun an kinder- und männerlos war. Dass Mutter alt wurde und ich meinen Kummer wie Matthias bei Marathons und Triathlons rausschwitzte.

Niedergeschlagen kam ich zurück zu Vaters Grab, an dem Mutter den ganzen Nachmittag gearbeitet hatte. Ihre Kleider waren mit Erde verdreckt, selbst durch ihr Gesicht zogen sich ein paar dunkle Spuren. Ihre Frisur hatte sich aufgelöst. Aber sie war zufrieden mit dem Resultat und räumte gerade die leeren Blumentöpfe zusammen. Ich staunte. Auf dem Grab war keine einzige freie Stelle mehr, geschweige denn Unkraut. Geschmackvoll hatte sie die Chrysanthemen und Alpenveilchen darauf arrangiert und das komplette Grab mit Sträuchern umrandet. Alles leuchtete in Gelb und Pink.

»Das sieht richtig schön aus.«

Sie strich sich eine Strähne aus dem Gesicht und hinterließ dort stattdessen einen weiteren Schmutzfleck. Skeptisch betrachtete sie ihr Werk.

»Vater wird es gefallen«, versicherte ich ihr.

»Meinst du?«

»Ganz bestimmt. Er mochte Gartenarbeit immer sehr.«

Mutter starrte auf das Grab und nickte abwesend.

»Ja, bis sie ihn umgebracht hat.«

Ich schluckte und nahm ihre erdige Hand. »Aber eigentlich war es doch ein schöner Tod für ihn. Zu früh, natürlich. Aber es ging schnell, und er ist bei dem gestorben, was er gerne gemacht hat.«

Mutters Körper verlor seine Spannung, ihr Gesicht wurde ausdruckslos, ihre Haut fahl. Ich hatte Angst, dass sie zusammenklappen würde. Eilig sah ich mich nach einer Sitzmöglichkeit um und schob mit dem Fuß eine Palette neben sie, in der die Blumen gestanden hatten. »Willst du dich setzen?«

Wortlos ließ sie sich auf die Palette nieder. »Wie lang ist es jetzt her?«, fragte sie verwirrt, und ich wurde noch besorgter.

»Über ein Jahr.« Ich räusperte mich. »Ein Jahr und dreieinhalb Monate, fast vier.«

»Er kommt nicht mehr zurück«, sagte sie stimmlos vor sich hin. Meine Sorge schien berechtigt. Vielleicht hatte der Besuch seines Grabes nun tatsächlich einen Schock in ihr ausgelöst.

»Nein, Mutter«, flüsterte ich. »Er ist tot.«

Sie sah mich an, und es beruhigte mich ein wenig, dass ihr Blick klar war. »Es ist so falsch«, flüsterte sie. »Es fühlt sich nicht richtig an. Nichts fühlt sich mehr richtig an.«

Ich setzte mich neben sie und legte meinen Arm um ihre schmalen Schultern. Mit Tränen in den Augen redete sie weiter.

»Wir waren fünfundvierzig Jahre verheiratet. Kannst du dir das vorstellen?«

Wenn ich ehrlich sein sollte, konnte ich mir das nicht vorstellen. Nicht mehr. Ich schüttelte den Kopf.

»Was ihr hattet, war sehr besonders. Es ist schön, das Leben so lange miteinander teilen zu können.«

»Ja, aber wenn man dann plötzlich alleine ist, ist es noch schlimmer. Als hätte man einen Teil von mir einfach abgeschnitten.«

Erschrocken sah ich sie an. So drastisch hatte sie noch nie über Vaters Tod gesprochen. »Manchmal …«, fuhr sie fort. »Manchmal fühle ich mich so taub, Meike. Mag ja sein, dass die Wunde verheilt ist, aber in der Narbe habe ich kein Gefühl mehr.«

Ich drückte sie ganz fest an mich. Sie fing an zu schluchzen. »Warum hast du denn nie etwas gesagt?«

»Ach, Meike, du weißt doch wie das ist, vor den Kindern lässt man sich nicht so gehen.« Auch jetzt hatte sie ihre Tränen schnell wieder im Griff. Ich nickte bedrückt. Wenn ich doch nur geahnt hätte, was die ganze Zeit in ihr vorging.

»Ich kenne das«, seufzte ich. »Diese Ohnmacht ist manchmal unerträglich. Aber du warst immer ein Vorbild für mich. Du hast immer weitergemacht, egal, was passiert ist.«

Überrascht schaute Mutter mich an. »Wirklich?«

Ich nickte.

»Ja, na ja, das hat dein Vater immer gesagt. Das Leben ist zu kurz, um traurig zu sein.«

»Ja, stimmt, einer seiner Leitsprüche.« Wir schauten gemeinsam auf den Grabstein. Bei der Erinnerung an Vaters Vorliebe für Kalenderweisheiten zuckte auch um Mutters Mundwinkel ein leichtes Lächeln. Bis sich ihre Züge mit einem Mal verhärteten.

»Er hatte gut reden. Sein Leben war ja auch kurz.« Ihr Tonfall änderte sich plötzlich. Sie wandte sich an das Grab, als würde Vater persönlich dort stehen. »Einfach umkippen! Was hast du dir nur dabei gedacht? Glaubst du etwa, dass ich die letzten zwanzig Jahre allein leben will?«

Immerhin entnahm ich ihren Worten, dass sie vorhatte, sehr alt zu werden.

»Wolltest wohl nicht zusehen, wie ich grau und wirr und

tatterig werde. Da hast du dich ja schön aus der Affäre gezogen.«

Ihre Wut rührte mich. »Mutter, du bist nicht alleine. Und damit meine ich nicht ... Heinrich und Anton und wie sie alle hießen!«

Mutter riss die Augen auf. »Meike, doch nicht vor deinem Vater!«

»Entschuldige.«

Doch sie verdeckte peinlich berührt ihr Gesicht mit ihren Händen.

»Ich habe mich schrecklich benommen. Die ganzen ... Männergeschichten.« Das letzte Wort hatte sie geflüstert, aus Angst, mein Vater könnte mithören. »Was ist nur in mich gefahren?«

Ich erinnerte mich an Steffens Worte. »Vielleicht wolltest du nur die Angst verdrängen ...«, druckste ich herum, »... vorm Älterwerden. Vielleicht sogar vorm Sterben.«

Empört sah sie mich an, und ich zuckte entschuldigend mit den Schultern. Doch sie dachte über das nach, was ich gesagt hatte.

»Ja, wahrscheinlich«, seufzte sie schließlich. Ich musste eine Weile überlegen, aber es war tatsächlich das erste Mal, dass sie meine Erklärungen widerspruchslos akzeptierte. »Ich denke, deine Männersuche« – auch ich sagte dieses Wort fast stimmlos – »war nur so extrem, weil du dir und uns beweisen wolltest, dass du nicht zum alten Eisen gehörst.«

»Mensch Meike, du hättest mir wirklich etwas sagen müssen, mir den Kopf waschen ...«

»Ich? Dir?!«, platzte ich heraus. »Und du hättest auf mich gehört?!«

»Was Kim jetzt nur von mir denkt.«

»Keine Sorge, schlimmer als das, was sie von mir denkt, kann es nicht sein.«

Das schien sie tatsächlich zu beruhigen.

»Was war das nur für ein Jahr. Wir haben kein gutes Händchen in Sachen Männer.«

»Nein, das kann man wirklich nicht behaupten.«

Wir sahen uns an und mussten plötzlich lachen. Immer länger und lauter, so dass sich andere Friedhofsbesucher schon pikiert zu uns umsahen. Aber das machte Mutter nichts aus. Sie lachte jetzt aus vollem Halse, und auch ich fand es befreiend, den ganzen Frust rauszulachen.

Als wir uns endlich wieder eingekriegt hatten, bemerkte ich erst, wie hungrig ich war. Ich hatte heute nur mein Pausenbrot gegessen, und das auch schon vor einer ganzen Weile. Vor dem Gespräch mit Arne und Kim hatte ich keinen Bissen hinunterbekommen. Aber jetzt knurrte mein Magen in einer nicht zu überhörenden Lautstärke, und so schlug ich vor, in unser ehemaliges Stammlokal, das Sirtaki, zu gehen, das offiziell eigentlich anders hieß.

Mit meinem Vater waren wir dort oft essen gewesen, und ich wusste, dass es weitere Erinnerungen zutage fördern würde. Gleichzeitig wollte ich nicht, dass unser Ausflug schon beendet war. Ich merkte, dass es Mutter guttat, hier zu sein.

Begeistert nahm sie den Vorschlag an: »Ćevapčići habe ich ewig nicht mehr gegessen.«

Nachdem sie sich auf der Gästetoilette des Sirtaki gewaschen und ihre Kleidung gesäubert hatte, setzte sie sich zu mir an unseren alten Stammtisch und wirkte zum ersten Mal seit langem wieder wie meine Mutter.

»Es war eine gute Idee hierherzufahren!«

»Ja, in Zukunft besuchen wir Vaters Grab öfter!« Ich streichelte ihre Hand, die auf dem Tisch lag. Sie lächelte mich an. Ein Lächeln, das ich lange bei ihr nicht gesehen hatte. In sich ruhend, warm, umarmend. Allein das war diese Fahrt wert gewesen.

»Wie war es eigentlich bei Arne und Kim?«, fragte sie, dieses Mal ganz ohne Vorwurf in ihrer Stimme.

Ich zuckte mit den Schultern und wollte ihren aufkeimenden Elan nicht gleich wieder mit schlechten Nachrichten ersticken.

»Ganz gut.«

»Hast du mit Kim geredet?«

»Ja«, sagte ich und hoffte, sie würde nicht weiter nachfragen.

»Und? Habt ihr euch vertragen?«

»Wir fahren zusammen in den Urlaub! Wir drei!«, wich ich aus und überraschte damit nicht nur meine Mutter. Bis gerade hatte ich selbst nicht mehr daran geglaubt, denn wenn ich ehrlich war, sah zurzeit nichts danach aus.

»Wirklich? Das ist ja wunderbar«, strahlte Mutter. »Auf unseren Urlaub!«

Wir stießen mit unserem frisch gezapften Herforder Pils an.

»Ja, auf unseren Urlaub!«

Reiselaunen

Urlaubsstimmung wollte sich bei mir auch dann noch nicht einstellen, als wir bereits auf dem Weg zum Flughafen waren. Daran war in erster Linie Kims MP3-Player schuld, dessen Ohrstöpsel sie die ganze Zugfahrt über drinbehielt und aus denen so laute Musik kam, dass ich mir schon Sorgen um ihre Innenohrhaarzellen machte. Seitdem Arne ihren Koffer ins Abteil gehievt und sie auf dem reservierten Sitz mir gegenüber Platz genommen hatte, schaute sie aus dem Fenster und hörte Musik. Eine effektive Art des Protestes, meine Laune war im Nu verdorben. Mutter schlief zum Glück, denn wir waren zu unmenschlich früher Zeit mit dem ICE in Köln losgefahren, um Kim in Bielefeld einzusammeln, und fuhren nun weiter nach Hannover, um dort in unseren Flieger zu steigen. Vergeblich versuchte ich, das Gedudel aus Kims Ohren zu überhören. Bereits nach einer Viertelstunde fragte ich mich, ob das alles die Mühe und das Betteln um Geld wert gewesen war.

In der Nacht, nachdem Mutter und ich aus Bielefeld zurückgekommen waren, hatte ich schlaflos im Bett gelegen, als mir Dietmar und sein Lottogewinn wieder einfielen. Vermutlich war er immer noch nicht gut auf mich zu sprechen. Aber ich zog mich trotzdem an, fuhr zum *Lucky* und wartete davor, bis die meisten Gäste gegangen waren, dann noch mal zehn Minuten, bis ich genug Mut beisammen hatte, um ihn um Geld zu bitten.

»Bar oder aufs Konto?«, nuschelte er, während er penibel

die Theke säuberte. Ich sah ihn erstaunt an. So unkompliziert hatte ich mir die Angelegenheit gar nicht vorgestellt.

»Aufs Konto wäre gut. Ich brauche es nur für …«

»Ist mir egal«, unterbrach er mich. »Du wirst schon deine Gründe haben.«

»Äh, danke. Du kriegst es auf jeden Fall zurück.«

»Das ist mir auch egal.« Er tat so, als wäre es selbstverständlich, der Exfreundin seines Expianisten mal eben zehntausend Euro zu überweisen. Nachdenklich betrachtete ich seinen Hinterkopf, denn er beugte sich konzentriert über die Bar, um einen nicht vorhandenen Fleck wegzuwischen. Er mied meinen Blick. Warum war er plötzlich so freundlich? Machte er mich nicht mehr für Steffens Verschwinden verantwortlich?

Es war kein Gast mehr da, und ich machte mich nützlich, indem ich die Stühle hochstellte.

»Er hatte diese Pläne schon länger, oder?«, fragte ich schließlich leise, und Dietmar nickte.

»Bevor du gekommen bist, schon. Es hat ihm gefehlt. Das Unterwegssein, die Auftritte.«

Zynisch fügte ich hinzu: »Bettany.«

Er zuckte mit den Schultern. »Die eher weniger.«

Dankbar lächelte ich ihn an. Er ließ den Lappen auf der Bar liegen und schenkte uns beiden einen Sherry ein. Wir stießen wortlos an.

»Aber ich hatte gehofft, dass du ihn umstimmen kannst«, sagte er plötzlich und sah mich vielleicht zum allerersten Mal, seit wir uns kannten, freundlich an.

Ich verschluckte mich an dem brennenden Getränk und hustete ein paarmal. »Wie kommst du denn darauf?«

»Na ja, ihm lag was an dir.«

»Du meinst, im Gegensatz zu all den anderen Frauen?«, fragte ich mit ironischem Tonfall. Doch Dietmar schüttelte den Kopf. »Er hatte auch eine ziemlich üble Zeit hinter sich. Hat seine Mutter bis zum Ende gepflegt, sein Sohn wurde ihm mehr oder weniger weggenommen und dann plötzlich als Teenie wieder vor die Tür gestellt. Alles nicht so easy.«

Wenn er mich damit aufmuntern wollte, war er definitiv auf dem Holzweg. Ich fühlte mich nur noch schlechter, Steffen so mies behandelt zu haben. »Auf jeden Fall«, fuhr er fort, »konnte er sich nicht so recht auf jemanden einlassen, schätze ich.« Dann sah er mich an. Ich verstand. Bis ich auf den Plan trat – und ihn dann eiskalt für meine Tochter opferte. Das wird sein Vertrauen in Beziehungen wohl gestärkt haben. Mir wurde wieder mulmig in der Magengegend. »Und ich habe ihn stattdessen ganz verjagt.«

Er zuckte mit den Schultern, und wir schwiegen beide, hingen unseren Gedanken nach, die um Steffen kreisten.

»Hast du schon einen Nachfolger?«, fragte ich.

»Wieso, suchst du schon einen Nachfolger?« Er grinste mich frech an. Aber so weit war ich noch nicht, dass ich über unsere Trennung Witze machen konnte.

»Nein«, sagte er wieder ernst. »Eigentlich war es damals nur aus der Not heraus geboren. Steffen brauchte dringend einen Job, ich hatte zu viel Geld und fand die Idee witzig. Aber wenn er es nicht macht, dann keiner!«

»Mensch, du bist ja echt ein netter Kerl, wenn du willst.«

»Ist einfach, wenn man im Lotto gewonnen hat.«

Wir lachten beide.

Auch jetzt bahnte sich ein Lächeln den Weg auf mein Gesicht.

Ich bemerkte, dass Kim mich beobachtet hatte. Schnell wandte sie ihren Blick ab und sah wieder aus dem Fenster. Sie hatte noch nicht mal gefragt, wohin unsere Reise ging, und ich würde den Teufel tun, es ihr zu verraten. Sollte sie doch weiter schmollen. Vielleicht wurde es ihr selbst irgendwann zu albern.

Als wir am Flughafen ankamen, wurde sie zumindest unruhig. Erst recht, als wir uns dem Check-in-Schalter näherten. Mutter merkte zwar, dass sich zwischen uns noch nichts wieder eingerenkt hatte, war aber viel zu aufgeregt, als dass sie sich einmischen konnte. Es war ihr erster Flug. Vater war Fliegen nie geheuer gewesen, und so hatten sich ihre Urlaubsreisen auf die Gegenden beschränkt, die man mit einer Tagestour im Auto erreichen konnte. Jetzt konnte Kim die Anzeige über dem Schalter erkennen, und ich verfolgte aufmerksam ihre Reaktion. Zunächst weiteten sich ihre Augen, dann ihr Mund und dann blieb sie stehen. »Vancouver?«, stieß sie aus. »Wir fliegen nach Kanada?«

»Ja, ich hab gehört, da soll es sehr schön sein.« Ich ließ sie absichtlich zappeln. »Gibst du mir mal deinen Reisepass?«

Während ich am Schalter die Formalitäten erledigte, spürte ich förmlich Kims Blick in meinem Nacken und eine gewisse Genugtuung. Nachdem wir durch den Sicherheitscheck gelangt waren, hatten wir noch ausreichend Zeit, um den Duty-free-Shop zu durchstöbern, dessen Preise meiner Mutter einen Verzückungsschrei nach dem anderen entlockten, und einen Kaffee zu trinken. Die ganze Zeit über versuchte Kim durch Röntgenblicke auf meinen Hinterkopf Details über unseren Urlaub zu erfahren. Vergeblich, außerdem hatte ich meiner Mutter eingebläut, nichts über unsere Reisepläne preiszugeben. Wenn Kim etwas wissen wollte, musste sie schon ihren Mund aufmachen.

Im Flugzeug schluckte ich noch vor dem Start eine halbe Schlaftablette, um meine Flugangst und den Jetlag zu überlisten. Kim saß sehr zu ihrem Missfallen neben mir, allerdings hatte ich ihr den Fensterplatz überlassen. Mit dem individuell gestaltbaren Programm auf dem Bildschirm im Vordersitz und der immer noch dudelnden Musik aus ihrem MP3-Player war sie medial rundum versorgt, und ich musste mir keine Sorgen machen, dass sie plötzlich das Bedürfnis verspürte, mit mir reden zu wollen. Mutter war dagegen schon nach wenigen Sekunden in ein Gespräch mit ihrer Sitznachbarin vertieft. Also sah alles nach einem ruhigen Flug aus. Nach dem Start, der mir kurzzeitig Schweißausbrüche bescherte, aber zum Glück ohne Zwischenfälle verlief, ließ ich mir vom Flugbegleiter ein Kissen und eine Decke geben und schloss meine Augen, aber nicht, ohne Kim vorher noch den Tipp zu geben, ebenfalls etwas zu schlafen. »Wenn wir ankommen, haben wir noch einen ganzen Tag vor uns … und eine lange Nacht.«

Ich öffnete ein Auge, um zu sehen, ob dieser letzte Halbsatz seine Wirkung tat. Tat er, sie schaute mich erstaunt an. Aber bevor sie nachfragen konnte, falls sie sich dazu herablassen würde, schloss ich mein Auge wieder und döste ein.

Über den Rocky Mountains wachte ich auf und fühlte mich matschig. Schlaftabletten halfen vielleicht beim Einschlafen, aber erholsam war der Schlaf nicht. Ich bat den Flugbegleiter gleich um einen doppelten Kaffee, um den Nebel in meinem Kopf zu verdrängen. Kim schlief noch, ihr Kopf war gegen das Fenster gesackt, durch das die Berge der Rocky Mountains wie die Nachbildungen auf einer Reliefkarte aussahen. Ich bewunderte die Landschaft unter uns eine Weile, bis mir die Tatsache, dass zwischen ihr und uns lediglich zehn Kilometer Luft waren und nur die Geschwindigkeit und der daraus resultierende Druckunterschied an den Tragflächen dieses Flugzeug hier oben hielten, ein mulmiges Gefühl im Bauch bereitete. Schnell lehnte ich mich wieder zurück und betrachtete stattdessen meine Tochter, die ich fast drei Monate nicht gesehen hatte. Waren es nur die Ereignisse, die in meinem Hinterkopf mit reinspielten, oder wirkte sie mit einem Mal tatsächlich reifer? Auf jeden Fall hatte sie ihre glatten braunen Haare schneiden lassen, stufig und auf Kinnlänge. Das trug sicherlich zu diesem Eindruck bei. Außerdem war ihre Kleidung nicht mehr so formlos und sackartig. Sie trug ein bedrucktes T-Shirt mit V-Ausschnitt und darüber eine enganliegende Kapuzenjacke, Marke Girlie-Abteilung. Vielleicht war dieser Streit für sie auch nötig gewesen, um sich abzukoppeln. Auch wenn ich hoffte, dass sie bereit war, sich zumindest teilweise bei mir wieder anzukoppeln, fand ich ihr neugewonnenes Selbstbewusstsein nicht schlecht. Am liebsten hätte ich ihr jetzt über die Haare gestrichen oder ihre Wange, um sie zärtlich zu wecken. Stattdessen berührte ich nur kurz ihre Schulter. Vor der Landung wurde noch ein Abendessen serviert, obwohl es in Kanada höchstens Zeit für ein zweites Frühstück war. Aber eine kleine Stärkung vor den anstehenden Strapazen war nicht verkehrt. Ich hatte uns zwar im Internet Hotelzimmer für die ersten beiden Nächte reserviert, aber ansonsten noch keinen Plan. Ich wusste nur, dass das Hotel Downtown und damit relativ zentral zu den wichtigsten Sehenswürdigkeiten lag. Wie wir dahinkommen würden, darüber hatte ich mir noch keine Gedanken gemacht. Aber ich vertraute auf Mutter, die die letzten drei Tage nichts anderes getan hatte, als zu packen und Reiseführer zu lesen.

Kim wachte mit einem Grummeln auf, war jedoch gleich beschwichtigt, als sie das Tablett mit der warmen Mahlzeit vor sich entdeckte. Mutter plapperte hinter mir immer noch putzmunter mit ihrer Sitznachbarin, und ich war mir nicht sicher, ob sie überhaupt geschlafen hatte. Ich drehte mich zu ihr um.

»Hast du dir schon den Stadtplan genauer angeguckt?«

»Natürlich, Schätzchen! Das hier ist übrigens Rita, von den Witwen on Tour!«

»Von den … äh, ja hallo.« Das war ja wohl ein schlechter Scherz. Doch Rita lachte. »Keine Angst, wir heißen wirklich so. Da drüben sitzen noch Elena, Waltraud, Trudi und Gitte.«

Aus der Mittelreihe winkten uns ein paar fidele alte Damen zu. »Unsere Jungs haben alle schon das Zeitliche gesegnet. Bis auf Trudi, die war nie verheiratet. Aber wir nehmen sie trotzdem mit. Wie heißt denn euer Hotel?«

Ich nannte ihr den Namen.

»Auch das Sonderangebot von stayingabroad gebucht?«, fragte mich die Frau mit den weißen Haaren und feinen Falten in ihrem braungebrannten Gesicht, die ich auf Mitte siebzig schätzte, in einwandfreier englischer Aussprache. »Wir auch, hängt euch einfach an uns dran.«

Und damit schien sie nicht nur den Weg zum Hotel zu meinen, in dem wir kaum zwei Stunden später, nach einer butterweichen Landung und unkomplizierten Pass- und Zollkontrollen ankamen. Kim war erleichtert, dass sie ein Einzelzimmer bekam, während Mutter und ich uns ein Doppelzimmer teilten. »Sollen wir uns die Stadt angucken?«, fragte ich, in erster Linie, weil ich die Zeit bis zum Abend überbrücken wollte, ohne mir ständig Kims Schmolllippen anschauen zu müssen.

Nachdem ich etwa eine Stunde gebraucht hatte, um die Nachwirkungen der Schlaftablette abzuschütteln, fühlte ich mich jetzt topfit. Meine Frage war zum Glück überflüssig, denn schon klopfte es an der Tür, und fünf unternehmungslustige Witwen wollten mit uns Vancouver unsicher machen. Mit unseren neuen Reiseführerinnen klapperten wir zu Fuß die Hauptattraktionen ab. Dass Kim sich die ganze Zeit betont gelangweilt und mit Stöpseln im Ohr hinter uns herschleppte, schien außer mir niemanden zu stören. Offenbar hielt man ihr Desinteresse für das normale Verhalten einer Enkelin in der Pubertät. Wir wanderten durch die Altstadt, genannt Gastown, mit ihrer berühmten allerersten Dampfuhr, die jede Viertelstunde ein altmodisches Tuten von sich gab, und besuchten Chinatown mit seinen Läden voller exotischer Lebensmittel. Wir lichteten uns mit ausgebreiteten Armen am schmalsten Bürogebäude der Welt ab, das nur von einer Fingerspitze bis zur anderen reichte, und bewunderten die künstlerischen Totempfähle der Ureinwohner, die im Stanley Park aufgestellt waren. Von diesem Park aus betrachteten wir die Hochhäuser von Downtown und die Lions Gate Bridge, die zum nördlichen Teil der Stadt führte. Doch die ganze Zeit dachte ich nur an das, was ich für den Abend geplant hatte, und ob es richtig war.

Zwangsurlaub

Wir aßen im Hotel zu Abend und zogen uns dann um. Mutter hatte ich vage in meinen Plan eingeweiht, Kim wurde immer neugieriger, als ich erklärte, dass ich noch Karten für eine Veranstaltung hatte.

Mutters Energie war schier unendlich. Als ich ihr klarmachte, dass der Club, den wir besuchen würden, nicht ganz ihr Ding sein könnte, wischte sie meine Bedenken mit einer Handbewegung beiseite. »Im Urlaub ist alles mein Ding!«

Also stiefelten wir los. Kim gewohnt mit Schmollblick, Mutter und ich in den lässigsten Klamotten, die wir dabeihatten. Der Club war zu Fuß gut zu erreichen, darauf hatte ich bei der Hotelbuchung geachtet. Spätestens als wir am Eingang ankamen, ließ sich vor Kim nichts mehr verheimlichen. Sie erkannte das Foto, auch wenn sie ihren Bandnamen geändert hatten und nur als Vorgruppe auftraten.

Doch ihre Reaktion war enttäuschend. Als ich die Tickets, die ich im Internet vorbestellt hatte, entgegennahm und an Mutter und sie verteilte, sah sie mich aufgebracht an: »Willst du dir meine Vergebung damit etwa erkaufen?«

Ich war so perplex von ihrer Feindseligkeit, dass ich erst gar nicht wusste, was ich darauf antworten sollte. Ich zuckte mit den Schultern.

»Wenn du das so siehst … Vielleicht will ich euch auch nur die Gelegenheit geben, euch noch einmal wiederzusehen, nachdem ich euren Abschied vermasselt habe. Aber wir können auch wieder zum Hotel zurückgehen, wenn es dir nicht passt.«

»Weiß er, dass wir hier sind?«

»Nein, so weit gingen meine Vorbereitungen nicht.«

»Und wenn er 'ne neue Freundin hat?!« Sie klang so, als würde sie mich in diesem Fall persönlich dafür verantwortlich machen. Und wer weiß, vielleicht war ich das sogar. Zugegebenermaßen hatte ich mir darüber auch schon Gedanken gemacht. Aber das änderte nichts daran, dass ich eine ordentliche Aussprache zwischen Kim und Nicolas für sinnvoll hielt, auch wenn ich dafür vielleicht nicht unbedingt nach Kanada hätte reisen müssen.

»Hat er nicht«, bluffte ich. »Also kommst du jetzt? Das Konzert fängt gleich an.«

Mit undurchdringlicher Miene folgte Kim mir in den Laden. Mutter bildete die Nachhut und genoss es, die um Längen Älteste hier zu sein und zahlreiche Blicke auf sich zu ziehen.

Es schien noch ein recht neuer Club zu sein. Bar, Bühne und Tanzfläche strahlten den Charme eines keimfreien Hightech-Büros aus, nur das Publikum erinnerte mich an den abgeranzten Schuppen, in dem Nicolas in Köln aufgetreten war. Die Bühne war noch dunkel, die Tanzfläche erst halbvoll. Die meisten Gäste drängten sich um die zahlreichen Theken, die sich entlang der Seiten fast über den ganzen Raum erstreckten. Zu einer davon zog es mich nun auch. Ich gönnte Mutter und mir Cocktails, die unglaublich teuer waren. Aber ich hatte das Gefühl, möglichst schnell möglichst betrunken werden zu müssen, wenn ich diesen Abend irgendwie überstehen wollte. Langsam erfasste mich nämlich die Vorahnung, dass nicht nur das Wiedersehen zwischen Kim und Nicolas, sondern der komplette Urlaub ein totaler Reinfall werden würde.

Kim bekam eine Cola und sagte gar nichts, bis das erste Scheinwerferlicht über die Bühne zuckte. Jetzt war zu sehen, dass Nicolas mit seinen drei Bandkollegen bereits da oben stand. Ohne Vorankündigung legte er mit einem verzerrten Gitarrenriff los – dass man es so nannte, hatte ich inzwischen von Steffen gelernt. Wie ich überhaupt einiges von ihm über Musik gelernt hatte. Ich merkte zum Beispiel, dass die Pause, die Nicolas mitten im Song machte, während er ins Publikum blinzelte, sich ein paar Takte zu lange hinzog, um noch gewollt zu sein. Offenbar hatte er dort Kim erblickt, die längst nach vorne gestürmt war. Nachdem er das Lied zu Ende gebracht hatte, beugte er sich plötzlich hinunter, vielleicht, um sie zu begrüßen. So richtig konnte ich es nicht erkennen, denn ich hielt mich mit Mutter eher am Rande des Geschehens auf. Sie war schon bei den ersten Klängen der E-Gitarre zusammengezuckt, und auch wenn sie das Gegenteil beteuerte, das hier war definitiv nicht ihr Ding, es war ja noch nicht mal meins.

Ich ärgerte mich, dass ich nicht sehen konnte, was da los war. Küsste er sie? Oder sagten sie etwas zueinander? Oder ging es am Ende gar nicht um sie? Doch, scheinbar schon, denn als Nicolas jetzt die Worte ans Publikum richtete, begrüßte er seinen very special guest aus Germany. Allzu viele davon dürften nicht den weiten Weg hierher gefunden haben. Mutter hielt tapfer auch das nächste Lied durch, dann verabschiedete sie sich ins Hotel, aber nicht, ohne vorher noch zu versichern, dass es sehr interessante Musik sei, sie aber leider doch jetzt sehr müde wäre. Gerne wäre ich mitgekommen, aber erstens wollte ich Kim hier nicht alleine lassen und mich zweitens auch nicht heimlich aus der Affäre stehlen. Wenigstens mit Nicolas könnte ich vielleicht reden, der dann wiederum vielleicht mit Kim reden könnte. Bis dahin musste ich allerdings noch eine halbe Stunde seines Repertoires durchhalten.

Ich bestellte mir noch einen Cocktail und sah mich um. Langsam füllte sich der Club, die Hauptgruppe, die mir nichts sagte, schien einige Anhänger zu haben. Kurz stockte mir der Atem, als ich glaubte, Steffen zu sehen. Könnte er hier sein? Immerhin hatte er gesagt, dass er versuchte, möglichst alle Auftritte seines Sohnes zu sehen. Aber er war es nicht. Der Kerl, der sich in Schale geworfen hatte, war keine dreißig. Ich konzentrierte mich wieder auf die Bühne. Nicolas kam gut an. Er hatte eine gewisse Ausstrahlung, vielleicht nicht so elektrisierend wie sein Vater, dafür war er auch einfach noch zu jung, aber auf eine ungekünstelte, unaufdringliche Art schaffte er es, den Funken aufs Publikum überspringen zu lassen. Vielleicht lag es an seiner manchmal brechenden Stimme, aus der er alles herausholte, oder an seiner Schüchternheit, die er nur beim Singen ablegte. Das Publikum klatschte und jubelte, als er sein Set beendete, und forderte sogar eine Zugabe. Als diese gespielt war, sprang er von der Bühne, und ich malte mir aus, wie er Kim jetzt innig in die Arme schloss. Dass das ein Trugschluss war, merkte ich, als sie ein paar Minuten später alleine und mit dem gleichen Gesichtsausdruck wie vor einer halben Stunde zu mir zurückkam.

Erstaunt fragte ich: »Habt ihr gar nicht miteinander gesprochen?«

»Doch, aber er muss jetzt noch abbauen!«, war ihre ebenso kurze wie niederschmetternde Antwort. Ich merkte, wie alles in mir zusammenfiel und wie angespannt ich den ganzen langen Tag gewesen war. Es war alles umsonst. Die Erlösung, wie auch immer sie ausgesehen hätte, fand nicht statt. Ich hatte das Wiedersehen zwischen den beiden vollkommen falsch eingeschätzt, es würde auf jeden Fall nicht zu einer Versöhnung zwischen Kim und mir beitragen. Der Höhepunkt hatte sich nur als weiterer Tiefpunkt entpuppt.

»Sollen wir warten?«, fragte ich noch, aber ich kannte ihre Antwort schon.

»Nö. Darf ich jetzt zurück ins Hotel?«

Ich sagte gar nichts mehr, sondern bahnte mir einen Weg nach draußen.

Am nächsten Morgen am Frühstückstisch übertraf ich Kim sogar in ihrer Teilnahmslosigkeit. Meine Energien waren verbraucht. Ich hatte das Gefühl, ihr seit Monaten hinterherzurennen, ohne ihr auch nur einen Zentimeter näher zu kommen. Natürlich stimmte ich ihr zu, eine Versöhnung ließ sich nicht erkaufen. Aber zuhören oder reden wollte sie schließlich auch nicht. Ich hatte das Wiedersehen mit Nicolas als Auslöser für irgendwelche Gefühle in ihr gesehen, um überhaupt einen Ansatzpunkt für ein Gespräch zu haben, und wenn es ein Streit gewesen wäre. Aber Kims vollkommene Verweigerung machte mich fertig. Dieser Zwangsurlaub war ganz offensichtlich ein Fehler, und ich hatte auch keine Kraft mehr, so zu tun, als würde sie mich nicht ständig mit grimmigen Blicken und stummem Protest bedenken. Es war anstrengender als jede Auseinandersetzung. Während Mutter bereits den Reiseführer beackerte und Pläne für den Tag machte, starrten Kim und ich auf unsere Teller. Im Gegensatz zu ihr war mir der Appetit allerdings vergangen. Ich hielt mich an meiner Kaffeetasse fest und kämpfte gegen die Tränen an, die sich immer wieder den Weg nach oben bahnten. Mutter legte schließlich ihren Reiseführer beiseite und versuchte, Kim ein Gespräch aufzudrängen.

»Und was hat Nicolas erzählt?«, fragte sie freundlich. Als Unbeteiligte in unserem Streit konnte sie Kim ganz unvoreingenommen begegnen, außerdem hatte sie immer noch den Oma-Bonus. Tatsächlich war Kim bereit, mit ihr zu reden.

»Nicht so viel. Er hatte keine Zeit. Aber wir wollen uns heute treffen.«

Nicht mal das hatte sie mir erzählt, aber inzwischen war es mir auch egal. Sie schien sich auf ein Leben ohne mich eingestellt zu haben.

»Schön«, antwortete Mutter für mich. »Wann denn und wo?«

»In einer Stunde am Canada-Place, der soll gut zu finden sein. Er will mir ein bisschen die Stadt zeigen.« Dann fügte sie nach einer Pause hinzu: »Ist das okay?«

Eigentlich war die Frage für mich bestimmt, aber sie richtete sie in den leeren Raum zwischen mir und meiner Mutter.

»Sicher«, sagte ich leise, ohne sie anzuschauen. Dann wandte ich mich an Mutter. »Meinst du, du kannst heute noch mal mit den … Frauen losziehen?« Das Wort Witwen wollte mir nicht so leicht über die Lippen.

Mutter sah mich mitleidig an. »Natürlich, ruh dich ruhig aus.«

Ich nickte dankbar und schluckte noch ein paar Tränen runter.

Dann herrschte erneut diese anstrengende Stille am Tisch. Mutter versuchte noch mal, vermittelnd einzugreifen: »Kim, meinst du nicht, du kannst dich auch mal bei deiner Mutter für diesen Urlaub bedanken?«

Gegen meinen Willen verließ ein zynischer Lacher meinen Mund. Das wäre nun wirklich zu viel verlangt. »Lass nur«, sagte ich. Dann stand ich auf. »Ich geh wieder aufs Zimmer.«

Kim wirkte überrascht, als ich ohne ein weiteres Wort zu ihr Richtung Fahrstuhl verschwand. »Und wie lange darf ich mit Nicolas wegbleiben?«

Ohne mich zu ihr umzudrehen, antwortete ich: »Ist mir egal, aber er soll dich zum Hotel zurückbegleiten.«

An der Fahrstuhltür angekommen, ließ ich den Tränen freien Lauf. Ich betrachtete mein Spiegelbild, das durch die sich öffnenden Türen in Bewegung geriet und genauso zerrissen aussah, wie ich mich fühlte. Was für ein beschissener Urlaub!

Nachdem ich eine Stunde lang apathisch auf dem Bett gelegen hatte, wurde ich von einem Martinshorn, oder vielmehr dem kanadischen Äquivalent dazu, ans Fenster gelockt. Seltsam, dass sie in jedem Land anders klangen. Ich schob die Vorhänge zur Seite und schaute nach draußen. Unser Zimmer lag im dritten Stock, ich konnte nicht wirklich viel von der Stadt überblicken. Aber schon die Straße unter mir fesselte meine Aufmerksamkeit. Plötzlich wurde mir klar, was an diesem Urlaub nicht stimmte. Es waren nicht Kim und ihre

Launen. Nicht nur. Dieses spezielle Gefühl hatte sich bei mir noch nicht eingestellt, das ich sonst immer bekam, sobald ich den Flughafen und damit das letzte bekannte Terrain in einem fremden Land verließ. Die Unsicherheit vor dem Neuen, dem Fremden, gepaart mit Lust auf etwas Abenteuer und Freiheit. Das alles fehlte noch, viel zu sehr hatte ich mich auf das Konzert und Kims Wiedersehen mit Nicolas versteift. Jetzt öffnete ich das Fenster, und mit der ungewohnten Luft strömte auch eine fremdartige Geräuschkulisse ins Zimmer. Ich nahm einen tiefen Atemzug und konzentrierte mich auf meine Wahrnehmungen. Schon die Straßenmarkierungen waren anders, dann das Verkehrsrauschen, die Stimmen von unten, einfach alles, was einem sonst nicht auffiel, weil es so selbstverständlich war und damit ein Gefühl der Sicherheit erzeugte. Das Unbekannte verursachte plötzlich eine angenehme Schwerelosigkeit in meinem Bauch. Ich griff nach meiner Jacke und verließ ohne Reiseführer, ja sogar ohne Stadtplan, das Hotel.

Je länger ich mich durch die Straßen treiben ließ, desto mehr löste sich die Taubheit von meinen Gedanken, desto schärfer nahm ich alles um mich herum wahr. Alles, was gestern irgendwie an mir vorbeigezogen war, wurde mit einem Mal lebendig. Erst heute bemerkte ich, dass die alte Uhr in Gastown mit dem Dampf, den sie durch vier verschiedene Pfeifen ausstieß, eine kleine Melodie pfiff. Sie wirkte irgendwie rührend, als wäre sie gern eine richtige Dampflok geworden. Ich setzte mich zu ihr und lauschte zweimal ihrem Pfeifen. Dann ging ich weiter.

Ich überlegte, dass Steffen sich vor wenigen Wochen vermutlich genauso ohne Ziel und Reiseführer durch die Stadt hatte treiben lassen, die Hände in den Taschen, weil der Wind vom Hafen durch die Straßen wehte. Ob er genau hier langgegangen war, über die Dampfuhr geschmunzelt, die vielen getrockneten Fische in der Auslage der chinesischen Supermärkte bestaunt hatte? Gut möglich. Das zu glauben munterte mich auf jeden Fall auf und weckte meinen Forscherdrang.

Ohne großartige Pause ging ich nun weiter, gönnte mir nur ein schnelles Sandwich mit Salat zu Mittag. Ich schlenderte am Hafen entlang, beobachtete die zahlreichen Wasserflugzeuge, die dort ständig starteten oder landeten und dabei einen höllischen Lärm machten. Dann lief ich weiter, noch einmal in den Stanley Park, in dem ich die naiven und doch so ausdrucksvollen Schnitzereien der native Americans bewunderte. Jetzt konnte ich auch den grandiosen Ausblick auf die Stadt mit dem Bergpanorama im Hintergrund in mir aufnehmen. Alles war mit einem Mal näher, unmittelbarer. Ich merkte nicht, wie die Zeit verging. Erst als ich durch Zufall einen wunderschönen Sonnenuntergang am Strand mitbekam, legte sich mein Rausch allmählich. Ich setzte mich in den Sand und wartete, bis auch die letzte Reflexion in den Wellen verschwunden war. Dann ging ich zurück zum Hotel. Ich musste ein paarmal nach dem Weg fragen – obwohl die Straßen rechtwinklig angelegt waren, war mein Orientierungssinn auch hier nicht der beste. Aber selbst das Verlaufen machte mir heute Spaß. In den letzten Stunden war mir eine Sache immer klarer geworden: Ich musste diesen Urlaub für mich machen. Ob Kim mitspielte oder nicht, ob sie mir irgendwann noch einmal verzieh oder für immer schmollte, ob es richtig oder falsch gewesen war, sie mitzunehmen, das alles spielte jetzt keine Rolle mehr. Zumindest für die nächsten zwei Wochen würde ich endlich mal nur an mich denken.

»Ist sie noch nicht zurück?«, fragte ich Mutter, die mit besorgter Miene im Zimmer auf mich wartete.

»Doch, doch, aber er scheint auch noch da zu sein.«

»Aha«, sagte ich und fragte, wie ihr Tag gewesen war.

»Was ist, wenn er die ganze Nacht bleibt? Ist dir das inzwischen egal?«

Ich horchte in mich hinein und merkte, dass es mir tatsächlich egal war. Wie Steffen immer gesagt hatte, wenn die beiden miteinander schlafen wollten, konnte ich es ohnehin nicht verhindern. Nicolas war alt genug, um verantwortungsvoll zu handeln, und Kim wusste auch ausreichend Bescheid. Sollten sie doch machen, was sie wollten. Außerdem waren meine Einflussmöglichkeiten auf meine Tochter zurzeit sehr beschränkt.

»Dann soll er eben bleiben«, sagte ich und lud Mutter zu einem Wein in der hoteleigenen Bar ein. Der Urlaub hatte begonnen.

Am nächsten Morgen war es Kim sichtlich peinlich, dass ich mitbekam, wie Nicolas zusammen mit ihr das Zimmer verließ. Wir waren zufällig zur gleichen Zeit auf den Flur hinausgetreten und standen nun zusammen im Fahrstuhl.

»Hallo, Frau Winter«, sagte er leise, aber höflich. Ihm war es nicht peinlich.

»Hallo, Nicolas«, grüßte ich zurück und meine Freundlichkeit dabei war noch nicht mal aufgesetzt. Es war schön, ihn wiederzusehen. »Das war ein gutes Konzert vorgestern.«

»Ach, Sie waren auch da?« Er sah Kim verwirrt an, doch die hielt es nicht für nötig, auch nur irgendetwas zu dem Gespräch beizusteuern. Sie starrte den Boden an und rechnete vermutlich gerade die Geschwindigkeit des Fahrstuhls im Kopf aus. »Äh, danke«, nuschelte Nicolas in seiner gewohnten Manier.

»Habt ihr noch mehr Auftritte?«

»Mmh, heute Abend spielen wir in Seattle. Meine Mutter hat uns ein paar Gigs verschafft.«

Ich schluckte. Nein, ich würde mich jetzt nicht nach ihr und Steffen erkundigen. Auch wenn Nicolas vielleicht der Einzige war, der mir mit Sicherheit sagen konnte, wo er sich zurzeit aufhielt. Und wie es ihm ging. Selbst wenn sein Vater in Vancouver sein könnte. Selbst wenn er vorgestern ebenfalls dagewesen war und ich womöglich nur ein paar Meter von ihm entfernt gestanden hatte. Stattdessen sagte ich: »Schön, schadet ja nicht, seine Beziehungen in der Branche spielen zu lassen. Und hast du dich ansonsten gut wieder eingelebt?«

»Ja, schon.« Er warf Kim einen schuldbewussten Blick zu. »Natürlich vermisse ich Köln auch irgendwie.«

Und nicht nur Köln, wie es schien, aber Kim sah immer noch nicht auf.

»Kann ich verstehen.«

Nicolas sah mich nachdenklich an, und einen Moment lang hatte ich das Gefühl, er wollte etwas über seinen Vater sagen. Zum Glück war der Fahrstuhl unten angekommen und öffnete im selben Moment mit einem Bing seine Türen.

Ich schüttelte Nicolas schnell die Hand. »Mach's gut. Ich wünsche dir weiterhin viel Erfolg!« Dann floh ich Richtung Frühstücksraum, bevor ich es mir noch anders überlegen konnte. Heute konnte ich das Büfett, das wirklich alles hatte, was es in der internationalen Küche an Frühstück gab, richtig würdigen und belud meinen Teller mehrstöckig mit Brötchen, Rührei, exotischem Obst und Marmelade. Mutter saß schon an unserem Tisch. Aufgeregt zischte sie mir zu: »Und, weißt du jetzt, was sie zusammen in ihrem Zimmer gemacht haben?«

»Glaubst du im Ernst, das würden sie mir erzählen?«

Mutter wirkte äußerst besorgt, aber da setzte sich Kim auch schon zu uns. Ihre Miene ließ keine Rückschlüsse auf ihr aktuelles Verhältnis zu Nicolas oder die letzte Nacht zu. Es tat mir leid, dass sie sich nun schon wieder von ihm verabschieden musste, aber getröstet werden wollte sie offensichtlich nicht. Von mir jedenfalls nicht. Sie aß teilnahmslos ein Croissant. Ich starrte auf meinen gefüllten Teller. Bevor ich frühstücken konnte, musste ich das loswerden, worüber ich heute Nacht lange gebrütet hatte. Mein Entschluss war gefasst:

»Kim, ich kann das nicht mehr.« Überrascht sah sie auf. Ich schüttelte den Kopf. »Ich sehe ein, dass ich dich nicht zu diesem Urlaub hätte zwingen sollen. Ich habe mich vertan. Ich dachte, dass uns in dieser verfahrenen Situation eine

Art Auszeit helfen würde, dass wir einen Neuanfang machen könnten, dass deine Aussprache mit Nicolas vielleicht helfen würde, aber so läuft es wohl nicht. Und ganz ehrlich bin ich mit meinem Latein am Ende. Wenn du mir nicht verzeihen kannst, werde ich das ab jetzt akzeptieren. Du bleibst bei deinem Vater, und ich halte mich in Zukunft aus deinem Leben raus. Aber ich möchte wenigstens diesen Urlaub ein bisschen genießen, und das erfordert in meinen Augen ein Minimum an Freundlichkeit und Kommunikation. Wenn du meinst, das kriegst du nicht hin, dann buche ich deinen Flug um, und du kannst heute noch nach Hause fliegen. Ich will dich zu nichts zwingen. Du musst es nur sagen.«

Kim riss die Augen auf. Auch meine Mutter hielt irritiert mit ihrem Frühstück inne. Ich war selbst verwundert darüber, wie befreit ich mich nach dieser kurzen Rede fühlte. Dabei hätte ich eigentlich am Boden zerstört sein müssen. Ich hatte versucht, Kim keine Vorwürfe zu machen, ich wollte ihr einfach nur die Entscheidung überlassen, wie es mit uns weitergehen sollte. Und damit hatte ich sie offenbar überrumpelt. Sie war nicht darauf vorbereitet, plötzlich die Verantwortung für ihr Handeln zu tragen. Aber wenigstens wusste sie jetzt, woran sie war. Und ich wusste, dass dieser nervenaufreibende Schwebezustand bald ein Ende hatte – so oder so.

»Du kannst es dir ja in Ruhe überlegen, bis wir ausgecheckt haben«, sagte ich ruhig. Dann biss ich in mein Marmeladenbrötchen. Zum ersten Mal seit Monaten mit richtigem Appetit.

Nachdem ich die Hotelrechnung bezahlt hatte, setzten Mutter und ich uns in die Lobby, um die längst überfällige Reiseplanung zu machen. Ich war noch nie so unvorbereitet in den Urlaub gefahren. Normalerweise hatten Arne und ich schon Wochen vor unserer Abreise die komplette Route abgesteckt, Unterkünfte gebucht und die Sehenswürdigkeiten rausgesucht. Aber inzwischen mochte ich Steffens Art, sich treibenzulassen.

Kim hatte sich noch nicht blicken lassen. Entweder sie überlegte noch, was sie machen sollte, oder bekam ihren Koffer nicht zu. Mutter hatte bereits einiges im Reiseführer angekreuzt, was sich interessant anhörte, nur leider reichten die zwei Wochen nicht annähernd dafür aus. Aus den Augenwinkeln sah ich Kim nun mit ihrem vollgestopften Rollkoffer ankommen, aber ich versuchte, meine Bauchschmerzen angesichts ihrer Entscheidung zu ignorieren, und las mir die Stellen durch, die Mutter markiert hatte.

Kim stellte ihren Koffer neben unserem Tisch ab, und automatisch sahen wir beide sie erwartungsvoll an. Sie druckste herum.

»Ich möchte gerne Wale sehen.«

Das war nicht unbedingt die Antwort, mit der ich gerechnet hatte. »Wale?«, fragte ich verwirrt. »Was für Wale?«

Doch Mutter wusste Bescheid. »Killerwale!«, erklärte sie. »Im Hafen bieten sie Whale-Watching an, warte mal, das habe ich doch auch irgendwo gelesen.«

»Ja, genau.« Kims Stimme wurde fester. »Nicolas meinte, dass man das im Hafen von Vancouver Island ganz gut machen kann. Und dass Victoria sehr schön sein soll. Von da aus kann man sogar Touren durch den Regenwald machen!«

Kim warf mir einen unsicheren Blick zu, den ich mit einem Lächeln quittierte. Dann schnappte ich mir einen Zettel und schrieb ihre Vorschläge auf. »Wale, Victoria, Urwald. Das klingt doch schon mal nach einem Plan. Wir schreiben erst mal alles auf und stimmen danach ab. Außerdem darf jede von uns eine Sache vorschlagen, die sie unbedingt machen will, und die machen wir dann auch, egal, wie.« Die Idee war mir gerade erst spontan gekommen, aber ich fand das eine gute Vorgehensweise, um einen Urlaub zu planen, auf den man sich nicht vorbereitet hatte.

»Sehr demokratisch, Meike, und so etwas wie Kosten spielen keine Rolle?«, warf meine Mutter ein.

Ich zuckte mit den Schultern. »Ausnahmsweise mal nicht.«

»Hast du im Lotto gewonnen?«, fragte sie, und ich musste unwillkürlich lachen. »Nein, *ich* nicht. Also, was musst du unbedingt sehen, Mutter?«

Sie zögerte keine Sekunde: »Die Niagarafälle!«

Kim lachte. »Oma, die liegen an der Ostküste! Das sind … bestimmt fünftausend Kilometer.«

»Deine Mutter hat gesagt, Geld spielt keine Rolle.«

Ich notierte ihren Wunsch ohne Widerworte.

»Und du?«, fragte Kim mich plötzlich und adressierte mich damit zum ersten Mal seit drei Monaten persönlich und ohne dabei ein Schimpfwort zu verwenden. Ich versuchte, meine Überraschung zu überspielen, und blätterte wild in einem Reiseführer hin und her. Aber eigentlich hatte ich meine Entscheidung schon getroffen. »Also, na ja, es ist nicht wirklich eine Sehenswürdigkeit, aber ich würde gerne mal mit einem Greyhoundbus fahren. Einfach so, irgendwohin.«

»Na, dann ist der Urlaub ja geplant. Wir fahren mit einem Greyhoundbus zu den Niagarafällen!«, erklärte Kim unternehmungslustig. Ich merkte, wie der Stress von ihr abfiel, ständig wütend auf mich sein zu müssen. Die Tatsache, dass wir unseren Streit quasi während des Urlaubs aussetzten, machte es uns beiden leichter, wieder einigermaßen normal miteinander umzugehen.

»Die ganze Strecke?«, fragte Mutter. Vermutlich machte sie sich gerade Sorgen um ihr Steißbein.

»Wenn schon, denn schon!«, grinste Kim.

»Außerdem wollen wir doch was vom Land sehen«, pflichtete ich ihr bei.

Die Erleichterung darüber, dass Kim nicht abreisen wollte, stimmte selbst meine Mutter gnädig, und sie zuckte ergeben mit den Schultern.

»Na, das wird ja ein verrückter Urlaub.«

Niagara

Es wurden zwei Wochen voller unvergesslicher Eindrücke. Da waren die Killerwale, die wir von einem Spezialboot aus vor der Küste von Vancouver Island beobachteten und deren Haut so glatt und weich wirkte, dass man sie am liebsten gestreichelt hätte. Da waren die strahlend blauen Bergseen in den Rocky Mountains, durch die wir einen Abstecher machten. Die Elche in den Vorgärten, der Schwarzbär am Straßenrand, die Wanderung auf einem schmalen Holzpfad durch ein Stück unberührten Regenwaldes. Überhaupt die unendliche Natur, durch die sich der Greyhoundbus Kilometer für Kilometer, es sollten insgesamt über viertausendfünfhundert werden, hindurchschob. Der Indian Summer tauchte die Wälder um uns herum in ein rot-braun-gelbes Meer. Ich bekam gar nicht genug von dem Farbenspiel. Die Fahrt zu den Niagarafällen dauerte drei Tage. Mutter zuliebe machten wir einige Zwischenstopps, um wenigstens zwei der drei Nächte in einem richtigen Bett zu schlafen. Doch Mutter beschwerte sich nicht, auch nicht, als wir die Nacht in den Rocky Mountains in einer einfachen Holzhütte ohne Warmwasser und elektrischen Strom verbrachten und sie aus Angst vor Grizzlybären nicht aufs zehn Meter entfernte Plumpsklo gehen wollte.

Ich genoss die lange Fahrt im Greyhoundbus quer durch mehrere Staaten und Zeitzonen. Es war für mich eine der schönsten und ursprünglichsten Formen zu reisen. Der Trans Canada Highway wirkte eher wie eine deutsche Landstraße, und der Verkehr war mäßig bis nicht vorhanden. Die Fahrt glich einer nicht enden wollenden Sightseeing-Tour durch die kanadische Landschaft. Die Monotonie der Straße störte mich nicht, im Gegenteil, sie hatte etwas sehr Entspannendes, fast Meditatives. Eine gute Gelegenheit, um nach dem Chaos, das die letzten Monate, im Grunde sogar die letzten zwei Jahre mein Leben regiert hatte, mal innezuhalten und durchzuatmen. Etwas Luft und Ordnung hineinzubringen. Kim trug ihren Teil dazu bei, indem sie sich seit meiner Ansprache freundlich und zuvorkommend verhielt. Unsere Unterhaltungen waren weiterhin reserviert, bestimmte Themen kamen von vornherein nicht darin vor. Aber sie ließ sich auf Fotos mit mir ablichten und machte konstruktive Vorschläge, wenn es um Ausflugsziele oder die Essensauswahl ging. Sogar ich konnte zwischenzeitlich vergessen, dass wir uns eigentlich immer noch mitten in unserem schlimmsten Streit befanden, sie mich eigentlich immer noch hasste. Es war so angenehm, mal wieder mit ihr reden oder gar lachen zu können, dass ich unseren Urlaub am liebsten verlängert hätte. Ich konnte mir nicht vorstellen, dass sie in ein paar Tagen wieder zu Arne zurückkehren würde und ich in meinen kindlosen Alltag.

Am letzten Tag unserer Reise erwartete uns schließlich der unumstrittene Höhepunkt, Mamas Wunschziel, die Niagarafälle.

Wir brachten erst unser Gepäck ins Hotel, nachdem wir ein letztes Mal aus dem inzwischen so vertraut gewordenen Bus gestiegen waren. Doch sogar von hier aus, knapp ein Kilometer von den Fällen entfernt, konnte man das Rauschen schon hören. Sofort war das Kribbeln da, die Aufregung, dass man jetzt zum ersten Mal etwas in seinem Leben sehen würde, wovon man schon so oft und so viel gehört hatte. Als wir die Straße flussaufwärts entlangwanderten, wurden unsere Schritte automatisch immer schneller. Zuerst sahen wir die amerikanischen Fälle auf der gegenüberliegenden Seite. Und schon die verschlugen uns den Atem. Die Wassermassen stürzten mit einer unglaublichen Kraft in den Abgrund, vielleicht vierzig, fünfzig Meter tief. Durch den Aufprall entstand eine dichte Gischtfontäne, die gewaltig in die Höhe schoss. Ein beeindruckendes Naturschauspiel. Etwas Vergleichbares hatte ich noch nie gesehen. Dann näherten wir uns den berühmten hufeisenförmigen Fällen, die die amerikanischen um Längen übertrafen. Als wir auf der Aussichtsplattform ankamen, verstanden wir, warum man uns geraten hatte, für ein paar Dollar diese dünnen Regencapes zu kaufen, die überall angeboten wurden. Die Gischt spritzte bis hier oben hin.

Mutter wurde ganz hibbelig. Sie wollte alles auf einmal, Fotos machen, mit einem Schiff fahren, sogar hinter den Wasservorhang gehen, eine Erfahrung, die den Touristen durch ein Tunnelsystem ermöglicht wurde. Ich musste angesichts ihrer fast kindlichen Aufregung lachen, und auch Kim war ganz gerührt, als sie Mutters rote Wangen sah.

Es war ihr Teil des Urlaubs, also machten wir alles so, wie sie es sich wünschte. Und nachdem wir die Niagarafälle von oben, von unten, von der Seite und von hinten betrachtet hatten, waren wir von der schieren Überfülle an Eindrücken so erschöpft, dass wir für eine ausgiebige Mittagspause ins Hotel zurückkehrten. Am Nachmittag machten wir noch einen letzten gemeinsamen Spaziergang entlang des Niagaraflusses, der nicht weniger schön war. Die Natur zeigte sich von ihrer beeindruckendsten Seite. Fast konnte man neidisch werden, dass ein Land so viel davon abbekommen hatte.

Mutter zog sich nach dem Abendessen müde zurück, und auch Kim ging auf ihr Zimmer. Morgen früh würde uns ein Shuttle nach Toronto bringen, von wo wir gegen Mittag den langen Flug zurück nach Hannover antreten mussten. Gegen einen Aufpreis hatte ich die Flüge umbuchen können. Sowieso war dieser Urlaub bei weitem der teuerste gewesen, den ich jemals gemacht hatte, aber er war sein Geld wert. Noch einmal zog es mich zu dem Naturschauspiel. Ich wollte diesen letzten Tag nicht zu Ende gehen lassen. Dieses Mal verzichtete ich auf ein Regencape, als ich mich dem Wasserfall näherte. Die Gischt stand wie eine Wolke über dem Abgrund. Schon merkte ich, wie mein Gesicht und meine Jacke von den winzigen Wassertropfen feucht wurden. Ich genoss es, diesen feinen Nebel auf meiner Haut zu spüren. Als ich oberhalb der Fälle angekommen war, lehnte ich mich über das Geländer und betrachtete die Wassermassen, die ununterbrochen mit einer unglaublichen Wucht über die Kante in die Tiefe rauschten. Die Kraft, die dahintersteckte, ließ mich körperlich spüren, wie klein und unbedeutend der einzelne Mensch im Vergleich zur Natur oder gar zur Erde war. Und wie viel kleiner und unbedeutender noch dazu die Probleme dieses einzelnen Menschen. Komischerweise gab mir das unendlich fließende Wasser der Niagarafälle eine Sicherheit zurück, die ich in den letzten Monaten verloren hatte. Sie gaben mir das Urvertrauen in mich und mein Leben zurück, gerade weil sie mir deutlich machten, dass es immer weiterging. Dass meine Sorgen nur ein verschwindend winziger Teil des gesamten Gefüges waren.

Mein Blick verengte sich auf das schnellströmende Wasser nur wenige Meter vor mir. Es hatte etwas Hypnotisierendes. Das Donnern ließ jedes andere Geräusch um mich herum verstummen. Ich war ganz bei mir – als plötzlich eine Hand mit einem flatternden weißen Zettel in meinem Blickfeld auftauchte. Ich zuckte zusammen und drehte mich um. Neben mir stand Kim. Ich hatte gar nicht gemerkt, dass sie mir gefolgt war.

Verständnislos sah ich erst sie, dann den Zettel an.

»Die Handynummer von Nicolas' Vater«, rief sie über das Rauschen hinweg, als wäre es etwas ganz Selbstverständliches und er in ihren Augen nicht für alles Übel dieser Welt verantwortlich. Na ja, mitverantwortlich.

»Er hat kein Handy«, fuhr ich sie schroff an.

»Doch! Jetzt schon. Nicolas hat ihm eins geschenkt, damit er auf Tour erreichbar ist.«

Eben noch war ich voll von Glück über die Erhabenheit dieser Welt, jetzt plötzlich ganz leer, wegen so etwas Banalem wie einer Handynummer. Der Zettel in ihrer Hand wurde immer nasser. Automatisch griffen meine Finger danach, starrten meine Augen auf die Ziffern. Dann warf ich ihn weg und ging.

»Hä? Willst du ihn denn nicht anrufen?« Kim sammelte den Papierfetzen schnell wieder auf, bevor er wegwehen konnte, und folgte mir. Wütend schrie ich sie über das Wassergrollen hinweg an: »Kim, was soll das?! Hast du dir vorgenommen, mir das Leben besonders schwerzumachen?!«

Völliges Unverständnis sprang mir aus ihrem Gesicht entgegen.

»Nein!«, rief sie zurück. »Ich wusste doch nicht, dass du mit ihm Schluss gemacht hast!«

Ich atmete mehrmals tief durch, weil ich spürte, dass ich kurz davor war, die Kontrolle zu verlieren. »Was glaubst du denn, was ich die letzten Monate gemacht habe? Mich mit Steffen vergnügt, während mir auch noch der Rest meiner Familie aus den Händen gleitet?«

Ich brach ab und beschleunigte in einen Laufschritt, weil ich nicht wollte, dass Kim mich weinen sah.

»Ich will aber nicht, dass du dich nur meinetwegen von ihm trennst.«

»Lass das bitte mein Problem sein.«

Das war unfair. Das sah ich ja ein. Kim bemühte sich schließlich gerade. Ich drehte mich zu ihr um und sah sie an: »Hättest du es ausgehalten, wenn ich mit Steffen zusammengeblieben wäre?« Ich wartete ihre Antwort gar nicht ab. »Blöde Frage eigentlich, du hältst es ja nicht mal mehr mit mir aus!« Kopfschüttelnd stand ich vor ihr und versuchte, die Tränen unten zu behalten. »Ich wollte … ich wollte unbedingt, dass du zurückkommst. Alles andere ist … unwichtig.«

Meine Stimme brach. Ich drehte mich weg. Ich machte ein paar Schritte zurück zum Geländer und starrte in den dunkler werdenden Fluss. Die Dämmerung hatte eingesetzt. Stumm weinte ich vor mich hin. Bis Kim zu mir kam.

»Mama!« Sie legte etwas unbeholfen die Hand auf meinen Rücken. Ich versuchte, meine Tränen wegzuwischen, mich zu sammeln, während Kim betroffen auf den Boden sah und nervös mit dem Zettel in ihrer Hand spielte. Ich riss mich zusammen und griff nach ihren Schultern. »Das heißt aber doch nicht, dass du Schuld hast an meiner Trennung von Steffen«, sagte ich leise. »*Ich* habe einen Fehler gemacht. Einen ziemlich großen, als ich dir nichts von ihm erzählt habe. Und dann habe ich versucht, den Fehler mit einem anderen ziemlich großen Fehler wiedergutzumachen.« Kim schaute nun auf, auch sie hatte Tränen in den Augen. Ich schüttelte schniefend den Kopf. »Hat nicht geklappt.«

Sie verzog das Gesicht, vermutlich, um nicht heulen zu müssen. »Ich will aber nicht, dass du wegen mir so unglücklich bist!«, sagte sie fast trotzig.

»Und ich nicht, dass du meinetwegen unglücklich bist«, erwiderte ich. »Aber scheinbar bekommen wir beide nicht das, was wir wollen.«

Kim hatte keinen Sinn für Galgenhumor. Sie schaute mich regelrecht entsetzt an. Ich hatte mich wieder im Griff.

»Glaub mir, Kim, das Letzte, was ich wollte, war, dich anzulügen.«

»Aber warum hast du mir denn nie etwas gesagt?«

Tja, das war rückblickend tatsächlich schwer zu erklären. Vermutlich wäre jedes Geständnis zu jedem früheren Zeitpunkt besser gewesen als das, was passiert war.

»Weil ich dachte, du hättest Nicolas' Vater niemals als meinen neuen Freund akzeptieren können. Oder hättest du das?«

Sie überlegte und schüttelte dann den Kopf. »Damals bestimmt nicht.«

»Ach, aber jetzt?«

»Na ja, ich bin jetzt fünfzehn!« Sie zuckte mit den Schultern.

Ich musste über ihre entwaffnende Naivität lächeln. »Ja, das macht alles einfacher!«

Wir sahen uns lange an. Dann nahm ich sie in den Arm und drückte sie ganz fest an mich. Ich konnte ein Zucken in ihrem Rücken spüren. »Kim«, flüsterte ich, »egal, was passiert oder wen ich kennenlerne, du bist immer der wichtigste Mensch für mich! Das weißt du doch, oder?« Das Zucken unter meiner Hand wurde heftiger. Ich drückte sie noch fester an mich und strich ihr so lange über den Rücken, bis sie sich wieder beruhigte.

»Ich glaube, die haben hier genug Wasser, wir können langsam mit dem Weinen aufhören«, versuchte ich sie aufzumuntern.

Kim nickte lachend und wischte sich mit den Ärmeln ihrer Jacke die Augen trocken. Ich zog sie an meine Seite. Gemeinsam starrten wir auf die Wasserfälle, die nun in kitschigem Blau, Rot und Gelb erstrahlten. Zwar ließen die Scheinwerfer die Gischtwolke mystisch erscheinen, aber die Farben wirkten zu künstlich.

»Lass uns zurückgehen!«, sagte ich, doch Kim hielt mir noch einmal den Zettel hin.

»Bitte ruf ihn an!«

Nachdenklich schaute ich auf die Handynummer, die in krakeligen Ziffern daraufstand. Es war Nicolas' Schrift, ich erkannte sie wieder.

»Trägst du die seit Vancouver mit dir rum?«

Kim nickte. »Nicolas wollte, dass ich sie dir gebe. Aber ich habe mich nicht getraut.«

»Aha.« Die Frage war bloß, wollte Steffen auch, dass ich seine Nummer bekam? Irgendwie bezweifelte ich das. Trotzdem steckte ich das durchnässte Stück Papier in mein Portemonnaie.

»Also rufst du ihn an?«

Dinosaurier

Es war ein merkwürdiges Gefühl, nur eine Telefonnummer von Steffen entfernt zu sein. Seit wir in Köln angekommen waren, holte ich sie regelmäßig aus meinem Portemonnaie. Jedes Mal mit dem gleichen Ergebnis: Die Freude darüber, ihn endlich erreichen zu können, wurde kurz danach von den Zweifeln überflügelt, ob seine Reaktion eine positive sein würde, und ich steckte den Zettel wieder weg. Außerdem hatte ich erst mal andere Sachen zu tun. Immerhin wurden uns auf dem Rückflug neun Stunden geklaut, so dass ich nur noch einen halben Tag Zeit hatte, richtig anzukommen, Koffer auszupacken und mich irgendwie auf den morgigen Unterricht vorzubereiten.

Als Mutter und ich Kim am Bahnhof in Bielefeld verabschiedeten, überraschte sie uns mit dem Wunsch, wieder zu uns ziehen zu wollen. Sekundenlang schaute ich sie sprachlos an. Damit hatte ich nicht mehr gerechnet. Ich dachte, sie wäre froh, zurück in ihrer alten Heimat, an ihrer alten Schule zu sein. Ich hatte mich schon auf jedes zweite Wochenende eingestellt.

»Oder wäre das ein Problem, ich meine, mit der Schule und so?«, fragte sie unsicher, als ich erst gar nichts darauf antwortete.

»Nein, nein, ach was«, beeilte ich mich jetzt. »Das wäre wunderbar! Ich kümmere mich gleich morgen darum. Und äh, was, meinst du, würden Papa … und Petra dazu sagen?«

»Ich glaube, die brauchen mich nicht so dringend wie ihr.«

Mit feuchten Augen drückte ich Kim an mich. Die überspielte ihre ganz unteeniehafte Rührung schnell. »Außerdem hat Petra so 'n Putzfimmel. Die ist echt schlimmer als Oma!«

»Schrecklich, wie hast du es nur so lange da ausgehalten!«, zog meine Mutter sie auf. Wir lachten alle drei. Und es tat gut, darüber zu lachen.

Ich drückte Kim ein letztes Mal. »Gib mir eine Woche, dann kannst du wieder auf deine neue alte Schule gehen, okay? Ich bin so froh.«

»Ist gut, dann bringe ich alles mit, wenn ich mit Papa und Petra zum Marathon nach Köln fahre.«

Ich schluckte. Stimmt, der stand ja auch noch an. Und eigentlich hatte ich mich schon von dem Gedanken verabschiedet, ihn bewältigen zu können. Aber das war nun wirklich unwichtig. Ich strahlte Kim an: »So machen wir das!«

Wenigstens hatte ich so den ganzen Montag über einen berechtigten Vorwand, Steffen nicht anzurufen. Ich versuchte, direkt nach meiner letzten Stunde einen Termin mit dem Direktor von Kims Schule und ihrer ehemaligen Klassenlehrerin zu bekommen. Es brauchte einiges an Überzeugungskraft, ihnen klarzumachen, dass Kim unbedingt sofort und nicht erst zum Beginn des nächsten Halbjahres, was natürlich in jeder Hinsicht vernünftiger gewesen wäre, die Schule wechseln musste. In jeder Hinsicht bis auf eine. Ich wollte keine Minute länger als nötig auf Kim verzichten. Also verwies ich auf ihre ausgezeichneten Noten, führte ein paar familiäre Gründe an, die ich etwas überspitzt darstellte, und konnte Kim und meiner Mutter noch am selben Abend eine positive Nachricht übermitteln. Mutter fing sofort an, Kims Zimmer sauberzumachen.

»Aber nicht zu sauber!«, warf ich ein und grinste erleichtert. »Sie soll sich hier ja wohl fühlen.«

Mutter konnte es einfach nicht lassen. Sie warf mir Kims Zimmertür vor der Nase zu, und ich schmiss die letzte Maschine mit Urlaubswäsche an.

Als es nichts mehr zu erledigen gab, legte ich mich ins Bett, nur um plötzlich hellwach zu sein. Seit ich mich heute Morgen aus dem Bett und mit einem müden Schleier im Hirn durch den Tag gequält hatte, hatte ich mich auf diesen Moment gefreut, und jetzt bekam ich kein Auge zu. Gut, es war erst neun, und in Toronto, unserem letzten Halt, sogar erst drei Uhr nachmittags, aber irgendwo auf der Strecke dazwischen war mein Biorhythmus hängen geblieben, und ich hatte in der letzten Nacht nur drei Stunden richtig schlafen können. Als ich gegen elf immer noch nicht eingeschlafen war, holte ich Steffens Handynummer wieder hervor. Im Grunde war es überflüssig, ich kannte sie bereits auswendig, aber allein ein Blick darauf brachte ihn mir wieder ganz nahe. Inzwischen war meine Erschöpfung so groß, dass die Sorge vor seiner Antwort einer gewissen Gleichgültigkeit wich. Nachdem ich den Zettel noch zweimal weggesteckt und genauso oft hervorgeholt hatte, tippte ich schließlich zu meiner eigenen Überraschung die Ziffern in mein Handy. Es tutete. Und exponentiell zum Tuten stieg mein Herzschlag an. Dann wurde mir bewusst, dass er jeden Moment abnehmen könnte und ich mir keine Erklärungen, rein gar nichts zurechtgelegt hatte. Wenn ich jetzt wieder auflegte, sah es noch dämlicher aus, denn er kannte schließlich meine Nummer und würde vielleicht sogar zurückrufen. Bevor ich eine Entscheidung treffen konnte, machte es Klick – und die Mailbox sprang an. Statt seiner angenehm tiefen Stimme machte mich eine halbmechanische Frauenstimme darauf aufmerksam, dass ich die Mailbox der eben gewählten Nummer erreicht hatte. Er hatte es nicht mal geschafft, seine eigene Ansage aufzunehmen. Ich musste lächeln. Er war wirklich ein Dinosaurier. Aber als mich die Frauenstimme aufforderte, eine Nachricht zu hinterlassen, wurde mir wieder ganz anders. Das war noch schlimmer als ein Gespräch, bei dem ich mich wenigstens auf seine Stimmung und seine Antworten einstellen konnte. Jetzt musste ich schnell irgendetwas sagen und hoffen, dass ich ihn damit überzeugte.

»Hallo, Steffen, hier ist Meike. Du bist vielleicht noch am Proben oder unterwegs … oder …« Nein, andere Optionen wollte ich mir lieber gar nicht ausmalen. »Äh, Kim hat mir diese Nummer gegeben. Also eigentlich Nicolas. Kim hat sie von Nicolas. Wir waren in Kanada. Bei einem Konzert von Nicolas. Das ist etwas kompliziert. Ist ja auch egal. Ich wusste nicht, dass du jetzt ein Handy hast. Das ist gut. Ich … ich wollte auch nur mal hören, wie es so läuft. Mit eurer Tourneevorbereitung. Vielleicht rufst du mich mal zurück?« Ich legte auf. Und fasste mir an den Kopf. Wie es so läuft? Was für ein Blödsinn. Die Tournee interessierte mich nicht im Geringsten. Nein, das konnte ich unmöglich so stehen lassen. Er würde denken, dass es mir gar nicht mehr um ihn ging. Ihn und mich. Dass ich mich nur aus Höflichkeit meldete, weil Nicolas mir nun mal seine Nummer gegeben hatte. Aber das passierte eben, wenn man völlig unvorbereitet bei seinem Exfreund anrief. Ich drückte auf Wiederwahl. »Ich bin's noch mal. Eigentlich interessiert mich nicht, wie es mit eurer Tournee läuft. Ich wollte eher hören, wie es dir geht. Was du gerade machst. Also, ruf mich doch einfach zurück.«

War das besser? Irgendwie kam alles total falsch rüber. Jetzt klang es so, als ob mir seine beruflichen Erfolge egal waren. »Das … das … hörte sich gerade falsch an. Natürlich interessiert mich eure Tournee. Und wie es dir geht. Beides! Und noch mehr. Ich meinte nur … ich wollte … ich habe einen Jetlag. Meld dich bitte, ja?«

Jeder Anruf schien meinen vorherigen nur noch zu verschlimmern. Bevor ich noch mehr dummes Zeug reden konnte, legte ich mein Handy außer Reichweite und versuchte, endlich einzuschlafen. Das funktionierte nur bedingt, weil ich jetzt nicht nur von meinem Jetlag wach gehalten wurde, sondern auch von dem Warten auf Steffens Rückruf. Ab eins wurde ich ruhiger. Jetzt würde er bestimmt nicht mehr anrufen. Endlich schlief ich ein.

Den ganzen nächsten Tag erfand ich Erklärungen dafür, warum Steffen noch nicht zurückgerufen hatte. Natürlich würde er abwarten, bis ich aus der Schule kam. Dann wollte er vermutlich nachmittags nicht stören, weil er dachte, dass ich noch arbeiten musste oder mit anderen Sachen beschäftigt war und keine Ruhe zum Telefonieren fand. Abends war ich mir sicher, dass er gegen zehn oder elf anrufen würde, weil er wusste, dass ich dann im Bett war und wir in Ruhe reden konnten. Als er um Mitternacht immer noch nicht angerufen hatte, kam mir ein ganz anderer Grund dafür in den Sinn.

»Hallo, ich bin's noch mal.« Wieder erreichte ich nur seine Mailbox. »Mir ist jetzt auch klar, dass du nicht einfach so zurückrufen kannst. Ich … ich habe dich wirklich mies behandelt. Ich habe nur an mich gedacht und Kim und … Ich meine, du wärst so oder so gefahren, oder? Das … das ist doch das, was du vermisst hast. Musik machen, auf Tour gehen. Du hattest das alles für Nicolas aufgegeben und jetzt … bist du sozusagen wieder frei. Ich würde dich trotzdem gerne mal wiedersehen.«

Ich ging meine Nachricht noch einmal durch, Wort für Wort, und schüttelte den Kopf. Was hatte mich denn da gerade geritten?

»Jetzt hörte es sich so an, als wollte ich dir einen Vorwurf machen. Das wollte ich natürlich nicht. Aber wenn ich ehrlich bin, will ich mich auch nicht mehr ständig entschuldigen. Ich habe mich schon viel zu oft entschuldigt. Das hast du selbst gesagt. Was ich getan habe … Es ging nicht anders. Zu dem Zeitpunkt. Aber jetzt geht es anders.«

Eine halbe Stunde lag ich im Bett und starrte auf mein Handy, das keinen Mucks von sich gab. Dann gab ich jede

Deckung auf. Er würde mich jetzt ohnehin schon für verrückt halten. Um kurz vor eins rief ich ihn ein letztes Mal an.

»Du warst kein Fehler, Steffen. Der Fehler war, es Kim nicht zu erzählen. Ich habe keine Sekunde mit dir bereut. Das wollte ich dir noch sagen.«

Dann legte ich das Handy neben mich aufs Bett. Es klingelte nicht, auch am nächsten Tag nicht. Aus Frust ging ich sogar noch einmal zum Training meiner Laufgruppe. Matthias schwindelte ich vor, dass ich die letzten Wochen auf eigene Faust trainiert hatte, aber vermutlich merkte er, dass ich ihn anlog, als ich beim letzten vorbereitenden Lauf durch den Stadtwald ziemlich hinterherhechelte. Egal, den Marathon würde ich nicht mitlaufen. Diese Genugtuung gegenüber Arne und Petra brauchte ich nicht mehr. Ich hatte Kim wieder, damit war zwischen Arne und mir alles geregelt.

Als ich spätabends geschafft ins Bett fiel, schaute ich wieder auf mein Handy, das sich von einer möglichen Verbindung zu Steffen inzwischen zu einem traurigen Denkmal an meine verpatzte Beziehung entwickelt hatte. Also gut, ein allerletztes Mal.

»Hm, wieder deine Mailbox. Du weißt hoffentlich, wie man sie abhört, oder? Steffen, du fehlst mir!«

Inzwischen war ich mir sicher, dass er meine Anrufe extra nicht entgegennahm. Aber hörte er danach wenigstens die Mailbox ab? Wenn ich jetzt direkt wieder anrief und es war besetzt, dann ja. Peinlicher konnte es eh nicht mehr für mich werden. Nein, es war nicht besetzt, nur die gleiche inzwischen vertraut gewordene Frauenstimme.

»Okay, ich kann verstehen, dass du mich nicht zurückrufen willst. Schade. Also, dann wünsche ich dir alles Gute bei der Tournee … und allem anderen.«

Das war's. Noch mal würde ich nicht anrufen. Ich hatte alles gesagt. Obwohl? Eine Sache musste ich noch loswerden.

Von Frau zu Frau

Kim kam zwar nicht mit Pauken und Trompeten, aber immerhin mit einer nagelneuen Gitarre zurück. Ein Geschenk von Arne, das aber nicht als Versuch gewertet werden sollte, sie umzustimmen, wie er lachend betonte. Aber ganz so sicher war ich mir da nicht. Dementsprechend steif verliefen die Begrüßung und der obligatorische Kaffee, den meine Mutter allen anbot. Wir hatten uns im Grunde nicht mehr viel zu sagen. Noch weniger, wenn Petra dabei war. Außerdem hatte ich wegen dieses Hin und Hers ein schlechtes Gewissen, schließlich wusste ich jetzt, wie es sich anfühlte, wenn die Tochter sich für den anderen Elternteil entschied.

»Die wollen doch eh noch ein eigenes Kind«, zerschlug Kim meine Bedenken. Ich war überrascht, wie unproblematisch dieses Thema für sie war. Aber natürlich war ein Kind pro Elternteil in ihren mathematisch geschulten Augen nur gerecht.

»Ja, ich weiß«, erwiderte ich. »So etwas hatte er angedeutet.«

»Findest du das schlimm?«, fragte Kim mich, dabei hätte ich das eigentlich sie fragen müssen.

»Nein«, platzte ich heraus. »Solange ich nicht babysitten muss!«

Wir grinsten uns beide an und packten weiter ihre Sachen aus. Je voller ihre Regale und ihr Schrank wurden, desto sicherer wurde ich wieder im Umgang mit ihr. Bisher hatte ich immer noch die Angst gehabt, alles könnte sich wieder ändern und sie doch bei Arne bleiben. Die Versöhnung erschien mir noch zu frisch. Das Vertrauen noch nicht ganz wiederhergestellt. Aber jetzt war ich mir sicher, dass wir uns unserer alten Beziehung wieder annähern konnten. Vermutlich würde es nicht mehr genauso werden wie früher, aber vielleicht wurde es besser, ehrlicher, vielleicht begegneten wir uns jetzt mehr auf Augenhöhe. Auf jeden Fall kannte sie jetzt meine größten Ängste und Schwächen und ich ihre.

Als ich ihre Gitarre wegstellen wollte, nahm sie sie mir aus der Hand und präsentierte mir stolz ein paar erste Griffe.

»Klasse, na dann müssen wir ja Unterricht für dich organisieren.«

»Nicolas hat mir schon jemanden hier in Köln empfohlen.«

»Oh, gut!« Ich schwieg einen Moment, aber dann dachte ich, wenn wir an früher anknüpfen wollten, sollten wir auch über alles reden können. Also fragte ich vorsichtig: »Und wie sieht es jetzt aus, mit Nicolas und dir?«

Sie sah mich erstaunt an, als wäre das doch völlig klar.

»Na, wir sind wieder zusammen! Wieso?«

»Oh, wirklich, trotz der Entfernung?« Dass ihre Aussprache so weit ging, war mir gar nicht bewusst gewesen. Dann war unser Urlaub am Ende doch erfolgreicher gewesen als erhofft.

»Ich weiß, ich vermisse ihn auch total, aber wenigstens können wir mailen und skypen. Und außerdem kommt er Weihnachten nach Deutschland.«

»Ach, schön!« Um seine Eltern zu besuchen, nahm ich an, die dann immer noch durch Europa tingelten. Aber ich fragte lieber nicht nach. »Das ist ja nicht mehr so lang.«

»Lang genug!«, jammerte Kim.

Natürlich konnte sich für einen Teenie in zwei Monaten viel ändern, besonders in Liebesdingen, aber wenigstens hatte sie etwas, worauf sie sich freuen konnte. Ich lächelte sie an und schwieg erneut. Aber Kim deutete mein Schweigen richtig. »Du willst wissen, was wir im Hotelzimmer gemacht haben, oder?«

Ich überlegte. »Ich weiß nicht, ob ich es wissen will. Ehrlich gesagt, wusste ich ungewollt immer viel zu viel. Ich will es nur wissen, wenn du willst, dass ich es weiß. Alles andere sollte ich wirklich nicht wissen!«

Kim starrte mich verständnislos an, irgendwo in meinem Gedankenwirrwarr hatte sie mich verloren. »Also ist es dir jetzt egal, ob wir …« Sie sprach es gar nicht aus, sondern kräuselte die Stirn.

»Na ja, egal nicht. Du weißt, dass ich dich für zu jung für Sex halte, aber ich werde dich auch mit dreißig noch für zu jung dafür halten. Also sollte das deine Entscheidung vermutlich nicht beeinflussen.«

»O Mama, du bist echt anstrengend.«

»Wer hat gesagt, dass Mütter einfach sind?«

Ich lachte und drückte ihr einen Kuss auf die Stirn, den sie sich sofort wieder abwischte. Erleichtert über das nette Gespräch wandte ich mich der Tür zu, als Kim plötzlich fragte: »Hast du ihn jetzt eigentlich angerufen?«

Überrascht drehte ich mich um. Eine Weile fischte ich in meinem Kopf nach der richtigen Antwort. Ich wollte nicht zu niedergeschlagen klingen.

»Nein, ich meine ja, ich habe ihm auf die Mailbox gesprochen.«

»Und?«

Ich schüttelte den Kopf und versuchte, ein abgeklärtes Lächeln aufzusetzen. »Er hat nicht zurückgerufen.«

»Schade. Warst du denn richtig verknallt in ihn?«

Ich schluckte. Das waren Dinge, über die ich eigentlich lieber nicht mehr nachdenken wollte. Aber ich zwang mich zu einer ehrlichen Antwort. Dass ich diesen ganzen Zirkus wegen einer oberflächlichen Affäre veranstaltet hätte, das würde Kim mir ohnehin nicht abnehmen. »Ja, ich glaube schon. Ich mochte ihn.«

»Aber er ist doch gar nicht dein Typ, Mama.«

Ich stutzte, es war ungewohnt, mit meiner Tochter über Steffen zu reden.

»Na ja, so viele Möglichkeiten, meinen ›Typ‹ festzustellen, hatten wir ja noch nicht, oder?«

»Aber Papa ist doch ganz anders!«

»Ja, vielleicht war es gerade das. Auf jeden Fall ist Steffen ziemlich attraktiv, oder nicht?«

»Was? Nee, also Nicolas sieht viel besser aus.«

Ich unterdrückte ein Grinsen und versuchte, nicht allzu ironisch zu klingen, als ich antwortete: »Natürlich. Aber ich glaube, wir sprechen hier von zwei sehr unterschiedlichen Arten des Attraktivseins.«

»Aber er ist schon voll alt.«

»Vielen Dank, mein Schatz, er ist nur vier Jahre älter als ich.«

»Echt? Aber du siehst viel jünger aus!«, rettete sie sich geschickt aus der Situation.

»Oh, okay, dann kann ich mir ja in Zukunft einfach jüngere Freunde suchen, wenn dir das lieber ist.« Wir lachten beide. Ich war erleichtert, dass wir uns jetzt so unbeschwert über mich und Nicolas' Vater unterhalten konnten. »Was soll's, vorbei ist vorbei.«

»Ach, Mama, das ist ja echt blöd.«

Ich nickte. Blöd war vielleicht der richtige Ausdruck. Es war alles verdammt blöd gelaufen. Dann lächelte ich Kim notdürftig an. »Ich stelle mir einfach vor, dass er hässlich und doof ist, dann komme ich schon darüber hinweg.«

Tatsächlich versuchte ich seit meinem letzten unerwiderten Anruf, mich nicht mehr allzu sehr davon runterziehen zu lassen. Kim war wieder da. Das war alles, was zählte. Und wenn ich etwas aus den letzten Jahren gelernt hatte, dann, dass es sich nicht lohnte, zweimal wegen desselben Fehlers zu weinen. Seit Arne wusste ich, dass man es sich nur selbst schwermachte, wenn man nicht loslassen konnte.

Leider wusste Mutter das nicht. Oder sie wollte Kim nur den Übergang erleichtern. Auf jeden Fall schlug sie plötzlich vor, Arne und Petra für Sonntag zum Essen einzuladen, damit sie sich nach dem Marathon bei uns erholen könnten. »Nur um Kim zu zeigen, dass du Arne und Petra verziehen hast, dass ihr wieder gut miteinander klarkommt.«

»Mit Petra bin ich noch nie gut klargekommen«, wandte ich ein.

»Jetzt sei doch nicht so kleinlich.«

Natürlich, sie tat so, als wären Arne und Petra nie Staatsfeind Nummer eins für sie gewesen, und ich war kleinlich.

»Ja, Mutter«, stöhnte ich. »Dann lad sie eben ein.«

Der Gedanke, Arne und Petra einen weiteren Nachmittag schweigend gegenüberzusitzen, war nicht gerade berauschend, aber auch nicht mein größtes Problem. Mit dieser Einladung machte Mutter es mir unmöglich, den unausgesprochenen Wettstreit zwischen uns zu schwänzen. So eine Schmach wollte ich mir nicht erlauben. Ich musste den verfluchten Marathon mitlaufen.

Marathon

Es nieselte. Ich hatte schlecht geschlafen, Amelie, meine Tempomacherin, verloren und einen Krampf in der rechten Wade. Meine Rechnung, die ersten dreißig Kilometer zu schaffen und mich über die restlichen zwölf von der vielgepriesenen Unterstützung des Kölner Publikums ins Ziel tragen zu lassen, ging nicht auf. Dabei gaben sich die Zuschauer mit Sambatrommeln und Karnevalsgesängen wirklich alle Mühe. Aber seit Kilometer achtundzwanzig kam ich nur noch gehend, oder vielmehr humpelnd, voran. Ich hätte eine Verletzung vortäuschen und mich vom Besenwagen einkehren lassen können, der hinter dem Feld die Erschöpften und Verzweifelten aufsammelte. Beschwerden an meinem geschwächten Knöchel. Vielleicht würde es Arne und Petra sogar ein schlechtes Gewissen bereiten, als unschöne Erinnerung an damals. Nein, das wäre unfair, aber ich brauchte dringend einen Ausweg aus dieser Situation. Ich trank etwas Wasser aus einem Plastikbecher, den ich mir an einem Versorgungsstand geholt hatte, und schüttete mir den Rest zur Erfrischung ins Gesicht. Vor mir lag eine unendlich lange gerade Strecke. Und der Rhein, den ich für die Zielgerade noch einmal überqueren musste, war noch nicht mal in Sichtweite. Meine Beine waren bleischwer, jeder Schritt eine Qual. Es war fast so, als wäre der Asphalt unter den Tausenden von Läufern vor mir geschmolzen und als kämpften sich meine Schuhe nun durch zähen Teer. Mit jedem schmerzhaften Schritt rang ich mich ein Stückchen weiter zur Aufgabe durch, als ich meinen Namen hörte.

Erst dachte ich mir nichts dabei. Die Läufer trugen unter der Teilnehmernummer auch ihren Vornamen, und das Kölner Publikum feuerte jeden persönlich an, der gerade besonders fertig aussah. Aber es war kein »Weiter geht's, Meike!«, »Meike, du schaffst es!« oder dergleichen. Jemand rief einfach nur: »Meike!« Nicht mal besonders laut. Ich sah mich um. Mit einer merkwürdigen Vorahnung. Suchte den Straßenrand ab, an dem sich die Zuschauer zu mehreren Grüppchen zusammengefunden hatten. Nur einer stand ganz alleine da. Der Nieselregen hatte den Stoff an seinen Schultern dunkler gemacht. Regentropfen hatten sich in seinen widerspenstigen Haaren verfangen. Er musste schon eine ganze Weile dort stehen. »Steffen?!« Ungläubig blieb ich mitten auf der Straße stehen. Er winkte mir zaghaft zu. Ganz langsam ging ich zu ihm rüber, als wäre er eine Fata Morgana und verschwunden, sobald ich ihn erreicht hatte. »Du bist hier?«

»Bei Kilometer dreißig. Das hatte ich doch versprochen.«

Ich schüttelte fassungslos den Kopf. Es kam mir unwirklich vor. »Hast du … hast du meine Anrufe abgehört?«

Er runzelte die Stirn. »Du hast versucht, mich zu erreichen?«

»Ja, auf deinem neuen Handy«, erklärte ich und hoffte inständig, dass ich nicht irgendeinem Fremden mein Gefühlschaos auf die Mailbox gequatscht hatte.

»Ach das.« Steffen zuckte entschuldigend mit den Schultern. »Irgendwann war das Ding alle, und ich hatte die PIN natürlich vergessen.«

Ich starrte ihn wie gelähmt an, dann schloss ich die Augen und ließ geschafft den Kopf hängen. Und ich hatte mir so viele Gedanken gemacht. Steffen kam näher und berührte mein Kinn mit seinen Fingerspitzen. Er hob mein Gesicht an, so dass er mir in die Augen schauen konnte. »Tut mir leid.«

»Ich dachte nur die ganze Zeit …« Ich schüttelte den Kopf und wischte mir ein paar Tränen aus dem Gesicht, die er hoffentlich für Regentropfen hielt. Dann lächelte ich ihn vorsichtig an. »Ich bin froh, dass du da bist!«

Er nickte. Seine Hand wanderte von meinem Kinn zu meiner nassen Wange. »Ich musste dich einfach noch mal wiedersehen. Wie geht es dir?«, fragte er.

Ich atmete geräuschvoll ein und aus. »Kim ist wieder bei mir«, erklärte ich schließlich leise.

»Das ist gut«, sagte er aufrichtig.

»Aber nicht, weil du … weil wir …« Ich senkte verlegen meinen Blick. Für ihn musste es so aussehen, als wäre meine Rechnung aufgegangen. Eine Weile betrachtete ich den feuchtglitzernden Boden unter unseren Füßen, um meine Fassung zurückzugewinnen. Dann flüsterte ich: »Steffen, ich wünschte, es wäre alles anders gelaufen.« Ich spürte, wie die Erschöpfung nicht nur der letzten dreißig Kilometer, sondern der letzten drei Monate, in mir hochkroch und mir die Kehle zuschnürte. Auch Steffens Augen waren verdächtig feucht, als er mich plötzlich an sich zog.

Ich protestierte halbherzig: »Ich bin ganz nass und verschwitzt und sehe schrecklich aus …« Aber das war ihm egal. Er presste mich fest an sich und schmiegte sein Gesicht an meinen schweiß- und regennassen Hals. Jetzt konnte ich mein Schluchzen nicht mehr unterdrücken. Ich vergrub meine Finger in seinen Haaren, die noch länger und noch wirrer geworden waren, und hätte ihn am liebsten nie wieder losgelassen. Lange standen wir so da. Es tat gut, ihn zu spüren.

Als wir uns voneinander lösten, lächelte er mich fast schüchtern an. Ich hatte ihn noch nie weinen sehen. Er räusperte sich. »Du verlierst gerade wertvolle Minuten.«

»Ach was. Lass uns woandershin gehen.« Ich nahm seine Hand.

»Nein, nein, nein. Du läufst schön zu Ende. Nach dreißig Kilometern gibt man nicht mehr auf. Ich hab dir eine Banane mitgebracht.«

Er zog tatsächlich eine leuchtend gelbe Banane aus seiner Hosentasche und grinste mich dabei stolz wie ein kleiner Junge an. Ein warmer Schauer lief mir über den Rücken. Wie hatte ich es nur ohne ihn ausgehalten? Mein Herz klopfte rasend schnell, und das nicht wegen der zurückgelegten Kilometer. Nachdem ich die Banane eine Weile wie hypnotisiert angestarrt hatte, warf ich alle Zurückhaltung über Bord und küsste ihn. Lange, leidenschaftlich, ohne Rücksicht auf Kim oder Bettany oder wer und was da noch alles zwischen uns stand.

»Du zerdrückst sie noch«, lachte er, als wir wieder nach Luft schnappten.

Wie etwas sehr Wertvolles und Zerbrechliches nahm ich die Banane entgegen.

»Aber wir sehen uns noch, oder?«, fragte ich besorgt, aus Angst, er könnte genauso plötzlich verschwinden, wie er aufgetaucht war.

»Ich warte im Ziel auf dich«, sagte er ernst.

»Wirklich?«

»Ja.«

Ich zögerte. Eigentlich wollte ich ihn nicht mehr loslassen. Nie wieder. Aber er nickte mir aufmunternd zu.

»Dann muss ich mich wohl beeilen.«

»Allerdings. Hopp hopp hopp, oder was sagt man da?«

Ich lachte und lief zurück auf die Straße. »Komm Meike, dat schaffst du, Mädsche!«, feuerte mich eine stämmige Kölnerin an, und die um sie herum versammelte Gruppe machte mit karnevalserprobten Rasseln und Tröten ordentlich Lärm. Meine Finger umklammerten die Banane wie einen Glücksbringer. Ich kam nicht auf die Idee, sie zu essen. Ich spürte keinen Hunger mehr, keine Schmerzen, keine Müdigkeit. Ich war plötzlich ganz leicht. Die Straße leistete keinen Widerstand mehr. Meine Beine konnten mich wieder tragen.

Und sie trugen mich bis hinter die Ziellinie, wo ich von Helfern mit Getränken und einer Wärmedecke empfangen wurde, um nicht auszukühlen. Aber ich spürte meinen Körper ohnehin erst wieder, als ich den Verpflegungsbereich verlassen hatte und Kim mich mit voller Wucht ansprang, um mir zu gratulieren. Dann dafür um so mehr – meine Füße hatten sich in zwei Lehmklumpen verwandelt, die mit dem Boden verwachsen waren und sich keinen Meter mehr weiterbewegen konnten.

»Mama, Mama, Mama, du hast es geschafft. Papa ist schon da, aber Petra noch nicht. Du bist nur ganz knapp über vier Stunden dreißig, das ist doch eine Superzeit, oder?«

Ich lachte über ihren Enthusiasmus, brachte aber kein Wort hervor. Meine Gedanken drehten sich weder um meine Zeit noch um Petra oder Arne oder die Erfahrung, einen Marathon gelaufen zu sein. Sondern ausschließlich um Steffen und die Frage, wie Kim reagieren würde. In der Theorie hatte sie ihn vielleicht akzeptiert, aber wie sah die Praxis aus? Ich musste es auf jeden Fall herausfinden, bevor er hier auftauchte. »Kim, er ist hier!«, sagte ich schnell. »Er … er hat mir eine Banane gegeben.« Zum Beweis präsentierte ich ihr meinen Glücksbringer.

»Wer?« Dann verstand sie, und ihre Augen weiteten sich. »Echt jetzt? Boah, wie krass ist das denn!«

»Keine Ahnung, wie krass findest du es denn?«, hakte ich nach. Aber bevor ich mehr über den Grad der Krassheit erfahren konnte, und was genau das Wort im Zusammenhang mit Steffens Erscheinen bedeutete, kam er auch schon auf uns zu. Ein Wunder eigentlich, dass er mich in diesem Gewühl gefunden hatte.

»Hallo, Kim, wie geht's?«, begrüßte er sie zurückhaltend.

»Gut, Nicolas und ich sind jetzt wieder zusammen!«, überfiel sie ihn dafür gleich mit der wichtigsten Neuigkeit. Die schien Steffen zu freuen. Etwas reserviert gratulierte er mir zu meinem Durchhalten. Er wagte es nicht, mich zu umarmen, und ich wollte vor Kim auch lieber nichts überstürzen. Wir lächelten uns schweigend an, doch gerade, als die Verlegenheit zu groß wurde, kam Arne, ebenfalls in eine Wärmedecke gehüllt, zu uns.

»Du hast es geschafft. Herzlichen Glückwunsch!«, sagte er, und irgendwie hatte ich das Gefühl, mit meinem Erreichen des Ziels fiel eine weitere Last von seinen Schultern. Schließlich hatte er jetzt nur noch unsere Ehe und nicht auch noch meine Laufkarriere auf dem Gewissen. Dann schaute er Steffen irritiert an, und mir wurde bewusst, dass es meine Aufgabe war, die beiden einander vorzustellen.

»Ach so, äh, Steffen, das ist Arne, mein Exmann. Und Arne, das ist Steffen, mein …«

Ich verstummte abrupt, was war er jetzt genau? Mein anderer Ex? Zum Glück sprang Kim ein und rief unbekümmert: »Mamas neuer Freund, Nicolas' Vater!«

»Ah der!«, entfuhr es Arne, und Steffen wusste nun, dass mein Exmann das komplette Drama samt seiner Rolle darin kannte.

»Ja, genau der!«, lachte er zaghaft und gab Arne die Hand.

»Wo ist eigentlich Petra?«, versuchte ich abzulenken, dabei konnte ich eine gewisse Genugtuung nicht verhehlen.

»Die scheint noch unterwegs zu sein«, antwortete Arne. »Sie ist gerade nicht sonderlich gut im Training.«

»Stimmt, das sagte sie letztens«, erklärte ich triumphierend.

»Ich warte dann mal am Ziel auf sie.« Arne wandte sich an Steffen: »Wir sehen uns sicherlich nachher noch beim Essen, oder?«

Steffen sah mich verwirrt an. »Ein Familienessen«, gestand ich ihm zerknirscht. »Oder das, was Mutter so unter Familie versteht.« Viel lieber wäre ich allein mit ihm gewesen. Ich wusste nicht mal, wie lange er in Köln blieb. Die Tournee fing in wenigen Tagen an.

»Bitte komm!«, flehte ich ihn an. Als er immer noch zögerte, fügte ich hinzu: »Wie ich meine Mutter kenne, hat sie eh für das komplette Starterfeld gekocht.«

»Natürlich musst du kommen«, erklärte Kim, die offenbar weniger Berührungsängste mit ihm hatte als ich.

»Na, wenn ich muss, dann muss ich wohl«, schmunzelte er.

»Unbedingt«, sagte ich erleichtert. »Aber lass dir ruhig Zeit. Ich würde gerne duschen und mich schick machen, um darüber hinwegzutäuschen, dass du mich in dieser Alufolie gesehen hast.« Ich zupfte an der Wärmedecke.

Er nickte lächelnd und überlegte, wie er sich in Kims Anwesenheit von mir verabschieden sollte. Schließlich drückte er nur meine Hand und ging. Ich schaute ihm lange nach. Dann schälte ich die Banane.

Familientreffen

Silvia war wirklich Gold wert. Ich war froh, dass ich gestern Abend noch den Geistesblitz gehabt hatte, sie einzuladen. Sozusagen als Unterhaltungsgarantie. Ohne sie wäre das Essen das erwartete Desaster geworden. Was vor allem daran lag, dass Petra über Babypläne sprach, Arne in Steffen aus unerklärlichen Gründen einen Konkurrenten witterte, Mutter das Essen unnötig mit mehreren Gängen in die Länge zog, Kim in regelmäßigen Abständen sauteure SMS über mehrere Kontinente hinweg verschickte und ich von all dem gar nichts mitbekam, weil ich im siebten Himmel oder auf jeden Fall in einer Sphäre schwebte, in die sich nur ab und zu zusammenhanglose Sätze der bemühten Unterhaltung verirrten. Der wohlgemeinte Rat von Silvia an Petra war so ein Satz: »Wenn der Sex nur noch ein Mittel zum Babymachen wird, dann kauft euch ein neues Auto!« Damit schaffte sie es kurzfristig, meine Gedanken weg von Steffen und hin zu ihrer verqueren Logik zu locken. Kim kicherte in sich hinein, und Petra, noch unerfahren in der rheinischen Offenheit, wurde rot. Wie erwartet polterte Silvia über diesen peinlichen Moment hinweg und erläuterte den Ratschlag, um den sie keiner gebeten hatte.

»Na ja, mein Knutschbär hatte es so satt, nur noch als Zeugungsmaschine benutzt zu werden, da hat er uns spontan ein Cabrio gekauft. Einen Zweisitzer.« Sie grinste vielsagend in die Runde. »Garantiert kein Platz für Kinder! Tja, und jetzt konkurriert unser Babywunsch mit diesem supergeilen Sportwagen. Wenn wir mal wieder Frust schieben, weil es nicht klappt, drehen wir einfach ’ne Runde im Wagen und sind froh, dass wir kein Baby haben.« Ich schüttelte ob dieser Logik den Kopf, aber Silvia schaffte es, alle zum Lachen zu bringen. Bis sie hinterherschob: »Und das Beste ist, nach so einer Tour haben wir dann meistens wieder richtig leidenschaftlichen Sex.«

Irritiertes Räuspern am Tisch. Ob gewollt oder nicht trafen sich bei diesem Stichwort kurz Steffens und mein Blick, und schon schweifte mein Kopf wieder ab. Wie gern würde ich ihn jetzt in mein Bett zerren, seine Hände spüren, seine Brust mit Küssen bedecken …

»Oder bist du nicht zufrieden damit, Meike?«, hörte ich nur und sah, dass Petra sich höflicherweise an mich gewandt hatte, wahrscheinlich waren ihr Silvias Tipps zu plastisch.

»Doch, doch«, erwiderte ich schnell. Was auch immer sie gefragt hatte, ich war zufrieden, sehr zufrieden sogar. Sie lächelte mich etwas unsicher an, und ich versuchte, meine Abwesenheit zu überspielen, indem ich Mutter half, die Königsberger Klopse zu verteilen.

Als Steffen mir seinen Teller reichte und unsere Finger sich dabei berührten, war es mit meiner Konzentration schon wieder vorbei. Wir lächelten uns an.

»Was machen Sie denn beruflich?«, unterbrach Arne unsere Flirterei.

»Musik«, antwortete Steffen so richtig wie knapp, ohne den Blick von mir abzuwenden.

»Steffen ist Pianist«, schmückte ich seine Angaben aus.

»Musiker, eigentlich.«

»Spielen Sie in einem Orchester?«

»Nein«, erwiderte Steffen erneut ohne weitere Erklärungen. Dabei wollte er nicht unhöflich sein, er redete nur einfach nicht gerne über sich, das wusste ich ja.

»Und wo spielen Sie?«, bohrte Arne unbeeindruckt weiter nach.

»Überall, wo man mich dafür bezahlt«, erklärte Steffen uneitel.

»Bald geht er auf Tournee mit Bettany J.«, rief Kim stolz dazwischen. »Nicolas' Mutter. Die ist total berühmt.«

Steffen winkte ab. »Nur an der Rhythmus-Gitarre, nichts Besonderes.« Entweder, er wollte vor meinem Ex nicht angeben, oder er fand es tatsächlich ganz normal.

»Ach, wirklich?« Arnes Bewunderung wirkte aufgesetzt. Aber es war interessant, dem Gespräch zwischen den beiden Männern zuzuhören. Plötzlich kam mir Arne so spießig vor. Dabei war ich vor einem Jahr noch genauso gewesen. Die beiden saßen nebeneinander, einen direkteren Vergleich meiner Männer gab es eigentlich nicht. Und Steffen schnitt in jeder Hinsicht besser ab. Gut, er war etwas älter als Arne, aber er gehörte zu der Sorte Männer, die durch ein paar Falten und graue Haare erst richtig attraktiv wurden. Arne dagegen, mit seinem Blondschopf, würde immer wie ein großer Junge aussehen. Steffens paar Pfunde zu viel ließen ihn eher stattlich wirken gegenüber Arne, der mir inzwischen viel zu mager vorkam. Und in seinem Anzug war Steffen ohnehin der unangepasste Eigenbrötler, was ihn um Längen interessanter machte als Arne, der den Akademiker nicht mal im Trainingsanzug abstreifen konnte. Plötzlich mochte ich sogar Steffens Verschlossenheit, die Tatsache, dass vieles an ihm noch ein Rätsel für mich war. Arne war ein offenes Buch für mich. Und ein vorhersehbares noch dazu. Ich hätte die beiden ewig weiter miteinander vergleichen können, Steffen hätte immer gewonnen. Aber plötzlich stupste Silvia mich an, weil Arne mich etwas gefragt hatte. »Kanada«, zischte sie mir leise zu.

»Oh, äh, ja, ein tolles Land. Ich wünschte, wir hätten mehr Zeit gehabt.« Das war hoffentlich allgemein genug und beantwortete seine Frage. Doch Steffen und Arne sahen mich gleichermaßen überrascht an. Der eine vermutlich, weil er von der Reise nichts wusste, der andere, weil meine Antwort zu wünschen übrigließ.

»In den nächsten Sommerferien will ich unbedingt wieder zu Nicolas fahren«, rettete Kim mich zum Glück. »Ich verdiene ja genug Geld mit Nachhilfe.«

Automatisch lächelten Steffen und ich uns an. Wir hatten den gleichen Gedanken: Im nächsten Sommer würde Nicolas schon Vergangenheit sein. Mit dem Nachtisch verlagerte sich die Unterhaltung ins Wohnzimmer und ich meinen schmerzenden Körper aufs Sofa. Allmählich wurde ich ungeduldig. Ich konnte meine Sehnsucht nach Steffen kaum noch unterdrücken. Dabei wusste ich immer noch nicht, wie lange er bleiben konnte. Hoffentlich wenigstens diese Nacht!

Endlich brachen Petra und Arne, die nun ebenfalls ihre Erschöpfung spürten, auf. Mutter brachte die Küche wieder auf Vordermann, und Kim zog sich auf ihr Zimmer zurück, um mit Nicolas zu skypen.

Silvia verstand überraschend schnell, dass auch für sie der Moment des Aufbruchs gekommen war: »Soll ich euch noch beim Abräumen helfen?«

»Ach was, lass stehen. Das machen wir alles morgen. Ich komme heute eh nicht mehr vom Sofa runter.«

Das war gar nicht als Anspielung gedacht, aber Silvia verstand es natürlich so, sie hätte vermutlich jeden noch so harmlosen Satz als Anspielung verstanden.

»Oh, natürlich, ich bin schon weg.«

Aus Höflichkeit stand Steffen auf, aber Silvia machte ihm klar, dass er sie auf gar keinen Fall nach draußen begleiten musste. Dann waren wir viel zu plötzlich allein.

Genauso plötzlich machte sich Verlegenheit breit. Ich rettete mich in Smalltalk.

»Tja, das war dann wohl die geballte Familienladung. Ich hoffe, du hast es einigermaßen unbeschadet überstanden.«

»Deine Familie ist nett. Sogar dein Ex.« Er lächelte mich

verschmitzt an. Wie hatte ich diese einseitige Falte vermisst. »Fühlst du dich jetzt besser, ich meine, nachdem du den Marathon bewältigt hast?«

Ich atmete tief durch. »Ich fühle mich besser, weil du da bist, Steffen.«

Endlich traute er sich, neben mir auf dem Sofa Platz zu nehmen. Unter Schmerzen richtete ich meinen Oberkörper auf und nahm seine Hand. Ich spielte mit seinen langen Fingern.

»Die ganze Zeit über habe ich immer nur daran gedacht, was ich dir so gerne sagen würde«, seufzte ich. »Und jetzt weiß ich auf einmal nicht mehr, was ich sagen soll. Dabei sollte ich so viel sagen.«

Ich schüttelte hilflos den Kopf. Steffen musterte mich nachdenklich. »Müssen wir denn reden?«, fragte er leise.

Ich lachte auf, verstand sofort seine Anspielung auf unseren holprigen Start. Dann schaute ich ihm erleichtert in die Augen. »Nein.«

Ich beugte mich vor und küsste ihn zaghaft. Kurz hielt ich inne, um zu sehen, ob es diese Alternative war, die er im Sinn hatte. Hatte er. Ich stöhnte auf, als wir ineinander verschlungen aufs Sofa zurückfielen.

»Ist alles okay?«, fragte Steffen.

»Ja«, flüsterte ich. »Ich weiß nur nicht, wie ich jemals wieder von diesem Sofa herunterkommen soll. Mir tut alles weh.«

Plötzlich stand er auf, schob einen Arm unter meinen Oberkörper und den anderen unter meine Kniekehlen. Dann hob er mich ächzend hoch.

»Bist du verrückt?«, lachte ich.

»Nein, ich kann nur schlecht hier auf dem Sofa über dich herfallen. Deine Mutter ist nebenan.«

»Willst du mich etwa die Treppe hochtragen?«

»Du musst heute doch mindestens fünf Kilo leichter geworden sein.«

»Meine Mutter hat schon dafür gesorgt, dass ich die wieder drauf hab.«

Oben angekommen, zog ich ihn in mein Zimmer und schloss hinter uns ab.

»Hast du Angst, dass ich weglaufe?«

»Nein, ich will nur nicht, dass jemand reinkommt, wenn …«

Steffen ließ mir nicht mal mehr Zeit, den Satz zu Ende zu sprechen. »Wir müssen aber leise sein, die Wand zu Kims Zimmer ist ziemlich dünn!«, unterbrach ich unsere ungestüme Umarmung.

»Glaubst du, sie ahnt nicht, was wir hier tun?«

»Doch, aber ich will ihr morgen am Frühstückstisch noch in die Augen schauen können, ohne rot zu werden.«

Steffen grinste mich an. »Immer noch so kompliziert wie früher …«

»Ich bin nicht kompliziert, ich bin nur …«

»… eine Mutter, ich weiß.«

Dann ließen seine Küsse keine weiteren Widerworte mehr zu.

Nummer-eins-Hit

Ich musste gar nicht bis zum Frühstück warten, um rot zu werden. Kim riss mich mitten aus dem Tiefschlaf, als sie halb auf mich, halb auf die leere Seite neben mir sprang.

»Mama, willst du heute gar nicht mehr aufstehen?«

»Doch natürlich, wenn ich schon so liebevoll geweckt werde«, brummte ich und drehte mich zu ihr um.

»Bist du etwa nackt?«, rief sie empört aus. Das war der besagte Moment, in dem ich tiefrot anlief. »Du hast mir ja keine Zeit zum Anziehen gelassen«, versuchte ich den peinlichen Moment zu überspielen. Dabei angelte ich nach meiner Unterwäsche, die zuoberst auf dem kleiner gewordenen Klamottenberg neben dem Bett lag. Steffens Sachen waren schon verschwunden.

»Wie spät ist es denn?«

»Fast Mittag. Wir sind schon alle halb verhungert!«

Ich riss die Augen auf. »O nein. Ist Steffen schon weg?«

Kim lächelte vielsagend. »Nein, der ist unten und telefoniert.«

»Gott sei Dank.«

»Er will mir Gitarre spielen beibringen.«

»Oh, wirklich?«, fragte ich irritiert. »Ich dachte, er gibt nicht gerne Unterricht.«

»Irgendwie musste ich deine Tochter ja bestechen«, kam es von der Tür zurück. Steffen stand dort, angezogen und fertig zum Aufbruch. Sofort machte sich ein bleiernes Gefühl in meiner Brust breit. Natürlich konnte er nicht bleiben. Prag,

Wien und all die anderen tollen Städte Europas warteten auf ihn.

»Musst du schon los?«, fragte ich mit belegter Stimme.

Sein Gesichtsausdruck wurde ernst. Kim verstand, dass es hier um wichtige Dinge ging, und sprang auf.

»Ich sag Oma mal, dass wir gleich frühstücken können!« Dann verschwand sie eilig. Steffen blieb unentschlossen im Türrahmen stehen.

»Ich musste noch ein paar Anrufe erledigen. Kim hat mein Handy wieder in Gang gebracht.«

»Oh, gut.« Dann erinnerte ich mich. »Oder auch nicht.«

Er nickte nachdenklich. »Ich hatte neun Nachrichten auf meiner Mailbox.«

Schuldbewusst sah ich ihn an. »Ich hatte wohl etwas Probleme, auf den Punkt zu kommen.«

Steffen musterte mich mit undefinierbarer Miene. »Und was ist der Punkt?«

Ich fing seinen Blick ein und sagte dann leise: »Die letzten drei Wörter, die ich dir auf die Mailbox gesprochen habe.«

Er ging gar nicht auf mein Liebesgeständnis ein, sondern sagte zusammenhanglos: »Willst du immer noch wissen, welche Frau mir das Herz gebrochen hat?« Ich schaute ihn irritiert an. Wie jetzt? Ich gestand ihm meine Gefühle, und er wollte mir von seiner großen Liebe erzählen? Steffen legte sich bäuchlings neben mich und sah mir tief in die Augen. Es dauerte einen Moment, bis ich verstand.

»O nein!« Ich atmete schwerfällig ein. »Das wollte ich nicht.«

»Na ja, es könnte vielleicht ein Nummer-eins-Hit daraus werden. Bettany fand das Stück gut.«

Zerknirscht verzog ich das Gesicht. Immerhin würde ich seine Karriere beflügeln, das war doch was.

»Dann wünsche ich dir wenigstens damit viel Erfolg«, sagte ich und versuchte, nicht allzu enttäuscht zu klingen. Die

Musik, die Tour, die Auftritte, das alles war sein Leben, nicht das hier, zu Hause, mit Kind und Kegel und einer verrückten Oma. Wir hatten uns wiedergesehen. Wir hatten einen versöhnlichen Abschluss gefunden. Das war mehr, als ich mir gestern noch erträumen konnte.

Steffen fuhr mir nachdenklich durch die Haare, und ich wünschte einmal mehr, ich könnte besser hinter seine blassblauen Augen schauen. »Es wäre wirklich schade um den Hit, wenn ich jetzt plötzlich nicht mehr unglücklich wäre.«

»Ja. Das wollen wir natürlich nicht«, sagte ich trocken und zog sein Gesicht näher zu mir. Steffen tat so, als müsste er das Für und Wider abwägen. Ich schüttelte ahnungsvoll den Kopf. War er wirklich bereit, die Tournee sausen zu lassen?

»Andererseits, Ruhm ist vergänglich«, gab ich zu bedenken. »Von mir hättest du länger etwas! Sehr, sehr lange.«

»Bist du dir sicher?«, fragte er ernst.

»Ganz sicher!«

Ein Lächeln erschien langsam auf seinem Gesicht. »Dann sollte ich wohl auf meinen Nummer-eins-Hit verzichten.«

Die Schwere wich augenblicklich aus meinem Körper, sogar aus meinen Beinen. Wir umarmten uns.

»Das heißt, du kommst zurück?«

»So schnell ich kann«, versicherte er mir erleichtert. »Dietmar will mir einen neuen Flügel spendieren.«

»Er hat dich wohl vermisst«, lachte ich und gab ihm glücklich einen Kuss.

Wir küssten uns immer noch, als ich ein Räuspern im Flur hörte.

»Herr Möller?«, fragte Mutter völlig unbeeindruckt von der Tatsache, dass wir gerade mit anderen Dingen beschäftigt waren.

Hektisch lösten wir uns voneinander, und Steffen richtete sich auf.

»Ja?«

»Mögen Sie Ihr Ei lieber hart oder weich?«

Steffen war etwas überrumpelt. »Eher hart.«

»Gut«, lächelte Mutter ihn zufrieden an, als hätte er den Test bestanden. »Ich bin übrigens froh, dass meine Tochter einen ordentlichen Kerl gefunden hat, dieser Matthias war nichts, das habe ich gleich gesehen.« Mit diesen Worten und einem misstrauischen Steffen ließ Mutter mich zurück.

»Dieser Matthias taucht ja ziemlich oft auf.«

»Er hat ihr Essen abgelehnt. Ein Kardinalsfehler, das kannst du dir schon mal merken«, zog ich ihn auf.

Dann überzeugte ich ihn mit einem erneuten Kuss davon, dass seine Sorge unbegründet war, bis ich Kims genervte Stimme hinter uns hörte. »Also, wenn ihr schon rumknutscht, könntet ihr wenigstens die Tür zumachen.« Zu Demonstrationszwecken zog sie dieselbige lautstark ins Schloss.

»Glaubst du, wir können einen dritten Anlauf wagen?«, fragte Steffen und näherte sich wieder meinem Gesicht.

»Wohl kaum«, lachte ich. »Willkommen bei den Winterfrauen.«